Jean G. Goodhind

Mord unter Brüdern



atb aufbau taschenbuch

Jean G. Goodhind wurde in Bristol geboren. Sie hat bei der Bewährungshilfe gearbeitet und Hotels in Bath und den Welsh Borders geleitet. Ihr Haus im Wye Valley in Wales hat sie verkauft und segelt nun mit ihrer Yacht durchs Mittelmeer, solange es das Wetter zulässt. Die übrige Zeit des Jahres lebt sie in Bath.

Bei Aufbau erschienen bisher »Mord ist schlecht fürs Geschäft« (2009), »Dinner für eine Leiche« (2009), »Mord zur Geisterstunde« (2010), »Mord nach Drehbuch« (2011), »Mord ist auch eine Lösung« (2011), »In Schönheit sterben« (2012), »Der Tod ist kein Gourmet« (2012), »Mord zur Bescherung« (2012), »Mord zur besten Sendezeit« (2013), »Mord zu Halloween« (2014), »Mord in Weiß« (2014) und »Mord im Anzug« (2015).

Honey liest in der Zeitung, dass Casper St John Gervais, der Vorsitzende des Hotelfachverbands von Bath, tot an der Bahnstrecke nach Bradford on Avon aufgefunden wurde. Sie eilt in sein Hotel und trifft ihn sehr lebendig an. Wie sich herausstellt, ist die Leiche am Bahndamm nicht er, sondern sein Halbbruder Tarquin. Casper bittet Honey zu ermitteln. Die Spur führt nach Torrington Towers, wo Casper und sein Halbbruder aufgewachsen sind. Doch ihr Freund Detective Chief Inspector Doherty will, dass Honey sich aus diesem Fall heraushält. Er ist viel zu gefährlich. Und den blonden Schönling, der neuerdings immer mal in Honeys Nähe auftaucht, mag er gar nicht.

Jean G. Goodhind

# Mord unter Brüdern

Honey Driver ermittelt

Kriminalroman

*Aus dem Englischen*
*von Ulrike Seeberger*

atb aufbau taschenbuch

Titel der Originalausgabe
*Brotherly Blood*

MIX
Papier aus verantwortungsvollen Quellen
FSC® C083411

ISBN 978-3-7466-3191-2

Aufbau Taschenbuch ist eine Marke
der Aufbau Verlag GmbH & Co. KG

1. Auflage 2016

Gesetzt in der Adobe Garamond durch die LVD GmbH, Berlin
Druck und Binden CPI books GmbH, Leck, Germany
Printed in Germany

www.aufbau-verlag.de

# Kapitel 1

VERDÄCHTIGER TODESFALL –
MÄNNLICHE LEICHE AM BAHNDAMM
»Die männliche Leiche, die in Bradford on Avon am Bahndamm im Schlamm gefunden wurde, ist Casper St John Gervais, Besitzer des La Reine Rouge Hotels in Bath …«

Nein! Das konnte doch nicht stimmen!

Während Honey Driver die Zeitungsmeldung zum zweiten Mal durchlas – beim ersten Mal wäre sie vor Schreck fast vom Stuhl gefallen –, stolperte sie über eine Katze. Wo diese Katze herkam, wusste Honey nicht, und sie hatte auch keine Ahnung, was das Tier auf dem Flur ihrer Privatwohnung zu suchen hatte. Aber eine streunende Katze, die ins Haus gestromert war, eine solche Nebensächlichkeit konnte sie nicht von dem Zeitungsartikel ablenken. Casper war tot? Wie? Warum?

Noch ganz benommen ließ Honey die Hände sinken. Wäre ein Fotograf zur Stelle gewesen, er hätte ihr Gesicht sofort geknipst, die kugelrunden Augen, das vollkommene »O« ihres Mundes. Ein tolles Bild, aber gruselig, ein bisschen wie »Der Schrei« von Edvard Munch, nur ohne den künstlerischen Anspruch.

Honey Driver, Besitzerin des Green River Hotels und Verbindungsperson des Hotelfachverbands von Bath zur Kripo, riss die Titelseite vom Rest der Zeitung ab. Sie ging in die Ecke des Flurs, in die sie ihre Sportschuhe geschleudert hatte. Aus irgendeinem geheimnisvollen Grund schien die Katze die Turnschuhe für ihren persönlichen Besitz zu halten, der um jeden Preis gegen alle Ansprüche anderer zu verteidigen war.

Fauchend und knurrend saß sie zwischen Honey und den Turnschuhen, die diese dort nach ihrer Rückkehr von einem Einmeilenlauf, der eigentlich ein Lauf über zwei Meilen hätte werden sollen, einfach von den Füßen gestreift und liegen gelassen hatte. Das Laufpensum war wegen eines plötzlichen Gelüstes nach einem Schokokeks so drastisch verkürzt worden. Eine Nanosekunde lang hatten noch der Fitnessdrang und der Bärenhunger miteinander gerungen. Dann hatte der Schokokeks gesiegt.

Wäre Honey nicht so schockiert gewesen, sie hätte der Katze gründlich die Meinung gesagt und ihr einen kleinen Tritt versetzt. Aber die Nachricht war zu schrecklich. Casper St John Gervais, der Vorsitzende des Hotelverbands von Bath, war der Mann, der ihr den Job der Verbindungsperson zur Kripo angeboten hatte. Damals hatte sie den Giftkelch nur zögerlich akzeptiert – niemand sonst wollte die Aufgabe übernehmen –, weil Casper ihr versprochen hatte, auch im Winter für gute Belegungszahlen in ihrem Hotel zu sorgen.

Zu diesem Zeitpunkt waren ihre Geschäfte nicht gerade blendend gelaufen, also waren die zusätzlichen Gäste und das damit verbundene Einkommen nicht zu verachten.

Der Job hatte sich in mehrerlei Hinsicht als sehr interessant herausgestellt. Erstens kam Honey beim Kampf gegen das Verbrechen auch mal aus dem Hotel raus und in die große weite Welt. Und zweitens hätte sie sonst niemals Steve Doherty, ihren Kontaktmann bei der Kripo, kennengelernt.

Der Job war allerdings beileibe nicht nur eitel Sonnenschein gewesen. Wenn ein schweres Verbrechen geschehen war, lag ihr Casper ständig in den Ohren, bis es endlich aufgeklärt war.

»Wir dürfen nicht zulassen, dass die Kriminalität unsere wunderschöne Stadt und ihr einzigartiges Erbe zerstört«, hatte er immer wieder zu ihr gesagt.

Er hatte nicht hinzugefügt, dass sich das Verbrechen auch

sehr ungünstig auf die Einnahmen der Hotels auswirken könnte, aber das wusste sie ohnehin.

Und jetzt war er tot. Na gut, wir müssen alle irgendwann sterben, aber Casper war nicht der Typ Mann, der tot an einem Bahndamm aufgefunden wurde. Er war ein Mann der großartigen Auftritte, also war es doch nur vernünftig, von ihm einen mindestens ebenbürtigen Abgang zu erwarten. Honey konnte sich überhaupt nicht vorstellen, dass Casper tot war. Der Zeitungsartikel enthielt auch keine näheren Angaben über die Todesart. Selbstmord? Ein Unfall? Mord? In Schlamm begraben. War er ausgerutscht? Das kam ihr alles sehr vage vor.

Nachdem die Katze die Turnschuhe endgültig zu ihrem Bett umfunktioniert hatte, zog Honey resigniert ein Paar Stiefeletten in zwei Brauntönen aus dem Schrank. Das Haar stand ihr in alle Richtungen vom Kopf ab, und sie hatte keine Spur Make-up auf dem Gesicht, als sie die Haustür hinter sich zuschlug und über die Steinplatten zum Hintereingang des Hotels eilte.

Smudger Smith, ihr Chefkoch, war bereits in der Küche. Sein Gesicht war rosig vor Anstrengung und der Hitze des Herdes. Der Duft von gebratenem Speck stieg Honey in die Nase und ließ ihren Magen knurren. Normalerweise hätte sie sich ein paar knusprige Scheiben mit Rührei und Toast gegönnt. Doch Caspers Tod hatte ihr völlig den Appetit verdorben.

»Chefin«, rief Smudger, eine Hand zum Gruß erhoben. Aus dieser Geste schloss sie, dass er Redebedarf hatte.

Sie hob ihrerseits die Hand zum universalen »Stopp«-Zeichen – mit der Handfläche nach außen. »Jetzt nicht. Alle Probleme müssen warten, bis ich zurück bin. Es ist was Schlimmes passiert. Was sehr Schlimmes.«

»Es gibt keine Probleme. Na ja, zumindest keine, mit denen ich nicht fertig werde. Ich dachte nur, du siehst irgendwie …«

Sie vermutete, dass er sagen wollte, sie sähe ziemlich bleich aus, beinahe als wäre ihr ein Gespenst begegnet. Er hatte sich diese Bemerkung aber gerade noch verkneifen können. Leute, die in Bath leben, erblicken ja dauernd irgendwelche Gespenster.

»Ich erkläre es dir später«, rief sie ihm noch zu.

Und damit war sie weg.

Smudger schüttelte den Kopf. »Ich wollte doch nur fragen, ob sie was dagegen hat, dass meine Katze hier einzieht«, sagte er zu Lester, seinem Jungkoch. »Die hat ganz schön verstört ausgesehen, was?«

Lester schnitt mit atemberaubender Geschwindigkeit und großem Schwung eine Gurke – wie ein Scharfrichter im Akkord.

»Vielleicht ist einem Familienmitglied was zugestoßen?«

Smudger schüttelte den Kopf. »Da fällt mir niemand ein. Ihre Mutter ist nicht mehr die Jüngste, aber die hat viel zu viel zu tun, um zu sterben.«

Das La Reine Rouge wirkte fröhlich und sommerlich mit den Hängekörben voller Lobelien, Geranien und anderen leuchtend bunten Blumen, die in gleichmäßigen Abständen an der ganzen eleganten Fassade entlang prangten.

Von der Schreckensnachricht und von ihrem gehetzten Lauf in Winterstiefeln über die sommerlichen Straßen von Bath hatte Honey so weiche Knie, dass sie vor dem Rezeptionstresen aus weißem Eichenholz beinahe zusammengeklappt wäre.

Kevin, der sommersprossige Rezeptionist, schaute auf sie herab. Seine Nase bebte über dem eierschalenfarbenen Halstuch. Sein Gesichtsausdruck war von übertriebener Fadheit. Die sandfarbenen Brauen waren bis fast zum Haaransatz hochgezogen. »Stimmt was nicht?«

Honey stand der Mund offen vor Staunen. Wie konnte der junge Mann in Zeiten wie diesen so sorglos daherreden?

Ihr Mund war zu trocken, als dass sie eine detaillierte Erklärung hätte abgeben können, also reichte sie ihm die Zeitungsseite und tippte auf die Schlagzeile.

»Das hier!«

Kevin nahm die Zeitungsseite vorsichtig mit den Fingerspitzen, als wäre sie mit irgendwas höchst Ansteckendem infiziert, zum Beispiel mit der Wirklichkeit.

Als er die Schlagzeile gelesen hatte, stand auch ihm der Mund offen vor Staunen, und seine Finger umklammerten das Papier fester.

Honey nutzte den Augenblick. »Sagen Sie mir, dass das nicht stimmt!«

Kevins Kopf ruckte so plötzlich nach oben, dass man beinahe fürchten könnte, er würde vom Hals abbrechen.

»Es stimmt auf gar keinen Fall. Ich habe ihm gerade eine Tasse Kaffee gebracht – stark und schwarz, genau wie er ihn mag.«

Honey schnappte sich den Artikel wieder, bat nicht darum, vorab angemeldet zu werden, sondern rannte gleich die Treppe hinunter, die in Caspers Büro im Souterrain führte.

In voller Lebensgröße – und wie immer mit farblich bestens koordiniertem Outfit, diesmal in blassgelben Tönen – saß Casper an seinem Schreibtisch und schaute auf den Bildschirm seines Computers. Ein kühler Windhauch strich durch eine neu eingebaute doppelflügelige Verandatür von einem Innenhof herein, der im japanischen Stil bepflanzt war. Caspers Lebensgefährte war Japaner. Er war in den letzten fünf Jahren immer wieder mal hier auf der Bildfläche erschienen. Caspers Leidenschaft waren Uhren. Takardos Leidenschaft war das Gartendesign.

Ein Medley aus verschiedenen Glockenschlägen läutete elf Uhr, als Casper endlich lange genug aufschaute, um Honeys Gesichtsausdruck wahrzunehmen.

»Du liebe Güte. Ihr Teint ist weiß wie der Schnee. Entweder haben Sie ein Gespenst gesehen, oder Ihre Mutter ist bei Ihnen im Hotel eingezogen.«

»Nein zur ersten Vermutung und zum Glück auch zur zweiten.«

Sie konnte ein Schaudern kaum unterdrücken. Wenn ihre Mutter bei ihr einziehen würde, so wäre das eine schlimme Anfechtung, aber nicht annähernd so schrecklich wie das hier.

Sie hielt Casper die Schlagzeile unter die Nase.

»Dieser Meldung zufolge sind Sie tot!«

Caspers ruhige Haltung veränderte sich kein bisschen, als seine Augen auf die Zeitungsmeldung fielen.

»Der erste Absatz«, sagte Honey und tippte mit dem Finger auf die fürchterlichen Worte.

Nun versteifte sich der ruhige Gesichtsausdruck zu wächserner Blässe. Casper dachte darüber nach, und seine Haltung blieb steif. Er ließ sich so leicht nicht aus der Ruhe bringen.

»Ich will sofort die Telefonnummer dieses Reporters! Die Telefonnummer seines Chefredakteurs! Das ist alles sehr bedauerlich.« Ein hervorragend manikürter Fingernagel deutete auf die Zeitungsseite. »Wo steht die wohl?«

»Auf der zweiten Seite?«, vermutete Honey.

Casper schaute nach. Honey hatte recht. Nachdem Casper die Telefonnummer der Zeitung gefunden hatte, langte er nach seinem Telefon.

Rasch hatte er die üblichen Hürden – tippen Sie 1 für diese Abteilung, 2 für die Anzeigenabteilung und 3 für Familiennachrichten – überwunden. Nachdem man ihn ein bisschen in der Redaktion herumgereicht hatte, hatte er endlich den Verantwortlichen – den Chefredakteur – am Apparat.

»Hören Sie mal, Sie Dämlack. Das bin nicht ich. Ich bin nicht tot. Ich lebe. Sie können mich hören, oder nicht? Ich lebe!«

Casper stürmte im Zimmer auf und ab, hielt mit der einen Hand das Telefon umklammert, mit der anderen die zerknüllte Zeitungsseite.

»Tot? Dem gebe ich tot!«

»Vielleicht war es ein Versehen …«

»Das nenne ich fahrlässig. Er hätte doch hier anrufen und nachfragen können.«

»Ja, aber wenn Sie doch tot sind …?«

»ICH BIN NICHT TOT!«

Seine Stimme war lauter als sonst, aber Casper verlor die Beherrschung nicht. Sein Tonfall war eiskalt und ausgesprochen präzise.

So cool würde ich nicht reagieren, dachte Honey. Ich wäre stocksauer. Ich würde verlangen, dass Köpfe rollen, und natürlich eine schriftliche Entschuldigung in der nächsten Ausgabe fordern.

»Ich würde eine Entschuldigung verlangen«, flüsterte sie. »Casper, Sie sind so cool.«

Was immer es an ihrem Kommentar gewesen war, jedenfalls reagierte Casper darauf. Plötzlich fluchte er unheimlich, und sein Gesicht spiegelte so viel ungeheure Wut, dass er kaum reden konnte. Er begann heftig zu stottern, so dass er Honey das Telefon reichen musste.

»Sagen Sie es ihm?«

Das erwischte Honey auf dem falschen Fuß.

Casper bekam einen Hustenanfall und trommelte sich mit den Fäusten auf den Brustkorb. »Hab den verdammten Kaffee in den falschen Hals bekommen …«

Honey erklärte dem Chefredakteur, was geschehen war und dass Casper St John Gervais nun beinahe vor Wut erstickte. Sie bestätigte auch, dass die Identität, die man in dem Artikel dem Toten zugeordnet hatte, keineswegs korrekt sei. Casper St John Gervais sei quicklebendig. »Und es kann unmöglich zwei Personen geben, die so heißen. Ich meine, Casper St John Gervais ist ja nicht gerade ein gewöhnlicher Name.«

Caspers Augen funkelten beim bloßen Gedanken wütend.

Der Chefredakteur entschuldigte sich. »Schauen Sie. Es tut mir leid, aber wir haben den Bericht über seinen Tod, Verzeihung, über diesen Tod aus einer zuverlässigen Quelle.«

»Dann hat sich Ihre Quelle eben geirrt.«

Casper mischte sich wieder ein, riss ihr das Telefon aus der Hand und schaltete auf Lautsprecher.

»Ich will wissen, wer oder was diese Quelle war. Ich will die Adresse. Jetzt sofort!«

»Es tut mir leid, aber wir können keine Angaben zu unseren Quellen und Mitarbeitern an die Öffentlichkeit ...«

»Ich bin nicht die Öffentlichkeit. Ich bin ich. Ich habe Verbindungen zu den höchsten Kreisen. Zum Adel. Und jetzt machen Sie schon. Nennen Sie mir Namen.«

»Ich möchte Sie darauf hinweisen, Mr Gervais, dass der Name des Autors unter dem Artikel steht.«

Honey und Casper schauten erneut auf die Zeitungsseite. Geoffrey Monmouth.

Honey deutete darauf. »Ah ja. Da steht er.«

Casper war gewöhnlich nicht so unaufmerksam, aber der Artikel hatte ihn aus der Fassung gebracht. Schließlich las man nicht jeden Tag eine Nachricht über den eigenen Tod in der Zeitung, noch dazu eine, die viele Fragen über die Einzelheiten offenließ.

Der Chefredakteur war wenig einsichtig. »Wir können Ihnen die Adresse des Verfassers nicht geben. Tut mir leid.«

»Ist er in der Redaktion? Dann komme ich.«

»Er ist nicht hier.«

Honey bemerkte, dass sich Panik in die Stimme des Chefredakteurs schlich. »Er ist freier Mitarbeiter. Wir setzen ihn nur gelegentlich ein.«

Honey konnte es dem Mann nicht verübeln, dass er den Vorstand des Hotelverbands von Bath nicht in seinem Büro haben wollte. Doch wenn Casper sich eine Sache in den Kopf gesetzt hatte – wie zum Beispiel jetzt –, dann war er wie ein Schlitten, der ohne Bremse einen Hügel hinunterdonnerte.

Honey strich das Zeitungsblatt wieder glatt, so dass alles wieder deutlich lesbar war.

Casper warf erneut einen Blick auf die Titelseite. »Ich entnehme der ersten Seite, dass er einen weiteren Artikel für Sie geschrieben hat, und zwar über eine zweitausend Jahre alte Leiche, die man vor einiger Zeit auf dem Anwesen von Lord Torrington ausgegraben hat. Der steht auf derselben Seite. Sind Sie sicher, dass wenigstens diese Leiche wirklich tot war? Und nicht irgendwo wach im Bett sitzt?«

»Ihre Ironie können Sie sich sparen.« Die Stimme des Chefredakteurs klang pikiert.

»Ich könnte Sie dafür verklagen. Ja, ich werde mich mit meinem Rechtsanwalt in Verbindung setzen, sobald ich dieses Gespräch beendet habe.«

Die Entschuldigung des Chefredakteurs und sein Versprechen, die Sache wieder in Ordnung zu bringen, kamen nun sehr schnell und aus tiefstem Herzen. »Hören Sie. Wir drucken einen Widerruf. Und eine Entschuldigung, die erklärt, dass es ein Irrtum war. Was würden Sie davon halten? Schließlich ist ja kein Schaden entstanden. Sie leben doch noch.«

»Allerdings.« Caspers Augen verengten sich bösartig, als er Honey anschaute. »Wer war es also wirklich, diese Leiche, die Sie für meine gehalten haben?«

»Ich weiß es nicht. Ich werde Monmouth bitten, sich mit seinem Kontaktmann bei der Polizei in Verbindung zu setzen. Der weiß vielleicht mehr.«

»Da bin ich mir sicher«, antwortete Casper.

Das Gespräch wurde nun rasch beendet.

Honey kannte diesen Ausdruck auf Caspers Gesicht. Sie sah, dass er sich beunruhigend aufblähte, als hätte er es Alice im Wunderland nachgetan und den kleinen Kuchen mit der Aufschrift »Iss mich« gegessen und würde nächstens zu groß für dieses Zimmer werden.

Sie ahnte, was jetzt kommen würde.

»Bis zum jetzigen Zeitpunkt habe ich es stets vermieden, mich mit der weniger schönen Seite des Lebens zu befassen. Derlei liegt nicht in meiner Natur. Das habe ich immer Ihnen überlassen.«

»Tausend Dank«, murmelte Honey.

Casper schien gar nicht zu bemerken, dass er eine Spur beleidigend gewesen war.

»Ich würde selbstverständlich liebend gern diesen Monmouth besuchen und ihn wissen lassen, wie sehr mich sein Artikel gekränkt hat. Ich werde auch eine Wiedergutmachung fordern. Ich werde mich daranmachen, den Chefredakteur schriftlich wissen zu lassen, dass ich die Absicht habe, die Zeitung zu verklagen.«

»Es war wahrscheinlich ein echtes Versehen. Allerdings frage ich mich, wie man sich so irren konnte. Schließlich ist die Wissenschaft inzwischen weit gediehen, mit all dem DNA-Zeug und so. Ich wüsste zu gern, wer die Leiche wirklich ist.«

Casper legte den Kopf in den Nacken. Er musterte die Zimmerdecke, als hinge dort oben eine Entscheidung, die er nur noch herunterpflücken müsste.

Honey hatte eine ungute Vorahnung. Sie konnte sich nur zu genau vorstellen, was nun kommen würde. Und da war es auch schon.

»Ja. Das halte ich für angemessen. Ja. Ich brauche Klarheit. Ich will wissen, wer dieser Mann ist. Lassen Sie alles andere stehen und liegen. Ich möchte, dass Sie gründliche Erkundigungen einziehen.«

»Ich habe ein Hotel zu führen …«

»Das ist jetzt nicht wichtig. Nehmen Sie sich eine Auszeit. Stellen Sie Nachforschungen an. Wenn es im Green River Probleme gibt, schicke ich jemanden rüber, der dort aushelfen kann.«

Honey wusste, dass er dieses Versprechen halten würde. Die Aussicht auf die Ermittlung war schon ziemlich aufregend. Womöglich würde sich der Fall als recht interessant erweisen. Zunächst musste sie herausfinden, wie genau der Mann ums Leben gekommen war. Wieso Schlamm? Es konnte doch gewiss niemand im Schlamm Selbstmord begehen? Sie witterte bereits ein Verbrechen. Ihre Gedanken wirbelten bei der bloßen Überlegung, was als Nächstes zu tun wäre.

»Doherty weiß bestimmt was davon. Und mit dem treffe ich mich später ...«

»Nein! Nicht später. Jetzt gleich. Ich möchte, dass Sie sich so schnell wie möglich mit dieser Angelegenheit befassen. Gehen Sie da hin, wo dieser Mann gestorben ist, und verschaffen Sie sich einen Eindruck. Wir haben keine Sekunde zu verlieren. Ich bin zutiefst verstört. Ich brauche Klarheit. Und zwar jetzt. Machen Sie sich gleich an die Arbeit!«

Casper war immer brüsk, aber diesmal war sein Tonfall so scharf, dass er Honey gut und gern den Kopf hätte abtrennen können. Na ja, so war er eben. Es gab nur einen Casper St John Gervais, für zwei war auf dieser Erde ganz entschieden kein Platz.

# Kapitel 2

Nachdem sich Honey ein wenig von dem Schreck erholt hatte, den ihr die Nachricht von Caspers Tod eingejagt hatte, marschierte sie zu ihrem Hotel zurück, drängelte sich auf den Bürgersteigen durch die bunte Schar der Einkäufer, der Touristen und der Leute, die unter den von den Laternenmasten herabhängenden Blumenkörben Selfies aufnahmen.

Doherty, ihr Verbindungsmann bei der Polizei, mit dem sie auch gelegentlich das Bett teilte, ging nicht ans Telefon. Verärgert versuchte sie es weiter. Immer noch keine Antwort. Sie wusste, dass er bald zu einem Teambildungskurs aufbrechen würde, war sich aber ziemlich sicher, dass er noch nicht weggefahren war.

Sie probierte es noch einmal zähneknirschend und grummelte: »Wo bist du, Steve Doherty?«

»Versuchst du mich zu erreichen?«

Sie zuckte zusammen, als sie seine Stimme hörte. In Bath konnte man leicht jemanden übersehen, besonders in der Hochsaison, wenn die Stadt von Touristen nur so wimmelte.

Sie blieb stehen, kam zu dem logischen Schluss, dass er, da er nicht vor ihr stand, wohl hinter ihr sein musste. Sie drehte sich so unvermittelt um, dass sie erfreulicherweise gleich mit ihm zusammenstieß und mit seinem üblichen schwarzen T-Shirt und den abgewetzten Jeans auf Tuchfühlung ging. Er hatte ganz lässig einen Zeigefinger in den Aufhänger seiner schwarzen Lederjacke gehakt und sie sich über die Schulter geworfen.

Mit dem anderen Arm umfing er sie warm. Seine Lippen waren kühl. Sie schloss die Augen. Ihr war, als ertrinke sie in duftendem Wasser.

»Ich muss dich was fragen«, sagte sie mit leiser, rauchiger Stimme.

Er zog die Augenbrauen in die Höhe, grinste frech und hatte jede Menge Versprechungen im Blick.

»Ein intimes Geheimnis nur für zwei?«

»Keine Spur. Überregionale Nachrichten – gewissermaßen. Es geht um Casper. Die Western Daily Press hat behauptet, er wäre tot.«

Aus dem frechen Grinsen wurde beinahe lautes Gelächter.

Ehe Doherty einen völlig unpassenden Kommentar abgeben konnte, fügte Honey rasch hinzu: »Die haben behauptet, er wäre die Leiche, die man am Bahndamm in Bradford on Avon im Schlamm gefunden hat. War das ein Unfall? Selbstmord oder Mord?«

Er zuckte die Achseln. »Keine Ahnung. Nach dem bisschen, was ich über den Fall weiß, wäre Selbstmord eine echte Überraschung. Ich nehme an, der Mann ist vielleicht im Schlamm ausgerutscht und dann von der einstürzenden Böschung verschüttet worden. Vielleicht war er betrunken und konnte sich nicht mehr befreien. Oder jemand hat nachgeholfen. Das können nur die Jungs im Labor genau rausfinden. Was weißt du denn bisher?«

»Nur eines. Es war nicht Casper. Der steht unter Schock – soweit das bei ihm überhaupt möglich ist, wenn man bedenkt, wie er sonst so drauf ist. Ich war auch schockiert. Erst die Zeitungsmeldung, die seinen Tod verkündet, und dann sitzt er da seelenruhig am Schreibtisch und nippt am Kaffee.«

»Hm.« Doherty setzte eine ernste Miene auf und schüttelte den Kopf. »Hat leider nichts mit mir zu tun.«

Sie deutete das so, dass ein anderer Kripobeamter sich damit beschäftigte.

»Aber du kannst es doch rausfinden?«

»Könnte ich. Wenn ich wollte.«

»Ich denke, das ist verständlich. Du hast jetzt Freizeit, bist wahrscheinlich viel zu entspannt. Wie war's denn beim Drachenfliegen?«

Er zuckte die Achseln. »So lala.«

»Wann geht's zu deinem Teambildungskurs?«

»In Kürze.«

Sie hatten sich vor kurzer Zeit einvernehmlich darauf geeinigt, ihre Beziehung ein wenig langsamer anzugehen. Will sagen, sie wollten herausfinden, ob sie länger als ein paar Tage ohne einander auskommen konnten. Honey hatte Doherty vermisst, würde das aber niemals zugeben – nicht, ehe er es zuerst gesagt hatte. Die Alternative wäre gewesen, mit ihm zum Drachenfliegen zu gehen, und das war wirklich nichts für sie, denn sie war nicht schwindelfrei.

»Kann ich mitkommen?«

»Du bist doch nicht im Team.«

»Das habe ich nicht gemeint. Zum Polizeirevier. Casper ist völlig versessen darauf, die Sache so schnell wie möglich aufzuklären, und er wüsste gern, wer die Leiche da draußen wirklich war. Ich nehme an, du erfährst auf der Wache die Einzelheiten bei der Teambesprechung.«

Er schüttelte den Kopf. »Der Vorfall hat sich in Bradford on Avon ereignet. Das liegt in Wiltshire, falls dir das entfallen ist, und ist somit außerhalb unseres Zuständigkeitsbereiches Avon und Somerset.«

Honey klatschte sich mit der Hand an die Stirn. »Natürlich! Verdammt!« Polizeibehörden wachten eifersüchtig über ihr Terrain.

»Da kann ich nicht dazwischentrampeln.«

Honey sog zischend Luft ein. »Echt schade. Casper war ziemlich schockiert, als ich ihm den Artikel gebracht habe.«

Doherty grinste. »Ja, klar doch.«

»Das ist nicht komisch.«

Er setzte wieder eine ernste Miene auf, aber in seinen Augen blitzte das Lachen. »Natürlich nicht.« Um seine Lippen spielte noch ein Lächeln.

»Ich würde total ausrasten, wenn ich irgendwo lesen müsste, dass ich tot bin«, sagte Honey pikiert.

»Also hat dich Casper angewiesen, dir die Angelegenheit anzuschauen. Das ist eigentlich seltsam, denn die Sache ist ja nicht in Bath passiert.«

Sie nickte. »Na ja, angewiesen hat er mich nicht gerade …«

Doherty schaute ungläubig. »Ich vermute mal, er nimmt die Sache persönlich, seit er seinen Namen in der Zeitung gelesen hat.«

Honey schaute ihn flehentlich an. »Kannst du mir da nicht doch helfen?«

Doherty pfiff leise vor sich hin und schüttelte den Kopf. »Das würde denen in Bradford gar nicht gefallen. Ich würde da einigen Leuten auf die Füße treten. Es ist wirklich nicht mein Bezirk.«

»Okay«, sagte sie und nickte bedächtig. »Ich verstehe. Es wäre unprofessionell, wenn du Erkundigungen einziehen würdest. Aber du kennst doch bestimmt jemanden bei der Polizei in Wiltshire, der helfen könnte? Jemand, an den ich mich wenden könnte?«

Er kniff ein Auge zu, wie immer, wenn er angestrengt nachdachte oder vermutete, dass Honey einen Gefallen von ihm erbat, den er ihr nicht erfüllen konnte.

»Sefton Goudge. Der könnte dir vielleicht helfen – mir zuliebe. Der hat früher bei uns in Bath gearbeitet, hat sich dann aber vom Außendienst in Bath auf einen Schreibtischjob in Wiltshire versetzen lassen. Jetzt ist er einer von den Jungs im Hinterzimmer.«

Honey strahlte, küsste ihn und legte ihm die Arme um die Taille, nicht so sehr zu seinem wie zu ihrem eigenen Vergnügen. Er fühlte sich so wunderbar fest an!

Doherty murmelte begeistert und sagte dann: »Mir gefallen deine Argumente. Im Hinblick auf eine mögliche Wiederholung ziehe ich gern vorab ein paar Erkundigungen ein.«

Honey lehnte sich noch näher zu ihm hin und küsste ihn. »Diese Hilfe würde sicherlich eine Wiederholung meiner Argumente verdienen, vielleicht in einem intimeren Rahmen.«

Doherty lächelte. »Genau das wollte ich hören. Und inzwischen geh du und schnüffle schon mal rum, wo du kannst.«

»Kein Problem. Heute ist ein schöner Tag«, sagte sie und schaute auf die Passanten, die kurzärmelige Tops, manche sogar Shorts trugen. »Ich glaube, ich mache einen Ausflug und gehe da ein bisschen am Fluss spazieren.«

Doherty nickte. »Ah ja. In Bradford on Avon.«

»Scheint mir eine gute Idee zu sein. Schade, dass du nicht mitkommen kannst.« Das hätte sie wirklich gern gehabt.

»Pass auf dich auf«, sagte er, nahm sie bei den Schultern und küsste sie auf die Stirn. »Und komm niemandem in den Weg.«

Er pfiff vor sich hin, als er davonstapfte, die Lederjacke noch immer lässig über die Schulter geworfen. Wie konnte der Kerl schon so sagenhaft verführerisch aussehen, wenn er nur über den Fußweg spazierte? Aber träumen hatte jetzt keinen Zweck. Ein Bürgersteig in der Stadt war ohnehin für das, was ihr vorschwebte, ein viel zu öffentlicher Ort.

Es war wirklich ein schöner Tag, und es würde interessant sein, sich die Fundstelle der Leiche anzusehen. Dort war ja bestimmt noch einiges los. Irgendwie war diese Verwechslung der Identität seltsam. Wieso Casper? Ja, komisch war es, aber auch rätselhaft.

Honey stellte ihren kanariengelben Citroën auf dem Parkplatz ab, der gleich beim Spazierweg am Fluss und in bequemer Nähe der öffentlichen Toiletten lag. Sie nahm an, dass man die Leiche ein Stück flussabwärts von der berühmten mittelalterlichen

Brücke gefunden hatte, die im Zentrum der hübschen kleinen Stadt den Fluss überquerte. Sie erinnerte sich daran, dass die Wiesen sanft von einer Baumreihe und den Weberhäuschen abfielen, während ein schmaler Pfad vom Fluss aufwärts und in dichtere Vegetation und zum Fußgängerüberweg über die Bahnlinie führte. Furchterregend, dass ein Bahngleis so leicht für Fußgänger zu erreichen war.

Der Park, in dem Leute spazieren gingen und ihre Hunde ausführten, wich allmählich einem unwegsameren Gelände; und zwar gleich nach der Stelle, wo der Pfad zur Bahnlinie hochführte. Genau da flatterte auch das blaue Tatortband, war über den Weg gespannt und hinderte alle am Weitergehen. Nach dem nassen Wetter der letzten Zeit und dem Schnitt der dichteren Büsche und Bäume war ziemlich viel Schlamm ins Rutschen geraten.

Zwei uniformierte Polizisten hatten Dienst, diskutierten gerade mit einer besonders erzürnten Hundebesitzerin, die meinte, es würde ihre Hunde außerordentlich verstören, wenn sie nicht genau bei ihrer Routine blieben und wie jeden Tag auf diesem Pfad Gassi gingen. Wie sehr sich die Polizisten auch bemühten, ihr klarzumachen, dass am Bahngleis etwas wirklich Furchtbares passiert war, so schien doch zumindest dieser Dame die Routine ihrer Hunde wesentlich wichtiger zu sein als derart nebensächliche Dinge wie der Tod eines Menschen.

»Es hat dort einen Zwischenfall gegeben, Madam.«

»Das ist Tage her. Und außerdem haben Sie gerade ein Auto da hinfahren lassen. Was ist damit? Das hinterlässt wesentlich mehr Spuren auf dem Gelände als ich und meine Hunde, meinen Sie nicht?«

»Es tut mir leid, aber …«

»Es werfen sich doch dauernd irgendwelche Leute vor den Zug. Es war doch wohl kein Mord, oder?«

»Madam, dazu können wir wirklich keinen Kommentar abgeben.«

Honey hörte das Zögern in der Stimme des Polizisten und dachte sofort wieder an die Zeitungsmeldung. Verdächtiger Todesfall. Wieso verdächtig? Wenn es, wie die Hundedame angedeutet hatte, tatsächlich ein Selbstmord war, dann war daran nichts Verdächtiges. Die Wahrheit würde sich ohnehin erst nach einer Obduktion herausstellen.

Neugier überfiel Honey. Wie sich doch die Dinge von einem Augenblick zum anderen ändern konnten. Hier ging es nicht nur darum herauszufinden, warum man Caspers Namen dieser Leiche zugeordnet hatte.

Während die Hundedame immer noch auf die Polizisten einschimpfte und sich über deren mangelndes Einfühlungsvermögen beschwerte, duckte sich Honey unter dem Absperrband hindurch. Hier standen die Büsche dicht am Weg, den ganzen Hang hinauf.

Ein weißer Tatortwagen parkte dort. Die hinteren Türen waren geöffnet, damit man die benutzten Schutzanzüge und dickbauchigen Tatortkoffer leichter hineinwerfen konnte. Wegen des warmen Wetters und der Anzüge, die einen leicht zum Schwitzen brachten, wischten sich die beiden Beamten den Schweiß von der Stirn und reckten erleichtert die Arme, ehe sie in den Wagen stiegen und losfuhren.

Ein zweites Auto blieb übrig – ein auf Hochglanz polierter schwarzer BMW mit getönten Scheiben und Leichtmetallfelgen.

Honey schoss der Gedanke durch den Kopf, dass das für einen Polizisten ein ziemlich nobles Auto war. Denn wer hier stand, musste ein Polizist sein. Sonst hätte er nicht neben dem flatternden Tatortband parken dürfen. Allerdings schien er im Augenblick abwesend zu sein. Der Ort war menschenleer, die glänzenden Bahngleise erstreckten sich in beide Richtungen, von einem Zug war nichts zu hören oder zu sehen.

Honey schaute sich rasch um, um sicher zu sein, dass niemand sie beobachtete, und näherte sich dann vorsichtig dem Tatort am Bahngleis. Sie beugte sich hinunter, um sich die Stelle näher anzusehen, an der Kreidestriche und eine Spraydose mit weißer Farbe markiert hatten, wo man die Leiche gefunden hatte, wenn auch wegen des unwegsamen Geländes nur in groben Umrissen. Außer den Markierungen waren bloß noch ein paar dunklere Flecken auf dem Schotter zwischen den Gleisen und ein paar auf den hölzernen Schwellen übrig.

Honey war überrascht, als sie bemerkte, dass sie offensichtlich nicht die erste Zivilistin am Tatort war. Jemand hatte hier ein atemberaubendes Bouquet aus orangen, blauen und violetten Blumen niedergelegt. Nähere Betrachtung brachte jedoch keine Karte mit liebevollen Abschiedsworten zum Vorschein, die jemand hastig hingeschrieben hatte und die ihr Aufschluss über den Namen des Opfers oder den der Person erlaubt hätte, die diese Blumen hergebracht hatte.

Sie beugte sich tiefer hinunter, schnupperte an den Blüten, entdeckte aber sonst nichts – außer einer Spielkarte, die zwischen die Blumen gesteckt war. Zuerst dachte sie, es wäre eine ganz normale Spielkarte, doch dann erkannte sie, dass es eine Tarotkarte war – der Gehenkte, der an einem Fuß von einem Baum hing.

»Kann ich Ihnen helfen?«

Ein Schatten fiel über sie. Der Mann hatte sich mit so leisen Schritten genähert, dass sie nichts gehört hatte.

Erschrocken stopfte sie sich hastig die Tarotkarte in den BH. Sie passte geradeso dort hinein.

Honey fuhr herum und rechnete damit, irgendeinem hochnäsigen Polizeibeamten gegenüberzustehen, der eine hochoffizielle Miene aufgesetzt hatte und ihr gleich sagen würde, sie solle sich hier schnellstens verziehen.

Zunächst war der Mann kaum mehr als eine Silhouette, und die hinter ihm stehende Sonne ließ einen Heiligenschein um seinen Kopf leuchten. Seine Gesichtszüge blieben undeutlich, bis er auf ebeneres Gelände trat und aus der Sonne ging.

Honey nahm begeistert alle Einzelheiten auf. Er war groß und sehr gut angezogen; sein Haar war weißblond, lag ihm flach und glänzend am Kopf und umspielte weich seinen Kragen.

Er erinnerte sie sofort an einen mittelalterlichen Ritter mit schimmerndem Haar, fein gemeißelten Gesichtszügen, porzellanblauen Augen. Er sah nicht aus, als hätte er je eine Polizeiuniform getragen und den Verkehr geregelt, wenn sie sich auch sehr gut alle möglichen anderen Uniformen an ihm vorstellen konnte.

Sie lächelte entwaffnend, aber geschäftsmäßig und streckte ihm die Hand entgegen. »Guten Tag. Ich bin die Verbindungsperson des Hotelverbands von Bath zur Kripo. Mein Name ist Honey Driver. Normalerweise ist mein Verbindungsmann Detective Chief Inspector Steve Doherty in Manvers Street in Bath, wenn sich schwere Vergehen auf den internationalen Tourismus in Bath auswirken könnten. Ich bin mir darüber im Klaren, dass dieser Mann in Wiltshire gestorben ist, aber ich beschäftige mich gerade mit einem Fall von Personenverwechslung. Eine Zeitung hat irrtümlich die Identität des Opfers falsch angegeben, allen Ernstes den Namen eines meiner Freunde genannt. Das hat ihn ziemlich verstört.«

Der Handschlag des Mannes war fest. Und warm. Und er zog sich hin. Sein Lächeln war so verführerisch, dass Honey weiche Knie bekam.

»Darf ich Sie Honey nennen?«, fragte er.

Honey lächelte. Hilflos. Hingerissen. »Aber bitte gern.«

»Sie interessieren sich also für diesen Fall?«

Er legte den Kopf leicht schief und musterte sie vom Scheitel bis zur Sohle, als könne er sie mit nichts als einem raschen Blick nach Länge, Breite und Höhe vermessen. Ihr schoss der Gedanke durch den Kopf, dass er vielleicht mit diesem Röntgenblick sogar die Farbe ihrer Unterwäsche bestimmen könnte. Schon der Gedanke daran trieb ihr die Röte ins Gesicht.

»Ich heiße Dominic Christiansen. Aber nennen Sie mich bitte Dominic. Freut mich, Sie kennenzulernen. Also, der Name Ihres Freundes wurde in einem Zeitungsartikel erwähnt?«

Er artikulierte äußerst sorgfältig, seine Augen blinzelten nicht, und er verströmte das Selbstbewusstsein eines Mannes, der schon mit Geld und Privilegien auf die Welt gekommen war, das Produkt von Schulen wie Eton oder Harrow.

Honey raffte ihr ganzes Selbstwertgefühl zusammen. »Ja. Es hat ihn sehr verstört. Wie es dazu kommen konnte, wissen wir nicht genau. Wahrscheinlich hat ein Journalist voreilige Schlüsse gezogen.«

»Wahrscheinlich. Der arme Kerl. Niemand will ja die eigene Todesnachricht in der Zeitung lesen. Das ist beinahe so schlimm wie wirklich sterben!«

Wie entspannt der Typ war! Honeys Hormone vollführten einen kleinen Bauchtanz.

»Ja. Ich habe es gelesen und gedacht, der Artikel bezöge sich auf meinen Freund. Da stand sein Name. Ich bin ihn besuchen gegangen, und da saß er in voller Lebensgröße in seinem Büro. Es ist alles sehr seltsam.«

»Und wie heißt Ihr Freund?«

»Casper St John Gervais. Er ist der Vorsitzende des Hotelverbands von Bath. Nachdem ich die kleine Meldung gelesen hatte, bin ich gleich losgerannt, um nachzusehen, ob das stimmte. Er hat ein Hotel in Bath. Es war ein ziemlicher Schock, ihn dann in seinem Büro anzutreffen, wo er friedlich Kaffee trank, das kann ich Ihnen versichern.«

Plötzlich und so kurz, dass sie meinte, es sich vielleicht nur eingebildet zu haben, sah sie ein Aufleuchten in den Augen des Mannes, als hätte er Caspers Namen nicht zum ersten Mal gehört.

»Kennen Sie ihn?«

Er schüttelte den Kopf. »Kann ich nicht behaupten.«

»Nun, ich hoffe, wir können das aufklären.«

»Ich auch.« Wahrscheinlich hatte sie sich das Aufleuchten wirklich nur eingebildet. Bei seinem Lächeln lief ihr das Wasser im Mund zusammen.

»Ich werde die Ermittlungen leiten. Hier ist meine Karte. Meine Handy-Nummer steht drauf. Die gebe ich nicht jedem, also behalten Sie sie bitte für sich, sonst rufen mich Krethi und Plethi Besserwisser ständig an.«

Er lachte über seinen eigenen Witz. Honey lachte auch und gab sich redlich Mühe, ihn sich nicht in allen möglichen anderen Lebenslagen vorzustellen. Mann, war dieser Typ eine Sahneschnitte! Sie schaute kaum auf die Visitenkarte, obwohl sie schon beinahe versucht gewesen war, sie auch im BH verschwinden zu lassen. Sie wollte aber keinen falschen Eindruck erwecken, und eine Karte im Ausschnitt reichte auch.

Nicht dass sie ihn nur deswegen beeindrucken wollte, weil er so unverschämt gut aussah. O nein, das wäre ja viel zu seicht und oberflächlich. Aber sie musste ihn einfach taxieren. Bei seiner Körpergröße würde er die gesamte Länge eines Bettes einnehmen, ohne auch nur einen Zentimeter Luft!

Er sagte nichts.

Sie sagte nichts.

Sie standen nur da und musterten einander vom Scheitel bis zur Sohle, und beide hegten keinerlei Zweifel an den Gedanken, die gerade ihrem Gegenüber durch den Kopf gingen. Es war Honey, als stünde sie am Rand einer Klippe, vom Ausblick verzaubert, und wollte unbedingt in den Abgrund springen. Nur die Vorstellung von Doherty, wie er mit seiner über die Schulter geworfenen Lederjacke davongeschlendert war, hinderte sie daran, sich in die Schlucht zu stürzen. Und jetzt würde sie höfliche Konversation machen, mit anderen Worten: Informationen aus dem Mann herausquetschen, die sie normalerweise nicht bekommen würde.

»Also! Können Sie mir schon irgendwas zu dem Fall sagen? Ich meine, wissen Sie, wer der Tote wirklich ist?«

Einen Moment lang sah er sie nur mit stählernem Blick an – wie ihn die heißblütigen Helden in den Kitschromanen draufhatten, die ihre Mutter immer las. Würde er ihr was sagen oder nicht?

Plötzlich schaute er über ihren Kopf hinweg, als wägte er seine Optionen ab.

Endlich wandte er sich wieder ihr zu. »Nun gut. Da Ihr Freund ja unter dieser falschen Identifizierung gelitten hat. Selbstverständlich ist das alles streng vertraulich.«

Sie nickte. »Selbstverständlich.«

Sein Blick wich nicht von ihr. »Was wollen Sie wissen?«

»War es Selbstmord, ein Unfall oder Mord?«

»Das kann ich Ihnen nicht sagen. Er war tot. Das muss fürs Erste reichen. Wir stellen noch Ermittlungen bezüglich seiner Identität an und prüfen die genauen Todesumstände. Es tut mir leid, dass Ihr Freund in diese Sache mit hineingezogen wurde. Ich kann mir nicht vorstellen, wer der Zeitung seinen Namen genannt haben soll.«

»Er wird es verkraften. Aber ich bin mir nicht sicher, ob der Chefredakteur der Zeitung es verkraften wird. Casper vergibt Leuten, die seinen Namen missbrauchen, so leicht nicht. Und dazu gehört auch die Erwähnung in einer Zeitungsmeldung.«

»Das klingt ganz so, als wäre Ihr Freund ein ziemliches Unikum. Ich würde ihn gern kennenlernen – nur falls seine Person irgendwie ein Licht auf das wahre Opfer werfen könnte.«

»Oh, ich bezweifle, dass er das Opfer gekannt hat«, sagte Honey und schüttelte den Kopf.

Die Stirn des Mannes umwölkte sich. »Vielleicht sind Sie doch nicht so eng mit ihm befreundet, wie Sie dachten?«

»Devizes kommt auf seinem Radar nicht vor«, platzte Honey heraus.

Christiansen runzelte die Stirn. »Devizes?«

»Das Hauptquartier der Polizei von Wiltshire. Ich habe mir sagen lassen, das ist in Devizes.«

»Ah ja! Natürlich!« Er nickte zur Bestätigung, aber irgendwie hatte Honey den Eindruck, als hätte er keine Ahnung gehabt, wovon sie sprach. Wenn er für die Polizei von Wiltshire arbeitete, würde er doch wissen, dass die Zentrale für diesen Landkreis in Devizes war?

Er bot ihr jedoch ein Krümelchen Trost an. »Er bräuchte ja nicht nach Devizes zu kommen. Ich kann ihn aufsuchen.«

»Das ist sehr freundlich von Ihnen.«

»Kein Problem.«

»Hören Sie. Wenn Sie mich kontaktieren müssen …«

Sie verteilte sonst nicht viele Visitenkarten. Die lagen normalerweise in ihrem Schreibtisch und staubten allmählich ein oder steckten in irgendeiner Hosentasche oder Handtasche und bekamen Eselsohren. Sie hatte trotzdem immer welche dabei, falls sich ein ganz besonderer Anlass bot. Dominic Christiansen war so ein besonderer Anlass.

Einen Moment lang schaute er sie nachdenklich an, und sie erwiderte diesen Blick. Es war ein explosiver Moment, und es fiel ihr schwer, sich loszureißen.

»Haben Sie Zeit für eine Tasse Kaffee?«, fragte er.

Seine Einladung überraschte sie. »Nun … jaaaa.«

Okay, die Antwort war zwar gestottert gewesen, aber schnell gekommen. Er hatte sie auf dem falschen Fuß erwischt. Sie war Wachs in seinen Händen.

»Steigen Sie ein. Der Swan scheint ein gutes Restaurant zu sein, und ich kann meinen Wagen auf dem Hof dahinter parken.«

»Es gibt noch andere …«

»Mit Parkplätzen?«

»Na ja, bei einigen müssten Sie auf einem öffentlichen Parkplatz oder an der Straße parken.«

»Ich stelle meinen Wagen nie an der Straße ab. Kommen Sie schon. Steigen Sie ein.«

Sie widersprach ihm nicht. Er war nicht der Typ Mann, dem man widersprach. Dominic Christiansen war ein Alphatier in all seiner Pracht.

Das Innere des Autos roch nach teurem Aftershave und warmem Leder. Während der kurzen Fahrt zum Parkplatz des Swan betrachtete Honey verstohlen Christiansens Profil.

Was als Kaffeetrinken angefangen hatte, entwickelte sich zu einem ausgewachsenen Mittagessen, so dass aus dem kurzen Zwischenstopp zwei Stunden wurden, in denen er ihr erzählte, dass der Tote ziemlich verlottert und wahrscheinlich obdachlos gewesen war.

Das war der einzige Augenblick während des Essens, in dem ihre Gedanken wieder zum Anlass des Treffens zurückwanderten.

»Großer Gott! Warum sollte dann irgendjemand annehmen, dass es Casper war? Ich meine, der ist so ungefähr das genaue Gegenteil von verlottert. Pingelig bis zum Abwinken sogar.«

»Vielleicht habe ich da etwas missverstanden. Ich überprüfe das noch mal«, sagte er. »Er war ja unter ziemlich viel Schlamm begraben, also hat seine Kleidung sicherlich gelitten. Aber wir werden uns das genauer ansehen.«

Sein Lächeln löschte all ihre Wissbegierde aus.

Von der Begegnung mit ihm war ihr noch eine ganze Weile später schwummrig im Kopf. Fetzen ihres Gesprächs kamen ihr in Erinnerung, wurden aber von seiner Präsenz, seinem guten Aussehen, seinem glatten Haar und seiner tiefen Stimme völlig überstrahlt. Er hatte ihr viele Fragen zu ihrer Person, zu ihrem Hotel, ihrer Familie und zu den Gründen gestellt, warum sie den Job der Verbindungsperson zur Kripo übernommen hatte.

Vor dem Green River Hotel verabschiedeten sie sich von einander, und Honey war zumute, als schwebte sie auf Wolken. Leichtfüßig hüpfte sie in den Empfangsbereich und pfiff *As Time Goes By* vor sich hin – kitschig und altmodisch romantisch, aber sie war eben mal in so einer Stimmung.

»Wer war das denn?«

Zwei braune Augen musterten sie aufmerksam. Ihre Tochter Lindsey war die Unterstützung, auf die Honey sich stets verlassen konnte. Für eine so junge Person war sie eine außergewöhnlich genaue Beobachterin, und sie führte das Green River Hotel besser als Honey, auch wenn diese das nur ungern zugab.

Honey stützte die verschränkten Arme auf dem Empfangstresen ab. »Er ist bei der Polizei. Sieht der nicht umwerfend aus?«

»Sehr ansprechend – was ich so von ihm gesehen habe. Und ein tolles Auto hat er. Wo hast du den aufgegabelt?«

»Bradford on Avon.« Honey seufzte.

»Und der hat dich mit zurück nach Bath genommen?«

Honey warf den Kopf in den Nacken, schloss verzückt die Augen bei der Erinnerung an seine Nähe, seinen Duft und seine verführerisch tanzenden Augen. »Ja, ja, JA!«

»Und wo ist dein Auto?«

Eine kurze Frage, und Honeys Seifenblase war zerplatzt. Sie stöhnte auf.

»Verdammt!«

Jetzt war die Wahrheit ans Licht gekommen, wie sie das in den *Akte X* immer zu sagen pflegten. Honey war hier im Green River Hotel. Ihr Auto stand noch in Bradford on Avon …

»Honey! Ich hab dich den ganzen Tag nicht gesehen, und jetzt bekomme ich dich endlich zu Gesicht, und du hast eine

Aura um dich, die von Gold nach Rosa und Scharlachrot changiert. Hat dich irgendein Karma gepackt, das was mit deinen innigsten Wünschen zu tun hat?«

Mary Jane, Langzeitgast im Green River Hotel und Professorin für das Paranormale, trug eine Art Hosenanzug aus Baumwolle, auf dem überall Hawaii-Palmen sprossen. Sie lehnte sich über den Empfangstresen, überragte trotzdem noch Mutter und Tochter, und ihre strahlend blauen Augen tanzten von einer zur anderen.

»Weniger Karma als Auto.« Lindsey feixte. »Dank des unverhofften Erscheinens eines wunderschönen Prinzen hat Mum ihr Auto in Bradford on Avon vergessen.« Lindseys Grinsen war breiter als das der Cheshire-Katze aus *Alice im Wunderland*.

Honey verzog das Gesicht. Es gab Zeiten, in denen sie Mary Jane gern ins Gespräch mit einbezog, und es gab Zeiten, in denen sie am liebsten wortlos an ihr vorüberging. Dies hier war jedenfalls ein Fall fürs Vorübergehen.

»Nicht schlimm«, sagte Honey fröhlich, weil sie auf keinen Fall wollte, dass Mary Jane ihr anbot, sie dort hinzufahren. »Ich kann den Bus nehmen und den Wagen abholen.«

Zu spät!

Mary Jane sprudelte nur so über vor Hilfsbereitschaft. »Kein Problem. Ich kann dich nach Bradford on Avon fahren.« Ihre Stimme schallte laut durch den Empfangsbereich. Alle Gäste, die sich gerade hier aufhielten, würden denken, was das doch für ein freundliches Angebot sei. Das beruhte allerdings auf völliger Unkenntnis der Sachlage. Denn die Leute konnten ja nicht wissen, wie es um Mary Janes Fahrkünste stand.

»Großmutter hat mich gebeten, dir zu sagen, dass sie und Stewart um neun kommen. Bis dahin bist du längst wieder hier«, fügte Lindsey noch lächelnd hinzu, und ihre Augen funkelten schelmisch.

»Genau, ich fahre doppelt so schnell wie sonst«, konstatierte Mary Jane.

»Das hatte ich befürchtet«, murmelte Honey.

Dominic Christiansen beglückwünschte sich innerlich. Honey Driver war schnurgerade in die Falle gelaufen, wenn sie das auch nicht wissen konnte. Er hatte es gleichfalls zunächst nicht gewusst, bis er die Nachricht bekommen hatte, die all seine schlimmsten Befürchtungen bestätigte. Der Tarotmann war im Land, und die Geheimdienste wollten ihn um jeden Preis dingfest machen.

Honey Driver hatte natürlich bestimmt noch nie etwas von ihm gehört. Aber dessen und ihre Familie hatten eine gemeinsame Geschichte, eine blutige, grausame Geschichte, die sich vom Vater auf den Sohn vererbt hatte.

Die Geheimdienste waren sich ziemlich sicher, dass der Tarotmann gekommen war, um Rache zu nehmen. Seine Arbeitsweise war ihnen bereits bekannt. Man wusste um seine Vorliebe, junge Frauen zu töten, indem er sie bei lebendigem Leib begrub. Mord war sein Hobby; die Rache an denen, die er für das Schicksal seines Vaters verantwortlich machte, war ihm zur Besessenheit geworden.

Ihn zu fangen, das war das große Problem. Sie konnten ihn nicht daran hindern, weiterhin junge Frauen zu ermorden, denn man konnte nie wissen, auf welches Opfer er sich als Nächstes stürzen würde. Aber man wusste, wen er in seiner professionellen Rachekampagne im Visier hatte. Es hatte sich für ihn eine Gelegenheit ergeben, nach England zu kommen, und er hatte sie ergriffen. Nun warteten alle darauf, dass er erneut zuschlug. Der Mann am Bahndamm war nur ein Probelauf. Aber die Dienste hatten nicht schnell genug gehandelt, um den Mörder zu ergreifen. Also musste man einen weiteren Versuch unternehmen.

Und hier kam Honey Driver ins Spiel. Das wusste sie natürlich nicht. Man würde es ihr auch nicht sagen. Das würde den Diensten ihre Aufgabe erleichtern. Da war man sich einig. Honey war der Köder, und die Falle war gestellt. Jetzt musste man nur noch abwarten, dass der Tarotmann in die Falle ging.

# Kapitel 3

Honey hatte schon immer ein strahlend gelbes Auto haben wollen. Nachdem ihr alter Citroën das Zeitliche gesegnet hatte, kaufte sie sich also sofort einen neuen. Einen gelben. Immer noch einen Citroën, aber wesentlich schnittiger als das alte Modell.

Sie liebte dieses Auto. Sie würde es noch mehr lieben, sobald sie wieder sicher am Steuer ihres eigenen Wagens saß.

Die Fahrt von Bath nach Bradford on Avon verflog in einem Wirbel der Geschwindigkeit, mit haarsträubendem Schalten und noch haarsträubenderen Bremsmanövern, jeweils begleitet vom Quietschen der Reifen.

»Soll ich noch bleiben, damit wir sicher sind, dass er auch wirklich anspringt?« Mary Jane verströmte aus allen Poren Aufrichtigkeit. Sie hatte absolut keine Ahnung von der verheerenden Wirkung, die ihre Fahrkünste auf den Rest der Menschheit hatten.

Honey hielt sich am Chassis des Caddys fest, bis sie ihre wackeligen Beine wieder halbwegs unter Kontrolle hatte, und lehnte dieses Angebot dankend ab. »Der Wagen ist neu. Das geht schon.«

Und selbst wenn der Wagen nicht anspringen sollte, würde sie lieber in einen Bus steigen oder sogar zu Fuß gehen, als noch eine Fahrt in Mary Janes rosa Cadillac Coupé durchzustehen. Mary Jane hatte ihr einmal erklärt, das Wort Cadillac und übrigens auch das Wort Pontiac seien Namen von Indianerhäuptlingen gewesen.

»Von richtig wilden Kerlen«, hatte Mary Jane ihr versichert. »Ich wünschte, ich hätte die kennenlernen können. Was meinst du, wie gefällt es denen wohl, dass Autos nach ihnen benannt sind?«

Honey hatte die wohlüberlegte Ansicht geäußert, die beiden tapferen Indianerhäuptlinge hätten das wahrscheinlich nicht schlecht gefunden. Das Erlebnis, von Mary Jane im Auto mitgenommen zu werden, war eine ganz andere Sache, und wahrscheinlich hätte sie auch die beiden Häuptlinge an den Rand des Nervenzusammenbruchs gebracht.

Als Honey auf dem Fahrersitz ihres Wagens Platz genommen hatte, schloss sie erst einmal die Augen und holte tief Luft. Dann schlug sie sie vorsichtig auf, um sich wieder ans Sehen zu gewöhnen. Denn wenn man mit Mary Jane fuhr, kniff man besser die Augen fest zu.

Sobald Honey das Auto wohlbehalten in die Stadt zurückgefahren und an seinem angestammten Platz im Parkhaus abgestellt hatte, verspürte sie ungeheure Erleichterung und gleich darauf die Verpflichtung, bei Casper vorbeizuschauen und sich zu erkundigen, wie es ihm ging, jetzt da alle wussten, dass er nicht tot war.

Er saß auf einem schönen, in einem weichen Kornblumenblau bezogenen Lehnstuhl an seinem Schreibtisch. Er sah noch ziemlich käsig aus, beinahe als hätte auch er ein Gespenst gesehen.

»Ich bin gerade aus Bradford on Avon zurück und habe mir gedacht, ich spring mal schnell vorbei und schaue nach Ihnen. Soll ich lieber später wiederkommen?«

Er schüttelte den Kopf. Ohne auf eine Einladung zu warten, setzte sie sich hin.

Casper holte tief Luft und schien mühsam seine Selbstbeherrschung wiederzuerlangen. Er musterte sie mit seinen schlauen Augen so intensiv, dass sie das Gefühl hatte, zwei Stahlzangen hätten sie im Griff.

»Was haben Sie rausgefunden?«

Sie sammelte ihre Gedanken.

»Ich bin dahin gegangen, wo man den Mann entdeckt hat. An der Stelle verläuft die Gleisstrecke beinahe parallel zum

Fluss, und es gibt weder einen Zaun noch einen beschrankten Bahnübergang. Da überquert jeder einfach irgendwie die Gleise. Allerdings hat es der Tote, den sie da gefunden haben, nicht bis auf die andere Seite geschafft. Er lag im Schlamm begraben. Ich weiß nicht, wann das passiert ist, aber es hat in letzter Zeit sehr viel geregnet, und dann hatte man dort die Büsche und Bäume sehr stark beschnitten, also ist offenbar die Böschung unterspült worden und er abgerutscht. So wie ich es sehe, hat ihn der Schlamm erwischt und mitgeschleift.«

»Es freut mich, dass Ihr Freund bei der Polizei von Wiltshire so hilfreich gewesen ist.«

Honey spürte, wie sie errötete. Sie würde jetzt auf keinen Fall erklären, dass es nicht Dohertys alter Freund war, der ihr die Einzelheiten berichtet hatte. Dominic war beim Mittagessen im Swan recht mitteilsam gewesen.

»Ich weiß nicht, es ist wahrscheinlich schrecklich egoistisch, wenn ich das sage, Honey, aber ich bin so erleichtert, dass nicht ich tot da liege. Ich habe ein paar Freunde angerufen, um ihnen zu versichern, dass die Nachricht von meinem Tod stark übertrieben sei. Sie haben alle mit mehr oder weniger großem Erstaunen reagiert. Ein paar von ihnen habe ich nicht erreichen können. Simon, eine alte Flamme mit guten Verbindungen zur Fleet Street, ist auf Dienstreise in Berlin. Er hat sich schließlich von dort gemeldet und mich gefragt, ob er irgendwas tun könnte – mich zum Beispiel über die Rechtslage beraten, wie ich gegen diese Verleumdung vorgehen kann. Er meinte, dass so was andauernd passiert, und ich solle mir keine Sorgen machen. Aber er hat gut reden. Über *seinen* Tod hat ja kein Bericht in der Zeitung gestanden.«

»Genau.«

»Obwohl ich jetzt drüber weg bin. Das Leben geht schließlich weiter, nicht?«

Honey stimmte ihm zu. Sie versuchte, ihre Gedanken zu ordnen. Casper und sie waren nun beide in dieses Geheimnis verstrickt. Ein Mann war ums Leben gekommen, aber nicht er tauchte ständig in ihren Gedanken auf; diese besondere Rolle blieb Dominic Christiansen vorbehalten.

Casper holte sie wieder in die Wirklichkeit zurück.

»Wie erfolgreich sind denn bisher Ihre Recherchen gewesen, mein liebes Mädchen? Gibt es schon eine Beschreibung des Toten?«

Honey schüttelte den Kopf. »Man hat vermutet, dass es sich um einen Obdachlosen handelt.«

Casper zog pikiert die Augenbrauen in die Höhe. »Um einen Obdachlosen? Sie meinen, der Mann war nicht gerade gut gekleidet?«

Ihn schien der Gedanke mit Entsetzen zu erfüllen, dass man ihn mit einem Penner verwechselt haben könnte. Casper war stets wie aus dem Ei gepellt.

»Der Mann, mit dem ich mich unterhalten habe, hat diese Ansicht geäußert, aber als ich ihn gefragt habe, wie dann ein solcher Irrtum, die Verwechslung mit Ihnen, möglich war, meinte er, er hätte da vielleicht etwas falsch verstanden. Jedenfalls läuft die Ermittlung noch. Wir wissen bestimmt bald mehr. Hat sich die Polizei schon bei Ihnen gemeldet?«

Casper nickte. »Es hat jemand angerufen und angekündigt, ich würde irgendwann befragt. Mehr nicht.«

Honey überdachte noch einmal sämtliche Fakten, was viel leichter war, nachdem sie alle Gedanken an Dominic Christiansen in den Hintergrund gedrängt hatte.

»Es hat jemand Blumen an der Fundstelle hingelegt. Es war eine Karte dabei, ohne Unterschrift.«

Irgendwas flackerte in Caspers Augen auf. »Wie überaus anrührend.«

»Ja, und das Seltsame ist – es war eine Tarotkarte. Sie wissen schon, diese Karten, die Wahrsager benutzen.«

»Ich weiß, was eine Tarotkarte ist, vielen Dank!« Diese Bissigkeit kannte sie gar nicht bei Casper, und sie war auch so plötzlich gekommen.

Obwohl Caspers Stimme entrüstet geklungen hatte, war Honey ein kleines nervöses Zucken nicht entgangen. In all den Jahren, seit sie Casper kannte, hatte er nie auch nur das geringste Anzeichen von Nervosität gezeigt.

»Der Polizist, der angerufen hat, hat er seinen Namen genannt?«

Casper strich sich mit den langen Fingern über die Stirn, während er nachdachte.

Honey gab ihm ein Stichwort. »War es jemand namens Dominic Christiansen?«

»Ich denke schon.«

Honey runzelte die Stirn. »Ich werde Doherty fragen, ob er schon mal was von ihm gehört hat. Er kennt einige Leute bei der Polizei von Wiltshire. Ich meine, der Mann hat mir zwar seine Karte gegeben …« Sie zog die Visitenkarte aus der Handtasche, bemerkte aber sofort etwas Eigenartiges. Sein Name stand drauf, aber kein Dienstgrad – nicht Inspector, nicht Detective, gar nichts.

»Seltsam. Hier steht kein Dienstgrad. Hat er den zufällig bei Ihrem Telefonat erwähnt?«

Casper schüttelte den Kopf und wandte den Blick ab, als hätte der Dienstgrad dieses Mannes – vielmehr das Fehlen seines Dienstgrads – rein gar nichts zu bedeuten.

Honey schob sich das Haar hinter ein Ohr. Sie musste jetzt unbedingt Doherty erwischen, ehe er in die Brecon Beacons* und zu seinem Teambildungskurs verschwand.

»Ich glaube, ich muss noch mal mit Steve darüber reden«, erklärte sie schließlich.

* Bergkette in Südwales.

Casper hielt inne und schaute sie fragend an. »Ja«, meinte er schließlich nachdenklich. »Das halte ich für eine sehr gute Idee.«

Doherty war noch nicht zu seiner zehntägigen Exkursion ins neblig-feuchte Wales aufgebrochen.

Honey schloss die Eingangstür zum Kutscherhäuschen auf, das sie sich mit ihrer Tochter teilte, und stieg die Treppe hinauf. Da stand er in der Tür zwischen dem Flur und dem Wohnzimmer, die Ellbogen in den Türrahmen gestemmt. Er schaute sie lässig an, ein kleines Lächeln auf den Lippen.

»Bist du bereit?«

Sie legte den Kopf schräg, setzte seiner Keckheit eine gehörige Portion eigene Frechheit entgegen.

»Das kommt ganz drauf an, wofür.«

»Ich bringe Geschenke – na ja, wenigstens eines. Wiltshire stellt sich an, will keine Einzelheiten zu dem Toten in Bradford on Avon rausrücken. Ich musste ein bisschen hinter ihrem Rücken weiterfragen. Morgen früh sollten wir Details haben.«

Honey wusste nicht, warum es ihr kalt über den Rücken lief. Ich bin nicht diese Leiche, sagte sie sich. Ihr Bedürfnis, sich zu versichern, dass sie auf jeden Fall noch am Leben war, steckte hinter ihrem Vorschlag, dass Doherty noch eine Weile bleiben sollte. Sie hatte ein Abendessen vorbereitet, und es würde für zwei reichen.

»Und dazu gibt's eine wirklich anständige Flasche neuseeländischen Weißwein.«

»Klingt gut.« Steve erkundigte sich nach dem Nachtisch.

»Ich hatte an Kontaktpflege gedacht«, antwortete Honey in verführerischem Ton.

Doherty war nicht der Typ Mann, der ein Abendessen und Honey Driver als Nachtisch ablehnen würde. Abendessen plus Wein führten geradewegs ins Bett.

Wie immer war Detective Chief Inspector Steve Doherty gut in Form. Er war nicht gerade ein Sexprotz, aber er wusste, welche Register er bei ihr ziehen musste.

»Ach Steve«, stöhnte sie, als er sich eng an ihren Rücken schmiegte und sanft an ihrem Hals knabberte, während er ihr mit rauchiger Stimme vorschlug, was sie als Nächstes probieren könnten. »Kennst du einen Beamten bei der Polizei von Wiltshire namens Dominic Christiansen?«

Sein Körper bebte, als er auflachte. »Dominic was?« Er schien ihr nicht zu glauben.

Sie hob den Kopf und legte ihr Kinn auf seine Schulter. »Warum lachst du?«

Langsam ebbte seine Heiterkeit ab. »Kein Polizist, der was auf sich hält, würde mit so einem Namen rumlaufen. Klingt zu sehr nach teurem Internat. Unsereiner heißt Dave, Mike, Sid, vielleicht sogar George. Aber doch nicht Dominic. Ganz bestimmt nicht Dominic. Wo hast du denn *den* Namen gehört?«

Sie schaffte mit Mühe, ihr Erröten in den Griff zu kriegen. »Draußen in Bradford on Avon. Er hatte da Dienst, zusammen mit zwei Uniformierten.«

Es war eigentlich nicht nötig gewesen, die Uniformierten zu erwähnen, aber sie hatte das Gefühl, das tun zu müssen, nur falls Doherty zwei und zwei zusammenzählte und die richtige Antwort rausbekam.

»Was weißt du von ihm?«, fragte er nun.

»Er hatte ein sehr schickes Auto. Einen schwarzen BMW. Und du hast recht. Er war ganz der Junge vom Eliteinternat. Sehr nobel.«

Doherty hörte auf, ihren Körper zu streicheln. Seine Miene wurde grimmig. »Ich glaube, darauf solltest du dich nicht einlassen.«

»Ich habe nicht gesagt, dass ich mich darauf einlassen will.«

»Jetzt flunkerst du. Ich kenne dich zu gut. Du bist neugierig, und wenn du mal Lunte gerochen hast, gibt's kein Halten mehr.«

Honey nagte an ihrer Unterlippe. Sie log ihn gewöhnlich nicht an. Sie waren immer offen und ehrlich miteinander umgegangen – äußerst offen sogar.

»Honey, hörst du mir zu?«

»Steve, du musst das verstehen. Ich war so schockiert, als ich gelesen habe, dass Casper der Tote am Bahndamm ist. Casper selbst war auch ziemlich bestürzt darüber.«

Steve packte sie bei den Schultern. Sein Blick war messerscharf und durchdringend.

»Das ist vorbei, Honey. Der Tote war nicht Casper, und es gibt keinen Grund, warum du weiter ermitteln solltest.«

»Aber Casper hat darauf bestanden. Er will um jeden Preis herausfinden ...«

»Honey. Hast du nicht gehört, was ich gesagt habe? Casper hat keinen Grund, mit dieser Sache weiterzumachen. Ich verstehe nicht, was ihn dazu treibt. Was ihn betrifft, ist die Sache aufgeklärt, und es gibt wirklich keinen Grund zu Nachforschungen mehr. Kapierst du das?«

Honey musste ihm zugestehen, dass er in gewisser Weise recht hatte. Es war wirklich nicht nötig, dass Casper sich weiter für den Toten interessierte. Es sei denn, Casper verschwieg ihr etwas. Allerdings konnte sie sich nicht vorstellen, was das sein sollte.

Doherty setzte die ganze Intensität seines verführerischsten Blicks ein.

»Versprichst du mir, dass du die Sache seinlässt?«

Sie versprach es ihm, aber in der Nacht träumte sie von Dominic Christiansen. Irgendwas an ihm stachelte sie auf.

# Kapitel 4

Dominic Christiansen betrachtete den Toten auf dem Tisch im Leichenschauhaus, als sähe er den Mann zum ersten Mal. Auf den ersten Blick würde man meinen, die Todesursache wäre noch deutlich zu erkennen, weil eine leuchtend rote Linie um seinen Hals verlief. Aber das war nur ein Seil, das man der Leiche zu Demonstrationszwecken umgelegt hatte, um die Ähnlichkeit mit einer der Karten des Tarotspiels herzustellen. Mit Orlows Visitenkarte.

Man hatte das Opfer bei lebendigem Leibe vergraben, nachdem man den Mann zunächst mit einer Spritze gelähmt hatte. Trotzdem hatte er wohl alles mitbekommen, was mit ihm geschah, genau wie die jungen Frauen, die Orlow umbrachte. Dass er die alten Widersacher seines Vaters ermordete, gehörte sozusagen zu seinem Beruf. Die Morde an den jungen Frauen waren sein Hobby. Es war ihm egal, wer die weiblichen Opfer waren, und deswegen war er auch so schwer zu fassen. Doch die Morde, von denen man annahm, dass sie geplant waren, die waren etwas ganz anderes.

Christiansen schaute sich die Leiche an. Es wäre ihnen vielleicht möglich gewesen, diesen Mann zu retten, doch sie hatten ihn aus den Augen verloren. Der einzige Trost für seine Familie war, dass er sein Leben im Dienste des Vaterlandes hingegeben hatte.

»Langt Ihnen das?«, fragte der Pathologe.

Dominic nickte.

Draußen im Foyer wartete ein Polizist in Zivil und wollte ihm Fragen stellen. Er würde natürlich Antworten bekommen, aber keine, die irgendwelche Schlüsse zuließen. Mit anderen

Worten: nichts Eindeutiges. Es war sein Auftrag, diesen Leuten genau diese Geschichte zu erzählen, und an diese Version hatten sie sich dann zu halten.

Dominic beantwortete alle Fragen und musste unwillkürlich darüber lächeln, wie unterwürfig der Mann angesichts von Dominics dominierender Persönlichkeit und seiner sonoren Stimme schaute. Es war natürlich genau diese Stimme, die man ihm auf dem Eliteinternat anerzogen hatte, auf dem schon ein paar britische Premierminister, die Söhne unzähliger Lords, hochrangige Militärs und viele einflussreiche Personen im Finanzwesen die Schulbank gedrückt hatten.

»Ist irgendwas lustig, Mr Christiansen?«, fragte der Polizeibeamte, der ihm nach draußen gefolgt war.

Dominic schüttelte den Kopf, und sein seidiges Haar fiel ihm locker um den Nacken. Er schob es sich aus dem Gesicht, ein wenig geckenhafter, als er das normalerweise machen würde, aber bei der Polizei steckten sie die Leute doch so gern in Schubladen. Nachdem sie seine vornehme Sprechstimme gehört und seine eleganten Handbewegungen gesehen hatten, würden sie ihn sofort als homosexuell einordnen – was er natürlich nicht war. Ganz im Gegenteil sogar.

Er fragte sich, ob der Tote diese ganze Scharade auch lustig gefunden hätte. Nach allem, was Dominic von ihm wusste, ganz sicherlich. Jetzt war es einmal geschehen. Seine Todesursache würde als »nicht eindeutig geklärt« in die Akten eingehen, und niemand würde irgendwas anderes spitzkriegen.

Er hatte die zweiflügelige Tür der Leichenhalle bereits hinter sich gelassen und seinen Wagen noch nicht wieder erreicht, als ihn auf dem Umweg über einen Verbindungsposten in Cheltenham eine Nachricht vom Hauptquartier der Polizei in Devizes erreichte. Ein Detective Chief Inspector aus Bath hatte sich erkundigt, ob in Devizes ein Beamter namens Dominic Christiansen angestellt war. Der Mitarbeiter in Cheltenham hatte die

Aufgabe, das zu bestätigen und nachzufragen, ob Mr Christiansen zurückrufen könnte.

Detective Chief Inspector Steve Doherty hatte seine Telefonnummer hinterlassen. Dominic rief an.

»Christiansen hier«, meldete er sich und ließ Doherty erst einmal keine Chance, etwas zu sagen. »Ich glaube, Sie haben versucht, mich wegen eines Todesfalls zu erreichen, der sich außerhalb Ihres Zuständigkeitsgebiets ereignet hat.«

Detective Chief Inspector Doherty antwortete erst nach einer längeren Pause. Aha, der nachdenkliche Typ, folgerte Dominic. Vorsicht. Ein Mann, der denkt, kann gefährlich werden.

»Es tut mir leid, dass ich Sie belästige, Sir. Ich habe ein persönliches Interesse an dem Fall. Ein alter Freund hat mich nach genaueren Einzelheiten gefragt. Es hat nämlich jemand geglaubt, er sei der Tote am Bahndamm gewesen. Nun würde ich gern Näheres darüber erfahren.«

Dass Honey Driver Fragen stellte, war eine Sache. Man hatte zwar erwartet, dass ihr Freund bei der Polizei auch Interesse zeigen würde, aber gehofft, ihn leicht abwimmeln zu können. Vielleicht hatte man sich da geirrt.

»Es werden doch dauernd Leute in Unfälle verwickelt. Das stressige moderne Leben und überhaupt. Ich habe mir sagen lassen, dass die Schwingungen eines vorüberfahrenden Zugs die Schlammlawine ausgelöst haben, und natürlich war auch das schrecklich schlechte Wetter schuld.«

Wieder diese nachdenkliche Pause. Als Doherty antwortete, meinte Dominic, eine Spur Humor aus seiner Stimme herauszuhören. Damit konnte er umgehen. Leider schwang da auch noch Ungläubigkeit mit.

»Auf diesen Bahngleisen ist seit zwei Tagen kein Zug mehr gefahren. Signalschaden.«

»Da müssen Sie sich irren.«

»Nein, das glaube ich nicht. Ich denke, Sie erzählen mir Märchen. Was ist wirklich los? Was ist passiert? Wer war dieser Mann, und wie kommt es, dass man ihm die falsche Identität zugeordnet hat?«

Jetzt war es an Dominic, eine Denkpause einzulegen. Auf keinen Fall konnte er die Wahrheit sagen, also musste er wohl seine Autorität ausspielen.

»Diese Angelegenheit ist mehrere Nummern zu groß für Sie. Lassen Sie die Sache einfach ihren natürlichen Lauf nehmen, und am Ende wird alles gut.«

»Das klingt ganz so, als glaubten Sie fest daran – oder als hätten Sie weitaus mehr Informationen als wir Normalsterblichen.«

»Wie dem auch sei. Überlassen Sie das ruhig uns, alter Junge. Wir wissen, was wir tun. Und Sie lassen die Finger von der Sache, wenn Sie wissen, was gut für Sie ist.«

Er beendete das Gespräch.

Mit den Füßen auf dem Schreibtisch, eine unberührte Tasse Kaffee neben sich, versuchte Doherty, die Nummer zurückzurufen, die ihn gerade kontaktiert hatte. Er hörte nur ein wütendes Brummen. Nicht etwa eine Nachricht, dass diese Nummer besetzt oder im Augenblick nicht zu erreichen war. Angesichts der Möglichkeiten, was das zu bedeuten hatte, drehte sich ihm der Magen um. Es war genau, wie er vermutet hatte: Diese Nummer war gesperrt.

Doherty kratzte sich am Kinn und schaute stirnrunzelnd auf sein Telefon. Wenn jemand nicht wollte, dass man seine Nummer sah, stand doch da normalerweise »unbekannt«. Das war hier nicht so gewesen. Diese Nummer war hinter einer sehr viel undurchlässigeren Barriere verborgen. So was machten doch sonst nur Computerkriminelle und Geheimagenten, Letztere hochgebildete Herren, die für gesichtslose Regierungsabteilungen mit furchterregenden Absichten arbeiteten.

Doherty beschloss, die Fakten erneut zu überprüfen, und rief in Devizes an. Goudge war an seinem Platz am Schreibtisch und nahm den Hörer gleich nach dem ersten Klingeln ab.

Nach einem kurzen Austausch freundlicher Höflichkeitsfloskeln stellte Doherty ihm ein paar Fragen. Die Antworten überraschten ihn nicht wirklich, aber er wünschte, sie wären anders gewesen.

Er wiederholte noch einmal: »Sind Sie sicher wegen dieses Christiansen? Sie haben ganz bestimmt noch nie was von ihm gehört?«

Goudge blieb eisern. Er schien zudem ziemlich pikiert zu sein. »Und außerdem kriegen wir verdammt wenig Infos über diesen Fall rein. Irgendjemand hält den Bericht der Gerichtsmedizin fest in den Klauen. Na gut, es könnte wirklich ein Unfall gewesen sein, vielleicht sogar ein Herzinfarkt, und dann ist der Mann ausgerutscht und vom Schlamm begraben worden. Aber ich glaube das nicht. Ich denke, es steckt mehr dahinter.«

Doherty erzählte ihm von seiner gerade gemachten Erfahrung mit dem Telefon. »Das ist längst nicht alles, alter Freund. Ich habe versucht, unseren Freund Christiansen unter der Nummer zu erreichen, die man mir in Devizes gegeben hatte. Er hat zurückgerufen, aber als ich versucht habe, meinerseits zurückzurufen, musste ich feststellen, dass die Nummer gesperrt ist.«

Das Schweigen zwischen ihnen war das Schweigen zwischen alten Freunden, ihre Gedanken waren auf derselben Wellenlänge und bewegten sich in dieselbe Richtung.

»Na ja, ich seh das so«, begann Goudge. »Irgendjemand will nicht mit Ihnen reden. Könnte einer von der ganz geheimen Truppe sein, und um die machen Sie besser einen großen Bogen. Begegnungen auf eigene Gefahr.«

Doherty äußerte sich nicht zu diesem Kommentar. Er erzählte Goudge von der falschen Identifizierung der Leiche, was eisiges Schweigen am anderen Ende der Leitung zur Folge hatte.

Einen Augenblick lang dachte er, die Leitung wäre tot. »Sind Sie noch dran?«

Goudge seufzte. »Ja. Ich bin noch dran. Dieser Name. St John Gervais. Das ist der Name der Familie, der Torrington Towers gehört. Lord Torrington sogar. So heißt er. Tarquin St John Gervais.«

»Ach wirklich?«

Jetzt war Doherty alles klar.

»Sie könnten recht haben, dass die Geheimdienste damit was zu tun haben. Ich würde die nur zu gern ein bisschen ärgern. Hätten Sie Lust, Ihre Pension aufs Spiel zu setzen und mir zu helfen?«

Goudge lachte leise. »Hab nichts dagegen. Wäre ja nicht schlecht, wenn ich noch ein kleines Abenteuer erleben könnte, an das ich mich erinnern kann, wenn ich mit meinem Bier im Schaukelstuhl hocke.«

»Genau. So wie ich es sehe, müssen wir einen freundlichen Gerichtsmediziner um einen Gefallen bitten. Kennen Sie da einen?«

»Ja.«

»Gut. Also, der Plan ist folgendermaßen …«

Honey wollte gerade wieder einmal die Katze aus dem Kutscherhäuschen hinauskomplimentieren, als ihr Telefon klingelte. Es war Smudgers freier Abend, und er hatte zwar gefragt, ob er sie sprechen könnte, sich aber bisher nicht gemeldet. Sie vermutete, das würde er jetzt sein, überlegte es sich dann aber noch mal anders und tippte auf Steve Doherty.

Sie war sich so sicher, dass er es sein würde, dass sie ihn als Erste begrüßte: »Hallo, mein Hübscher. Wie wär's mit einem kleinen spätabendlichen Drink mit einer sexy Dame?«

»Wie bitte? Honey. Hier ist Xavier! Nachtportier im La Reine Rouge! Es ist was Schreckliches passiert!«

Xavier war einer von einer ganzen Schar von Mitarbeitern am Empfang des La Reine Rouge Hotels. Seine kreischende Stimme war so hoch, als hätte jemand ihm die Hände fest um den Hals gedrückt.

»Mrs Driver. Es tut mir so leid, dass ich Sie um diese Uhrzeit noch störe, aber es geht um Casper! Sie haben den lieben Schatz auf die Polizeiwache mitgenommen, zu einem Verhör über den Leichenfund in Bradford on Avon!«

Ganz abgesehen von der Verwirrung über die Identität des Toten fragte sich Honey nun, ob Casper möglicherweise noch auf andere Weise in die Sache verstrickt sein könnte.

»Überlassen Sie das nur mir, Xavier. Ich gehe sofort hin und sehe nach, was da los ist. Haben Sie sich schon mit Caspers Rechtsanwalt in Verbindung gesetzt?«

»Ich habe keine Privatnummer von Mr Featherlight, nur die Büronummer.«

»Ich kümmere mich drum. Casper hat vielleicht schon bei ihm angerufen. Wenn nicht, dann mache ich das. Keine Sorge.«

Es hörte sich ganz so an, als würde Xavier gleich einen schlimmen hysterischen Anfall bekommen. Honey erkundigte sich, ob jemand in seiner Nähe wäre, mit dem er über seine Ängste sprechen konnte. Xavier bestätigte das.

»Gulliver ist da. Er schläft auf seinem Kissen unter dem Tresen.«

Sie hatte keine Zeit mehr, sich danach zu erkundigen, ob es sich dabei um einen Hund oder eine Katze handelte. Sie versuchte, Doherty zu erreichen, bekam aber keine Antwort. Hatte er Dienst, oder war er schon auf seine Exkursion in die Brecon Beacons aufgebrochen? Was auch immer der Grund für sein Schweigen war, sie konnte jetzt nicht mehr lange zögern.

Der diensthabende Sergeant in der Manvers Street schaute auf und lächelte, als er Honey eintreten sah.

»Hallo, Mrs Driver. Ich dachte mir schon, dass Sie auftauchen würden.«

»Sergeant Clark. Wie geht's?«

»Gut bis mittel. Gut bis mittel.«

Er sagte nie was anderes, wenn man sich nach seinem Befinden erkundigte. Honey hatte keine Ahnung, ob er Familie hatte oder nicht, denn über »gut bis mittel« waren sie bei ihren Gesprächen nie hinausgekommen.

»Was kann ich für Sie tun?«

»Ich habe mir sagen lassen, man hat den Vorsitzenden des Hotelverbandes von Bath zu einem Verhör aufs Revier geholt. Es geht wohl um die Leiche, die in Bradford on Avon gefunden wurde. Gibt es für die Befragung einen besonderen Grund?«

Sergeant Clark lehnte sich vor und flüsterte, damit niemand sonst mithören konnte.

»Ich glaube, es hat alles mit der falschen Identifizierung zu tun. Ich weiß nicht, woher diese Aufforderung gekommen ist, aber es hat jemand angerufen und gesagt, sie bräuchten einen DNA-Abstrich von Mr St John Gervais.«

Honey fuhr zurück, teils, um dem fauligen Mundgeruch des Sergeants zu entgehen, teils aus Überraschung.

»Wozu das denn?«

Der Sergeant kratzte sich am Kopf. »Anscheinend hat irgendein Pathologe in Devizes die Sache ins Rollen gebracht.«

Honey versuchte sich vorzustellen, warum das so sein sollte. Sie tappte völlig im Dunklen.

»Hat er sich damit einverstanden erklärt?«

Casper hatte wohl keine Wahl gehabt, aber sie wusste, wie halsstarrig er sein konnte. Man konnte nicht ausschließen, dass er sich tapfer gewehrt hatte. Wenn eine Verbindung vermutet wurde, hätte man ihn auf jeden Fall um einen DNA-Abstrich gebeten. Und das hatte man getan. Das hieß, dass man nicht mehr von einem Selbstmord ausging. Ein DNA-Abstrich war nur nötig, wenn ein Verbrechen geschehen war. In diesem Fall musste es ein Mord sein.

»Er ist sehr kleinlaut«, murmelte der Sergeant, der immer noch darauf achtete, dass niemand mithörte. »Aber unsere Beamten konnten ihn überzeugen. Der Chef hat gebeten, dass sie die Ergebnisse extraschnell schicken.«

Honey runzelte die Stirn. »Ich dachte, alles, was mit diesem Fall zu tun hat, würde über Devizes abgewickelt.«

Der Sergeant tippte sich wissend an den Nasenflügel und zwinkerte. »Die in Devizes wollten, dass er da hinkommt, aber der Chef hat sie überzeugt, dass es schneller geht, wenn wir es machen.«

Honey musste zugeben, dass das sinnvoll war. Sie vermutete, dass mit »Chef« Steve Doherty gemeint war.

»Es scheint da ein bisschen Konkurrenzdenken zu geben – zwischen der Polizei in Wiltshire und der von Bath, meine ich.«

Der Sergeant nickte. »Sieht ganz so aus. Andererseits kennen wir ja den guten alten Casper. Er hat viel für unsere Stadt getan, und sie schuldet ihm was dafür. Wieso sollten wir ihm unnötig Umstände machen?«

Honey trommelte mit den Fingern einen flotten Rhythmus auf den Tresen, während sie darüber nachdachte. Vielleicht wollte Doherty wirklich Casper einen Gefallen tun. Sie nickte dem Sergeant zum Dank zu.

»Wollen Sie auf den Chef warten?«, fragte der und schaute sie ein wenig verschmitzt an. Das bedeutete wohl, dass Doherty noch irgendwo in der Stadt unterwegs war.

Honey lächelte und schüttelte den Kopf. Das ganze Revier wusste über sie und Doherty Bescheid.

Als Casper von der DNA-Probe auftauchte, war sein Gesicht weißer als das Hemd, das unter dem marineblauen Jackett hervorlugte. Er sah aus wie der Kommodore eines Yachtklubs.

»Sie lassen Sie wieder gehen?«, flüsterte Honey ihm zu.

Casper nickte mit zu Boden geschlagenen Augen, und seine Kiefer mahlten, als knirschte er mit den Zähnen.

»Zumindest wissen die nun, dass Sie nicht der Tote sind.«

Das sagte sie mit fröhlicher Stimme und hoffte, damit seine Stimmung ein wenig aufhellen zu können.

Caspers Gesicht blieb ungerührt, eigentlich sogar sehr besorgt.

Die frische Abendluft draußen bescherte ihnen einen feinen Nieselregen. Ausnahmsweise hatte Casper einmal keinen Regenschirm dabei.

Sie gingen vom Polizeirevier fort. Casper hatte seine übliche Contenance noch nicht wiedergefunden. Honey spürte, dass er ihr etwas sagen wollte.

»Was ist los, Casper? Warum wollten die von Ihnen eine DNA-Probe haben?«

»Um den Mann identifizieren zu können, der ermordet wurde. Wenn sie passt, dann muss ich ihn auch noch in aller Form identifizieren.«

Mord! Es war also wirklich Mord!

Regentropfen stoben von Honeys Haar, als sie verwundert den Kopf schüttelte.

»DNA und Identifizierung in aller Form? Wieso?«

Plötzlich blieb Casper stehen und holte tief Luft. Ein seltsamer, ungewöhnlicher Ausdruck blitzte in seinen Augen auf.

»Weil die glauben, dass Tarquin ermordet wurde. Sie glauben, dass es mein Bruder war. So oder so, meine DNA wird das beweisen.«

# Kapitel 5

Honey versuchte danach ein paarmal, bei Casper anzurufen, aber jedes Mal erklärte ihr einer aus der Schar seiner Herren vom Empfang, er sei gerade beschäftigt.

Als sie Casper das nächste Mal sah, schlürfte er Cocktails bei Raphael's, dem schicken Restaurant gegenüber vom Mineral Hospital*, und wirkte ungeheuer gelassen.

»Ich habe mir sagen lassen, Ihr Busenfreund bei der Polizei würde nächstens in die Wildnis von Wales aufbrechen. Werden Sie, ehe er losfährt, noch Gelegenheit haben, ein wenig Zeit miteinander zu verbringen?«

Bisher hatte Casper nie Honey und Doherty im selben Atemzug erwähnt und schon gar nicht so persönliche Fragen gestellt. Das sah ihm überhaupt nicht ähnlich.

»Na ja, wir hatten überlegt, ein Wochenende zusammen wegzufahren …«

Großzügig bot Casper ihnen nun an, ein Cottage zu nutzen, das ihm in Upper Stanley, in der Nähe eines Ortes namens Wyvern Wendell, gehörte. Honey brachte ihre Dankbarkeit gebührend zum Ausdruck.

»Das ist das mindeste, was ich tun kann«, meinte Casper. »Das Cottage liegt auf dem Anwesen von Torrington Towers. Es ist ein wunderhübsches kleines Häuschen. Ich bin sicher, es wird Ihnen gefallen. Hier ist der Schlüssel.«

Da sie gerade eben zum ersten Mal über dieses Cottage ge-

* Das Royal National Hospital for Rheumatic Diseases, früher Royal Mineral Water Hospital, ist ein kleines, auf Rheumaleiden spezialisiertes Krankenhaus im Stadtzentrum von Bath.

sprochen hatten, kam es Honey seltsam vor, dass Casper den Schlüssel gleich bei sich hatte.

»Ich hätte Sie wirklich sehr gern dort«, betonte Casper.

Honey lächelte matt. Worum ging es hier noch?

»Gleich dieses Wochenende, wenn Sie nichts dagegen haben. Ich werde mich natürlich auch auf dem Anwesen aufhalten.«

Honeys Freude über diese Gelegenheit zu einem Kurzurlaub hatte ihr den Tag erhellt. Nun spürte sie, dass die Sache ihren Preis haben würde – wenn sie auch kein Geld dafür zahlen müsste. Ihr schwand das Strahlen vom Gesicht.

»Wieso werden Sie auch auf dem Anwesen sein, Casper? Was geschieht dort sonst noch?«

Caspers Lider senkten sich und verhüllten jeglichen Ausdruck seiner Augen.

»Die Beerdigung meines Bruders. Ich würde mich freuen, wenn Sie kommen könnten. Nicht um mir Gesellschaft zu leisten, sondern um alles zu beobachten, Fragen zu stellen und so weiter.«

Honey war ganz seiner Meinung. Mit den Erkundigungen hatte er recht. Das klang wirklich sinnvoll.

Doherty war überrascht, ergriff aber gern die Gelegenheit.

»Eine Chance, wieder mal mit dir allein zu sein.« Er meinte, er hätte noch ein paar Dinge zu regeln, ehe sie wegführen.

Die Beerdigung erwähnte sie nicht.

»Also, wenn du nichts dagegen hast, reisen wir getrennt.«

Das machte ihr gar nichts aus.

Der Plan war, dass sie als Erste zu dem Cottage in Upper Stanley fahren sollte und dass Doherty nachkommen würde. Dagegen hatte sie nichts einzuwenden. Morgen Abend, am Samstag, würden sie bestimmt auswärts essen. Aber heute nach der Ankunft wären sie von der Reise ein wenig müde und würden wohl lieber zu Hause speisen.

Das Wetter war der Jahreszeit angemessen. Der Spätsommer,

den sie genossen hatten, war nun nach Süden gezogen, die Bäume erstrahlten noch in den herrlichsten Farben, die Luft war bereits erfrischend kühl.

Ideal für ein Herbstwochenende auf dem Land.

Honey würde es niemals zugeben, aber es gefiel ihr, dass sie vor Doherty dort ankommen würde. Dann hätte sie Zeit, das Abendessen vorzubereiten, den Wein kalt zu stellen und seine Ankunft zu erwarten. Alles würde wie am Schnürchen klappen. Zumindest hatte sie sich das gedacht, bis sie in den Rückspiegel schaute.

Das Auto war elegant und schwarz und hatte getönte Scheiben. Sie schaute viermal zurück und wurde jedes Mal misstrauischer, denn schließlich hatte sie schon einige Meilen zurückgelegt, und der Wagen war immer noch hinter ihr.

Sie war sich nicht sicher, ob es Dominic Christiansens BMW war. Einerseits hoffte sie, dass er es war. Andererseits fragte sie sich, wieso er ihr folgen sollte. Sie hatte ein paarmal bei ihm anzurufen versucht, war aber entweder nicht durchgekommen, oder er hatte nicht zurückgerufen.

Gut, sagte sie sich, es fährt jemand hinter dir her. Entweder das, oder du leidest an Verfolgungswahn.

Sie glaubte eigentlich nicht, dass sie an Verfolgungswahn litt. Ein fünfter und ein sechster Blick in den Rückspiegel, und der BMW war immer noch da.

Langsam wurde ihr ein wenig mulmig im Magen. Wieso sollte ihr jemand folgen?

Nö! Da musst du dich irren.

Mehrere Meilen später war der Wagen immer noch hinter ihr.

Sie war schon vor einer ganzen Weile von der Autobahn abgefahren. Auf der Landstraße war weniger Verkehr, und es wurde noch weniger, nachdem sie auf eine kleinere Seitenstraße abgebogen war.

Hier waren die Hecken höher. An einigen Stellen war die Straße einspurig und hatte nur ab und zu eine Ausweichstelle.

Das hatte zur Folge, dass es recht eng wurde und Honey nun endgültig die Furcht überkam. So hatte sie sich noch nie zuvor geängstigt, und sie hatte noch nie selbst jemanden auf diese Weise verfolgt. So was kam doch nur in Krimis oder Spionageromanen vor. Doch obwohl sie versuchte, sich das Gegenteil einzureden, wusste sie, dass es so war, sie wusste es einfach.

Sie konnte nicht ausmachen, wer den Wagen mit den getönten Scheiben fuhr. Es war auch kein Beifahrer zu sehen.

Litt sie doch an Verfolgungswahn? Ein kleiner Test würde das widerlegen oder bestätigen. Sie trat heftig auf die Bremse und sah, wie sich ihre Bremslichter im blitzenden Chrom des Wagens hinter ihr spiegelten. Blockierte Räder kreischten, als der Fahrer hinter ihr sich alle Mühe gab, nicht die Kontrolle über sein Auto zu verlieren und hinten auf ihren Citroën aufzufahren.

»Du hast einfach nicht genug Abstand gehalten, verdammt!«, brüllte Honey.

Sie machte im Rückspiegel eine obszöne Handbewegung, trat das Gaspedal bis zum Boden durch und schoss davon. Obwohl sie irgendeine Reaktion erwartet hatte – zum Beispiel ein Hupen –, geschah nichts dergleichen.

Die schmale Straße forderte ihre ganze Aufmerksamkeit, wenn sie dem Mann davonfahren wollte, und das wollte sie ganz gewiss, verdammt noch eins! Sein Auto hatte zwar einen stärkeren Motor als ihr Citroën, aber dafür war ihr kleines Auto außerordentlich wendig.

Wild entschlossen bretterte sie die enge Straße entlang, die schon bald kaum mehr als ein breiter Pfad war. Dann schoss sie auf eine rechtwinklige Einmündung in eine größere Straße zu.

Auf dem Hinweisschild stand: Wyvern Wendell 3 Meilen.

Ohne an der weißen Linie zu halten, bog sie rechts ab und trat das Gas wieder ganz durch, schlängelte sich im Affentempo durch den Verkehr. Als sie das nächste Mal in den Rückspiegel schaute, sah sie dort anstelle der glänzenden schwarzen Limousine ein Polizeiauto.

»Verdammt und zugenäht!«

Dahinter folgte dann erst das schwarze Auto.

Das blinkende Blaulicht war eine ärgerliche Unterbrechung ihrer Fahrt, aber sie wollte sich ja nicht mit den Jungs in Blau anlegen, also fuhr sie brav an den Straßenrand, überprüfte im Spiegel ihr Make-up und drehte das Seitenfenster herunter. Wenn sie so gut wie möglich aussah und extra nett lächelte, konnte sie die Sache vielleicht rasch hinter sich bringen.

Sie drehte den Kopf, so dass ihr Haar wie ein lebendiger Heiligenschein um ihr Gesicht wehte. Ihr erster Gedanke war, dass sie wohl einen Strafzettel wegen Geschwindigkeitsüberschreitung bekommen würde, und den konnte sie wirklich nicht gebrauchen. Es würde nicht schaden, wenn sie ein bisschen freundlich-verführerisch tat, natürlich nur in Maßen.

Es waren zwei uniformierte Polizisten. Einer kam mit langsamen, zielstrebigen Schritten auf sie zu, als wäre er John Wayne und gerade vom Pferd gestiegen.

Sie meinte gesehen zu haben, wie sein Blick über ihre Beine wanderte, lächelte ihn also an, als könnte sie seine Gedanken lesen und wäre gespannt auf das nächste Kapitel. Er lächelte nicht zurück.

»Gibt es Probleme, Herr Wachtmeister?«

»O ja, leider schon, Miss. Sie sind in einer Tempo-50-Zone über 100 Stundenkilometer gefahren. Wir haben's wohl eilig, wo hinzukommen, was?«

Der Sarkasmus war brutal. Schade. Der Typ war schnittig, er war jung, und er hatte ein nettes Gesicht – für einen Polizisten.

»Ja, ich habe geglaubt, dass ich verfolgt werde.«

Der Polizist warf einen vielsagenden Blick auf die völlig leere Straße.

»Wenn das stimmt, dann muss es der große Unsichtbare sein.«

»Hören Sie. Ich treffe mich mit meinem Freund. Der ist Polizist.«

Er sah nicht aus, als nähme er ihr das ab. »Das sagen sie alle, Miss. Alle wollen gern Polizisten sein.«

»Es stimmt aber!«, rief sie mit Überzeugung. »Er heißt Detective Chief Inspector Steve Doherty. Er arbeitet in der Manvers Street in Bath und …«

»Ihren Führerschein bitte, Miss.«

Honey seufzte tief und zerrte ihre Schultertasche auf den Beifahrersitz. Die Tasche war aus braunem Wildleder, quadratisch und mit Fransen ringsum. Sehr hippiemäßig, obwohl sie wirklich teuer gewesen war und aus einem Laden stammte, der sich auf Retro-Stil spezialisiert hatte.

»Bitte sehr, Constable.« Sie reichte ihm den Führerschein, den er genau musterte, als suchte er in den elementaren Angaben von Name, Alter und Anschrift nach einer verborgenen Bedeutung.

Er blieb herablassend.

Künstlerpech! Auf keinen Fall würde er ihr das durchgehen lassen, aber sie war wild entschlossen, es doch noch einmal zu probieren.

»Hören Sie, ich habe wirklich geglaubt, dass mich ein Mann in einem schwarzen Auto verfolgt. Ehrlich.«

Er hielt ihren Führerschein fest, als er ihn ihr zurückgab, und einen winzigen Augenblick lang berührten sich ihre Fingerspitzen. Er schaute ihr direkt in die Augen.

»Diesmal lasse ich Ihnen das noch durchgehen. Nächstes Mal nicht mehr.«

Nachdem sie sich ihren Führerschein geschnappt hatte, verstaute Honey umständlich alles wieder in ihrer Tasche.

»Was ist mit dem Mann, der mich verfolgt hat? Halten Sie nach dem Ausschau?«

»Na ja, im Augenblick verfolgt er Sie ja gerade nicht, oder?«

»Klar, das würde er nicht tun«, erwiderte Honey gereizt. »Sie haben mich an den Straßenrand gewinkt, weil Sie gesagt haben, ich wäre zu schnell gefahren. Sie würden auch ziemlich schnell fahren, wenn jemand Sie verfolgt.«

Er verzog das Gesicht, bis es aussah wie ein verschrumpelter Ballon.

»Ihr Ton gefällt mir gar nicht, Miss«, bellte er. »Wir Gesetzeshüter haben es nicht gern, wenn man uns veralbert, und leider habe ich den Eindruck, dass Sie genau das tun.«

»Nein, das tue ich nicht.« Honey schüttelte den Kopf, als sie den Zündschlüssel drehte. »Ich finde es nur wichtiger, dass Sie sich um einen möglichen Stalker kümmern, als dass Sie eine unbegleitete Frau wegen Geschwindigkeitsüberschreitung anhalten.«

»Nun, jetzt werden Sie jedenfalls nicht verfolgt, Miss.«

»Vielleicht nicht. Wenn ich das Auto wieder bemerke, lasse ich es Sie wissen. Und meinen Führerschein haben Sie ja jetzt gesehen. Noch einen schönen Abend.«

Sie biss die Zähne zusammen, legte den ersten Gang ein, trat aufs Gaspedal und brauste davon. Der trügerisch kleine Motor hatte sie im Nu auf fünfzig Stundenkilometer gebracht.

Ein letzter Blick in den Rückspiegel: der Polizist stand neben seinem Streifenwagen und sprach in sein Funkgerät. Vielleicht zeigte er sie an, weil sie ohne seine ausdrückliche Erlaubnis losgefahren war oder weil sie einen viel zu kurzen Rock trug. Sie dachte an Doherty und musste lächeln. Der hatte nichts dagegen, wenn sie kurze Röcke trug. Im Gegenteil, er ermutigte sie sogar dazu.

# Kapitel 6

Kurz nach sechs Uhr tauchte die Sonne hinter einer Wolke auf, und obwohl es zu spät für Höchsttemperaturen war, die der Jahreszeit nicht entsprachen, reichte es doch für ein schönes Wochenende auf dem Land. Honey dachte darüber nach, warum man wohl getönte Scheiben in Autos hatte. War das nicht sogar verboten?

Ihr Navi führte sie auf der Hauptstraße durch Wyvern Wendell, den Marktflecken, der Torrington Towers am nächsten lag.

Honey verließ sich darauf, dass die zuckersüße Stimme der Frau im Navi ihr die Wahrheit sagte, und bog bei einem Straßenschild in einen Ort namens Hangman's Corner ab. Unter dem Schild war ein alter Meilenstein zu sehen, der angab, dass es neunzig Meilen bis London waren. Der Name ließ sie vermuten, dass es hier einmal einen Galgen gegeben hatte.

Sie schaute lieber nicht hoch, für den Fall, dass die Phantasie ihr einen Streich spielte und sie tatsächlich in einem eisernen Käfig ein Skelett sah, dessen Fleisch von Krähen und Elstern zerfetzt war.

»*Fahren Sie drei Meilen geradeaus …*«

Ganz traute sie den Navis nicht, nachdem ihr einige unglückselige ausländische Autofahrer mitten in Bath auf einer Einbahnstraße in der falschen Richtung entgegengekommen waren. Sie wollte sicher sein, dass sie wusste, wohin sie fuhr, hatte also vorsichtshalber noch einen AA-Atlas mitgenommen. Der lag im Augenblick auf dem Beifahrersitz, aufgeschlagen auf der richtigen Seite, falls sie schnell nachsehen musste.

Obwohl die Bäume am Straßenrand bereits begonnen hatten, ihre Blätter abzuwerfen, war doch noch so viel Laub an den

Ästen, dass die Straße im Schatten lag. Die Zweige trafen sich von beiden Seiten über der Straße, und das verstärkte die finstere Stimmung. Es war, als führe man durch einen Tunnel.

Auf dem Weg zu dem Anwesen, auf dem das Cottage lag, kam sie an ein paar kleineren Ansiedlungen und vereinzelten Häusern vorüber. Die Gegend war abgelegen und schien völlig menschenleer zu sein, beinahe als dienten die Häuser nur dazu, die Landschaft zu verschönern.

Der Fluss schlängelte sich durch die kleine Stadt und das Dorf, die Straße führte nun von einer Anhöhe ins Tal hinunter. Die einzige merkliche Veränderung waren ein paar Rodungen an den höchstgelegenen Hängen, wo anscheinend die Forstverwaltung hohe Nadelbäume geschlagen hatte.

Eine einspurige Straße verlief durch das Dorf Upper Stanley, von dem bereits das Domesday Book* berichtet, dass es eine Zehntscheune, eine Kirche, zwanzig Schafe, vierzig Schweine und einen »guten Ententeich sowie verschiedene Rotaugen und Barsche« hatte.

Honey erspähte ein paar Schafe und Kühe auf den umgebenden Feldern. Dies schien ihr zu bestätigen, dass sich in den letzten tausend Jahren hier nicht besonders viel geändert hatte. Wie es heutzutage den Enten, Rotaugen und Barschen ging, wusste sie allerdings nicht.

Die Gebäude waren verschieden alt, manche stammten aus dem Mittelalter, waren im Fachwerkstil gebaut und von der Zeit so verzogen und verbogen, dass sie sich an die neueren Konstruktionen anlehnen mussten. Die Farben variierten von Weiß bis hin zu Hellbeige, Rosa und Senfgelb. Manche Häuser hatten Strohdächer. Andere waren mit Schiefer oder Dachziegeln gedeckt.

* Das Domesday Book ist ein Grundbuch aus dem 11. Jahrhundert, in dem Orte und Besitzverhältnisse in lateinischer Sprache festgehalten sind.

Am Ende der Straße stand hinter einer dichten Eibenhecke verborgen die Kirche. Im Dorfladen war auch das Postamt untergebracht, und davor lag der Ententeich. Die Enten spazierten nach wie vor über den Dorfanger.

Die Kfz-Werkstatt hatte zwei uralte Zapfsäulen vor einem ölverschmierten Loch, der eigentlichen Werkstatt. Auf dem Schild stand »Fred Cromer, Kfz-Mechaniker«. Vor der Werkstatt betankte ein Mann gerade ein Auto. Wahrscheinlich Fred Cromer. Weil die Werkstatt nur einen kleinen Hof hatte, parkte das Auto halb auf der Straße.

Honey stutzte. Es war ein schwarzes Auto mit getönten Scheiben und blitzenden Chromfelgen.

Der Stalker! Es *musste* einfach Dominic Christiansen sein. Aber warum zum Teufel war er ihr gefolgt?

Honey verlangsamte das Tempo und schaute genauer hin. Irgendwie hatte er sie überholt, aber wie sollte das möglich gewesen sein?

Sie verrenkte sich den Hals und suchte den Fahrer. Sie konnte niemanden sehen, nur den Tankwart.

Es war unmöglich, den Fahrer zu erspähen. Wer er auch war, er war wohl in die Werkstatt hineingegangen.

Um sich zu beruhigen, drehte sie das Radio lauter. Da sang gerade Bob Dylan *Blowin' in the Wind*. Normalerweise hätte sie den alten Klassiker laut mitgegrölt, aber diesmal verkniff sie sich das. Sie fuhr weiter, mit trockenem Hals und einem höchst unguten Gefühl, das ihr kalte Schauer über den Rücken jagte.

Dominic Christiansen blieb im Schatten, bis er sicher war, dass sie vorbeigefahren war.

Der Besitzer der Werkstatt, Fred Cromer, hatte gerade Tee gekocht, als Christiansen ankam. Seine Brille war vom Dampf des Wasserkessels beschlagen.

»Lust auf ein Tässchen?«, fragte Fred.

Dominic schüttelte den Kopf. Er hatte die dunkel verfärbten Henkelbecher gesehen.

»Dann lass ich ihn noch ein bisschen ziehen«, meinte Fred. »Ich mag ihn lieber richtig stark«, sagte er und lachte. »Bar oder Kreditkarte?«

Dominic reichte ihm eine Kreditkarte, die er aus einer ganzen Serie ausgewählt hatte, die in einer ledernen Brieftasche steckte. Ein Geschenk von einer verflossenen Freundin, von Harrods zugestellt.

Cromer verzog den Mund, ehe er nach dem Kartenterminal fischte. Dominic wusste auch so, dass Cromer lieber Bares gesehen hätte.

Dann ließ sich Dominic wieder auf den Fahrersitz gleiten. Er wurde es nie müde, den Komfort der weichen Lederpolster zu genießen. Die Konturen des Sitzes passten sich wunderbar an seinen Rücken an.

Er winkte dem Werkstattbesitzer noch einmal kurz zu, ehe er über die High Street davonfuhr. Ein Blick in den Rückspiegel bestätigte ihm, dass Fred auf seinen frisch gebrühten Tee verzichtete und erst einmal seine Pflanzkübel goss. Rote und weiße Geranien strahlten, blühten immer noch herrlich, obwohl der Herbst schon fortgeschritten war. Die Kübel standen zwischen den altmodischen Zapfsäulen, einer für Benzin und einer für Diesel. Die Blumen ließen alles ein wenig hübscher erscheinen, konnten aber den Gestank nach altem Öl und Schmierfett nicht übertünchen.

Sobald Dominic aus dem Dorf heraus war, drückte er auf einen Knopf am Armaturenbrett und tätigte einen Anruf. Sein Gegenüber antwortete rasch.

»Ist sie sicher angekommen?«

»Ja. Ich bin ihr gefolgt, bis sie von der Polizei angehalten wurde. Sie und der Polizist übernachten in einem Cottage. Sie ist einen Umweg hingefahren. Ich habe eine Abkürzung gefunden, die in ein kleines Wäldchen führt. Von da aus kann ich sie im Auge behalten.«

Er hörte am anderen Ende der Leitung einen tiefen Seufzer. »Je schneller das alles vorbei ist, desto besser. Es sollte keine unlösbare Aufgabe für Sie sein, Dominic, mein Junge. Sie ist nur eine blutige Amateurin, und sie hat bestimmt keine Ahnung, was hier läuft.«

»Der Tarotmann wird sich freuen«, meinte Dominic lakonisch.

»Ja, der überrascht die Leute ja gern.«

»Ich muss allerdings sagen, der Freund ist eine ziemliche Überraschung«, fügte Dominic hinzu. »Der hat uns tatsächlich gezwungen, unsere Karten auf den Tisch zu legen. Es wäre besser gewesen, wenn man den Toten nie identifiziert hätte.«

»Aber der Tarotmann hätte es gewusst«, erwiderte Dominics Gesprächspartner. »Die jungen Frauen, die er umgebracht hat, spielen keine Rolle. Doch er wollte eine Bestätigung dafür, dass er den Mann getötet hat, auf den er es abgesehen hatte. Und die haben wir ihm gegeben – auf Umwegen.«

»Genau wie geplant«, freute sich Dominic. »Was Mrs Honey Driver angeht, so glaube ich, dass sie ein bisschen zu früh angekommen ist; der Tarotmann wird sich jetzt noch nicht zeigen. Aber wir wollen die Hoffnung nicht aufgeben.«

»Gewiss nicht. Volle Punktzahl dafür, dass Sie das mit dem Wochenende rausgefunden haben, Christiansen.«

»Ich hatte Glück.«

Der Mann am anderen Ende der Leitung lachte kurz und humorlos.

»Sie sind ein Erzmanipulator, Christiansen, kein Glückspilz.«

Irgendwie war es beinahe zu einfach gewesen, sich auf der Polizeiwache umzuhören. Im Green River Hotel war auch alles reibungslos gegangen – bis die Tochter dieser Frau sich eingeschaltet hatte.

»Sie ist schon zu einem Wochenendausflug aufgebrochen«, sagte Lindsey, die wie Doherty keine Ahnung von der Beerdigung hatte.

»Können Sie mir sagen, wo sie hingefahren ist?«

Er zuckte unter ihrem überaus direkten Blick leicht zusammen, hatte sich aber schnell wieder im Griff.

»Sie sind der Mann, den sie draußen in Bradford on Avon getroffen hat.«

»Ich wollte sie wiedersehen.«

Die Stimme der jungen Frau war ein wenig weicher geworden, aber rauszubekommen war aus ihr trotzdem noch nichts. »Ich denke, das geht nur sie was an, es sei denn, sie wollte es Ihnen selbst sagen.«

Sie war ein gewitztes Mädel, nicht leicht hinters Licht zu führen. Er hatte beschlossen, den Rückzug anzutreten.

Doch kurz darauf war er buchstäblich mit Honey Drivers Mutter zusammengeprallt, die gleichzeitig mit ihm das Hotel verließ. Er hörte, wie die Tochter hinter dem Empfangstresen sie als »Oma« titulierte, worauf die ältere Dame ein Gesicht wie drei Tage Regenwetter aufsetzte.

»Lindsey, du weißt doch, was ich davon halte, wenn du mich so nennst.«

»Okay, also Gloria. Gloria, meine Großmutter.«

Es lag eine Spur Verächtlichkeit in der Stimme der Enkelin.

Dominic hatte die Situation sofort ausgenutzt, der älteren Dame höflich die Tür aufgehalten und seinen Charme auf Teufel komm raus spielen lassen.

»Vielleicht könnte ich Sie auf eine Tasse Kaffee einladen?«

Das hatte prächtig funktioniert, und bei zwei wunderbar schaumigen Cappuccinos hatte sie mehr als deutlich durchblicken lassen, dass sie mit dem Polizisten, mit dem ihre Tochter ein Verhältnis hatte, so gar nicht einverstanden war.

»Und ich halte auch nichts davon, wenn unverheiratete Leute

für ein Wochenende miteinander wegfahren. Und sie gehen nicht mal in ein Hotel! In ein Cottage, irgendwo am Ende der Welt. Wer will denn an einem so gottverlassenen Ort seine Zeit verbringen?«

Sein Gehirn war daran gewöhnt, stets mehr als ein Problem zu verarbeiten, also war er bereit, seine Erkenntnisse weiterzugeben.

»Honey Driver ist keine Närrin. Sie ist eine sehr gute Beobachterin. Sie hat mich bemerkt, hat zumindest alle Anzeichen dafür gegeben, dass ihr bewusst war, dass jemand sie verfolgt.«

»Ach wirklich!«

Der Mann am anderen Ende schien gar nicht erfreut. »Das sieht Ihnen überhaupt nicht ähnlich, so unvorsichtig zu sein.«

»Ich versuche, es zu vermeiden.«

»Das erwarte ich auch von Ihnen.«

Dominic stellte fest, dass er beim Klang dieser Stimme beinahe zu gähnen anfing. Die Kälte im Tonfall hatte nichts mit Schnee oder Frost zu tun, eher mit der kühlen Leere eines Grabmals. Im Grunde fand er alles langweilig, und um das besser ertragen zu können, zog er eine Karte aus der Tasche – eine Tarotkarte.

Die Stimme am anderen Ende dröhnte weiter. »Ich hätte Ihnen ja gern ein wenig Arbeit abgenommen und ihm einen gesonderten Aufpasser hinterhergeschickt, aber ich habe dazu im Moment einfach nicht die Leute. Zumindest dieses Wochenende müssen Sie auf beide ein Auge haben.«

Sobald das Gespräch beendet war, seufzte Dominic. Ihm stand ein hartes Wochenende bevor. Er hatte einen alten Blechschuppen gefunden, in dem er den Wagen abgestellt hatte, während er draußen herumstrich und aus dem Wäldchen heraus das Cottage im Auge behielt.

Im Schuppen zog er seine elegante, lässige Kleidung aus und schlüpfte in Tarnkleidung, nahm seinen Feldstecher hervor, dazu ein Aufnahmegerät für Tonaufzeichnungen aus großer Entfernung, auf das selbst James Bond stolz gewesen wäre.

Er hatte geglaubt, die Tage, in denen er in Tarnkleidung durchs Unterholz schlich, wären vorbei.

»Ich bin langsam zu alt für so was«, murmelte er vor sich hin.

Dann nahm er aus einem Kasten, der unter dem Boden seines Kofferraums verborgen war, einen weiteren Gegenstand. Eine kleine Schusswaffe. Die beiden, die im Cottage übernachten würden, hatten überhaupt keine Ahnung, in was sie da hineingestolpert waren. Irgendwann musste er sie vielleicht darüber aufklären, aber im Augenblick war es sinnvoller, selbst auf alles vorbereitet zu sein.

# Kapitel 7

Rings um das Cottage standen Bäume, und man erreichte es auf einer schmalen einspurigen Straße. Das Hinweisschild war halb von überhängenden Ästen verdeckt, aber mit Hilfe von »Ada«, wie Honey ihre Navi-Dame nannte, war sie schließlich ans Ziel gelangt.

Sie befand sich auf einer Lichtung, und das Cottage – das sich wirklich auch auf einer Pralinenschachtel prächtig gemacht hätte – lag direkt vor ihr. Ein uralter Mini Clubman parkte davor. Der Wagen war offenbar in ziemlich anständigem Zustand. Eine Frau erschien in der Haustür des Cottage. Das war, wie Honey wusste, die Frau, die sich um das Häuschen kümmerte. Das alte Auto gehörte offensichtlich ihr.

»Da sind Sie ja, meine Liebe«, sagte die Frau mit dem fröhlichen Gesicht. »Ich bin Mrs Cromer. Ich kümmere mich für den Besitzer um dieses Haus. Ich glaube, Sie werden zufrieden sein. Im Kühlschrank sind zwei dicke Steaks, dazu noch Milch und was man sonst so braucht. Wenn was fehlt, rufen Sie mich einfach an. Ich habe meine Nummer auf den Tisch gelegt«, fügte sie mit einem freundlichen Lächeln hinzu. »Ich muss jetzt weg, denn Mr Cromer wartet schon ganz ungeduldig auf sein Abendessen.«

»Kann ich Sie noch schnell was fragen, ehe Sie gehen?«

Mrs Cromer wirkte nur ein winziges bisschen verstört über diese Verzögerung.

»Wenn Sie's kurz machen, meine Liebe.«

»Kannten Sie Lord Torrington?«

»Den kannte jeder.«

»Mochten Sie ihn?«

»O ja. Er war ein Gentleman, aber ein ziemlicher Draufgänger – sogar in seinem Alter.«

Sie lachte glucksend.

»Ich könnte Ihnen da dies und das erzählen …«

»Glauben Sie …?«

Mrs Cromer winkte ab. »Sie wollen sicher keine Tratschgeschichten von mir hören. Ich nehme an, Sie kommen zur Beerdigung?«

»Ja.«

»Da erfahren Sie bestimmt noch einiges aus erster Hand.« Sie senkte die Stimme und riss die Augen weit auf, als sie Honey ein kleines Ortsgeheimnis verriet.

»Sie haben ihn hier immer den Vollbluthengst genannt!«

Sie lachte, winkte noch einmal und war fort.

Eine kühle Brise raschelte in den Zweigen, als Honey Mrs Cromer hinterherblickte. Sobald das Auto verschwunden war, versteckte sich die Sonne hinter einer Wolke. Die Zweige rauschten düsterer, und Honey schauderte ein wenig.

Sie schaute auf die Uhr und sah, dass es noch mindestens eine Stunde dauern würde, bis auch Doherty eintraf. Zeit genug, um ihr einziges Gepäckstück aus dem Kofferraum zu hieven und natürlich auch die Fertiggerichte, die sie bei Marks & Spencer eingekauft hatte. Ein nobles Abendessen für zwei Personen mit der passenden Flasche Wein gleich dazu. Was will man mehr? Sie erinnerte sich daran, dass Mrs Cromer zwei Steaks erwähnt hatte. Wenn die aus der Region waren, würden sie sicher großartig sein.

Das Cottage hatte einen Steinfußboden, einen Aga-Herd und im Wohnzimmer antike Stühle aus poliertem Holz und mit Samtbezügen. Das wirkte alles recht komfortabel.

Das Schlafzimmer, das man über eine Wendeltreppe erreichte, war wirklich hübsch. Ein Teppich mit einem Streumuster von rosa Rosen und grünen Blättern bedeckte die Zimmermitte. Auf den Tapeten waren vereinzelt kleinere Versionen der

Blüten verstreut. Das Bett hatte ein weißlackiertes Eisengestell, war außerordentlich dekorativ und um die zwei Meter breit. Jede Menge Platz für zwei.

Die reizende Mrs Cromer hatte auch eine Flasche Weißwein in den Kühlschrank gestellt. Honey nahm sich ein Glas, während sie auf Doherty wartete.

Vielleicht war sie eingenickt. Ganz sicher hatte sie mehr als ein Glas Wein getrunken. Das Geräusch eines Autos und Scheinwerfer, die durch die hereinbrechende Dunkelheit blitzten, verkündeten Dohertys Ankunft. Er war spät dran.

Honey öffnete die Haustür und war froh, dass der Tisch bereits gedeckt war und sie essen konnten, sobald er sein Gepäck hereingebracht hatte.

»Ich muss dir was erzählen«, sagte er, als er ins Cottage kam, ohne auch nur mit einem Wort zu erwähnen, wie gemütlich es hier war und dass es sehr lecker roch.

»Was denn?«

Doherty zog die Stirn kraus und schaute einen Augenblick so, als überlegte er noch einmal, ob er ihr das wirklich sagen sollte.

»Nun, du weißt ja schon, dass der Verstorbene Caspers Bruder war.«

Honey umklammerte ihr Weinglas fest.

»Und?«

Doherty warf seine Lederjacke in eine Ecke und baute sich mit den Händen in den Hosentaschen vor ihr auf.

»Lord Torrington. Der Familienname ist St John Gervais. Eigentlich war er Caspers Halbbruder. Da liegt kein Irrtum vor.«

Honey schüttelte den Kopf. Casper war einer der am elegantesten angezogenen Männer, die sie kannte, legte höchsten Wert auf Qualität und Farben seiner Kleidung. Der Mann, den man am Bahndamm gefunden hatte, war eher wie ein Landstreicher gekleidet gewesen.

Doherty las ihre Gedanken.

»Er lag schon etwa einen Monat dort unter dem Schlamm, also waren seine Kleidungsstücke ziemlich verdreckt, aber sie waren ohnehin nicht mehr die neuesten.«

»Und dann ist noch was rausgekommen«, fuhr Doherty fort, ehe Honey weitere Zweifel anmelden konnte. »Dein alter Freund Casper hieß früher einmal Bernard Crustwell, hat aber seinen Namen durch standesamtliche Eintragung geändert. Tarquin war der Erbe von Torrington Towers. Casper ist sein Halbbruder. Seine Mutter war die Haushälterin. Das hat Casper zugegeben.« Steve grinste. »Stell dir vor, unser guter alter Casper heißt eigentlich Bernard Crustwell.«

Doherty erzählte weiter: »Der Halbbruder war zehn Jahre jünger als Casper, und sie hatten sich ewig nicht mehr gesehen.«

Honey legte den Kopf schräg und schaute Doherty fragend an. Sie musste ihm immer noch beichten, dass sie einen Teil ihres gemeinsamen Wochenendes auf einer Beerdigung verbringen würden. Um den unerfreulichen Augenblick ein wenig hinauszuzögern, fragte sie Steve, ob ihm etwas speziell Sorgen machte.

»Ich dachte, Devizes bearbeitet diesen Fall. Wieso weißt du das alles auf einmal doch?«

Doherty setzte sich hin, schaute nachdenklich und verschränkte die Arme vor dem Körper.

»Ich bin einfach nicht durchgekommen. Ich konnte absolut nichts über diesen Fall in Erfahrung bringen, ehe ich nicht mit Hilfe meines alten Freundes Goudge in Devizes den Leuten ein bisschen Sand ins Getriebe gestreut hatte. Danach konnte man uns nicht mehr ignorieren, und Casper wurde auf die Wache geschleppt, damit man ihm eine DNA-Probe abnahm. Sonst wäre das vielleicht nie geschehen.«

»Und dann ist das alles rausgekommen.«

Doherty nickte. »Aber erst, nachdem Casper plötzlich in die

Sache verwickelt war.« Seine Stirn war immer noch in Falten gelegt. »Ich habe trotzdem das Gefühl, dass man uns nicht alles sagt, aber es ist schon mal ein Anfang. Ich habe versprochen, dass wir bei Casper vorbeischauen, sobald wir zurück sind.«

Honey sah ihn fragend an. »Willst du damit etwa andeuten, dass der Tote am Bahndamm wirklich ermordet wurde?«

Doherty blickte ihr in die Augen.

»Man hat ihn bei lebendigem Leibe begraben.«

Honey schauderte. »Was für ein grausiger Tod.«

Doherty stand auf.

»Ich nehme an, wir trinken Wein?«

Honey holte bereitwillig die halbleere Flasche Weißwein aus dem Kühlschrank und stellte zwei Gläser auf den Tisch. Doherty musterte die Flasche misstrauisch.

»Was ist mit der anderen Hälfte passiert?«

»Keine Sorge, es steht noch eine Flasche im Kühlschrank. Ein guter Chardonnay, genau auf die richtige Temperatur gekühlt. Ich habe ihn extra für dich ausgesucht.« Auf keinen Fall würde sie zugeben, dass der Wein Teil des Fertig-Gourmetmenüs war, das sie gekauft hatte.

»Und irgendwas riecht hier köstlich.«

»Zucchini, gefüllt mit Krabben, und in Rotwein mariniertes Hühnchen mit Prosciutto und Kirschtomaten, Zwiebeln, Knoblauch und Champignons. Danach noch Arme Ritter mit Sommerbeeren und Eiskrem.«

Er strahlte förmlich. »Großartig.«

»Das freut mich zu hören. Ich stehe schließlich am Herd, seit ich hier angekommen bin.«

Er schaute auf seine Uhr und runzelte die Stirn. »Da bist du aber ganz schön flott, würde ich meinen. Ist das auch wahr?«

Honey grinste. »Nein. Ich bin schnell bei Marks & Spencer vorbeigegangen. Da gab es ein Angebot: Dinner für zwei, inklusive Wein. Wer will denn Zeit mit Kochen verschwenden, die wir auch anderweitig miteinander verbringen könnten? Allerdings hat Mrs Cromer, die sich um dieses Haus kümmert, noch zwei Steaks in den Kühlschrank gelegt. Die müssen wir dann morgen zum Frühstück essen oder auch morgen Abend.«

»Ich dachte, wir könnten morgen Abend in einem Pub essen.«

»Okay. Dann nehmen wir sie mit nach Hause. Steve, ich muss dir noch was sagen. Wir gehen morgen auf eine Beerdigung.«

Das Weinglas stockte auf halbem Weg zu seinen Lippen. Honey wartete auf Proteste, aber stattdessen schlich sich ein Lächeln auf seine Züge.

»Ich habe keine Sekunde lang geglaubt, dass Casper uns dieses Cottage aus reiner Menschenfreundlichkeit zur Verfügung gestellt hat.«

»Du wusstest es? Wieso hast du nichts gesagt?«

»Ich hab es gern, wenn dir was leidtut. Und du ein schlechtes Gewissen hast. Die Versöhnung ist hinterher immer so verdammt gut!«

Das Essen war prima, und sie unterhielten sich dabei weiter darüber, was sie wohl noch alles über Caspers Bruder erfahren würden, ohne sich allerdings den Abend dadurch verderben zu lassen.

Honey fühlte sich wohlig und satt. »Es tut mir leid, dass ich nicht den Mut aufgebracht habe, dir vorher von der Beerdigung zu erzählen. Und überhaupt hat Casper recht. Es werden sicher Leute auftauchen, die einiges wissen.«

Doherty senkte die Augen und drehte das Glas in den Händen.

»Ich muss dir das hier und jetzt sagen. Ich glaube, du solltest besser die Finger davon lassen. Ich habe bei der Sache ein ganz ungutes Gefühl.«

Honey lehnte sich vor, legte ihm eine Hand aufs Knie und wandte ihm das Gesicht zu.

»Ich weiß, was du meinst, Steve, aber du musst verstehen, dass ich mich Casper sehr verpflichtet fühle. Er war wirklich gut zu mir, hat mir Gäste ins Hotel geschickt und so. Obwohl er ziemlich überheblich, arrogant und völlig egoistisch sein kann.«

Doherty stimmte ihr lustlos zu. Honey nahm an, dass er einfach müde war.

Sie trank ihr Glas leer und warf ihm einen eindeutig zweideutigen Blick zu.

»Ab ins Bett?«

Sie betrachteten beide das schmutzige Geschirr, als könne es ihnen jeden Augenblick völlig die Laune verderben.

»Der Abwasch kann bis zum Morgen warten«, sagte Honey.

Sie musste nicht seine Gedanken lesen, und er nicht ihre. Die Verlockung stand ihr aufs Gesicht geschrieben, und das Sofa sah sehr einladend aus. Ebenso der dicke flauschige Teppich vor dem Kamin, auf den sie bedeutungsvoll schaute.

»Sollen wir?«

Zu ihrer Überraschung öffnete er die Tür, die zu der Wendeltreppe führte.

Sie lachte. »Wie überaus förmlich!«

»Es war eine lange Fahrt.«

Das stimmte eigentlich nicht, aber er sah erschöpft aus, und das Bett wirkte sehr bequem.

Während er im Bad war, öffnete Honey das Fenster im Schlafzimmer und schnupperte die Abendluft.

Mit dem Duft der letzten alten Rosen des Sommers wehte auch ein Hauch Misthaufen herein. Zum Glück war der nicht allzu übermächtig.

Die Bäume, die das Anwesen säumten, standen schwarz vor einem dunkelblauen Himmel und bewegten sich in einer leisen Brise. Der Himmel war mit Sternen übersät. Abgesehen davon war alles finster, die Dunkelheit war vollkommen, und schwarze Schatten fielen über die Straße.

Honey wollte sich gerade abwenden, als etwas ihre Aufmerksamkeit erregte. Da hatte sich was bewegt.

Sie lehnte sich weiter aus dem Fenster.

»Irgendwas Interessantes da draußen?«

Doherty war zurück.

»Ich dachte, ich hätte gesehen, wie sich etwas oder jemand zwischen den Bäumen bewegt.«

Sie spürte die Wärme seines nackten Arms und Oberkörpers neben sich, als er sich in den schmalen Zwischenraum zwischen ihr und dem Rahmen des Mansardenfensters quetschte und hinausschaute. Seine Augen verengten sich.

»Säugetier oder Mensch?«

Sie schüttelte den Kopf. »Bin mir nicht sicher. Vielleicht gar nichts. Ein Reh? Eine entlaufene Kuh?«

Doherty griff nach dem Fensterriegel. »Unten ist alles verschlossen und verriegelt, lass uns hier auch zumachen.«

Honey trat vom Fenster zurück. Es war keine kalte Nacht, trotzdem rieb sie sich unwillkürlich die Arme.

»Du musst dringend aufgewärmt werden«, sagte er, während er die Arme um sie legte. »Das war ein wunderbares Abendessen. Ich würde gern meine Dankbarkeit zum Ausdruck bringen.«

Die kalten Schauer der Nervosität verzogen sich. Sie lächelte und legte ihrerseits die Arme um ihn.

»Es gibt ja viele Möglichkeiten, wie du mir deine Dankbarkeit zeigen könntest. Denkst du an was Bestimmtes?«

Sie wanderte mit den Händen seinen Rücken hinunter, bis sie ihre Finger in seinen Hosenbund hakte.

»Der Worte sind genug gewechselt, nun lasst uns endlich Taten sehn. Bist du zu müde?«

Er schüttelte den Kopf. »Du machst wohl Witze? Darauf freue ich mich schon den ganzen Tag. Der gute alte Casper. Ich sag nie wieder was gegen ihn.«

Caspers Cottage. Sie hatte nicht einmal gewusst, dass er eines besaß, und sein Angebot war aus heiterem Himmel gekommen. Außerordentlich untypisch für ihn. Casper plante gewöhnlich sehr langfristig. Diesmal hatte er sie wirklich überrascht. Die Einladung zur Beerdigung war kein sonderlich willkommener zusätzlicher Termin während ihres gemeinsamen Wochenendes, aber Casper brauchte ihre Unterstützung, und er hatte recht, dass sie dort gut Leute beobachten konnte.

Dann vergaß Honey allerdings über ihrem Liebesspiel alles, den Mordfall, Casper und sogar die Frage, was sie bloß zur Beerdigung anziehen sollte. Es war so gut wie immer, und so sicher, wie auf den Tag die Nacht folgt, drehte sich Doherty, der hundemüde war, danach auf die Seite und fing gleich zu schnarchen an.

Mit schweren Lidern und bereits im Halbschlaf lag Honey auf dem Rücken und schaute auf Lichtkringel an der Zimmerdecke. Schlief sie ein, oder veränderten sich die Muster da oben wirklich?

Das bildest du dir nur ein. Sie rollte sich auf die Seite, zog sich die Bettdecke über den Kopf und vergaß die Zimmerdecke.

# Kapitel 8

Der Tarotmann malte sich aus, wie sie sich auszog. Er schloss die Augen, atmete tief, lächelte über die Bilder, die er vor seinem inneren Auge sah. Er konnte ihren Schweiß beinahe riechen, atmete tief ein, bis er ihn wie ihre Essenz zu schmecken schien, diesen Duft, und spürte, wie sie sich anfühlte. All das, was sie so unverwechselbar machte.

Im Schutz der Dunkelheit streckte er eine Hand aus, krümmte die Finger sanft nach innen, als umfasste er zart das Körbchen eines BHs.

Er schlug die Augen auf. Das Licht im Schlafzimmer brannte noch. Nur noch ein Kleidungsstück, und sie würde nackt sein. Der Mann mit dem Spitznamen Tarotmann sog schnüffelnd die Luft ein. Er konzentrierte sich mit jeder Faser, als er das deutliche Aroma von Spitzenhöschen einatmete – teure Teile, die in eleganten Läden in eleganten Städten gekauft worden waren.

Sie war blond, sie war wunderschön und doch … und doch … war sie hässlich, denn ihre Seele war hässlich, weil der Reichtum, die Macht und das Prestige ihrer Klasse sie dazu gemacht hatten.

Frauen wie sie verkörperten für ihn alles, was an der westlichen Welt hässlich war, an den Demokratien, die laut ihre Fairness heraustrompeteten, aber alles andere als fair waren. Daher sein Hobby, seine demonstrativen Beweise dafür, dass diese Frauen, ob jung oder alt, ganz gleich wie reich, wie schön, wie talentiert sie waren, nicht anders waren als alle anderen. Sie waren aus Staub gemacht, und zu Staub würden sie wieder werden. Dies war seine Huldigung an die Dinge, an die er glaubte.

Ein Geräusch störte seine Träumerei. Er wurde sich der Gegenwart eines anderen Menschen bewusst. Vielleicht war es einer von den Rangern, die auf dem Anwesen arbeiteten, zu dem das Cottage gehörte. Wie ein Schatten verschmolz er mit dem Unterholz.

Dominic Christiansen nahm wahr, dass noch jemand anders in der Nähe war. Gebeugt und mit leisem Schritt kroch er durch das Unterholz. Als er Blätter rascheln hörte, fuhr seine Hand zu der Beule unter seiner Achselhöhle. Er würde die Waffe nur benutzen, wenn es unbedingt sein musste.

Er kam an die Stelle, wo er meinte, eine Bewegung gesehen zu haben. Es war niemand da, aber jemand war dort gewesen. Das Aroma einer russischen Zigarette hing noch in der Luft, aber sein Wild war entflohen.

»Verdammt.« Er fluchte leise.

Dann ging er zu dem hohlen Stumpf der uralten Ulme, der genug Platz bot, um sich darin zu verstecken. Von hier hatte er einen guten Blick auf das Cottage. Bis zum Morgen würde Honey Driver in Sicherheit sein.

# Kapitel 9

»He, Baby. Du hast mich nicht gefragt, ob ich einen schwarzen Schlips dabeihabe.«

Dohertys Lippen streiften zart ihre Schulter.

Honey drehte sich zu ihm hin. Sein Haar war verwuschelt, und er hatte ein verführerisches Grinsen aufgesetzt.

»Davon gehe ich aus.«

»Und du?«

»Schwarze Hose. Schwarzer Pullover mit Rollkragen.«

»Und hinterher? Hast du Lust auf einen Spaziergang über Land oder sonst was?«

»Kommt ganz drauf an. Was hattest du dir denn vorgestellt?«

Sein Lächeln sprach Bände. »Ich habe mir sonst was vorgestellt.«

»Wir können nicht den ganzen Tag im Bett bleiben«, rief sie und schlängelte sich unter seinen forschenden Händen weg, wehrte sich allerdings nicht gerade energisch.

Über eine Stunde später briet Honey Speck, während Doherty Rühreier zubereitete. Frischer Kaffee war aufgesetzt, und das Küchenfenster stand offen, um die Morgenfrische hereinzulassen. Der Trauergottesdienst war um elf Uhr in der Dorfkirche, die Einäscherung sollte auf dem Privatanwesen der Familie stattfinden.

Honey drückte ihre Gedanken dazu aus: »Auf dem Privatanwesen. Nicht im Krematorium. Seltsam, findest du nicht? Wie sehe ich aus?«

Er zog sich den Schlips zurecht und grinste sie an. »Sexy, aber nicht respektlos.«

»Schwarz steht mir.«

»Nicht gerade der Standardaufzug für Beerdigungen.«

Honey zuckte die Achseln. »Okay, ich bin ein bisschen von der traditionellen Variante abgewichen, aber mir ist einfach kein Grund eingefallen, warum ich ein Kleid und keine Hose tragen sollte. Die Einäscherung findet im Freien statt.«

Doherty setzte ein nachdenkliches Gesicht auf. »Ich frage mich, ob das was zu bedeuten hat. Ich meine, warum im Freien, und warum so rasch? Ich habe es noch nie erlebt, dass ein Mordopfer so schnell zur Beerdigung freigegeben wurde, besonders da man ja den Täter noch nicht gefasst hat. Es kommt mir alles ein bisschen übereilt vor.«

»Schön für Casper, dass die Sache ihren Abschluss findet. Ich muss sagen, ich freue mich irgendwie drauf. Torrington Towers. Das klingt ziemlich großartig. Mir war nicht klar, dass Casper aus so einer wohlhabenden Familie kommt.«

»Ich wusste nicht einmal, dass er einen Bruder hat«, sagte Doherty. »Oder einen alten Kasten auf dem Land, dazu noch einen Zoo. Was das kosten muss!«

»Es ist ein Safaripark. Kein Zoo.« Wegen der laufenden Kosten musste ihm Honey allerdings recht geben. Sie wies ihn jedoch darauf hin, dass Haus und Park für die Öffentlichkeit zugänglich waren.

Doherty schlüpfte in seine schwarze Lederjacke. Er trug ein weißes Hemd, Hose und Schlips waren schwarz. Der Schlips war sein einziges Zugeständnis an diese recht förmliche Veranstaltung. Sonst trug Steve Doherty nie einen Schlips.

Die Kirche war voll. Hier war nicht der richtige Ort, um sich nach den Lebensgewohnheiten des Toten zu erkundigen. Damit mussten sie warten, bis sie beim Leichenschmaus waren, der gleichzeitig mit der Einäscherung in Torrington Towers abgehalten werden würde.

In der Ferne brüllte irgendwo im Park ein Löwe, während

die Wagen der Trauergäste sich vor dem Herrenhaus drängten, weil der Privatparkplatz hinter dem Gebäude bereits überfüllt war.

»Ein nettes kleines Eigenheim«, murmelte Honey.

»Weswegen hat dann Caspers Bruder wie ein Penner gelebt?«

»Vielleicht hat er das nicht. Weil er so exzentrisch war, hat er möglicherweise einfach das Landstreicherleben genossen?«

Doherty beäugte sie skeptisch. »Das glaubst du doch nicht etwa ernsthaft?«

Honey schnitt eine Grimasse, während sie darüber nachdachte. »Nein, eigentlich nicht.«

Doherty antwortete nicht, sondern schaute stur geradeaus.

»Hallo, was ist das denn?«

Mehrere Sicherheitsleute hielten Autos an, ehe sie sie auf einen Parkplatz einwiesen.

»Du liebe Güte! Die haben wohl Angst, dass jemand den Sarg klaut?«

Doherty spielte die Polizeikarte aus und wedelte mit seinem Dienstausweis herum. Der schien den Sicherheitsmann nicht sonderlich zu beeindrucken.

»Tut mir leid. Sie benötigen für diese Beerdigung eine offizielle Einladung.«

Das konnte nun wiederum Doherty nicht beeindrucken. »Sie machen wohl Witze?«

Der Wachmann schaute völlig ungerührt, und er hatte eine gewisse Härte im Blick.

»Reichen diese beiden Ihnen?«

Honey zückte die Einladungskarten, die Casper ihr gegeben hatte.

Der Sicherheitsbeamte zuckte zusammen und winkte sie durch. Trotzdem hatte Honey den Eindruck, dass er ihnen viel lieber den Zutritt verwehrt hätte.

»Der wollte dich nicht reinlassen«, sagte sie zu Doherty.

Steve schüttelte den Kopf und umklammerte das Lenkrad, als wäre es der Hals des Wachtpostens.

»Seit wann braucht man eine Einladung zu einer Beerdigung?«

Honey musste zugeben, dass ihr derselbe Gedanke gekommen war.

»Irgendwas an Caspers Bruder war entschieden zwielichtig. Diese Anspielungen darauf, dass er ein Penner war, wo das doch offensichtlich nicht stimmte. Dazu hätte er das genaue Gegenteil seines Halbbruders sein müssen, und das glaube ich einfach nicht. Alle Geschwister sind einander irgendwie ähnlich, wenn vielleicht auch nur ein wenig.«

Honey und Steve schlossen gerade die Autotüren, als eine vertraute Stimme sie rief.

Casper sah elegant und beinahe ein wenig unwirklich aus, vom Scheitel bis zur Sohle das Ebenbild eines Landedelmanns.

Nach der ersten Begrüßung behielt Casper Honeys Hände in den seinen. »Ich freue mich so, dass Sie kommen konnten, meine Liebe. Ich weiß Ihre Gegenwart sehr zu schätzen. Ihre ebenfalls, Doherty. Ich sehe, Sie tragen sogar eine Krawatte.«

»Eigens für den Anlass geliehen«, erwiderte Doherty.

»Im Salon gibt es Champagner und Canapés. Bitte bedienen Sie sich«, sagte Casper und schaute grau drein wie ein Novembermorgen.

Er schritt davon. Honey war versucht, ihm zu folgen, aber Doherty hielt sie zurück, indem er ihr eine Hand auf den Arm legte.

»Das ist seltsam. Es ergibt alles keinen Sinn. Honey, mir wäre lieber, du würdest dich hier nicht einmischen.«

»Was ist, wenn ich mich einmischen *möchte*?«

»Lass es sein!«

Das klang sehr bestimmt. Aber es lag nicht in Honeys Natur, Befehle zu befolgen, und seine Einstellung gefiel ihr gar nicht.

»Die haben hier Löwen«, versuchte sie ihn abzulenken. »Wusstest du das? Sobald die Einäscherung vorbei ist, gehe ich die mal suchen.«

Doherty schaute sie misstrauisch an. »Willst du damit andeuten, dass du hier rumwandern und nach Löwen suchen willst?«

Sie blickte mit unschuldigen Augen zu ihm hoch. »Habe ich das nicht gerade verkündet?«

Man wies ihnen den Weg zu der Stelle, wo die Einäscherung stattfinden sollte. Caspers Bruder wurde in einem ummauerten Garten verbrannt, einem Areal mit torfigem Boden, hohem Gras und spätem Gemüse. Der Regen ließ noch auf sich warten. Weiße Wolken, die von verborgenem Sonnenlicht durchdrungen wurden, schwebten wie Segelschiffe über den himmlischen Ozean.

Casper hatte sich am Bogentor zum ummauerten Garten aufgebaut und nahm mit trauriger Miene Beileidsbekundungen entgegen.

Honey tat es den anderen gleich, obwohl sie Casper bereits in Bath ihr Beileid ausgesprochen hatte.

Doherty trödelte hinter ihr her, anscheinend nicht sonderlich interessiert, aber in Wirklichkeit beobachtete er alles, was hier geschah, sehr genau.

Honey verspürte ein seltsames Kitzeln, als schwebten Federn in ihrem Inneren.

Der Mann, der an ihr vorübergegangen war, roch gut. Sie wusste sofort, dass er es war: Dominic Christiansen. Er trug einen marineblauen Anzug, ein weißes Hemd und eine schwarze Krawatte.

Kurz trafen sich ihre Augen. Ehe sie Gelegenheit hatte, mit ihm zu sprechen, hatten sich andere Leute durch den Eingang gedrängt und versperrten ihr die Sicht.

Als die Trauergäste weitergegangen waren, war auch er verschwunden. Aber sie wusste, dass er hier war. Sie hielt Ausschau nach Doherty. Der bemerkte ihre ernste Miene und erkundigte sich nach dem Problem.

»Er ist hier. Der Mann, der behauptet hat, Polizist zu sein. Dominic Christiansen.« Sie deutete an die Stelle, wo sie ihn gesehen hatte. »Oh, jetzt ist er weg.«

Es war Doherty hoch anzurechnen, dass er ihr nicht vorwarf, unter Halluzinationen zu leiden. Christiansen war einfach in der Menschenmenge untergetaucht.

Im ummauerten Garten herrschte ein ziemliches Gedränge. Man hatte einen Teil des Bodens brachliegen lassen und verrottende Pflanzen unter die weiche Erde gegraben. Großartig für den Gemüseanbau. Furchtbar für hochhackige Schuhe. Die weiblichen Gäste hielten sich an die schmalen Kieswege, die ungefähr in einem Rechteck um die Beete führten, wo sonst Möhren und Kartoffeln angepflanzt wurden. Honey war da keine Ausnahme.

Doherty stützte sie am Ellbogen, während Schlamm an ihren Absätzen klebenblieb.

»Hosen sind praktisch. Hochhackige Schuhe nicht«, tadelte Doherty sie.

Kurz huschte ihr die Idee durch den Kopf, ihm »zufällig« auf den Zeh zu treten, aber da bot sich ihr ein Anblick, der zu verrückt war, um ihn in Worte zu fassen.

Man hatte auf dem viereckigen Platz mitten im Garten einen Scheiterhaufen errichtet. Die Gäste wanderten drum herum, bewegten sich langsam vorwärts wie eine Reihe schwarzer Krähen. Der Haufen war säuberlich aus gegeneinander verkanteten Holzscheiten aufgebaut worden.

Doherty lehnte sich nah heran und flüsterte ihr ins Ohr: »Der Gärtner hat mir verraten, dass es hauptsächlich Kiefernholz ist, man aber auch ein paar Scheite von einem kürzlich gefällten Apfelbaum hinzugefügt hat.«

»Hat das was zu bedeuten?«

»Natürlich. Apfelholz gibt dem Holzrauch ein angenehmes Aroma.«

»Oh. Sie könnten ja zwei Fliegen mit einer Klappe schlagen und gleich ein paar Kartoffeln in der Asche garen. Die wären bestimmt köstlich.«

»Das wäre aber nicht sehr respektvoll.«

Honey erinnerte sich daran, dass dies die Beerdigung von Caspers Bruder war, und musste Doherty recht geben.

»Ich glaube, es ist Zeit, dass wir uns trennen.«

Doherty zog überrascht die Augenbrauen hoch. »Hab ich dich irgendwie beleidigt?«

»Hör auf, den Deppen zu geben. Wir können ein größeres Gebiet beackern, wenn wir getrennt vorgehen. Du stellst deine Fragen, ich meine.«

Doherty murmelte etwas, das nach Zustimmung klang, und fügte dann hinzu: »Ich dachte, wir hätten ein gemeinsames Wochenende auf dem Land geplant.«

»Ach, komm schon. Sei nicht so knurrig. Wir sind doch auf dem Land. Das Cottage ist wunderschön, oder nicht?«

»Ich bin nicht knurrig«, erwiderte er mürrisch.

Sie warf ihm einen missbilligenden Blick zu, auf den er antwortete: »Honey, meine Vorstellung von einem gemeinsamen Wochenende auf dem Land ist, dass man spazieren geht und vielleicht – nein, ganz bestimmt – hinterher in einem wunderschönen kleinen Gasthof gut isst und trinkt. Beerdigungen stehen nicht auf meiner Liste für ländliche Aktivitäten.«

»Es gibt doch was zu essen und zu trinken, nachdem das Feuer angezündet ist.«

Doherty schüttelte den Kopf. »Manchmal weiß ich echt nicht, auf welchem Planeten du lebst.«

»Ab mit dir!«, sagte sie und wedelte ihn mit der Hand weg, damit er sich unter die Leute mischte, mit Trauergästen bekannt machte und ihnen Fragen stellte.

Während sie ihm hinterherschaute, sinnierte sie, dass er eindeutig nicht gerade scharf darauf war, sich an diesem Fall zu beteiligen. Sie konnte sich aber nicht recht vorstellen, woran das liegen mochte.

Plötzlich erblickte sie wieder Dominic Christiansen, der alle anderen Gäste weit überragte.

Ehe sie Gelegenheit hatte, sich durch die Menge zu drängeln und mit ihm zu reden, berührte eine Hand zart ihren Arm.

»Er hat so gelebt, wie er es wollte, und er ist gestorben, als er das tat, was er am liebsten tat.«

Die Sprecherin war eine elegante Dame mit weißem Haar und hohen Wangenknochen. Traurigkeit lag in ihren Augen, und ihr Mund drückte Liebe aus. Honey konnte sich nicht erklären, warum die Frau ausgerechnet mit ihr redete, spürte aber, dass das wohl ein Pluspunkt war.

»Es tut mir leid. Ich glaube, wir wurden einander noch nicht vorgestellt«, sagte Honey.

»Clara Witchell. Ich denke, ich war seine Erste.« Sie streckte ihr nicht die Hand hin.

Seine erste was?, fragte sich Honey. Eine Möglichkeit jagte die andere. Es wäre wohl unhöflich, hier herumzuspekulieren. Also stellte sie sich selbst vor und erkundigte sich, was Clara Witchell gemeint hatte.

»Seine erste Geliebte. Die Frauen mochten Tarquin sehr. Und er sie. Nicht dass er je mit einer eine längere Verbindung eingegangen wäre. Das konnte er auch gar nicht, da er doch immer monatelang verschwunden war, manchmal jahrelang. Ein seltsamer Mann. Ein seltsames Leben.«

Honey erinnerte sich an den Spitznamen, den ihr Mrs Cromer verraten hatte. Der Vollbluthengst.

»Er ist also viel gereist.«

Die Frau nickte. »Sehr viel und sehr oft. Er war außerordentlich sprachbegabt, wissen Sie. Und sehr charmant, ein echter

Jetsetter. Sie verstehen schon, Yachten, Nachtklubs, schöne Mädchen … Aber er ist immer wieder hierher zurückgekommen. Er hat dieses Haus geliebt.«

Honey schaute auf die eindrucksvollen Türmchen von Torrington Towers, dem Familiensitz.

Clara Witchell hatte einen sehr offenen Blick. »Gehe ich recht in der Annahme, dass Sie eine Freundin seines Bruders sind?«

Die Frage erwischte Honey auf dem falschen Fuß. Sie kannte hier niemanden außer Casper, hatte also nicht erwartet, dass jemand sie kennen würde.

»Das stimmt.«

Clara schüttelte den Kopf. »Zwei so unterschiedliche Menschen. Beide charmant und elegant auf ihre eigene Weise. Aber Tarquin war ein Riesenspaß. Eher *Casino Royale* als *Priscilla – Königin der Wüste*.«

Es schien ein seltsamer Vergleich zu sein, aber Honey ging nicht darauf ein, bis ihr der Casino-Aspekt auffiel.

»Hat er Karten gespielt?«

Clara lachte ein kehliges Lachen. »Sie meinen Glücksspiele? O ja! Klar hat er gespielt!« Ihre Augen glitzerten. Honey überlegte, wie wohl der Mann gewesen sein mochte, der noch nach seinem Tod die Augen einer Frau so glitzern ließ. »Mit gewöhnlichen Spielkarten?«

»Was für welche gibt es denn sonst?«

Honey erinnerte sich an die Karte, die sie am Tatort gefunden hatte.

»Tarotkarten?«

Clara schüttelte den Kopf. »O nein. Tarquin war ein sehr realistischer und sehr sinnlicher Mann, ein Mann, der die Zukunft gestaltet, anstatt sie vorherzusagen.«

Die beiden Frauen betrachteten den Holzstoß.

»Sie werden das Holz bald anzünden«, sagte Honey zu der Dame.

»Sehr theatralisch«, sagte Clara leise. »Das würde ihm gefallen.«

Zwei außerordentlich prächtige Hindu-Herren mit gelbem Turban übernahmen das Anzünden. Das Ganze war seltsam, exotisch und unkonventionell, und nicht alle Versammelten schienen damit einverstanden zu sein.

»Ein Skandal! Vollkommen unenglisch! Was hat sich der Junge bloß dabei gedacht?« Das hatte ein rundlicher Mann mit einem hochroten Gesicht und einem gezwirbelten Schnauzbart gesagt. Er sah aus wie ein pensionierter Offizier, der Befehle gab, aber selbst keine anstrengende körperliche Arbeit leistete.

»Das ist Onkel Theobald«, informierte Clara Honey. »Er ist ein bisschen schwerhörig und ganz von der alten Schule. Ich hätte auch nicht erwartet, dass ihm das gefällt.«

»Ich wusste gar nicht, dass es noch lebende Verwandte gibt«, meinte Honey.

»O ja. Wenn man auch einige von ihnen nur zu Taufen, Hochzeiten und Beerdigungen aus der Versenkung holt. Sie sind die letzten Überreste der älteren Generation; zu anderen Zeiten hält man die wirklich besser unter Verschluss.«

Obwohl dieser Kommentar ein wenig herzlos war, musste Honey unwillkürlich lächeln. Kein Wunder, dass Casper so war, wie er eben war.

»Das hätte ihm gut gefallen«, fuhr Clara fort. »Die Alternative wäre ein Grab mit einem tonnenschweren gemeißelten Steinkreuz gewesen.«

Honey stimmte ihr zu. »Da verabschiedet er sich wenigstens mit flammendem Ruhm, sozusagen. Na ja, zumindest mit lodernden Flammen.«

Clara war ganz ihrer Meinung.

Honey schloss daraus, dass sie nun vertraut genug miteinander waren, um eine Frage zu stellen: »Wer hat ihn Ihrer Meinung nach umgebracht?«

Clara seufzte. »Na ja, wenn man weiß, was für ein Mann er war …«

»Und Sie scheinen das ja zu wissen«, sagte Honey, um sie zu ermutigen. Schmeichelei löste stets die Zungen, und es schien ihr eine gute Idee, anzudeuten, dass Clara den Verstorbenen besser kannte als alle anderen.

»Ein wütender Ehemann, Freund oder Vater. Oder es könnte was mit seiner Arbeit zu tun gehabt haben.«

Honey runzelte die Stirn. »Ich dachte, er hätte ein Vermögen geerbt und es nicht nötig gehabt, einer Arbeit nachzugehen.«

»Jeder muss arbeiten, meine Beste, und der liebe Tarquin war nicht der Typ, der nur herumsitzt, sich hinter diesem herrlichen Gemäuer auf dem Land vergräbt und mit den Pächtern und Dorfbewohnern herumschlägt.«

»War der Safaripark seine Idee?«

»Die seines Vaters. Nur so konnte die Familie das Haus halten.«

Ein kleiner Junge, der auch in Hindugewänder gehüllt war, führte die beiden Feueranzünder zum Holzstoß, während er gleichzeitig feierlich eine Trommel schlug.

Honey schaute auf die Türmchen von Torrington Towers, die hinter der Gartenmauer aus den Bäumen aufragten.

»Ich wäre ja hier geblieben. Es ist wunderschön.«

»Dann haben Sie nicht das Reisefieber, unter dem er litt. Er war Abenteurer durch und durch. Nicht dass er viel davon erzählt hätte – jedenfalls nicht in allen Einzelheiten.«

»Wissen Sie, für wen er gearbeitet hat?«

Plötzlich schaute Clara sie neugierig an. »Was, das wissen Sie nicht, meine Liebe?«

Honey zwinkerte. »Nein. Wie kommen Sie denn darauf?«

Claras graue Augen wurden beinahe violett. Nun schaute sie kühl und berechnend.

»Einfach, weil Sie so viele Fragen stellen.«

»Sie können mich als interessierte Partei einstufen.« Honey hatte ein schlechtes Gewissen, das ihr die Röte auf die Wangen trieb.

Die Uhr im Turm über dem Stallgebäude schlug die Mittagsstunde, die für den Beginn der Einäscherung festgesetzte Zeit.

Eine uralte Tante drängte sich zwischen Honey und das Feuer. Sie hatte orangerotes Haar und die Figur einer Gummibanane.

»Ich bin Großtante Maude«, verkündete sie mit hoher Quietschstimme. »Sie dürfen mich küssen.«

»Ich glaube nicht …«, protestierte Honey. Es nutzte nichts. Es gab kein Entrinnen vor den langen Armen, die sie an einen knochigen Busen pressten. Die Wange der alten Dame war pfirsichzart, und sie duftete nach Kölnischwasser. Mit den orangen Haaren, den langen Armen und der leichten Gesichtsbehaarung erinnerte sie Honey an einen Orang-Utan. Nur der übermächtige Duft des Kölnischwassers verdrängte dieses Bild wieder.

Casper stand kerzengerade und stumm im Kreise seiner Verwandten. Seiner Miene nach zu urteilen, wünschte er sich sehnlichst, dass sie verschwinden würden.

Es war ihm jedoch unmöglich, ihnen zu entkommen. Die Beileidsbezeugungen nahmen kein Ende.

»Endlich«, murmelte Honey vor sich hin, als der Scheiterhaufen schließlich angezündet war. Die Flammen loderten heiß auf und schlugen hoch in den Himmel.

Niemand betete.

Niemand sang ein Kirchenlied.

»Ein bisschen heidnisch, das alles«, sagte jemand.

»Tarquin war ein Heide«, flüsterte jemand anders.

Sobald die Holzscheite Feuer gefangen hatten, kam Casper mit einem Glas Champagner in der Hand herüber, das er zu Ehren seines Bruders anlässlich von dessen persönlichem Grillabend erhoben hatte.

»Gott sei Dank ist nun all das vorbei«, murmelte er. »Nun, haben Sie schon etwas herausgefunden?«

Honey zog die Brauen in die Höhe. Sie fand die Frage angesichts der aktuellen Veranstaltung ein wenig pietätlos.

Casper las ihr den Gedanken von der Stirn ab.

»Schauen Sie mich nicht so an. Mein Bruder und ich, wir sind nie besonders gut miteinander ausgekommen. Ich würde mich sogar zu der Behauptung versteigen, dass wir uns nicht besonders leiden konnten.«

»Aber obwohl Sie ihn nicht mochten, wollen Sie herausfinden, wer ihn umgebracht hat?«

Casper schaute sie merkwürdig verdutzt an. »Äh. Ja.« Es sah ihm gar nicht ähnlich, so verdattert zu sein. Normalerweise nahm er kein Blatt vor den Mund und war nie um eine hervorragend formulierte Antwort verlegen.

Er schien sich aber sofort wieder zu fangen.

»Natürlich will ich das wissen. Blut ist dicker als Wasser. Mein Bruder war wirklich unerträglich. Völlig egoistisch und ein Weiberheld durch und durch. Ich habe oft das dringende Bedürfnis verspürt, ihn eigenhändig umzubringen.«

Honey zog die Augenbrauen in die Höhe. »Den Vollbluthengst?«

Casper schlug überrascht die Augen auf. »Wer hat ihn so genannt?«

»Jeder. Ich habe mir sagen lassen, dass er nicht viel Zeit hier verbracht hat, dass er wegen seiner Arbeit oft abwesend war.«

»Ja.«

»Was hat er gemacht?«

»Er war Diplomat. Irgendwas im Außenministerium. Er war immer irgendwo an irgendeiner Botschaft.«

Ah, dachte Honey. Darauf liefen Dohertys misstrauische Gedanken hinaus.

»Warum haben Sie mir das nicht vorher gesagt?«

»Ich habe es nicht für nötig gehalten. Sie hätten sich dann vielleicht nicht mit dem Fall beschäftigen wollen. Meiner Meinung nach hat nur ein Außenstehender die Chance, herauszufinden, was wirklich geschehen ist. Die Regierungsbehörden sind ja berüchtigt dafür, dass sie ihre eigenen Regeln befolgen und alles unter den Teppich kehren, was ein schlechtes Licht auf sie werfen könnte.«

Das erklärte, warum Doherty Probleme gehabt hatte, in Devizes überhaupt etwas herauszufinden. Kein Wunder, dass er sie gewarnt hatte, sich bloß nicht in die Sache hineinziehen zu lassen. Diese Dinge waren tatsächlich einige Nummern zu groß für sie.

Einer der Parkwächter, der Mann, der sich um die Löwen kümmerte, kam zu Casper, um ihn zur Situation der Angestellten zu befragen.

»Es ist vielleicht jetzt nicht der richtige Zeitpunkt, aber wenn es Ihnen nichts ausmacht …«, murmelte der Mann und trat verlegen von einem Fuß auf den anderen.

Casper seufzte ungeduldig. »Kommen Sie zur Sache.«

»Also, es ist so: Ich wüsste gern, ob Sie hier viel verändern wollen. Werden vielleicht Arbeitsplätze gestrichen?«

»Es ist wirklich nicht der richtige Zeitpunkt. Das Einzige, was ich weiß, ist, dass es endlose Formalitäten geben wird.«

Er wandte dem Parkwächter den Rücken zu und ging in Richtung Torbogen, eine Traube von Gästen hinterdrein.

Doherty tauchte wieder auf. »Ich weiß ja nicht, wie es dir ergangen ist, aber ich habe festgestellt, dass Casper einen Haufen schrulliger Verwandter hat. Wann können wir gehen?«

Sie blitzte ihn vorwurfsvoll an. »Du wusstest es, nicht wahr?«

Seine Augen wurden ganz dunkel und durchdringend, als hätte er ihr etwas zu sagen, wollte aber noch etwas damit abwarten. Und genauso plötzlich wurde sein Blick wieder reserviert.

»Ich schlage vor, wir gehen in den Pub hier im Ort, essen dort zu Mittag und tauschen unsere Meinungen zu dieser Sache aus.«

»Ach, hör mir doch mit dem Pub auf! Ich weiß, warum du mich hinhältst, Steve Doherty!«

Es sah ihr gar nicht ähnlich, so die Fassung zu verlieren, aber jetzt rastete sie aus.

»Kein Wunder, dass du nicht herkommen wolltest. Du wusstest, dass Tarquin was mit dem Auswärtigen Amt zu tun hatte, und man hat dir geraten, die Finger von der Sache zu lassen. Das stimmt doch, oder?«

Doherty zuckte die Achseln und holte tief Luft. »Zeit zum Beichten. Ja, mir ist klargeworden, dass was nicht stimmte, als sie mich in Devizes hingehalten haben und auch als dein aalglatter vornehmer Busenfreund am Tatort aufgetaucht ist.«

Honey atmete tief durch und überlegte, wie rasch Dominic Christiansen sie bezirzt hatte – mit seinem guten Aussehen und seinen schicken Accessoires, will sagen seinem coolen schwarzen BMW mit glänzenden Radkappen, seinen Schlafzimmeraugen und seiner muskulösen Gestalt in einem italienischen Anzug.

»Mischen wir uns da in was *wirklich* Gefährliches ein?«

Doherty rieb sich nachdenklich das Kinn, das heute ausnahmsweise glattrasiert war. Keine Spur von seinem typischen Dreitagebart.

»Du willst wissen, ob es für dich zu spät ist, dich noch zurückzuziehen?«

»Ist es das?«

Sie hatte eigentlich nicht daran gedacht, aber bei näherer Betrachtung schien es eine vernünftige Option zu sein; sie konnte sonst selbst in Gefahr geraten. Manche Regierungsabteilungen waren entweder skrupellos oder unvorsichtig, wenn es um Fragen der nationalen Sicherheit ging. Und beides konnte für alle Beteiligten tödlich ausgehen.

»Ich habe dir ja schon geraten, dich da rauszuhalten. Aber machst du das auch?«

Honey musste darüber nicht lange nachdenken.

»Casper hat mich darum gebeten, also bleibe ich dabei.«

»Komm nur nicht und sage, ich hätte dich nicht gewarnt.«

Diese Worte sprachen die Leute ja oft und in vielen Zusammenhängen aus. Dohertys Stimme hatte gerade todernst geklungen. Aber Honey hatte Casper ein Versprechen gegeben. Das musste sie halten.

# Kapitel 10

Nach dem Wochenende ging Honey bei Casper im La Reine Rouge vorbei, um sich zu erkundigen, wie es ihm nach der Abschiedsfeier für seinen Halbbruder ging.

Der diensthabende Rezeptionist verdrehte die Augen, als sie nach Caspers Wohlbefinden fragte.

»Die Laune könnte besser sein«, sagte der milchkaffeebraune junge Mann, der enge Hosen trug und ständig sein quietschgelbes Haar tätschelte.

Honey begab sich zu Caspers Büro hinunter, klopfte leise an und wartete darauf, dass er sie hereinbat, ehe sie die Tür öffnete.

»Nur eine alte Freundin, die zu Besuch kommt«, sagte sie und streckte den Kopf ins Zimmer.

Es sah Casper gar nicht ähnlich, dass er sich dem Fenster zugewandt hatte, dem Schreibtisch den Rücken zudrehte, obwohl natürlich der Garten im Innenhof vor dem Fenster wunderschön war.

Casper war blass und hatte dunkle Ringe unter den Augen.

»Sie sehen schrecklich aus. Ist jetzt gerade eine schlechte Zeit für einen Besuch?«

»Allerdings. Nicht dass die schlechte Zeit zu Ende wäre, wenn Sie gehen. Die bleibt mir erhalten. Dank der Pflichten, die mir mein Bruder auferlegt hat!«

Honey konnte nur vermuten, was Caspers Bruder gemacht hatte, um ihn so zu verärgern. Hatte er ihm nichts hinterlassen? Wer bekam dann das stolze Herrenhaus?

»Hat es was mit dem Testament Ihres Bruders zu tun?«

Caspers Gesicht fiel in sich zusammen wie ein Wasserball, der ein Loch hat, wenn es auch wesentlich weniger farbenfroh war; die Donnerwolken, die es verdüsterten, einmal ausgenommen. Er ließ sich schwer auf seinen Stuhl fallen.

»Er hat mir Torrington Towers vererbt.«

»Das war aber doch nett von ihm. Sie haben gesagt, er wäre Ihr Halbbruder gewesen, nicht? Da musste er Ihnen eigentlich gar nichts vererben, oder?«

Caspers Miene verdüsterte sich weiter. »Er hat mir die ganze Verantwortung aufgebürdet, noch dazu mit einer Auflage.«

Er erhob sich von seinem Stuhl und baute sich nun drohend wie eine Gottesanbeterin vor Honey auf. Seine Augen erinnerten an mattgraue Murmeln.

Honey merkte, dass etwas in ihr zusammenbrach – wahrscheinlich ihre Courage.

»Mein geliebter verstorbener Bruder hat eine Klausel in sein Testament aufgenommen, in der von mir verlangt wird, dass ich das Haus fünf Jahre betreibe.«

»Oh!« Honey hielt einen Moment die Luft an. Casper liebte seine Unabhängigkeit. Er ließ sich nur höchst ungern von anderen etwas vorschreiben. Also gefiel es ihm bestimmt nicht, wenn man ihm mitteilte, er hätte auf dem Stammsitz der Familie zu leben und dort für die breite Öffentlichkeit einen Safaripark und andere Attraktionen zu betreiben.

»Fünf Jahre?«

Wieder dieses jammervolle Nicken. »Genau.«

»Okay«, meinte Honey, die den ersten Schock noch nicht überwunden hatte. »Plan B. Wie wäre es, wenn Sie die Tiere verkaufen, den Safaripark schließen und das Haus wieder als Privathaus nutzen?«

Noch bevor sie zu ihm aufschaute, wusste sie, dass er nur wieder mit dem gleichen kummervollen Kopfschütteln reagieren würde.

»Es gehört zu den Bedingungen des Erbes, dass ich Torrington Towers nur bekomme, wenn ich den Safaripark weiterbetreibe.«

»Sie machen Witze!«

Das Kopfschütteln hörte augenblicklich auf. »Ich mache niemals Witze.«

Nein, überlegte Honey. Und du lachst auch nie. Sorgfältig erwog sie die nächste Frage, ehe sie sie stellte.

»Und wenn Sie nicht in das Haus einziehen?«

»Dann geht das Ganze an den National Trust.«

Es fiel ihr schwer, aber Honey musste es ihm einfach sagen: »Wer braucht schon so einen großen alten Kasten? Das da draußen, das ist einfach nicht Ihr Leben. Das hier ist Ihr Leben.«

Ihr Tonfall war ausgesprochen munter, und sie deutete mit der Hand um sich, um zu unterstreichen, dass dieses Hotel, in dem sie sich befanden, sein Leben war und nicht das Haus, das er als Kind und Jugendlicher gekannt hatte.

Casper blieb ungerührt. »Darum geht es doch gar nicht. Zugegeben, Karussells und wilde Tiere sind nicht gerade mein Fall, aber es ist Ehrensache, dass ich das Erbe antrete.« Traurigkeit blitzte in seinen Augen auf, und sein Adamsapfel bewegte sich, als müsste er an etwas schwer schlucken, das ihm bitter schmeckte. »Ich schulde es auch meiner Mutter, Gott hab sie selig.«

»Oh!« Honey war erneut sprachlos. Casper sprach voller Gefühl über einen anderen Menschen – seine Mutter! Casper hatte noch nie über die Umstände gesprochen, die seine Beziehung zu Tarquin geprägt hatten.

»Ist Tarquins Mutter in jungen Jahren verstorben?«

Casper schaute verdutzt. »In jungen Jahren? Die alte Kuh ist achtzig geworden!«

»Also war sie von Ihrem Vater geschieden?«

»Nein!« Caspers Kiefer verspannte sich, als er den Mut zusammennahm, um ihr die Wahrheit zu sagen. »Er und meine

Mutter waren nie verheiratet. Wir haben in einem Cottage im Dorf gewohnt. Mein Vater hatte Besuchsrecht – bei meiner Mutter und bei mir. Er hat Esme, seine Frau, gehasst, meine Mutter aber geliebt.« Plötzlich sah er sie mit starrem Blick an. »Sie werden das niemals einer Menschenseele verraten! Nie!«

Honey schluckte. »Ich würde es nicht wagen.«

»Nicht einmal Ihrem Freund.«

»Kein Sterbenswörtchen.« Honey holte tief Luft, versuchte, den Schaden zu begrenzen. »Es ist also eine Frage des Stolzes, dass Sie den Herrensitz erben.«

»Ganz entschieden. Wer jede Menge Geld hat, sagt ja gewöhnlich, dass Geld allein nicht glücklich macht. Aber es hilft ganz gewiss. Nicht dass ich mich je mit dem Gedanken anfreunden könnte, dieses Anwesen zu führen. Oh, wie außerordentlich beschämend das alles ist!«

Honey wäre beinahe zu ihm geeilt, um ihn aufzufangen, als er wieder auf seinem Stuhl zusammensackte und das Gesicht in beiden Händen verbarg.

»Fünf Jahre mit übelriechenden Tieren und übelriechenden Besuchern, die dämliche Fragen über das Haus und die Familie stellen. Mit Kindern, die auf Ponys reiten und die Giraffe streicheln wollen.«

»Vielleicht hatte Tarquin einen guten Grund, Ihnen all das zu vermachen. Unter Umständen hatte er ein schlechtes Gewissen wegen Ihrer Mutter und überhaupt …«

Casper antwortete nicht. Er hielt das Gesicht weiter in die Hände gestützt.

»Sind Sie immer noch der Hauptverdächtige?«

»Ich habe keine Ahnung.«

Nach Honeys Meinung hatte die Polizei allen Anlass, ihn zu verdächtigen. Er hatte nach dem Tod seines Halbbruders ein riesiges Herrenhaus geerbt. Manche Leute würden für so etwas Morde begehen.

Sie schickte sich bereits zum Gehen an, als ihr ein sehr viel pragmatischerer Gedanke kam.

»Da ja die Sachlage im Augenblick so weit geklärt und unveränderlich scheint, meinen Sie, Sie könnten mir ein paar Freikarten besorgen? Ich könnte einen Tag auf dem Land gut gebrauchen.«

»Raus!«

# Kapitel 11

Tief im dunklen Wald am Fuß der sanften Hügel des Anwesens von Torrington erhielt Dominic Christiansen nach Vorlage seines Ausweises Eintritt durch die Stahltür, die die verborgene Einrichtung abschirmte, ging in den Kommunikationsraum und legte seinen Bericht vor.

Der Mann, der ihm gegenübersaß, hatte hochgeschwungene dunkle Augenbrauen über weit auseinanderstehenden Augen. Darunter schien sich sein Gesicht rasch zu verjüngen, bis es in einem sehr spitzen Kinn auslief. Der Mann las den Bericht nachdenklich durch.

»Der Tarotmann ist also immer noch im Spiel. Sie wissen, dass er völlig durchgeknallt ist, ja?«

Der Mann, den seine Untergebenen nur als GR bezeichneten – was für Grabräuber stand und unter anderem seinem totenschädelgleichen Kopf geschuldet war –, bediente sich wahrhaftig nicht oft so lässiger Sprache. Er war so gar nicht der lässige Typ.

Dominic verkniff sich ein Grinsen. »Ja, das weiß ich.«

Er hätte gern noch hinzugefügt, dass sie vielleicht der Frau mitteilen sollten, dass sie in Lebensgefahr schwebte, aber die ächzende Maschinerie der Regierungsgeheimdienste betrachtete derlei Enthüllungen als Hochverrat. Niemand durfte auch nur das Geringste erfahren, und in diesem Fall bedeutete niemand: kein gewöhnlicher Sterblicher.

»Vermutet irgendwer, für wen Sie arbeiten?«

»Ich denke nicht, dass sie einen Verdacht hegt, aber ihr Freund ist misstrauisch.«

»Verständlich, denn er hat ja so seine Kontakte. Ich gehe davon aus, dass Sie ihm klargemacht haben, dass es sich hier nicht um eine Polizeiangelegenheit handelt.«

»Ja, und er hat die Warnung verstanden. Ich glaube, er hat alles in seiner Macht Stehende getan, um seine Freundin davon zu überzeugen, dass sie sich nicht in diese Sache einmischen sollte, aber genau das wollen wir ja. Das weiß er natürlich nicht. Obwohl wir den Halbbruder eingeweiht haben, dass sie sich auf keinen Fall abschrecken lassen darf, kennt nicht einmal er den genauen Grund. Wir haben ihm nur zu verstehen gegeben, sie würde vielleicht an Orten recherchieren, wo das offiziellen Behörden unmöglich ist.«

Der Mann nickte und sagte nichts. Wie Dominic war er eher schweigsam veranlagt. Er war jedoch jemand, der sich mit Verhören auskannte und schon aus einem Tonfall einen Gedanken erraten konnte.

»Ich merke, dass Sie Bedenken haben.«

»Sie ist stur und sehr neugierig, der Typ Mensch, der, wenn er etwas Interessantes erfährt, einfach seine Nase reinstecken *muss*. Ich habe gesehen, wie sie sich mit dieser Witchell, einer alten Freundin von Tarquin, unterhalten hat. Ich habe ein bisschen von dem mitbekommen, was die ihr erzählt hat.«

»Und?«

»Sie haben darüber geredet, was Tarquin beruflich gemacht hat – über seine Reisen und so weiter. Die Witchell hat ihr erzählt, er wäre Diplomat gewesen.«

Der Mann mit den kalten Augen verschränkte die knochigen Finger unter dem Kinn.

»Hm. Nun, wenn es sie dazu bringt, ihre Nase in die Sache zu stecken …«

Er warf Dominics Bericht vor sich auf den Schreibtisch.

»Sie ist keine Närrin«, meinte Dominic, »aber ich glaube nicht, dass sie eine Ahnung von der Vergangenheit ihres Vaters hat oder weiß, wie er in die ganze Sache hineinpasst.«

»Gut. Das ist auch besser so.«

»Selbst wenn ihr Leben in Gefahr ist?«

Der Mann spitzte die Lippen. »So funktioniert unsere Abteilung nun einmal, und so sollte es auch bleiben. Wir haben getan, was wir für richtig hielten, bis hin zu der Anfrage wegen der Einäscherung.« Ein breites Lächeln hellte seine Miene auf. »Das war doch ein hübsches Detail, finden Sie nicht? Und wir haben es geschafft, ehe der Pathologe zu sehr herumwühlen konnte. Für den Tarotmann war ja dieser Tod eine Art Ritual. Das moderne Äquivalent dazu, dass jemand gehenkt, gestreckt und gevierteilt wird, außer dass hier natürlich noch das Schlammschlucken hinzukam. Sein Erkennungszeichen.«

Auf dem Gesicht des Mannes war nun wieder die ungerührte Miene zu sehen, die er stets an den Tag legte, und seine kalten Augen wanderten erneut zu dem Bericht. »Es sind interessante Nachrichten hereingekommen. Einige der jungen Frauen sind auf beinahe genau die gleiche Art ermordet worden. Sie haben keinerlei Verbindung zueinander, auch nicht zu diesem Fall. Das Einzige, was sie und den Toten verbindet, ist die Mordmethode. Man vermutet, dass der Tarotmann auch zum Vergnügen mordet, nicht nur professionell. Mit Sicherheit wissen wir, dass er nach dem Tod seines Vaters herausgefunden hat, wer ihn verraten hat. Er ist nicht nur hier, um junge Frauen umzubringen. Er ist hier, um sich an denen zu rächen, die seinen Vater getötet haben. Der Vater der Hotel-Lady ist tot, aber sie lebt noch. Er rächt sich auch an den Verwandten der Menschen, die seiner Meinung nach die Schuldigen sind. Pech für Mrs Driver, dass sie in beide Kategorien passt, die persönliche und die professionelle. Gute Arbeit, Christiansen. Wir hätten uns keinen besseren Köder für die Falle wünschen können.«

## Kapitel 12

Der Katzenschutzbund hielt sein Treffen im kleinen Konferenzraum am Ende des Flurs im ersten Stock ab. Die Vorsitzende war Honeys Mutter Gloria.

Honey war schleierhaft, warum sich ihre Mutter einer solchen Organisation angeschlossen hatte, da sie doch selbst keine Katze besaß.

»Ich war in einem früheren Leben Katze. Zum Glück habe ich damals den größten Luxus genossen, aber es gibt so viele Katzen, die eine so jämmerliche Existenz haben, dass ich das Gefühl hatte, einschreiten zu müssen und zu tun, was ich kann.«

Honey machte sich nicht die Mühe, nachzufragen, woher Gloria wusste, dass sie in einem früheren Leben Katze war, wenn sie auch zugeben musste, dass ihre Mutter durchaus etwas Katzenhaftes an sich hatte. Mary Jane, die hoteleigene Professorin für das Paranormale, hatte da sicher ihre Hand im Spiel gehabt.

Ehe ihre Mutter davongestürmt war, um diese Versammlung zu leiten, hatte Honey sie auf der halben Treppe getroffen.

»Mutter, hast du was mit der Katze zu tun, die bei mir eingezogen zu sein scheint?«

Ihre Mutter blinzelte. »Mit welcher Katze?«

»Mit der, die ich immer wieder im Kutscherhäuschen finde.«

Das Kutscherhäuschen war der private Wohnbereich von Honey und ihrer Tochter. Wenn Lindsey nicht da war, übernachtete manchmal auch Doherty dort.

Honeys Mutter schüttelte den Kopf mit dem makellos frisierten goldblonden Haar. »Ich weiß nichts von einer Katze. Ich habe dir doch gesagt, dass mein Interesse an diesem Verein lediglich daher rührt, dass ich mich mit allen Katzen weltweit seelenverwandt fühle.«

Hinter dem Empfangstresen hervor war ein Niesen zu vernehmen.

»Da hast du's«, sagte Honey. »Lindsey ist schon immer allergisch auf Katzen. Wir müssen dieses Vieh einfach daran hindern, in unser Haus zu kommen. Wenn ich das Biest noch mal erwische, bringe ich es ins Tierheim.«

»Ich habe schon seit Jahren keine Katzenallergie mehr, Mutter«, widersprach Lindsey. »Ich bin erkältet.«

»Tut mir leid, Liebes.«

Honey gab auf. Heute Morgen hatte sie zu viele andere Dinge im Kopf. Smudger hatte sie um ein Gespräch gebeten, und sie hatte versprochen, so bald wie möglich mit ihm zu reden.

Obwohl sie unter anderem an einer Beerdigung teilgenommen hatte, fühlte sie sich nach dem Wochenende wirklich erfrischt. Es war nicht alles dunkel und düster gewesen. Sie und Doherty hatten einige Zeit allein verbracht.

»Oh, ich hätte es beinahe vergessen. Ein Mann hat das hier abgegeben«, sagte Lindsey. Sie reichte ihrer Mutter einen braunen Umschlag. »Er meinte, er hätte versprochen, dir das zu schicken.«

»Hat er seinen Namen hinterlassen?«

»Nein, er meinte, du würdest wissen, von wem es ist. Sah ziemlich gut aus.« Lindsey lächelte. »Doch nicht ein weiterer Bewerber um deine Gefühle, oder?«

Honey schaute sie ausdruckslos an. »Ich denke mal, eher nicht.«

Es sei denn, es ist Dominic Christiansen, überlegte sie und konnte sich gerade noch ein Erröten verkneifen.

»Wenn jemand was von mir will, ich bin im Kutscherhaus drüben.«

Das Wohnzimmer im Kutscherhäuschen war kühl, der Sessel

war bequem. Honey schaute den Umschlag noch einmal genau an, ehe sie ihn aufmachte. Es war nichts darin außer einer Tarotkarte – eine Hohepriesterin in einem blauen Gewand. Ziemlich attraktiv.

Sie grübelte, was das wohl zu bedeuten hatte, hatte aber im Grunde keine Ahnung. Nur zwei Leute konnten ihr da weiterhelfen. Die eine war ihre Tochter Lindsey, die das Internet durchsuchen und die Antwort für sie finden würde. Die andere Option war Mary Jane. Alles, was mit dem Okkulten zu tun hatte – einschließlich Tarot –, war genau ihr Ding.

# Kapitel 13

Am Spätnachmittag tauchte Casper auf, um sich nach den Fortschritten der Untersuchung zu erkundigen. Honey schlug vor, sich mit ihm in ihrem Büro zusammenzusetzen, damit sie ungestört reden konnten.

»Haben Sie sich schon entschieden, was Sie mit der Erbschaft machen?«, fragte sie ihn.

Casper räusperte sich, ehe er antwortete.

»Was soll ich damit machen?«

Er rollte beim Sprechen den Kopf hin und her, als wollte er sein Gehirn daran hindern, sich aus seinem Schädel zu verabschieden.

Nun war Honey mit dem Räuspern an der Reihe, weil sie nicht sicher war, was sie darauf antworten sollte.

»Die Beerdigung ist gut gelaufen – finden Sie nicht?«

»Das war die reinste Farce! Wozu so ein Melodrama? Ich war in letzter Zeit auf viel zu vielen Begräbnissen. Ich habe sie nie gemocht. Dinnerpartys waren mir immer lieber. Das fand Tarquin übrigens auch, allerdings konnten sie dem nie wild genug sein!«

Honey verkniff es sich, ihn überrascht anzuschauen.

»Trotzdem, wenn er es so wollte …«, hob sie an.

Casper spitzte die Lippen und warf ihr einen missbilligenden Blick zu.

»Da bin ich mir gar nicht so sicher. Ich habe im Testament kein einziges Wort gesehen, das darauf hindeutet. Obwohl ihm all dieses Theater sicherlich blendend gefallen hätte.«

Honey runzelte die Stirn. »Er hat es nicht verlangt?«

»Wenn, dann zumindest nicht schriftlich.«

»Und Sie haben das nicht arrangiert?«

Er schauderte und schüttelte den Kopf. »Ganz sicher nicht. Meiner Meinung nach war das entsetzlich geschmacklos.«

»Da hat die Familie seine Wünsche wohl missverstanden.«

»Welche Familie? Ich war mit Ausnahme eines entfernten Vetters sein nächster Verwandter, und unsere klapperigen alten Tanten und Onkel haben mir versichert, dass sie auch nichts damit zu tun hatten.«

Honey schaute ihn verdutzt an.

»Wenn die Familie es nicht war, wer dann?«

»Ich weiß es nicht.« Er schüttelte den Kopf und schaute völlig verwirrt drein.

Honey hatte nie an den Spruch geglaubt, dass einem plötzlich das Blut in den Adern gefriert. Sie hatte sich nur einmal annähernd so gefühlt, als sie beim Skifahren in den österreichischen Alpen kopfüber in einen Bergbach gestürzt war, der nicht zugefroren war. Als sie endlich wieder festen Boden unter den Füßen hatte, hatte sie laut mit den Zähnen geklappert, und sie war völlig durchnässt gewesen.

Caspers Antwort hatte sie jedoch beinahe ebenso sehr erschreckt wie der Sturz damals. Dies hier begann sich zum kompliziertesten Fall zu entwickeln, mit dem sie es je zu tun gehabt hatte.

Zunächst einmal schien es Schwierigkeiten bei der polizeilichen Untersuchung zu geben. Außerdem war Doherty seltsamerweise überhaupt nicht scharf darauf, sich hier einzubringen. Nun noch dieses merkwürdige Geheimnis um die Vorbereitungen für die Beerdigung. Was sollte das alles? Es sei denn, die Leiche wies irgendwelche belastenden Spuren auf, die dem scharfen Auge des Pathologen entgangen waren?

»Wenn es kein Unfall oder Selbstmord war, wer hätte ihn denn umbringen wollen? Und warum? Eine alte Flamme? Der Ehemann einer alten Flamme?«

»Da kann ich Ihnen nicht weiterhelfen. Tarquin wurde von Männern und Frauen gleichermaßen begehrt. Ein Männerschwarm. Ein Frauenschwarm.«

Honey überlegte, ob sie die Tarotkarte erwähnen sollte, die sie erhalten hatte, entschied sich aber dagegen. Der Absender war leicht zu erraten: Dominic Christiansen. Aber was hatte das zu bedeuten?

Das Treffen der Katzendamen war gegen halb fünf zu Ende, nachdem unzählige Kannen Tee, Tassen Kaffee und eine köstliche Auswahl von Sahnetörtchen, Gurkensandwiches und Pastetchen mit Lachsmayonnaise verzehrt worden waren.

»Ich bin zu dem Entschluss gelangt, dass es für mein Selbstverständnis und für mein Verständnis der Welt der Katzen von Vorteil wäre, wenn ich mir eine Katze zulegte«, verkündete Honeys Mutter.

Honey musterte das farblich abgestimmte Outfit ihrer Mutter aus türkisfarbenem Kaschmir mit Zobelbesatz.

»Was für eine Katze?«

Gloria White schloss ein Auge und betrachtete ihre Tochter mit einer Miene, die diese nur als verächtlich deuten konnte.

»Das sollte nicht sarkastisch sein«, fügte Honey rasch hinzu. »Ich habe mich nur gefragt, ob du weißt, dass kleine Katzen Holz zerkratzen und Polstermöbel zerfetzen und Fäden aus Wollkostümen zupfen.« Ihre Mutter und eine Katze? Sie konnte es sich einfach nicht vorstellen.

»Ich glaube trotzdem, dass ich gern eine hätte. Keine langhaarige. Ich habe mir sagen lassen, die muss man ziemlich viel bürsten und pudern.« Sie schüttelte entschlossen den Kopf. »Ich denke, das würde ich kaum schaffen.«

»Und keine zu teure Katze. Was ist mit Stewart? Würde es dem was ausmachen, wenn eine Katze im Haus wäre?«

»Was mir gefällt, gefällt ihm.«

Glorias Tonfall war resolut. Honey war sich nicht so sicher, ob der neue Ehemann ihrer Mutter gleichermaßen erpicht auf einen Stubentiger wäre.

»Wenn er keine Allergie hat oder so.«

»Ich möchte einfach nur ein Haustier haben.«

Honey dachte an die streunende Katze, die immer wieder im Kutscherhäuschen auftauchte.

»Getigerte Katzen sind nett. Oder Schildpattkatzen. Ja! Schildpattkatzen sind ziemlich selten.«

»Wirklich? Ihre Mutter machte begeisterte kugelrunde Augen. Wenn ihr eins gefiel, dann war es, allen anderen etwas vorauszuhaben. Und was war da besser, als eine Katze zu besitzen, die eine ganz seltene Färbung hatte? »Wo kann ich eine bekommen?«

Honey legte den Arm um ihre Mutter und küsste sie auf die Wange.

»Überlass das nur mir. Ich glaube, ich weiß, wo ich eine finde.«

Zurück im Kutscherhäuschen, suchte sie nach der Katze. »Komm, Miez, Miez!«

Keine Spur von der Katze.

»Na, ist das nicht wieder mal typisch. Wenn man sie nicht brauchen kann, ist sie da, und wenn man sie sucht, ist sie nirgends zu finden.«

Lindsey kam herein und summte vor sich hin. Sie wollte duschen und dann zu einem Rendezvous mit einem Dozenten für historische Forensik gehen, der in der letzten Zeit fast so etwas wie ein fester Freund geworden war.

»Hast du die Katze gesehen?«

»Welche Katze?«

»Die, von der ich dir erzählt habe. Die ich hier ein paarmal angetroffen habe.«

Lindsey schüttelte den Kopf. »Ich habe es dir doch schon gesagt, Mutter. Ich habe hier drin noch nie eine Katze gesehen.«

»Auch nicht in den letzten paar Tagen?«

»Nein.«

»Nie?«

»Nein, wirklich nie. Ich muss mich beeilen. Duschen und umziehen und dann um acht in Frederick's Bar.«

Aufs Sofa gekuschelt, lauschte Honey dem Rauschen des Wassers aus dem Badezimmer. Ihre Mutter musste natürlich der streunenden Katze kein Heim bieten, aber es wäre doch schön gewesen.

Ihre Gedanken spazierten von der Katze zur Tarotkarte, die Dominic Christiansen ihr geschickt hatte. Trotz der Karte und obwohl sie ihn bei der Beerdigung gesehen hatte, war er nicht mit ihr in Verbindung getreten. Die Karte zeigte eine Hohepriesterin, stammte aber eindeutig aus dem gleichen Satz wie der Gehenkte, den jemand bei den Blumen neben der Leiche abgelegt hatte. Es war vielleicht ein wenig weit hergeholt, doch sie fragte sich, ob Dominic wusste, wer die Arrangements für Tarquins Beerdigung getroffen hatte.

Lindsey brauchte nicht lange, um sich herzurichten.

»Du siehst ja wirklich sehr appetitlich aus«, sagte Honey zu ihr, als die beiden sich mit einem Kuss voneinander verabschiedeten.

Lindsey grinste verschmitzt. »Ich hoffe, Sean findet das auch.«

Sie zwinkerte und schnalzte mit der Zunge, ehe sie aus dem Haus ging. Honey saß da und dachte über ihren nächsten Schritt nach, als ihr plötzlich auffiel, wie aufgekratzt ihre Tochter gewesen war. Kein anderer Freund hatte sie je so in Hochstimmung versetzt. Honey überlegte, ob Sean wohl der Richtige war, verwarf diesen Gedanken dann aber gleich. Ihre Tochter war im Green River Hotel glücklich.

Dann wanderten Honeys Gedanken wieder zu Dominic Christiansen. Sie nahm die Visitenkarte zur Hand, die er ihr gegeben hatte, und wählte die dort verzeichnete Nummer.

Es ertönte das übliche Klingelzeichen, dann ein Klicken, ehe es weiterklingelte. Das schien ihr zunächst merkwürdig, aber es gab heutzutage ja so viele Privatunternehmen, die Dienstleistungen anboten, die früher einmal in der öffentlichen Hand gewesen waren. Und die hatten alle ihre kleinen Eigenheiten. Wie zum Beispiel Rufumleitung.

»Hallo. Ist da Dominic Christiansen?«

»Honey. Ich habe mich schon gefragt, wann Sie anrufen würden.«

Honey hielt inne. »Woher wussten Sie, dass ich es bin?«

»Ich habe eines von diesen schlauen Telefonen, das die Nummern anzeigt und sie mit Leuten vergleicht, die ich schon mal angerufen oder getroffen habe.«

»Oh! Wirklich sehr schlau.«

»Ja, nicht wahr? Ich nehme an, Sie haben mein kleines Geschenk bekommen?«

»Die Karte? Ja. Deswegen rufe ich an. Na ja, zum Teil. Ich habe auch noch eine andere Frage, aber …«

»Dann reden wir zuerst über die Karte. Ich mag den Klang Ihrer Stimme. Sprechen Sie mit mir.«

Ein verästelter Blitz aus heiterem Himmel hätte sie nicht mehr elektrisieren können.

»Ich habe mir nur Gedanken über die Bedeutung dieser Karte gemacht. Sie hat doch was zu bedeuten, oder?«

»Ich hatte gehofft, dass Sie mir dazu etwas sagen könnten. Ich habe mich umgehört, aber niemand konnte mir irgendwas Schlüssiges dazu mitteilen.«

Honeys Herz raste. »Sie glauben also, dass ich Licht in die Sache bringen könnte? Wie schmeichelhaft.«

»Überhaupt nicht. Sie sind eine sehr intelligente Frau. Ich

bin mir sicher, dass Ihnen was dazu einfällt. Wie wäre es mit einem Abendessen?«

»Ich …« Die Frage hatte sie auf dem völlig falschen Fuß erwischt. Ja, sie würde liebend gern mit ihm zu Abend essen, aber es gab Hindernisse. Nun ja, insbesondere ein Hindernis. Steve Doherty.

»Ich verspreche, ich werde Sie nicht mit Schmeicheleien dazu bringen, mit mir ins Bett zu gehen. Und ich werde auch Ihrem Freund nichts verraten. Es geht nur um den Fall. Wie wär's also?«

Plötzlich kam ihr ein Gedanke. Wie stolz würde sie sein, wenn sie diesen Fall lösen könnte, trotz Dohertys warnender Bitte, sich herauszuhalten. Ein Abendessen mit dem geheimnisvollen Dominic Christiansen würde ihr sicherlich weitere Erkenntnisse bescheren. Wäre es nicht viel klüger, ihm ihre Fragen beim Essen zu stellen?

»Okay.«

»Ich hole Sie morgen um acht Uhr ab.«

Erst als das Gespräch beendet war, fiel ihr auf, dass er sie nicht gefragt hatte, welche Zeit ihr am besten passen würde, sondern ihr schlicht gesagt hatte, wann er sie abholen würde. Daraus schloss sie, dass er gewohnt war, Befehle zu erteilen und nicht um Gefallen zu bitten. Sie fragte sich, worauf sie sich da wohl einließ.

Sie hätte noch mehr gegrübelt, wenn sie nicht die Katze erspäht hätte, die auf einer Treppenstufe lag und sich gemächlich eine fette Pfote nach der anderen schleckte.

»Bleib, wo du bist«, sagte sie leise, als sie aufstand. »Lass mich nur erst nachsehen, ob diese Tür zu ist …«

Nachdem sie sich versichert hatte, drehte sie sich um, wollte sich auf die Schildpattkatze stürzen und sie für ihre Mutter einfangen. Stattdessen stand sie mit leeren Händen da. Die Katze war fort.

Dominic Christiansen hatte entschieden, dass er diese Honey Driver am besten beschützen konnte, wenn er in ihrer Nähe blieb. Das würde ihrem Freund, dem Polizisten, vielleicht nicht gefallen, aber Dominic hatte sowohl schlagkräftige Argumente als auch gute Worte parat. Er würde einsetzen, was immer nötig war, um den Tarotmann zu fangen. Er bedauerte nur, dass er Honey Driver nicht sagen durfte, dass sie nichts weiter als ein Lockvogel war, der Köder in der Falle, in der sie einen gefährlichen Killer fangen wollten, hinter dem sie schon seit Jahren her waren.

# Kapitel 14

»Was wissen wir eigentlich über Tarquin St John Gervais?«

Doherty und Honey saßen Knie an Knie auf Barhockern an der Bar des Zodiac Club.

In der Hoffnung, ihn mit dieser Frage überrascht zu haben, musterte sie sein Gesicht über den Rand ihres Glases hinweg, das Wodka, Tonic, Eis und eine Scheibe Zitrone enthielt.

»Wir wissen, dass er tot ist.«

Die Antwort war knapp, sein Gesichtsausdruck nichtssagend.

»Die Frau, mit der ich geredet habe, meinte, er wäre Diplomat gewesen. Aber das kann ja alles Mögliche bedeuten.« Sie lehnte sich näher zu ihm hin. »Vielleicht war er so ein James-Bond-Typ – mit Lizenz zum Töten.«

»Aber dann hat jemand ihn getötet? Kann kein sonderlich guter Spion gewesen sein. Jedenfalls nicht auf 007-Niveau.«

Honey verengte die Augen zu Schlitzen. »Sei nicht albern.«

Doherty schaute sie durchdringend an. »Honey, lass die Finger davon. Das ist keine Polizeiangelegenheit.«

»Aber du wünschst dir doch auch, es wäre eine – oder nicht? Und widersprich mir nicht. Ich kann es dir von der Nasenspitze ablesen. Du möchtest dich nur zu gern einmischen, aber es hat dich jemand gewarnt, du solltest es nicht tun.«

Doherty schüttelte den Kopf und wandte den Blick ab. »So ist es eben. Wir müssen alle unsere Arbeit tun und sollten uns nicht ungebeten in die Angelegenheiten anderer Abteilungen einmischen.«

»Er war Caspers Bruder.«

»Halbbruder.«

»Deswegen ist er noch lange kein schlechter Mensch.«

»Lass die Finger davon.«

»Ich mache einen Ausflug nach Torrington Towers. Ich habe Casper um Eintrittskarten gebeten, und er hat mir eine Art Tagespass besorgt, mit dem ich überall im Haus und im Safaripark Zutritt habe. Hast du Lust mitzukommen?«

Er warf ihr einen warnenden Blick zu. »Du sollst da nicht herumschnüffeln.«

Sie hob die Hände und schaute unschuldig. »Wenn du dabei bist, mache ich das bestimmt nicht. Aber wenn du nicht kannst, nehme ich meine Mutter mit. Die hat im Augenblick eine Schwäche für Katzen, und zwar für die Sorte, die sich auf dem Kaminvorleger zusammenrollt und im Garten Singvögel fängt. Ich dachte, da würden ihr vielleicht auch die Löwen Spaß machen.«

»Löwen machen nie Spaß. Die fressen einen.«

Mit festem Schuhwerk und Regenmänteln ausgestattet, kamen Honey und ihre Mutter wie verabredet in Torrington Towers an.

Es war noch früh, aber vor dem Tor stand bereits eine Autoschlange.

»In ein paar Minuten machen die hier auf«, sagte Honey und schaute auf ihre Armbanduhr.

Ihre Mutter fand das wenig amüsant. »Ich dachte, wir hätten einen besonderen Tagespass? Meiner Meinung nach sollten wir damit sofort durchgewinkt werden, anstatt mit den ganz gewöhnlichen Besuchern warten zu müssen.«

»Ich bin mir nicht sicher, wie das hier geht«, antwortete Honey und drehte den Tagespass mit einer Hand um, während sie die andere weiter am Lenkrad hielt.

Als sie auf der Rückseite nachgelesen hatte, ob es für Leute mit Tagespass eine besondere Zufahrtsregelung gab, stand die Beifahrertür schon weit offen.

»Mutter!«

Obwohl sie nur mittelgroß und zierlich gebaut war, marschierte ihre Mutter – heute ganz in Rot (einschließlich der Gummistiefel) – entschlossen auf das Tor zu, wo ein Mann in Uniform auf die Uhr schaute und den Augenblick abwartete, in dem er in Aktion treten und das Tor öffnen musste.

Honey schloss die Augen und stöhnte leise. »O nein! Mutter, warum kannst du nicht ein kleines bisschen Geduld aufbringen?«

Geduld war nicht Gloria Whites Stärke. Ihre Talente lagen eher darin, die Modetrends des nächsten Jahres vorauszuahnen, obwohl sie weit über siebzig war.

Sie kam strahlend zurück.

»Er meinte, da wir Freunde des Besitzers sind, sollten wir zum Seiteneingang fahren. Da gibt es einen kleinen Parkplatz in der Nähe der Häuser für die Großkatzen.«

Sobald das Tor geöffnet war, verlor Honeys Mutter keine Zeit und wies ihre Tochter an, rechts an der Warteschlange vorbeizufahren.

Wütende Blicke und das eine oder andere Hupzeichen folgten ihnen, als sie alle überholten und dann rechts abbogen.

Erst von einem, dann von einem zweiten Sicherheitsmann eingewiesen, kamen sie zu einem kleinen Parkplatz, wo die Land Rover, mit denen man durch den Safaripark gefahren wurde, gleich neben den Autos der Mitarbeiter abgestellt waren.

Honey fand eine Lücke und parkte.

»Puh!«, stöhnte ihre Mutter und wedelte sich mit der Hand vor dem Gesicht herum, sobald sie draußen neben dem Wagen stand. »Das ist aber ein ziemlich übler Geruch.«

»Großkatzen. Möchtest du dir nicht zuerst das Haus ansehen, Mutter? Das ist wahrscheinlich voller lieblich duftender Blumengestecke.«

Ihre Mutter entschied in einem Sekundenbruchteil, dass sie diese Option tatsächlich bevorzugen würde.

»Und danach können wir in unser Auto steigen und durch den Safaripark fahren. Die Löwen und Tiger laufen hier frei herum. Sie werden nicht in Käfigen gehalten.«

»Nur die kranken«, sagte da jemand, »und die alten, die keine Lust mehr haben, nach draußen zu gehen.«

Der Sprecher war ein älterer Mann, der eine Schubkarre voller Dung vor sich herschob, dem Gestank nach zu urteilen, ein Abfallprodukt der Großkatzen.

»Lohnt es sich, die Raubtierhäuser anzuschauen?«, fragte ihn Honey.

»Eigentlich nicht. Nero ist zu Hause und Octavia auch – getrennt, versteht sich. Die kann man nicht zusammenlassen, sonst bringen sie sich gegenseitig um.«

Honey fragte ihre Mutter, ob sie sich gern die alten Löwen ansehen wollte. Die Antwort überraschte sie.

»Ich denke, das sollten wir machen. Da wir doch geschätzte Gäste mit einem vom Besitzer ausgestellten Tagespass sind und der Besitzer zudem noch zufällig ein persönlicher Freund ist, würde ich eine Privatbesichtigung wirklich zu schätzen wissen.«

Dieser Satz war natürlich an die Adresse des alten Herrn gerichtet, der hier arbeitete.

Honey krümmte sich innerlich. In puncto Starallüren war ihre Mutter allen anderen meilenweit voraus.

Die Raubtierhäuser waren gedrungene Zweckbauten. In großen Käfigen mit massiven Gitterstäben und auf einem dick eingestreuten Bett aus duftendem Stroh waren die Löwen untergebracht. Es gab fließendes Wasser und auf Anfrage wohl auch ab und zu ein halbes Schaf.

Der alte Herr erzählte ihnen, er hieße Crompton.

»Ich habe hier früher als Ranger gearbeitet, aber heutzutage helfe ich nur noch in Teilzeit aus. Meine Knie sind im Eimer«, meinte er locker. Dann deutete er auf einen Löwen mit dunkler

Mähne, der auf dem weichen Strohbett lag und herzhaft schnarchte.

»Das ist Nero.«

Nach ein paar wackeligen Schritten zeigte er auf einen weiteren Käfig, in dem eine Löwin saß und sie durch halb geschlossene Augen anlinste.

»Sie ist ein bisschen kurzsichtig«, erklärte Crompton. »Trotzdem empfiehlt es sich nicht, ihr zu nahe zu treten, wenn sie einen nicht gut kennt.«

»Ich denke darüber nach, mir eine Katze zuzulegen«, verkündete Honeys Mutter. »Deswegen bin ich hier.«

Crompton musterte sie nachdenklich.

»Bravo! Aber ich muss Sie warnen: es ist nichts für Zaghafte, sich eine Großkatze zuzulegen. An welche Art von Katze hatten Sie denn gedacht?«

»Eine Schildpattkatze«, mischte sich Honey ein. »Meine Mutter würde sehr gern eine Schildpattkatze erwerben, die Sorte, die sich auf dem Sofa an sie kuschelt und Milch aus einem Schälchen schlabbert. Eine Hauskatze.«

Crompton schaute belustigt, und seine buschigen Augenbrauen hoben und senkten sich. »Also Sie haben keine Lust auf einen Rotluchs oder Geparden?«

Glorias hochherrschaftliche Haltung blieb unerschüttert. »Ich lebe in einer Wohnung ohne Außenbereich.«

Honey konnte sich nicht verkneifen, noch hinzuzufügen: »Und denk mal dran, wie groß das Katzenklo sein müsste.«

Mr Crompton grunzte. »Schade eigentlich.«

Die Löwin sperrte den Rachen zu einem ungeheuren Gähnen auf. Selbst aus dieser Entfernung konnte Honey den Raubtieratem riechen.

»Haben die schon mal jemanden gefressen?«

Crompton deutete mit einer Kopfbewegung auf die beiden alten Löwen. »Es ist zwar nirgends aufgeschrieben, aber ich weiß es besser!« Er tippte sich vielsagend an den Nasenflügel. Seine Augen blieben starr. »Das haben die beiden mir erzählt«, flüsterte er kaum hörbar.

»Wer hat es Ihnen erzählt?«

»Die Löwen. Sie reden mit mir. Die reden schon immer mit mir. Wir unterhalten uns miteinander.«

Honey wechselte einen leicht besorgten Blick mit ihrer Mutter. Gloria hatte die Stirn gerunzelt und überlegte wohl, ob sie sich verhört hatte.

»Wie schön«, meinte Honey. Gleichzeitig dachte sie für sich: Okay, ich spreche offensichtlich gerade mit dem Doctor Dolittle von Torrington Towers.

»Die reden nicht mit jedem«, fügte er nun in schleppendem Ton hinzu, »aber mit mir schon. Und ich antworte euch auch, nicht wahr, Octavia?«

Beim Klang seiner Stimme reckte die Löwin den Hals und drehte ihm den Kopf zu.

»Verstehe.«

Nach den seltsamen Begebenheiten der letzten Zeit schien man hier noch eins draufzusetzen. Honey war schon vorher ziemlich verstört gewesen, aber jetzt wunderte sie sich noch mehr.

Doch der alte Herr hatte sich die Mühe gemacht, ihnen eine Führung anzubieten, und das wusste sie zu schätzen, wenn sie auch rasch zu dem Schluss kam, dass sie hier in einer Irrenanstalt gelandet war.

»Wie nahe standen Sie Mr Tarquin?«, fragte sie den Mann.

»So nah, wie es nur möglich ist. Ein geborener Gentleman war er.«

»Ich glaube, er hat in Botschaften im Ausland für die Regierung gearbeitet. Hat er je mit Ihnen über seinen Job gesprochen?«

Crompton schnalzte mit der Zunge und schüttelte den Kopf.

»O nein! Nun, das war ja auch nicht möglich, oder? Da ging's doch um Staatsgeheimnisse. Und er hatte Geheimhaltung geschworen. Da konnte er doch nichts sagen, was?«

»Nein«, antwortete Honey, die seiner Meinung war, »natürlich nicht.«

»Dein Vater hat einen Tarquin gekannt«, merkte ihre Mutter an, als sie auf dem Weg zum Haupthaus waren, um sich über dessen Geschichte zu informieren. »Ein Jungspund, hat er damals gemeint, der sich einbildete, ein internationaler Geheimagent zu sein.«

»Vater kannte ihn?«

Honey war gleich doppelt überrascht. Zum einen, weil ihre Mutter kaum von ihrem Vater sprach, und zum anderen, weil ihr Vater den Verblichenen gekannt hatte.

»Ich weiß, dass Dad für die Regierung gearbeitet hat, aber du hast mir nie erzählt, für welche Abteilung und so.«

»Außenhandel«, erwiderte ihre Mutter. »Deswegen war er ja so oft im Ausland, um Handelsvereinbarungen und dergleichen vorzubereiten. Für unsere Ehe war es nicht gut, dass wir so oft getrennt waren. Ich saß allein mit dir da, und er ist von Timbuktu bis Weißgottwo durch die Gegend gejettet.«

Honey wusste, dass ihre Eltern drauf und dran gewesen waren, sich scheiden zu lassen, ihr Vater aber vorher umgekommen war.

»Ich wollte nichts über seine Arbeit wissen, und er war auch nicht geneigt, darüber zu reden. Er meinte, es wären nur langweilige Verträge und Abkommen, bei denen es um die Lieferung von in England produzierten Dingen ging, die die Leute anderswo haben wollten.«

»Was für Dinge?«

Ihre Mutter zuckte die Achseln. »Ich habe dir doch gerade gesagt, darüber haben wir nie geredet.«

»Bist du sicher, dass er kein Spion war?«

Gloria White schaute ihre Tochter an, als hätte die den Verstand verloren.

»Sei nicht albern!«

»Wieso ist das albern?«

»Dein Vater hat Nadelstreifenanzüge und eine Melone getragen und stets einen säuberlich aufgerollten Regenschirm bei sich gehabt!«

»Auch im Ausland?«

»Nun, ich denke schon. Ich war aber nicht dabei.«

Ihre Mutter grübelte schweigend. Honey wusste, dass diese Fragen ihre Mutter verstörten. Es erstaunte sie trotzdem sehr, dass Gloria ihren Vater nie nach seiner Arbeit und seinen vielen Reisen gefragt hatte.

Das Herrenhaus war eine Enttäuschung. Die Perserbrücken und Orientteppiche waren ein bisschen abgewetzt, dem Mobiliar hätte ein wenig liebevolle Pflege gutgetan, und die Führerin war ziemlich lustlos.

»Die Vasen rechts und links auf dem Kaminsims sind von Wedgewood. Die zu beiden Seiten der Uhr stammen aus der Ming-Dynastie …«

Die gelangweilte Stimme der Frau tönte endlos weiter.

Honey ließ sich bewusst ein wenig zurückfallen.

»Ich kann dieses Gerede nicht mehr ertragen«, raunte sie ihrer Mutter leise zu. »Komm, wir sehen uns auf eigene Faust um.«

Die Führerin interessierte sich anscheinend genauso wenig für die Gruppe, die sie durchs Haus geleiten sollte, wie für das Haus. Honey und ihre Mutter lösten sich unbemerkt von den anderen und wanderten nun allein durch die Räume.

Sie waren schon recht lange unterwegs, da setzte sich ihre Mutter auf die weichen Kissen eines Fenstersitzes, zog die Schuhe aus und massierte sich die Zehen.

»Das Haus ist nicht gerade interessant. Die wirklich Interessanten gehören alle dem National Trust.« Sie schnüffelte. »Riecht muffig hier. Ein gründlicher Frühjahrsputz und eine kleine Renovierung wären unbedingt mal fällig.«

Honey musste ihr beipflichten. »Casper will hier nicht wohnen.«

»Das kann ich ihm nicht verübeln. Was willst du eigentlich herausfinden?«

»Wie kommst du darauf, dass ich hier bin, um was rauszufinden?«, fragte Honey mit Unschuldsmiene. »Wir machen einfach nur einen Ausflug aufs Land, Mutter und Tochter zusammen.«

Gloria verengte die Augen. »Du bist meine Tochter. Ich kenne dich. Was geht hier vor?«

»Seine Lordschaft war Caspers Bruder. Er wurde kürzlich umgebracht. Ich bin zur Beerdigung hergekommen. Man hat ihn in einem ummauerten Garten in einer Zeremonie eingeäschert, bei der zwei Hindu-Herren den Scheiterhaufen entzündet haben.«

»Das ist ja ungeheuerlich!« Gloria war ernsthaft empört. »Man kann doch nicht einfach jemanden anzünden, als wäre es der 5. November und Guy Fawkes würde verbrannt! Nicht der echte natürlich – nur eine Puppe, die alte Kleider trägt und eine Rübe als Kopf hat.«

»Das war alles bestens organisiert. Völlig legal, soweit ich das beurteilen kann. Selbst mit den Kostümen war das Ganze wahrscheinlich noch immer verdammt viel billiger als das, was die Bestattungsunternehmer einem heutzutage abknöpfen. Und es war echt eindrucksvoll.«

Honeys Mutter schaute sie entsetzt an. »Versprich mir hier und jetzt, dass du nie, wirklich niemals, auch nur daran denkst, mit meinen Überresten auf eine solche Weise zu verfahren. Ich will eine Kirche. Ich will Blumen. Ich will, dass man mich mit Gesang und Orgelklang verabschiedet.«

»Alles, was du wünschst, du musst nur darum bitten.«

»Ein Eichensarg mit Messinggriffen. Und vergiss nicht, deinen Onkel Percy einzuladen.«

Honey runzelte die Stirn. »Wer ist Onkel Percy?«

»Genau genommen ist er nicht dein Onkel. Er ist der Vetter deines Vaters. Sie standen sich sehr nah.«

Honey lehnte sich gegen das Fenster. Bis heute hatte sie noch nie etwas von diesem Vetter ihres Vaters gehört.

Ein träumerischer Ausdruck trat in die Augen ihrer Mutter. Sie seufzte und erzählte, einmal hätte in ihrem ersten Zuhause ein paar Tage lang das Telefon nicht funktioniert.

»Dein Vater ist schrecklich wütend darüber geworden. Er hat mich ständig losgeschickt, um bei der Post anzurufen, damit die das Ding endlich reparierten. Als es wieder ging, hat er bei Percy angerufen und ihm davon erzählt. Ich habe nicht ganz begriffen, worum es bei dem Gespräch ging, aber sie haben ein Treffen verabredet, bei dem sie es ein für alle Male richten wollten.« Ihre Mutter seufzte. »Wenn er nicht losgezogen wäre, um sich mit Percy zu treffen, würde er vielleicht noch leben.«

Honey wusste, dass das Auto ihres Vaters gegen einen Baum gefahren war. Er war mit dem Kopf gegen die Windschutzscheibe geprallt. Von einem Treffen mit diesem Vetter Percy hatte sie noch nie etwas gehört. Sie hatte nicht einmal gewusst, dass Percy existierte.

»Hast du also was Neues über diesen Fall erfahren?«, fragte ihre Mutter sie.

»Nur dass ich einen Onkel Percy habe – streng genommen einen Vetter zweiten Grades.«

»Ich meine über diesen Fall hier?«

»Casper hat vorgeschlagen, ich sollte mich eine Weile auf Torrington Towers aufhalten. Sein Bruder war einen Tag vor seinem Tod noch einmal hier. Niemand hat ihn fortgehen sehen. Die Polizei hat allerdings nicht allzu viele Fragen gestellt, und so hat Casper sich gedacht, wenn ich hier wohnte, könnte ich vielleicht in aller Ruhe nachforschen.«

»Ziemlich gute Idee. Und was meint dein Freund, der Polizist, dazu?«

Honey überlegte, ob sie lügen sollte.

»Ich gehe davon aus, dass dein Schweigen Bände spricht«, meinte ihre Mutter. »Die Idee gefällt ihm also gar nicht. Das finde ich irgendwie egoistisch. Ich begleite dich hierher. Stewart hat sicher nichts dagegen.«

Stewart würde es nicht wagen, was dagegen zu haben, überlegte Honey. Ihre Mutter war zwar gerade frisch verheiratet, aber ein völlig unabhängiger Geist – und finanziell ebenso unabhängig, ein Umstand, den sie ihren vier verflossenen Ehemännern zu verdanken hatte.

»Noch irgendwas, wenn wir schon mal dabei sind?«, erkundigte sich Gloria.

»Ich hätte nichts dagegen, wenn wir auf dem Rückweg zum Auto bei dem ummauerten Garten vorbeischauen könnten.«

»Dann los.«

Draußen standen sie auf einmal vor einer Reihe von kleinen Häuschen, die sie auf dem Herweg nicht bemerkt hatten.

»Sehr hübsch«, merkte Gloria an.

Honey musste ihr recht geben. Die Häuschen sahen aus wie bei *Hänsel und Gretel*: Sie waren zwar nicht aus Lebkuchen, sondern aus honiggelbem Stein und hatten je ein kleines quadratisches Fenster zu beiden Seiten einer schlichten grünen Tür. Üppiges Laub rankte sich um den Türrahmen und am Stein hinauf bis unter die Dachtraufe. Die Häuschen sahen ähnlich aus wie das Cottage, in dem Honey mit Doherty übernachtet hatte, wenn sie sich auch viel näher beim Haupthaus befanden.

Honey dachte, dass die Bewohner diese einfachen Häuschen durch die Jahrhunderte hindurch liebevoll gepflegt hatten. Die Leute hatten ihre Heimstatt sicher gemocht, denn die Rosen, die sich um die Tür rankten, und die Blumen in den Vorgärten waren keineswegs neu gepflanzt und wirkten alle irgendwie altmodisch.

Die schweren Köpfe von hundertblättrigen Rosen hingen über den schmalen Pfad. Sie waren über ihre schönste Blüte hinaus, aber ihr Duft war auch jetzt im Herbst noch ungeheuer stark.

Ein Fenster stand offen, und man konnte Musik hören.

»Nur einen raschen Blick«, flüsterte Gloria.

Ehe Honey es verhindern konnte, ging sie schon auf Zehenspitzen den Gartenweg entlang und auf das offene Fenster zu.

Honey machte sich zu einem Sprint bereit und legte sich eine gute Ausrede für die Neugier ihrer Mutter zurecht. Vielleicht könnte sie behaupten, ihre Mutter hätte heute Ausgang aus ihrem auf Demenz spezialisierten Pflegeheim? Nicht schlecht, wenn auch ihre Mutter sicher fuchsteufelswild darüber wäre. Vielleicht wäre ein kurzer Sprint doch die bessere Lösung?

Honey atmete erst wieder befreit auf, als Gloria den Rückweg angetreten hatte.

»Ein sehr hübsches Wohnzimmer«, verkündete Gloria dann. »Wenn jemand zu Hause gewesen wäre, hätte ich um eine kleine Führung gebeten.«

Honey erhob die Augen zum Himmel und dankte Gott, dass niemand zu Hause gewesen war.

»Eigentlich seltsam«, meinte Honeys Mutter, als sie wieder auf dem Weg zum Wagen waren. »Man lässt doch nicht einfach ein Fenster aufstehen und die Musik dröhnen, wenn man nicht zu Hause ist.«

»Nein, das macht man nicht«, stimmte ihr Honey zu.

»Ich glaube, er war zu Hause«, schloss Gloria, als sie im Auto und schon auf halbem Weg zum Haupttor waren.

»Wieso glaubst du das?«

»Es lag eine Brieftasche auf dem Tisch und daneben ein Kartenspiel, verdeckt. Ich glaube, da hat jemand eine Patience gelegt.«

Davon war Honey keineswegs überzeugt. Sie wechselte das Thema. »Ich würde Onkel Percy gern mal kennenlernen. Lebt er noch?«

»Natürlich, Liebes.«

»Hast du seine Adresse?«

»Die kann ich besorgen. Also, was ist nun mit dieser Katze, von der du mir erzählt hast? Ich habe Erkundigungen eingezogen. Schildpattkatzen sind wirklich sehr selten, Kater noch seltener als Katzen. Weißt du zufällig, ob deine ein Kater oder eine Katze ist?«

Leise bewegte sich der Tarotmann hinter der offenen Tür hervor. Aus dem Fenster im Obergeschoss hatte er sie vorübergehen sehen, diese alte Dame, die stehen geblieben war und die Unverfrorenheit besessen hatte, über den Gartenweg zum Haus zu gehen und durch das Fenster hereinzuschauen. Er erwartete nicht, dass sie mit den Gegenständen, die auf dem Tisch lagen, irgendwas anfangen konnte. Er hatte das Cottage für einen Monat gemietet und war aus einem ganz bestimmten Grund hier. Aus gut unterrichteter Quelle wusste er, dass Honey Driver sich in Kürze auch auf Torrington Towers aufhalten würde.

# Kapitel 15

Als sie von ihrem Tagesausflug nach Torrington Towers zurückgekehrt waren, nahm Honeys Mutter die Einladung zu einer Tasse Tee im Kutscherhäuschen an.

Honey schaute sich kurz im Haus um, öffnete die Türen zum Schlafzimmer, zum Bad, ja sogar den einen oder anderen Schrank in der Küche. Von der Katze keine Spur. Doch jetzt wollte Honey erst einmal aus den Schuhen schlüpfen und das Teewasser aufsetzen. Die Suche nach der Katze musste warten, die Geschlechtsbestimmung sowieso.

»Die Katze kommt von irgendwo hier herein. Es muss ein Streuner sein.«

»Das arme Ding. Komm her, miez, miez.« Gloria maunzte leise.

Honey stellte das Teetablett ab und überließ ihrer Mutter die Wahl zwischen Zucker, Milch oder Zitrone. Gloria nahm sich Zucker und Zitrone.

»Hast du eine Telefonnummer von Percy?«

Gloria musterte Honey über den Rand ihrer Teetasse hinweg. »Wieso auf einmal diese Dringlichkeit?«

»Ich möchte mehr über den Tod meines Vaters erfahren. Ich will *genaue* Einzelheiten wissen.«

Einen Augenblick trafen sich ihre Blicke. Allein die Frage schien ihre Mutter aus dem Gleichgewicht zu bringen.

»Wieso die Vergangenheit wieder ausgraben?«

Honey runzelte die Stirn. Ja, wieso? Sie dachte eigentlich sonst nur in schlaflosen Nächten an ihren Vater. Dann fragte sie sich oft, wie es gewesen wäre, wenn er länger gelebt hätte. Sie hatte so wenige Erinnerungen an ihn.

Ihre Mutter seufzte. »Du glaubst wohl, dass mehr hinter dem Tod deines Vaters steckt, als man denkt.«

Honey nickte. »Ja.«

Sie konnte die ängstlichen Gedanken ihrer Mutter beinahe hören, aber jetzt hatte sie einmal angefangen und wollte die Sache nicht auf sich beruhen lassen.

»Ich kann mich einfach des Verdachtes nicht erwehren, dass noch etwas anderes dahintersteckt.«

Die ganze Wahrheit und nichts als die Wahrheit, nicht einmal die würde die Farbe ins Gesicht ihrer Mutter zurückbringen.

»Ich bin ja auch nicht blöd«, murmelte Gloria. »Ich habe immer vermutet, dass da was war, aber ich habe es auf Affären mit anderen Frauen geschoben. Deswegen wollte ich mich ja scheiden lassen.«

»Echt? Das ging von dir aus?«

Gloria hatte noch nie mit Honey über diese Angelegenheit gesprochen.

Ihre Mutter nippte gedankenverloren an ihrem Tee. »Na ja, ich war immer so einsam, weil er ständig unterwegs war.«

Es gab Zeiten, in denen Honey ihre Mutter für außerordentlich egoistisch hielt. Sie hätte sicher eine sarkastische Bemerkung gemacht, wenn nicht ihr Telefon geklingelt hätte.

Es war Casper. »Ich habe alle nötigen Vorkehrungen getroffen. Ihr Aufenthalt in Torrington Towers ist gebucht. Sie können also weitere Erkundigungen einziehen.«

»Gut! Kommen Sie auch mit?«

Sie ahnte schon, dass die Antwort nicht positiv ausfallen würde.

»Nein. Ich ziehe es vor, nicht einmal in die Nähe des Anwesens zu kommen.« Eine Pause folgte. »Sie werden mich doch nicht im Stich lassen?«

Honey seufzte. Er war zwar ein verdammt schwieriger Geselle, doch irgendwie mochte sie Casper. Es verblüffte sie, wie rasch er alles für sie geregelt hatte.

»Ich könnte ein paar Tage Urlaub gut gebrauchen.« Sie biss sich auf die Unterlippe. Doherty würde bestimmt dagegen sein. Doherty durfte also nichts davon erfahren.

Casper brachte seine Dankbarkeit zum Ausdruck, beendete das Gespräch und wandte sich bestimmt wieder den wichtigen Aufgaben zu, die er gerade zu erledigen hatte.

Gloria schaute ihre Tochter mit lebhaftem Interesse an.

»Du bleibst gleich ein paar Tage dort? Dann komme ich mit.«

# Kapitel 16

Ehe Honey nach Torrington Towers aufbrach, spürte sie Onkel Percy auf. Nachdem der seine Überraschung zum Ausdruck gebracht und sich nach dem Befinden ihrer Mutter erkundigt hatte, fragte er endlich nach dem Grund für Honeys Anruf.

»Ich nehme an, du willst mit mir über deinen Vater sprechen. Stimmt's?«

Sie bestätigte ihm das. »War er Spion?«

Percy lachte. »Du hast zu viele James-Bond-Filme gesehen, Mädchen.«

Das klang ziemlich herablassend. Honey hatte es nicht anders erwartet.

»Kennst du einen Mann namens Lord Torrington? Der Familienname ist St John Gervais.«

Es folgte eine bedeutungsschwangere Pause. Das Zögern allein beantwortete ihre Frage bereits.

»Ich bin mir nicht sicher …«

»Ich war neulich auf seiner Beerdigung. Es war eine außerordentlich seltsame Veranstaltung, ein Scheiterhaufen in einem Obsthain auf seinem Herrensitz. Die Umstände seines Todes waren verdächtig. Die Polizei hält sich sehr zurück, und ein naher Verwandter des Opfers hat mich gebeten, die Sache zu untersuchen. Dabei habe ich einiges über meinen Vater und seinen Tod herausgefunden. Weißt du zufällig irgendwas über Tarotkarten?«

Völliges Schweigen. »Wo bist du, meine Liebe?«

»In Bath. Ich führe dort das Green River Hotel.« Sie gab ihm die Adresse.

»Ist deine Mutter bei dir?«

»Meine Mutter ist nie weit von mir entfernt.«

»Gut. Also, überlass das nur mir. Ich schau mir das mal an. Okay?«

Honey hatte dem entfernten Vetter ihres Vaters mit einiger Sorge zugehört. Sein Zögern hatte sie misstrauisch gestimmt. Ohne genau zu wissen warum, hatte sie plötzlich erhebliche Zweifel. Sie rief erneut bei ihm an, aber es hob niemand mehr ab. Sie hinterließ eine Nachricht auf dem Anrufbeantworter.

Am anderen Ende der Leitung versuchte gerade ein großgewachsener Mann mit weißem Haar und einem beklommenen Gefühl in der Brust, wieder zu Atem zu kommen. Seine Lungen waren völlig hinüber – zu viele dicke Zigarren und zu viel französischer Cognac. Die schlechte Neuigkeit eben hatte ihm den Rest gegeben. Der Tarotmann war irgendwie auferstanden. Wer das auch war, es musste ein Verwandter des Mannes sein, dessen übles Wirken während des Kalten Krieges seinen Höhepunkt erreicht hatte. Er zog ein paar Erkundigungen ein und verschaffte sich Gewissheit. Der neue Tarotmann war in die Rolle seines Vaters geschlüpft und auf Rache aus. Ihm, Percy, blieb nur, hier und da einen Gefallen einzufordern und zu hoffen, dass er sich irrte und die Tochter seines Vetters nicht in der Schusslinie stand.

Honeys Zimmer in Torrington Towers hatte eine hohe Decke mit einem komplizierten Stuckmuster, das in plastisch herabhängenden Verzierungen endete, die aus verschlungenen Blättern und Ranken bestanden und in einer Tudor-Rose ausliefen. Dunkle Eichentäfelung zierte die Wände. In dem Teppich unter Honeys Füßen hätte man völlig versinken können. Ein Himmelbett von ungeheuren Proportionen beherrschte den Raum. Durch das bleiverglaste Erkerfenster hatte man einen atemberaubenden Blick auf das umgebende Gelände.

Honeys Mutter war im Zimmer nebenan untergebracht. Es war von ähnlich beeindruckenden Ausmaßen, und beide Zimmer hatten ein eigenes Bad.

»Gott sei Dank«, konstatierte Gloria. »Der Gedanke, vielleicht mitten in der Nacht über einen zugigen Korridor tappen zu müssen, hätte mich nicht sonderlich erfreut.«

Honey war sich nicht ganz sicher, welche Rolle ihre Mutter bei den Ermittlungen spielen würde, aber sie freute sich über die Gesellschaft. Doherty wäre zwar verdammt viel nützlicher gewesen, doch der hatte ja was dagegen, dass sie sich hier einmischte, und so hatte sie ihm nichts davon gesagt. Außerdem nahm er während der Zeit ihres Aufenthaltes in Torrington Towers an diesem Teambildungskurs teil.

Honey beschloss, ihrer Mutter das Gespräch mit Onkel Percy zu verschweigen. Es würde nichts nützen, alte Erinnerungen aufzuwühlen, die Gloria lieber vergaß.

Eine gewisse Mrs Crompton sorgte dafür, dass sie alles hatten, was sie brauchten, und teilte ihnen mit, wann das Abendessen serviert wurde. Sie war sehr geschwätzig und erzählte ihnen ungeheuer viel über das alte Haus und darüber, wann Mr Tarquin – seine Lordschaft – zum letzten Mal hier gewesen war.

»Das letzte Mal habe ich ihn gesehen, als ich ihm Frühstück gemacht hatte. Aber er schien keinen großen Hunger zu haben.«

»Hat er viel mit Ihnen geredet?«

Mrs Crompton schüttelte so vehement den Kopf, dass ihr Doppelkinn bebte.

»Nein. Aber er hat eigentlich nie viel gesagt. Mr Tarquin hat sein Essen immer sehr genossen. Man kann sagen, er konzentrierte sich völlig darauf.«

»Aber an dem fraglichen Morgen hat er nicht viel gegessen?«

»Nein, das hat er nicht.«

»Ein Mann, der an einem Tag ein herzhaftes Frühstück genießt und am nächsten kaum etwas zu sich nimmt, hat bestimmt was auf dem Herzen«, meinte Gloria.

Honey wusste, dass ihre Mutter recht hatte. Von all dem Reden über Essen hatte Honey Hunger bekommen. Sie schaute auf die Uhr. Sie hatte gerade noch genug Zeit, um sich vor dem Abendessen zu waschen und umzuziehen.

»Wir sehen uns unten«, sagte sie zu Gloria.

»Nein, ich komme dich abholen.« Gloria schaute sich vielsagend um. »Dieser alte Kasten ist ja wirklich großartig, aber in der Dämmerung wird es nur hier ein wenig unheimlich. Ich glaube, Mary Jane würde sagen, dass dies ein geschichtsträchtiges Haus ist, in dem die Geister in den dunklen Ecken lauern. Wer weiß, was hier alles vorgefallen ist?«

Dem war wohl so, also fügte sich Honey ihren Wünschen.

Ihre Mutter war enttäuscht, als sich herausstellte, dass man in der Gesindestube essen würde.

»Aber ich bin nicht für die Gesindestube gekleidet!«, rief sie aus und deutete auf ihr Seidenkleid.

Honey seufzte. Sie hatte betont, dass sie geschäftlich hier war und mit den Angestellten reden musste, aber offensichtlich waren ihre Worte auf unfruchtbaren Boden gefallen. Ihre Mutter dachte wohl, sie wären in einem 5-Sterne-Hotel mit allem Komfort!

Es waren nicht alle Angestellten beim Abendessen anwesend, aber diejenigen, die gekommen waren, erwiesen sich als äußerst hilfsbereit, wenn sie auch zumeist so ziemlich dasselbe wie Mrs Crompton erzählten.

Eine Ausnahme gab es jedoch. Adrian Sayle war der oberste Ranger, der die Gesamtaufsicht über den Safaripark hatte.

»Der Täter war jemand aus seiner Vergangenheit«, behauptete der. »Jede Wette.«

Honey setzte eine interessierte Miene auf.

»Haben Sie denn ungefähr zur Tatzeit irgendwelche Fremden hier gesehen?«

»Es sind immer Fremde hier«, rief er aus, während er ein Stück Rindfleisch-Nieren-Pastete auf die Gabel spießte. »Wir nehmen ja in einigen der Cottages an der Grenze des Anwesens hinter dem Herrenhaus, auch Bed-&-Breakfast-Gäste auf. Natürlich nur in denen, wo keine Mitarbeiter wohnen.«

Honey stutzte. Hatte Adrian Sayle gerade eine oder mehrere unbekannte Personen verdächtigt? Als Hotelbesitzerin wusste Honey nur zu genau, dass wenige Leute länger als nur ein, zwei Tage in einer Frühstückspension blieben. Die Touristen schauten sich gern so viel wie möglich und in der kürzest möglichen Zeit an.

»Sind denn irgendwelche Gäste länger als gewöhnlich geblieben?«

Der knurrige, ziemlich ungehobelt wirkende Mann, unter dessen Bermuda-Shorts muskulöse nackte Waden hervorschauten, antwortete: »Nicht viele. Am längsten ist so ein Historiker geblieben, der irgendwelche Recherchen über die Familie Torrington und die alten Grabstätten in der Umgebung gemacht hat. Ich glaube, das ist ein entfernter Verwandter gewesen. Und dann war da noch ein Naturforscher, der die Begattungsgewohnheiten von Großkatzen in Gefangenschaft erkunden wollte. Der war auch 'ne ganze Weile hier.«

»Und die Künstlerin«, fügte einer der Parkwächter hinzu.

»Aber das war ein Mädchen«, erwiderte Adrian Sayle. »Ein Mädchen hätte ihn nicht umbringen können, jedenfalls nicht eines wie sie.«

»War sie hübsch?«, fragte Honeys Mutter.

Der Ranger wirkte auf einmal recht aufgeregt. »Nun. Ja … Atemberaubend! Tolle Figur.« Er deutete mit beiden Händen die klassische Sanduhrform an.

»Dann brauchte sie keine Körperkräfte«, sagte Gloria. »Dann konnte sie ihn überall hinlocken – wenn er der Typ war, der sich zu Frauen hingezogen fühlte.«

»Ich wusste doch, dass es sich lohnt, dich mitzunehmen«, flüsterte Honey ihrer Mutter zu.

Honey fasste in Gedanken zusammen, was sie herausgefunden hatten. Wenn man seiner alten Freundin Clara Glauben schenken durfte, war Tarquin durchaus der Typ gewesen, der sich zu Frauen hingezogen fühlte. Und wenn ihre Mutter recht hatte, konnte die junge Frau durchaus ein Lockvogel gewesen sein, und der gute alte Tarquin war ihr auf den Leim gegangen.

»Haben Sie die Namen und Adressen der Leute, die in den Cottages übernachtet haben?«

Miss Vincent, die Sekretärin des Landgutes, bejahte das. Sie lebte anscheinend nicht in Torrington Towers, sondern kam jeden Tag aus dem Dorf her.

»Ich bin heute Abend nur hiergeblieben, weil Mr Casper meinte, Sie wären eine renommierte Detektivin, und ich sollte Ihnen helfen, so gut ich kann. Mr Casper war immer so ein netter Junge. So brav, besonders im Vergleich zu Mr Tarquin, der dauernd allen möglichen Blödsinn angestellt hat.«

Damit beschrieb sie Casper ziemlich gut, fand Honey. Sie konnte ihn sich bildlich als kleinen Jungen vorstellen, der schon damals so adrett und ordentlich ausgesehen hatte wie jetzt als Erwachsener.

Honey machte sich Notizen. Es war ihr nicht entgangen, dass Miss Vincent wahrscheinlich über einen reichen Schatz an Geschichten über Caspers Vergangenheit und die Vergangenheit Seiner Lordschaft verfügte.

»Haben Sie Mr Tarquin an dem letzten Morgen, an dem er hier war, weggehen sehen?«

Miss Vincent schüttelte den Kopf, hielt dann jedoch inne und schaute nachdenklich. »Mir ist zwar auf dem Herweg auf der Straße ein Auto entgegengekommen, aber ich habe es nicht erkannt. Ich habe angenommen, dass es einer von den Bed-&-Breakfast-Leuten war.«

»Klar.« Honey nickte, um sich für die Liste zu bedanken, die Miss Vincent ihr gereicht hatte.

Zunächst rief sie bei dem Historiker an. Professor Lionel Collins hatte etwa sechs Wochen in einem der Cottages gewohnt.

Honey erklärte ihm den Grund ihres Anrufs: »Ich wollte mich nur erkundigen, ob Sie an dem fraglichen Morgen gesehen haben, wie Lord Torrington wegfuhr und ob er in Begleitung war.«

»Ich bin Historiker und kein Privatdetektiv. Ich war doch nicht da, um ihm nachzuspionieren.«

Honey zog ihr zuckersüßestes Sprachregister. »Ich entnehme meiner Liste, dass Sie in Dunster wohnen. Das ist nicht allzu weit von hier entfernt. Mir würde es nichts ausmachen, Sie mit dem Auto …«

»Tut mir leid. Das ist völlig unmöglich.«

Er erklärte ihr, er hätte keine Zeit, weil er auf dem Sprung zu einem Vortrag in Amsterdam sei.

»Sie wohnen ja eigentlich ganz in der Nähe. Gab es einen bestimmten Grund, warum Sie sich sechs Wochen in dem Cottage eingemietet haben?«

Seine Antwort war brüsk. Er habe sich vor etwa einem Jahr in einer umgebauten Methodistenkirche im Dorf einquartiert, an der noch einiges zu machen war. Die Handwerker seien bei ihm eingezogen, und er habe sich so lange verkrümelt.

»Ich bin mir sicher, die Leute haben das wunderbar hingekriegt.« Honey mochte diese umgewidmeten Kirchen und Kapellen eigentlich gar nicht, denn nach allen Umbauten sahen sie ihrer Meinung nach immer noch wie Kirchen und Kapellen aus.

»Es tut mir leid, Sie gestört zu haben. Der Bruder des Verstorbenen hat mich gebeten, die Todesumstände näher zu untersuchen. Er ist sehr bestürzt. Das werden Sie bestimmt verstehen.«

Wieder bemühte sie die zuckersüßen Flötentöne. Diesmal

schien es zu funktionieren. Nach einem längeren Schweigen hörte sie einen zögerlichen Seufzer.

»Also, wenn Sie herkommen wollen, ehe ich wegfahre, müssten Sie das jetzt gleich machen.«

Honey packte die Gelegenheit beim Schopf. »Ich bin in Torrington Towers. Ich brauche nicht lange.«

Sie überredete ihre Mutter, auf dem Anwesen zu bleiben und die Augen offen zu halten.

»Das heißt, ich darf ungestraft überall rumschnüffeln?«, erkundigte sich Gloria.

Das gestand ihr Honey gern zu.

Unmittelbar nach dem Frühstück machte sie sich auf den Weg und kam gegen halb zwölf in Dunster an.

Die umgebaute Kirche hatte ein Rosettenfenster mit buntem Bleiglas über einer mit Säulen verzierten Eingangspforte.

Lionel Collins öffnete ihr die Tür im typischen Professoren-Outfit: Cordhose, Jeanshemd und Tweedjacke mit Lederflecken auf den Ellbogen. An einem Schnürsenkel hing ihm eine Nickelbrille um den Hals.

Sein Haar stand in alle Richtungen, eine echte Löwenmähne, dicht und grau. Es war an der Stirn ein wenig gelichtet, hing ihm dafür bis auf die Schultern herab. Honey schätzte ihn auf etwa fünfundfünfzig, doch wenn man seine Bewegungen und sein forsches Auftreten in Betracht zog, wollte er wohl gern den Eindruck erwecken, jünger zu sein. Er war um die eins fünfundachtzig groß und gut gebaut. Honey musste ihm zugestehen, dass er in jüngeren Jahren wohl ein recht attraktiver Mann gewesen war und dass sich auch heute ein zweiter Blick lohnte.

»Kommen Sie herein«, sagte er mit einer übertrieben einladenden Armbewegung. »Immer geradeaus.«

Er führte sie durch einen schmalen Gang und dann in einen hohen Raum mit Deckengewölbe.

Honey legte den Kopf in den Nacken und schaute sich interessiert um. Höflicherweise musste sie jetzt wohl ein Kompliment aussprechen.

»Eindrucksvoll.«

Mehr brachte sie nicht über die Lippen. Ihre Augen schweiften umher. Schäbiger Schick, das war wohl die treffende Bezeichnung für den Mann und sein Wohnumfeld.

Obwohl man den Bau innen geschmackvoll modernisiert hatte, waren die Bogenfenster noch an der alten Stelle. Durch die untere Hälfte drang Tageslicht ins Erdgeschoss, die Spitzbogen befanden sich im Obergeschoss. Unten an den Wänden standen mit Büchern vollgestopfte Regale.

An einem Ende war eine Galerie, von der aus einst die Gläubigen auf ihren Pastor und die Sitzreihen unten heruntergeschaut hatten. Auf den Eichendielen lagen dunkelrote Orientteppiche.

Honey lehnte ein Getränk ab, kam aber gern der Aufforderung nach, sich auf einen Korbstuhl mit einer Rückenlehne im Pfauenstil zu setzen. Es war die Art von Sessel, auf denen in Zeitschriften langhaarige Models mit superschlanken Beinen sitzen und mit elfengleicher Unschuld in die Welt schauen.

Professor Collins schenkte sich Kaffee ein und nahm ihr gegenüber Platz, ein bereitwilliges Lächeln auf dem Gesicht. Seine Augen waren von einem intensiven Blau.

»Nach allem, was Sie mir am Telefon erzählt haben, bezweifle ich, dass ich Ihnen helfen kann. Aber schießen Sie los.«

»Dürfte ich Sie fragen, über welchen Aspekt der Familiengeschichte Sie geforscht haben?«

»Ich habe mir den Stammbaum der Familie bis ganz weit zurück vorgenommen, aber hauptsächlich interessiert mich die Verwicklung der Familie in den englischen Bürgerkrieg.«

»Haben Sie was Interessantes gefunden?«

»Im Grunde mehr oder weniger das, was ich erwartet hatte.

Wie eine Reihe anderer Familien wechselte auch diese die Seiten, je nachdem, wer gerade zu gewinnen schien.«

»Ich bin an Dunster Castle vorbeigefahren. Hatte das nicht auch irgendwie mit dem Bürgerkrieg zu tun?«

»O ja.«

Ihre Aufmerksamkeit richtete sich auf eine Vitrine unter der Galerie.

»Faszinierend«, sagte sie nach einem kurzen Blick auf die ausgestellten Objekte, zumeist antike Waffen, deren Klingen schartig und rostig waren. »Sind die wertvoll?«

Er forderte sie auf, sich die Gegenstände näher anzusehen. Dann schüttelte er den Kopf. »Materiell sind sie nichts wert. Aber immateriell?« Er zuckte die Achseln. »Sie sind alt. Schauen Sie sich diese Dinger an. Überlegen Sie, wie viele Leute so eine Klinge getötet haben mag. Das Einzige, was diese alten Waffen unseren modernen voraushaben, ist, dass man seinem Feind ins Auge blicken musste – ganz anders als heute. Eine Interkontinentalrakete, und wir fliegen alle in die Luft.«

»Eine schlimme Welt«, meinte Honey.

»Ich habe wirklich nicht viel Zeit. Der Flug, Sie wissen schon.«

»Entschuldigen Sie, aber wenn ich Ihnen noch eine Frage stellen dürfte? Ich habe mir sagen lassen, dass gleichzeitig mit Ihnen eine junge Dame in einem anderen Cottage gewohnt hat. Sie hieß Hermione Standish. Sie soll sehr jung und hübsch gewesen sein. Erinnern Sie sich an sie?«

Das hatte sie von Miss Vincent erfahren.

Lionel zog eine Augenbraue in die Höhe. »Lassen Sie mich überlegen. Ja, ich glaube, ich habe sie mal gesehen. Sie hat ziemlich viel Zeit mit Seiner Lordschaft verbracht …«

»Verstehe.«

Ihr kam plötzlich der Gedanke, dass Casper, falls er das Erbe annahm, auch den Titel bekommen würde. Das hatte er bisher mit keinem Wort erwähnt. Meine Güte, er war so schon unerträglich arrogant. Wenn man ihn mit Seine Lordschaft anreden musste, würde das wohl noch schlimmer werden.

»Haben Sie gesehen, wie Mr …, äh, Seine Lordschaft an dem Morgen, an dem er umgebracht wurde, vom Anwesen weggefahren ist?«

Der Professor schüttelte den Kopf. »Nein. Ehrlich gesagt, ich war am Vorabend bei einem kleinen Gelage im Dorf-Pub. Ich bin sehr spät ins Bett gekommen und entsprechend spät aufgestanden – mit einem furchtbaren Brummschädel, versteht sich.«

»Ich nehme an, Sie waren in guter Gesellschaft.«

»In hervorragender Gesellschaft.«

»Männlicher oder weiblicher?«

»Wollen Sie auf etwas Bestimmtes hinaus?«

Sie ertappte den Professor dabei, wie er sie von der Seite anzüglich angrinste.

»Nein«, antwortete sie und errötete gegen ihren Willen. »Ich wollte nur wissen, ob Ihnen irgendetwas merkwürdig vorgekommen ist.«

Er schüttelte den Kopf, und seine Augen funkelten hinter den Brillengläsern.

Er schaute vielsagend auf die Uhr. »So gern ich noch mehr Zeit mit Ihnen verbringen würde, ich muss mein Flugzeug erwischen.«

Auf der Rückfahrt nach Torrington Towers machte Honey einen Abstecher nach Bath. Ihre Mutter würde in der Zwischenzeit in Torrington Towers wohl kaum in irgendwelche Schwierigkeiten geraten sein.

Obwohl sie nicht einmal zwei Tage fort war, konnte sie es sich einfach nicht vorstellen, dass das Green River ohne sie völlig reibungslos weiterfunktionierte.

Lindsey schaute keineswegs überrascht, als sie ihre Mutter erblickte.

»Wir sind noch immer alle da. Niemand hat den Laden abgefackelt, keiner hat sich beschwert, und der Chefkoch hat keinen Essensgast mit dem Hackebeil bedroht.«

Irgendwie war Honey beinahe enttäuscht – dass so gar nichts schiefgelaufen war, gab ihr beinahe das Gefühl, nicht gebraucht zu werden. Sie legte die Hände flach auf den Empfangstresen.

»Sind neue Reservierungen reingekommen, oder sieht es im November noch immer so trostlos aus wie in der Sahara?«

»Wir haben eine Busreisegruppe für einen zweitägigen Aufenthalt dazubekommen und ein Pärchen auf der Hochzeitsreise, plus einen Minibus mit Rentnern aus Alabama. Oh, und die Walsall Psychic Society hat Räume für eine zweitägige Konferenz bei uns gebucht; ich glaube, da hatte Mary Jane die Hand im Spiel.«

Hier schien sie wirklich niemand zu brauchen. Honey trommelte mit den Fingern auf den Tresen.

»Was ist mit Doherty? Hat der angerufen?«

Lindsey schüttelte den Kopf. »Nein. Hattest du erwartet, dass er sich über das Handyverbot bei seinem Kurs hinwegsetzen würde?«

»Natürlich nicht!«

Natürlich doch! Klar, er war in irgendeinem Survival-Camp mitten in der Pampa, ernährte sich von Wurzeln und Kräutern und machte all diesen Teambildungsblödsinn. Aber er hätte doch sicher die Zeit finden können, bei ihr anzurufen?

»Wir kommen ziemlich gut klar«, fügte Lindsey beruhigend hinzu, nachdem sie das geistesabwesende Gesicht ihrer Mutter bemerkt hatte.

Honey seufzte. »Ich hab mir gedacht, ich schau mal vorbei, nur falls was ist …«

Da fiel ihr etwas ein. Casper. Sie wählte seine Handy-Nummer.

»Honey! Sie sind wieder da.«

»Spreche ich mit Lord Torrington?«

Stille. Endlich hatte sich Casper wieder gefasst.

»Ah!«

»Wissen Sie, Casper, ich habe ja immer gedacht, dass Sie sich Ihren Namen ausgedacht haben. Als ich die Wahrheit über Ihre Geburt erfahren habe, war ich nicht sonderlich überrascht. Ich dachte früher, dass Sie in Wirklichkeit vielleicht aus dem Armeleuteviertel kommen, und Sie haben mich stets in dem Glauben gelassen. Stattdessen finde ich heraus, dass Sie einen Titel geerbt haben. Wann wollten Sie mir das erzählen?«

»Ich wollte das nicht an die große Glocke hängen, meine Liebe. Sie wissen doch, wie die Leute sind. Die zählen zwei und zwei zusammen und kriegen hundertvierundvierzig raus. Und ehe Sie mich fragen: Nein, ich habe Tarquin nicht des Titels wegen umgebracht. Nein, das habe ich nicht gemacht!«

»Möchten Sie immer noch, dass ich weiter Erkundigungen einziehe?«

»Aber sicher! Sie müssen. Das müssen Sie einfach.«

# Kapitel 17

Miss Vincent, die Sekretärin Seiner verstorbenen Lordschaft, war erstaunlich effizient. Irgendwann einmal war sie sicher wunderschön und sexy gewesen. Honey fragte sich, ob sie wohl zu den Eroberungen gehört hatte, die Seine Lordschaft, der »Vollbluthengst«, im Laufe der Jahre gemacht hatte. Möglich war es, wenn sie auch heute eher um die Hüften herum dürr und ihre Taille reichlich mollig geworden war. Ihr Haar war zu einem adretten, ordentlichen Bob gestutzt, sie trug grellroten Lippenstift und zartes Violett auf den ziemlich schlaffen Lidern. Ihr schwarzes Kleid war am Kragen und den Ärmel mit weißen Paspeln abgesetzt und endete auf der halben Wade. Wenn sie irgendwann in der Vergangenheit supersexy gewesen war, heute war sie es jedenfalls nicht mehr.

Honey fragte Miss Vincent, wie gut sie Casper kannte und ob sie je irgendwelche Feindseligkeiten zwischen ihm und Tarquin bemerkt hatte.

Sie schüttelte den Kopf. »Ganz bestimmt nicht.«

»Man hat mir angedeutet, dass Seine Lordschaft …«

»Mr Tarquin«, berichtigte Miss Vincent sie. »Er wollte nicht mit dem Titel angeredet werden. Er zog es vor, ein ganz gewöhnlicher Sterblicher zu sein.«

»Aber er war kein ganz gewöhnlicher Sterblicher«, entgegnete Honey.

Miss Vincent zuckte die Achseln. »So wollte er es.«

»Und was ist mit dem Professor? Hatten Sie mit dem viel zu tun, während er hier war?«

»Er war recht freundlich, und ich habe ihn immer höflich behandelt. Schließlich war er ein Gast.«

»Er hat mir erzählt, dass er die Familiengeschichte erforscht hat.«

Miss Vincent schaute missbilligend. »Ja.« Die Falte auf ihrer Stirn vertiefte sich. »Er hat sehr viel Zeit in der Bibliothek verbracht. Er sagte, er hätte dazu die Blankovollmacht von Mr Tarquin.«

»Und hatte er die?«

»Ich bin mir nicht sicher. Mr Tarquin hat nie etwas erwähnt, und der Professor ist einfach jeden Morgen hier reingeschneit, als wäre das sein gutes Recht. Und er schien sich hier bestens auszukennen.«

Um die Mittagszeit teilte Honey ihrer Mutter mit, dass sie zum Mittagessen in den Dorf-Pub gehen würde.

»Nur zur Abwechslung.«

Ihre Mutter wartete gar nicht erst darauf, eingeladen zu werden. »Prima Idee.«

Der Duft der Steak-und-Nieren-Pastete und der Klang der Musikberieselung erfüllten die Bar des White Hart.

Der Geruch war außerordentlich appetitanregend, und Honey bestellte sich das Tagesmenü. Ihre Mutter verzichtete.

»Ich muss auf meine Figur achten. Also, möchtest du wissen, was ich rausgekriegt habe?«

Sie machten es sich auf einem Fenstersitz bequem und nippten an ihren Drinks. Gloria lehnte sich vor und senkte die Stimme.

»Mrs Cromer, die Putzfrau, glaubt, dass Mr Tarquin vor irgendwas oder irgendjemandem Angst hatte. Er hatte nämlich den Appetit verloren, verstehst du.«

»Verstehe.«

Honeys Telefon klingelte. Die Nummer auf dem Display überraschte sie. Doherty hatte also doch ein Handy auf seinen Survival-Kurs mit Telefonsperre geschmuggelt. Nach allem, was sie gehört hatte, waren dort sämtliche technischen Geräte absolut tabu. Der Kurs wurde irgendwo mitten im wildesten Wales – in den Brecon Beacons – abgehalten, und man sollte sich nur auf seine eigenen Fertigkeiten verlassen und mit den anderen im Team arbeiten.

»Wo bist du?«, fragte Doherty.

»Beim Mittagessen mit meiner Mutter.«

Sie fügte nicht hinzu, dass sie beide in Torrington Towers zu Gast waren und Erkundigungen zu einem Fall einzogen, von dem er ihr ausdrücklich abgeraten hatte.

»Ich dachte, du solltest während dieses Kurses mit niemandem Kontakt aufnehmen?«

»Mir war langweilig. Jemand anders hat ein Tablet und eine WLAN-Verbindung reingeschmuggelt. Mein Hirn war schon ganz eingetrocknet. Da habe ich ein bisschen recherchiert, um mir die Langweile zu vertreiben.«

»Was für Recherchen hast du denn angestellt?«

»Über die Beerdigung, auf der wir waren. Die war wahrscheinlich nicht legal.«

Honey musste zugeben, dass sie noch nie zuvor auf einem ähnlichen Begräbnis gewesen war.

»Was hast du rausgefunden?«

»Dass es illegal ist, eine Leiche auf Privatgrund einzuäschern. Man darf so etwas nur unter ganz besonderen Umständen und mit einer Sondererlaubnis machen.«

Honey dachte an die Männer in den Hindu-Gewändern und den kleinen Jungen, der die Trommel schlug. Die Trauergäste waren ja ziemlich normal gewesen, aber die Einäscherung hatte doch etwas Bizarres gehabt.

»Wenn keine Sondererlaubnis ausgestellt wurde, muss eine Einäscherung in dafür vorgesehenen Einrichtungen stattfinden, will sagen: in den städtischen Krematorien.«

»Wer hat dann wohl die Erlaubnis erteilt, es so zu machen? Und warum?«

»Keine Ahnung, aber ich arbeite dran.«

Er legte eine Pause ein.

»Hast du Christiansen gesehen?«

»Nein. Der hält sich ziemlich bedeckt. Aber warum sollte er mich auch weiter verfolgen – außer natürlich, weil ich so wahnsinnig attraktiv bin und er sich wie magisch von mir angezogen fühlt.«

Sie wartete darauf, dass er lachen würde. Er lachte nicht.

»Versprich mir, dass du nicht weit von zu Hause weggehst«, sagte er ernst. »Okay?«

Na toll. Er glaubte immer noch, dass sie in Bath war. »Okay!«, stimmte er halbherzig zu.

»Gut. Ich muss jetzt Schluss machen.«

»Tschüs.«

Ihr lief ein kalter Schauder über den Rücken. Doherty hatte sie gewarnt, sie solle Bath nicht verlassen, und sie war in Torrington Towers.

Sie merkte, dass ihre Mutter sie unverwandt anstarrte. Gloria wartete wohl darauf, dass Honey ihr alle Einzelheiten des Gesprächs erzählen würde.

»Irgendwas wegen der Beerdigung?«

Honey nickte. »Es war alles sehr seltsam.«

Ihre Mutter senkte das Kinn und schaute sie mit runden Augen an. »Darauf kannst du Gift nehmen. So verbrennt man Gartenabfälle, keine Leichen. Also gut. Diese Detektivarbeit hat mich hungrig gemacht. Ich glaube, ich nehme das auf Holzkohle gegrillte Steak.«

Das Essen war gut. Sie hatten sich entschieden, nur den Hauptgang zu bestellen, und auf den Nachtisch zu verzichten. Honeys Mutter war zur Toilette gegangen. Der Kellner deckte die Teller ab und legte Honey die Rechnung in einer eleganten kleinen Mappe vor.

»Ich denke mal, das geht heute auf mich«, murmelte Honey

und klappte die Mappe auf. Darin lag die Rechnung. Und eine Tarotkarte. Die sieben Schwerter.

Honey wich die Farbe aus dem Gesicht. Sobald sie sich erholt hatte, rief sie den Kellner herbei.

Sie hielt die Karte in die Höhe, um völlig klarzumachen, worauf sie sich bezog.

»Wo kommt das hier her?«

»Der Herr da drüben hat mich gebeten, Ihnen das zu geben.«

Honey schaute in die Richtung, in die er gedeutet hatte. Auf einem ansonsten leeren Tisch stand ein einzelnes Weinglas.

»Können Sie ihn mir beschreiben?«

Der Kellner schob seine Brille zurecht. »Na ja, meine Brille war ein wenig beschlagen. Ich kann also nicht so genau …«

»Dann eben so genau, wie Sie können.«

»Groß. Blondes, weißblondes Haar. Ein langes schmales Gesicht …«

»Hat er mit einer Kreditkarte bezahlt? Haben Sie seinen Namen?«

Der Kellner wirkte nervös, weil sie ihm so viele Fragen stellte, und schüttelte den Kopf. »Er hat bar bezahlt.«

Honey schnappte sich eine Papierserviette und sprang auf. »Ich schau mal nach, ob er mir was anderes hinterlassen hat.« Sie stürzte sich auf das Glas und hielt es sorgfältig mit der Serviette zwischen zwei Fingern.

»Madam, dieses Glas ist Eigentum des White Hart!«

Honey reichte ihm eine 2-Pfund-Münze. »Bitte sehr. Das sollte reichen.«

Sie war bereits draußen, als ihre Mutter hinter ihr herkam. Glorias Schritte klapperten energisch auf dem Steinplattenweg.

»Hannah, ich dachte, du wolltest drinnen auf mich warten!« Ihre Entrüstung verging, als sie Honeys verstörten Gesichtsausdruck bemerkte.

»Was ist los? Was ist passiert?«

Honey zeigte ihr die Tarotkarte. »Die steckte bei der Rechnung. Jemand hat den Kellner gebeten, sie da hineinzutun.«

»Konnte der Kellner dir sagen, wer das war?«

Honey schüttelte den Kopf. »Nein. Er hat ihn als einen großen Mann mit weißblondem Haar und einem langen Gesicht beschrieben. Hast du jemanden gesehen, der so aussah?« Honey hatte natürlich ihre eigene Theorie.

»Nein«, antwortete ihre Mutter. »Und du weißt auch nicht, wer es sein könnte?«

»Nein, keinen Schimmer.«

Sie überlegte, was sie mit dem Glas machen sollte, das sie vom Tisch genommen hatte.

»Mutter, du kannst doch sehr diskret sein?«

Ihre Mutter schaute entrüstet. »Aber natürlich!«

Honey war sich da nicht so sicher, doch hier ging es um jede Minute, und sie wollte so schnell wie möglich die Fingerabdrücke auf dem Glas überprüfen lassen.

Sie erklärte ihrer Mutter, was sie vorhatte. »Bring das bitte auf die Polizeiwache in Bath. Steve Doherty ist ja nicht da, also wird man dich an einen seiner Leute verweisen. Sag denen, dass mir jemand nachstellt, und bitte sie darum, dass sie die Fingerabdrücke auf dem Glas checken. Verwisch sie nicht!« Sie packte das Glas noch einmal vorsichtig in die Serviette ein. »Und beeil dich. Nimm mein Auto. Ich bleibe hier und halte die Stellung. Ich möchte mich noch ein bisschen umhören. Es gefällt mir gar nicht, wenn man mir Sachen schickt, die ich nicht verstehe.«

»Du meinst diese Tarotkarte?«

»Allerdings. Das soll mir wohl irgendeine Nachricht übermitteln. Leider habe ich keine Ahnung, welche.«

Sie war immer noch da. Er hatte gesehen, dass die alte Dame fortgefahren war. Er hatte sofort begriffen, was die beiden vorhatten. Schlau von ihr, das Weinglas zu bemerken, das er zurückgelassen hatte. Nicht dass sie dabei irgendwas rausfinden würde. Ja, seine Fingerabdrücke waren darauf. Aber die würden sie nur in eine Sackgasse führen.

Der Tarotmann war noch irgendwo da draußen. Und er hatte Honey Driver im Visier.

Am Abend rief Casper an und erkundigte sich nach den Fortschritten ihrer Ermittlungen.

Honey erwähnte, was Mrs Cromer Gloria erzählt hatte: dass ihr Arbeitgeber kurz vor seinem Tod anscheinend den Appetit verloren hatte und ihn irgendwas sehr zu beschäftigen schien. »Sie macht da allerdings nur sauber, also weiß ich nicht, wie zuverlässig …«

»Honey Driver, Sie wissen genauso gut wie ich, dass man immer die Putzfrau fragen muss, wenn man was herausfinden will. Ich trinke regelmäßig morgens mit Mrs Roper Tee. Sie hält mich über alles auf dem Laufenden, was in meinem Hotel so los ist. Sie weiß da besser Bescheid als ich!«

Honey erzählte ihm von der Tarotkarte im Pub.

»Ich verstehe wirklich nicht, was diese Tarot-Geschichte bedeuten soll«, meinte er. »Haben Sie Ihre Freundin Mary Jane schon danach gefragt?«

»Sie ist bei Freunden in den Cotswolds zu Besuch – aber ich glaube nicht, dass sie viel Licht in die Sache bringen könnte.«

»Sie meinen, sie würde sofort anfangen, diese Tarotkarten zu deuten«, erwiderte Casper leicht säuerlich.

»Möglicherweise.«

Das Abendessen wurde heute wie immer um sieben gereicht. Honey hatte allerdings eine Einladung von Professor Lionel Collins, der inzwischen von seinem Vortrag in Amsterdam zurückgekehrt war.

»Ich würde das Maple Tree vorschlagen«, sagte er am Telefon. »Treffen wir uns doch gleich dort.«

Obwohl sie bereits mittags eine ordentliche Mahlzeit genossen hatte, fand Honey die Aussicht verlockend, statt in der Gesindestube einmal ein Abendessen in einer eleganteren Umgebung zu sich zu nehmen. Ihre Mutter war ja nach Bath zurückgefahren, und sie würde sonst allein essen müssen. Warum also sollte sie diese Gelegenheit nicht beim Schopf packen?

Als sie den Reißverschluss ihres liebsten kleinen Schwarzen zuzog, überlegte sie, dass dieses Abendessen ja auch Teil ihrer Untersuchung sein könnte. Was würde Doherty wohl an ihrer Stelle tun? Sie war fest überzeugt, dass er die Einladung annehmen und das Essen genießen würde. Gloria hatte Honeys Auto für die Rückfahrt genommen. Jetzt hatte Honey zwei Möglichkeiten: Sie könnte sich vielleicht einen der Wagen des Anwesens leihen und selbst hinfahren oder ein Taxi rufen. Als sie sah, wie Adrian Sayle unten am Empfang sein Ranger-Team verabschiedete, kam ihr eine dritte Option in den Sinn: Sie bat ihn, sie zu dem Restaurant zu bringen.

»Aber nur, wenn es Ihnen nichts ausmacht. Ich möchte Sie nicht vom Abendessen abhalten. Meine Mutter ist mit meinem Auto losgefahren.«

Honey hätte sich nicht gewundert, wenn er geantwortet hätte, man hätte ihn nicht als gottverdammten Chauffeur angestellt. Doch er sagte, ja, er würde sie gern hinfahren.

»Ich habe heute sehr gut zu Mittag gegessen«, meinte er. »Da kann ich sogar draußen vor dem Restaurant warten, bis Sie so weit sind, dass Sie zurückfahren möchten«, schlug er vor und strahlte sie freundlich an.

»Wissen Sie, wo das Restaurant ist?«, fragte sie ihn, als sie auf dem Beifahrersitz seines Autos Platz genommen hatte.

»Ja.«

Sie sah, wie sich seine Nasenflügel weiteten. Er hatte wohl ein Wölkchen von ihrem Parfüm geschnuppert. Er hatte sie zwar vor dem Einsteigen nur kurz gemustert, aber sichtlich jede Einzelheit ihrer Kleidung mitbekommen.

Sie ließen die beruhigenden Lichter des Hauses hinter sich zurück und fuhren die Einfahrt hinunter. Der Kies knirschte unter den Reifen, und die Bäume zu beiden Seiten wiegten sich wie Witwenschleier im eiskalten Wind. Die schmale Straße führte durch dunkle Felder, und in der Ferne standen die Bäume wie schwarze Silhouetten vor dem dunkler werdenden Himmel.

Keiner von beiden sprach. Honey fand das recht seltsam. Sie konnte sich des Eindrucks nicht erwehren, dass Sayle nur deswegen nichts sagte, weil er ihr irgendwas verheimlichen wollte. Im Haus war er ziemlich freundlich und redselig gewesen, nun wirkte er mürrisch und schwieg sich aus.

Honey verspürte das beinahe überwältigende Bedürfnis, ihn einfach zu fragen, was er auf dem Herzen hatte, konnte es sich aber gerade noch verkneifen, weil sie sich sagte, er würde ihr das schon verraten, wenn der Zeitpunkt für ihn der richtige war. Drängen wollte sie ihn lieber nicht.

Doch allmählich wurde ihr das Schweigen unangenehm. Selbst die belanglosesten Gespräche lassen eine Fahrt kürzer erscheinen. Zum Glück war es nicht weit bis ins Dorf und zum Maple Tree. Doch jemand musste das Schweigen brechen. Das könnte genauso gut sie sein.

»Fanden Sie die Beerdigung neulich nicht auch ein bisschen seltsam, Mr Sayle?«

»Er hat es so gewollt.«

Das klang ziemlich unterkühlt, auf jeden Fall völlig ungerührt.

»Hat Sie das überrascht?«

»Es war mal was anderes. Seine Sache.«

»Man hat mir angedeutet, dass ihm irgendwas Sorgen gemacht hat. Wissen Sie, was das gewesen sein könnte?«

»Nein. Aber es hat ihn was beschäftigt, das stimmt.«

»Würde es Sie verwundern, wenn ich Ihnen erzähle, dass mir jemand folgt?«

Er schaute sie an.

»Wieso das denn?«

»Ich weiß es nicht. Ich glaube, ich brauche einen Leibwächter.«

»Das kriegen wir hin. Sie sind der Leib. Ich bin der Wächter.«

Sie hörte leises Amüsement aus seiner Stimme und musste lächeln.

»Ich esse heute Abend mit Professor Collins. Wissen Sie, ob der mit Mr Tarquin befreundet war?«

»Das entzieht sich meiner Kenntnis. Ich habe nur mit den Tieren zu tun.«

»Ja, natürlich.«

Es hatte keinen Zweck, ihn zu fragen, ob er Casper kannte. Er war zu jung, um schon in Torrington Towers gewesen zu sein, als Casper hier aufwuchs. Immerhin war er ein wenig höflicher geworden, redete zumindest mit ihr.

»Könnten Sie mir sonst noch was über die Familie erzählen?«

Sie bemerkte, wie seine Hände das Lenkrad fester umklammerten.

»Das steht mir nicht zu. Und vielleicht steht es auch Ihnen nicht zu, sich danach zu erkundigen. Sie sind doch nicht bei der Polizei, oder?«

»Nein. Ich bin nicht bei der Polizei. Ich wurde von Mr Casper beauftragt. Er möchte wissen, wer seinen Bruder umgebracht hat und warum.«

»Da kann ich Ihnen nicht helfen.«

Drei Giebel ragten über der an einen Laden erinnernden Fassade des Maple Tree in den Himmel. Auf halber Höhe des großen Fensters verlief wie in einem Bistro eine Messingstange, an der eine Tüllgardine hing; modisch und im Augenblick höchst beliebt. Durch das Glas oberhalb der Vorhangstange sah man die Köpfe der Speisenden. Es waren sehr viele. Das Restaurant schien ziemlich beliebt zu sein.

»Sie müssen mich nicht abholen«, sagte Honey. »Ich kann mir für den Rückweg ein Taxi nehmen.«

»Wie Sie wünschen. Wenn Sie Probleme haben, rufen Sie mich einfach an.«

Sie rannte zum Eingang, denn sie war schon spät dran – na ja, zehn Minuten waren einer eleganten Dame wohl erlaubt.

Sie lächelte vor sich hin, als sie das Restaurant betrat, und sah, wie sich Lionel Collins gentlemanlike an seinem Tisch erhob.

Dominic Christiansen legte den Kopf in den Nacken und schloss die Augen. Er war froh, dass er hier war. Im Auto vor ihm hatte nichts darauf hingedeutet, dass man ihn bemerkt hatte. Jetzt würde er warten, bis sie herauskam. Drinnen würde sie mehr oder weniger in Sicherheit sein. Aber sobald sie wieder vor der Tür war, würde er sie nicht mehr aus den Augen lassen.

# Kapitel 18

Das Maple Tree hatte Leinentischdecken. Die Kellner und Kellnerinnen glitten beinahe lautlos zwischen den Tischen hin und her, und ihr Service schien mühelos.

Der Professor schaute ihr tief in die Augen. Sein Lächeln war lasziv, und er hatte offensichtlich schon einiges getrunken.

»Ich habe Sie gar nicht kommen hören«, sagte er und schenkte ihr Wein ein, ehe er um eine zweite Flasche bat.

Honeys Radar schaltete auf Alarm. Der Professor hatte beim Wein einen gehörigen Vorsprung.

»Wann sind Sie aus Amsterdam zurückgekommen?«

»Um die Mittagszeit. Ich habe den ersten Flug genommen. Ich freue mich schon den ganzen Tag auf unsere Begegnung«, flüsterte er und lehnte sich über den Tisch hinweg nah zu ihr hin. »Und jetzt erzählen Sie mal. Sie sind Hotelbesitzerin und betätigen sich nebenher als Amateurdetektivin? Das stimmt doch?«

»Ja.«

»Und Sie sind ledig?«

»Ich bin Witwe.«

»Ah! Das ist ja heutzutage eher eine Seltenheit. Die meisten Frauen in Ihrem Alter sind geschieden. Haben Sie Kinder?«

»Eine Tochter.«

»Und natürlich einen Liebhaber?«

Das war Honey entschieden zu viel. »Hören Sie, Herr Professor, ich bin nicht hier, um mit Ihnen über meine Familie oder meine Beziehungen zu reden. Ich bin hier, um für einen Freund etwas über den Tod seines Bruders herauszufinden.«

»Seines Halbbruders«, fuhr er barsch dazwischen. Als er Honeys Miene bemerkte, gab er sich alle Mühe, diese bissige Antwort herunterzuspielen.

»Hatten Sie in Ihrem Leben schon viele Liebhaber, Mrs Driver?«

»Das geht Sie gar nichts an!«

Sein Lächeln drang wohl offenbar sonst so leicht in die Herzen der meisten Frauen ein wie ein warmes Messer in Butter. Aber sie war eben nicht die meisten Frauen, und seine Fragen und Feststellungen, noch dazu in Kombination mit dem vielen Wein, den er getrunken hatte, brachten sie ziemlich auf.

»Natürlich nicht«, erwiderte er ungerührt. »Ich entschuldige mich in aller Form. Bitte. Sehen Sie sich die Speisekarte an. Ich bestelle Ihnen alles, was Sie wollen.«

Sie musste zugeben, dass die Speisekarte lesenswert war. Sie wollte gerade sagen, wofür sie sich entschieden hatte, als Professor Collins bereits das Kommando übernahm.

»Lassen Sie uns keine Zeit verschwenden. Ich bestelle für uns beide.«

Seine Auswahl war gar nicht so übel, besonders das Dessert, ein Traum aus Pflaumen und Marzipan.

Ihr Gespräch glich eher einem Fechtkampf. Ganz gleich, was Honey ihn fragte, er parierte mit tänzelnden Schritten und wich jeglicher geradlinigen Antwort aus.

Die Frage nach seiner Zeit in Torrington Towers stellte sich als völlige Zeitverschwendung heraus. Er konnte sich nicht einmal mehr an seinen Nachhauseweg erinnern, geschweige denn an einen Aufenthalt in einem Cottage ein paar Wochen zuvor.

Sie bemerkte, dass er ständig mit der Hand sein Haar über der verschwitzten Stirn glattstrich, als hätte er Angst, es hätte sich irgendwie gelöst.

Am Ende der Mahlzeit stützte er die Ellbogen auf den Tisch und schmiegte das Kinn in die Hände, während er sie anlächelte.

»Ihnen ist ja sicher bekannt, dass jedes gute Essen seinen Preis hat, nicht wahr?«

Sie wusste nur zu genau, was er meinte.

»Wenn Sie mich anmachen wollen, Herr Professor, dann kann ich nur sagen: Verschwinden Sie!«

Sie lehnte die angebotene Tasse Kaffee ab, stand abrupt auf und machte sich auf den Weg zu Tür. Nach dieser Unterhaltung war ihr die frische Luft draußen sehr willkommen. Dort wartete tatsächlich noch Adrian Sayle auf sie, obwohl sie vorhin sein Angebot abgelehnt hatte.

»Danke. Mit Ihnen hatte ich nicht gerechnet.«

»Taxis sind hier so selten wie weiße Raben. Ich dachte, ich bleib einfach mal da.«

Der Abend war nicht so erfolgreich verlaufen, wie sie gehofft hatte. Keine der offenen Fragen war befriedigend beantwortet. Denn eigentlich hatte es erst Sinn, die zu stellen, wenn der Professor nüchtern war und sie nicht anzubaggern versuchte.

Am nächsten Tag probierte sie, bei ihm anzurufen und ihm vorzuschlagen, dass sie sich vielleicht irgendwo auf einen Kaffee treffen und es noch mal mit einem Gespräch versuchen sollten. Es war auch nur höflich, sich bei ihm für die Einladung zum Abendessen zu bedanken. Allerdings hatte sie auf dem ganzen Rückweg nach Torrington Towers vor Wut gekocht. Die Straße war noch dunkler und einsamer als auf dem Hinweg. Sie erinnerte sich an ein einziges Paar Scheinwerfer, und die waren hinter ihnen gewesen. Erst jetzt fragte sie sich, wer das gewesen war.

Der Professor ging nicht ans Telefon. Das überraschte Honey nicht weiter. Entweder hatte er einen Kater oder war wieder mal auf einer Vorlesungsreise.

Dann rief Honeys Mutter an. »Hannah. Es hat ein kleines Problem gegeben.«

Honey stöhnte leise. Die Stimme ihrer Mutter klang höchst selten zerknirscht, jetzt allerdings schon. Gloria hatte das Weinglas zur Polizei in Bath gebracht, wo man die Fingerabdrücke abgenommen hatte. Einer von Dohertys Leuten hatte ihr geholfen. Es hätte alles völlig unkompliziert sein sollen. Aber hier hatten sie es ja mit Gloria White zu tun. Bei der war nie etwas unkompliziert.

»Du hast das Glas nicht etwa fallen lassen, oder?«, sagte Honey langsam und fürchtete sich vor der Antwort.

»Nein. Das habe ich nicht. Ich war sehr vorsichtig. Die haben den Test gemacht, und es waren auch Fingerabdrücke drauf.«

»Toll!« Honey reckte triumphierend eine Faust in die Luft. »Wer ist der Schuldige?«

Zunächst kam ein Schweigen. Dann hörte man ein dünnes Stimmchen. »Ich.«

Honey stand der Mund offen. »Du? Wie sind denn deine Fingerabdrücke auf das Glas gekommen?«

»Ich bin so vorsichtig gewesen. Ich hatte ja die Papierserviette, die du mir gegeben hattest, und ich habe es sehr vorsichtig getragen. Leider habe ich auf dem Heimweg noch kurz bei meiner Freundin Megan vorbeigeschaut und das Glas dort auf den Tisch gestellt. Sie hat es hochgehoben, also musste ich natürlich ihre Fingerabdrücke abwischen.«

»Du brauchst gar nicht weiterzureden! Ich kann mir den Rest denken. Du hast ihre Fingerabdrücke und die des geheimnisvollen Gastes runterpoliert und deine draufgemacht.«

»Äh. Ja.«

Das waren schlechte Neuigkeiten. Honey hatte sich so darauf gefreut, vielleicht herauszufinden, wer dem Kellner im Pub die Tarotkarte für die Mappe mit der Rechnung gegeben hatte.

Honey traf einen Entschluss und seufzte.

»Mutter, ich muss noch hierbleiben.«

»Das geht in Ordnung. Ich komme aber nicht mehr zurück. Megan ist gefallen und braucht jemanden, der sie ins Krankenhaus fährt, zum Röntgen und so.« Sie legte eine Pause ein. »Du hast doch nichts dagegen, wenn ich nicht mehr nach Torrington Towers zurückkomme, oder?«

»Nein, gar nichts.«

»Bist du sicher?«

»Ich bin mir völlig sicher.«

Aber ihr Auto brauchte sie. »Ich fahre mit dem Zug nach Hause und hole mir meinen Wagen. Oder kann mich jemand abholen kommen?«

»Überlass das mir. Ich sorge schon dafür, dass du abgeholt wirst.«

Die Fingerabdrücke waren futsch. Und damit jeder Hinweis auf den Verdächtigen. Nichts war ordentlich gelöst und fein säuberlich mit einem roten Schleifchen zusammengebunden. Honey war sehr enttäuscht.

Am Abend aß sie zusammen mit den Bediensteten. Es gab Honigbackschinken und danach einen Apfelstreusel mit Karamell.

Ab und zu ertappte sie ein, zwei Mitarbeiter, wie sie ihr misstrauische Blicke zuwarfen. Nach dem Essen zog Adrian sie auf die Seite und gab ihr seine Telefonnummer. Sie war sich nicht sicher, was er im Schilde führte.

»Wenn Sie mitten in der Nacht irgendwas hören, was Ihnen Sorgen macht, rufen Sie mich an«, sagte er.

Das versprach sie ihm, wenn sie auch nicht ganz glauben wollte, dass seine Sorge nur ihrer persönlichen Sicherheit galt. Er hatte am Vorabend ihr Parfüm geschnüffelt und vor dem Maple Tree auf sie gewartet.

Später am Abend traf sie ihn zufällig oben an der Treppe und zuckte heftig zusammen.

»Tut mir leid. Habe ich Sie erschreckt?«

»Nein«, log sie tapfer. »Überhaupt nicht.«

»Ihre Mutter ist noch nicht wieder zurück. Bedeutet das, dass Sie länger bleiben oder dass Sie auch nach Hause fahren?«

»Ich dachte, ich würde mir gern einen Wagen aus Ihrem Fuhrpark ausleihen«, antwortete sie. »Zumindest bis jemand meinen Wagen von Bath herbringt.«

Aber wie sollte das gehen? Denn es musste ja nicht nur jemand ihren Wagen von Bath herfahren, sondern dem musste auch noch jemand folgen, um den Ersteren wieder mit nach Hause zu nehmen.

»Das kann ich für Sie einrichten«, sagte Adrian Sayle. »Und wenn Sie Probleme haben, fahre ich Sie gern. Natürlich nur, wenn ich nicht gerade was zu tun habe.«

Sie dankte ihm. »Ein Auto aus Ihrem Fuhrpark wäre mir allerdings wirklich lieber. Ich habe morgen einiges zu erledigen.«

»Ich sorge dafür, dass man eines für Sie bereitstellt.«

Am nächsten Morgen fuhr sie rasch in Richtung Haupteingang. Sie kam aber nicht weiter als bis zum Haupttor. Zu ihrer Überraschung schaute ein vertrautes Gesicht zum Fenster auf der Fahrerseite herein und erkundigte sich nach ihrem Fahrtziel.

Dominic Christiansen!

Ihr erster Impuls war, ihm zu sagen, er solle sich um seine eigenen Angelegenheiten kümmern. Dann überlegte sie, dass es vielleicht ganz aufschlussreich sein könnte, seine Reaktion zu beobachten, wenn sie ihm die Wahrheit präsentierte.

»Ich gehe Professor Lionel Collins besuchen«, sagte sie. »Möchten Sie mitkommen?«

Zu ihrer Verblüffung stieg er sehr schnell zu ihr ins Auto. Sollte sie sich etwa fürchten? Und wie sie sich fürchtete!

»Wieso folgen Sie mir?«

»Das mache ich nicht. Ich bin hier, um Ihnen zu sagen, dass Sie lieber nach Bath zurückfahren sollten. Da sind Sie in Sicherheit.«

Honey runzelte die Stirn. »Das ist ja lächerlich.«

»Sie finden es lächerlich, sich zu schützen? Ich finde das nicht.«

»Wäre es nicht langsam Zeit, dass Sie mir verraten, worum es hier geht?« Honey war so wütend, dass sie nicht anders konnte. Sie schrie ihn an.

»Nein, denn geheime Informationen dürfen nur einem ganz bestimmten Personenkreis zur Verfügung gestellt werden.«

Schau sich einer den an, dachte Honey für sich. So elegant angezogen, so gepflegt und so wohlriechend …

Sie zügelte ihre automatische Reaktion. Verdammte Hormone! In ihrem Alter sollten die sich eigentlich längst verabschiedet haben!

»Entführen Sie mich etwa?«

»Geht nicht. Sie sitzen am Steuer.«

Seine Stimme war ruhig und präzise, er blieb völlig ungerührt.

»Was war der Sinn und Zweck von Tarquins bizarrer Beerdigung – oder Seiner Lordschafts Begräbnis, wie ich von Rechts wegen sagen sollte?«

»Ich nehme an, das darf ich verraten. Es war eine List, ein Theatereffekt, um zu verkünden, dass er tatsächlich tot und für niemanden mehr gefährlich ist. Was nicht zutrifft. Und nie zugetroffen hat.«

»Sie sprechen in Rätseln.«

»Manchmal muss ich das.«

Es lag eine gewisse Nüchternheit in seiner Stimme, die Honey vorher noch nicht gehört hatte.

»Sie sind uns gefolgt, als wir das Wochenende im Cottage verbracht haben.«

»Ich bin nur zufällig dort vorbeigekommen.«

»Das nehme ich Ihnen nicht ab.«

Auf einer geraden Strecke bemerkte sie, dass seine Augen zum Rückspiegel wanderten, dann zum Seitenspiegel und wieder zurück.

»Werden wir verfolgt?«, fragte sie ihn.

Sie spürte sein anfängliches Zögern und vermutete, dass er sich überlegte, was er antworten sollte.

»Könnte sein.«

Ihr fiel eine Reihe von Gründen ein, warum ihnen jemand folgen sollte. Nummer eins: es war die Polizei. Sie schaute auf den Tacho. Große Überraschung, sie fuhr weniger als achtzig. Du liebe Güte. So ging es nun wirklich nicht. Sie trat aufs Gas. So würden sie niemals nach Dunster kommen.

Dominic schien nicht zu bemerken, dass sie die Geschwindigkeit erhöht hatte. Sein Verhalten blieb unverändert. Er hatte anscheinend Nerven wie Stahlseile und höchstwahrscheinlich die Kräfte eines Sumo-Ringers, wenn er auch wesentlich eleganter gekleidet war und ganz gewiss nicht die Figur eines Ringers hatte. Keineswegs.

Sie stellte den Wagen auf einem Besucherparkplatz in Dunster ab. Vor dem Haus des Professors gab es keine Parkmöglichkeit, und es war kein weiter Fußweg von der Dorfmitte dorthin.

Honey klopfte an die Tür, erhielt aber keine Antwort. Doch sein Auto – ein blauer Ford Focus – stand draußen.

»Er wollte, glaube ich, wieder auf eine Vortragsreise gehen«, erklärte Honey.

»Was hat er Ihnen bedeutet?«

Dominics Frage überraschte sie – genauso wie vorhin sein plötzliches Erscheinen. »Gar nichts. Er hatte ein Cottage auf dem Anwesen gemietet, während er Erkundigungen zur Familiengeschichte anstellte.«

»Und das hier ist sein Haus?«

Dominic musterte die umgebaute Kirche. Irgendwas an seinem Tonfall machte Honey nervös. Wusste er etwas, das sie nicht wusste?

»Ja. Ich habe ihn neulich hier besucht, um ihm ein paar Fragen zu stellen.«

Dominic schaute über die Schulter zurück. Im Dorf war nicht viel los. Ein paar Besucher spazierten vom Café zum Getränkeladen und dann weiter auf der Straße zur Burg hinauf.

»Von Ihnen möchte ich später gern auch noch einiges wissen«, sagte sie unvermittelt zu ihm. Sie war immer noch überzeugt, dass er der Mann war, der sie verfolgt hatte. »Ich hätte gern ein paar Erklärungen.«

»Sind Sie sicher, dass der Professor wegwollte?«

»Ja. Auf eine Vortragsreise.«

»Wohin?«

Sie zuckte die Achseln. Sie erinnerte sich vage daran, dass er Russland erwähnt hatte, war sich aber nicht mehr sicher.

»Russland, glaube ich. Und noch ein paar andere Länder. Aber vielleicht auch Afrika.«

»Das ist ja ziemlich weit voneinander entfernt«, meinte er lakonisch. Honey beobachtete ihn, wie er sich an der Seite des Hauses entlangschob, dann auf eine Fensterbrüstung kletterte und hineinschaute.

Sie spürte seine Unruhe. »Stimmt was nicht?«

»Steigen Sie schnell wieder ins Auto.«

»Wie bitte?«

»Steigen Sie wieder ins Auto!«

Seine Stimme war resolut, und er hatte bereits das Telefon ans Ohr geklemmt.

Ein drittes Mal wollte sie es sich nicht sagen lassen. Sie ging zum Auto zurück, stieg aber nicht ein. Stattdessen wartete sie, bis Dominic sein Telefonat beendet hatte und auch zum Wagen zurückkam.

»Ist er tot?«

Das war nur geraten. Aber sie merkte, dass sie ziemlich gut geraten hatte, noch ehe er antwortete. Er schob sie auf den Beifahrersitz und setzte sich selbst ans Steuer.

»Sehr tot.«

»Wie wäre es, wenn Sie die Polizei anriefen?«

»Man wird sich um den Professor kümmern.«

Honey kniff die Augen zusammen. »Was ist bloß mit Ihnen los? Erst verfolgen Sie mich, dann verschwinden Sie, dann tauchen Sie wieder auf. Und warum ausgerechnet jetzt? Für wen arbeiten Sie?«

Er hielt die Augen auf die Straße gerichtet, hatte eine unerschütterliche Miene aufgesetzt.

»Das sage ich Ihnen, wenn ich kann.«

»Was soll das denn bedeuten?«

»Das bedeutet, wenn ich die Erlaubnis dazu habe.«

»Geheimagent! Sie sind ein Geheimagent!«

Er antwortete nicht.

# Kapitel 19

»Sie haben vielleicht Nerven«, brüllte Honey, als Dominic auf einem Parkplatz hinter dem White Hart aus dem Wagen stieg. Er ging auf den ihr bereits vertrauten schwarzen BMW zu.

Er blieb stehen, schaute sich zu ihr um und schüttelte den Kopf.

»Ich erkläre Ihnen alles später.«

Er hatte ihr bereits gesagt, dass sie von all den Begebenheiten nichts verraten dürfe, bis sie seine Erlaubnis dazu hätte.

Sobald er außer Sichtweite war, stieg Honey wieder in ihr geliehenes Auto und rief bei Doherty an. Sie wurde zum Anrufbeantworter durchgestellt.

Verdammt! Er war immer noch auf diesem Kurs und lief begeistert in den Brecon Beacons in die Irre.

Als sie wieder in Torrington Towers war, ging Honey in den Wintergarten, einen herrlichen Raum mit kühlem Brunnen und reichem Blattwerk. Von dort hatte man eine wunderbare Aussicht. Das Green River Hotel bildete sich auch etwas auf seinen Wintergarten ein, aber verglichen mit diesem hier war das höchstens ein besserer Gartenschuppen.

Eine Mitarbeiterin brachte ihr Kaffee. Der roch wunderbar und war sehr heiß, genau wie sie ihn mochte. Sie fühlte sich überaus tugendhaft, weil sie weder Zucker noch Sahne nahm.

Dieser Fall schien sich zum kompliziertesten Durcheinander zu entwickeln, mit dem sie es als Verbindungsfrau zur Polizei je zu tun gehabt hatte. Da war zunächst einmal Tarquin, Caspers Bruder, vielmehr sein Halbbruder. Der war angeblich von einer Schlammlawine bei lebendigem Leibe begraben worden. Aber jetzt hatte ihr Dominic Christiansen in seiner geheimnistuerischen Art angedeutet, dass dieser Halbbruder vielleicht noch am Leben war? Wen hatte man dann auf dem Scheiterhaufen verbrannt? Und nun hatte man Professor Collins tot aufgefunden. Wieso sollte jemand den umbringen wollen? Sie hatte sich da auf etwas verlassen, das Dominic Christiansen ihr gesagt hatte. Selbst gesehen hatte sie den toten Professor nicht.

Dominic Christiansen, er war eigentlich das größte Geheimnis. Zuerst war er am Tatort in Bradford on Avon aufgetaucht, dann hatte er sie ohne erfindlichen Grund verfolgt, jetzt war er wieder aufgetaucht. Wo war er in der Zwischenzeit gewesen?

Die Mitarbeiterin, die ihr vorhin den Kaffee gebracht hatte, riss sie aus ihrer Grübelei. Sie kam in den Wintergarten gestürzt und schien so aufgeregt, als hätte sie ihr aus Versehen Zyankali in den Kaffee geschüttet.

»Es tut mir wirklich leid, dass ich Sie belästigen muss, Mrs Driver«, sprudelte die Frau hervor, »aber unten am Haupttor hat es eine kleine Rangelei gegeben. Eine Dame behauptet, sie wäre gekommen, um Sie während Ihres Aufenthaltes hier zu chauffieren.«

Wie das mit dem weiblichen Instinkt ist, darüber waren sich die Experten ja noch nicht so ganz einig, aber Honey war fest davon überzeugt, dass es so etwas gab. Ob es nun weiblicher Instinkt oder lange leidvolle Erfahrung war, sie *wusste* natürlich, wer die Dame am Haupttor war.

Sie bedeckte die Augen mit einer Hand und stöhnte.

»Die Dame sagt, sie heißt …«

Honey unterbrach sie. »Ich weiß, wer es ist.«

Mary Jane kam hereingetänzelt, heute in violetten Haremshosen, zu denen sie ein dunkelgrünes Rolling-Stones-T-Shirt mit goldener Schrift und einen Seidenturban mit langen goldenen Quasten trug. Sie sah genauso aus, wie man sich eine Wahrsagerin auf dem Volksfest vorstellt. Und irgendwie war sie das ja, wenn sie auch aus La Jolla in Kalifornien stammte und von Beruf Professorin für das Paranormale war.

»Honey! Schätzchen!«

Nachdem Mary Jane schwungvoll ihre golden-rosa gemusterte Reisetasche abgestellt hatte, umfing sie Honey mit den längsten und dünnsten Armen der Welt. Mary Jane war über eins achtzig groß und hatte eine Figur wie ein Besenstiel. Möglicherweise war sie ab und zu auch in Versuchung gewesen, auf einem zu reiten.

»Mary Jane. Wie schön, dich zu sehen«, sagte Honey, sobald sie sich aus der Umschlingung befreit hatte. »Möchtest du einen Kaffee?«

»Grünen Tee, wenn Sie welchen haben«, bestellte Mary Jane bei der Mitarbeiterin.

Die nickte freundlich und meinte, das ließe sich sicher machen.

»Wo ist nun mein Auto? Und wie geht es meiner Mutter?«

»Deine Mutter hat jetzt eine Katze. Die hat ihr Stewart gekauft.«

Stewart war Honeys neuester Stiefvater.

»Sie hat sie im Gästezimmer untergebracht.«

Honey verbarg ihre Enttäuschung darüber, dass ihre Mutter nicht die streunende Katze adoptiert hatte, die immer wieder ins Kutscherhäuschen spaziert kam. Aber das war nun egal.

»Und mein Auto?«

Mary Jane nagte an der Unterlippe. »Die Polizei hat eine Parkkralle angelegt. Aber Lindsey kümmert sich drum.«

»Eine Parkkralle?« Honey wurde übel. Das durfte doch nicht wahr sein!

Mary Jane zuckte die Schultern. »Du wirst es wohl am falschen Platz abgestellt haben.«

»Ich stelle es immer am gleichen Platz ab. Ich habe eine Jahreskarte.«

»Das mit der Parkkralle war in der Brock Street.«

»Ich stelle den Wagen nie in der Brock Street ab! Das würde ich niemals tun. Da müsste man schon ein Alien vom Mars sein, um da zu parken. Jeder, der da parkt, kriegt die Kralle!«

»Ich bin kein Alien«, sagte Mary Jane ruhig, »und ich hab auch schon eine Parkkralle gekriegt.«

Das überraschte niemanden. Aber Mary Jane war Mary Jane, und Honey war Honey, und sie wusste ohne jeden Zweifel, wo ihr Auto zu sein hatte. Aber halt, wer hatte denn den Wagen zuletzt gefahren?

»Meine Mutter!«

Da kam Mary Janes grüner Tee. Kaum hatte sie den ersten kleinen Schluck genommen, da wollte sie bereits wissen, was Honey alles herausgefunden hatte, und gab ihrer Bewunderung über die Umgebung Ausdruck.

»Das ist ja ein großartiges Haus. Ich spüre geradezu den Atemhauch der Geschichte«, sagte Mary Jane, schloss die Augen und atmete mit dem Dampf des grünen Tees auch gleich die Atmosphäre ein.

Honey umriss den Stand der Dinge so knapp, wie sie konnte, ließ nur das aus, was ihr Doherty erzählt hatte.

Mary Jane hakte gleich bei den Tarotkarten ein. Honey konnte es nicht genau sagen, aber irgendwas an dem Blick, den ihr die alte Dame zuwarf, machte sie total nervös.

»Tarot hat eigentlich zunächst überhaupt keine Bedeutung gehabt. Es war einfach nur ein Kartenspiel. Dann haben die Leute, die sich mit dem Okkulten beschäftigen, den Karten eine Bedeutung verliehen.«

»Und die, die ich bekommen habe? Welche Bedeutung haben die?«

Mary Jane schüttelte den Kopf, spitzte die violettgeschminkten Lippen und schnalzte mit der Zunge.

»Hast du zu dieser Aussage noch etwas hinzuzufügen?«, fragte

Honey, die Mary Janes hörbares Missfallen, das zudem noch vage wie Maschinengewehrfeuer klang, völlig entnervte.

Mary Jane nickte. »Jemand warnt dich.«

Eine Aussage wie diese war bestens geeignet, selbst der tapfersten Frau das Blut in den Adern gefrieren zu lassen. Honey ging es gewiss so.

»Wie meinst du das?«

»Caspers Tod ist in einer Zeitungsmeldung verkündet worden.«

»Und?«

»Hast du dir mal überlegt, warum man diesen Artikel gedruckt hat?«

»Es war ein Irrtum«, meinte Honey.

»Oder er wurde veröffentlicht, um Casper aus dem Gleichgewicht zu bringen. Das ist eine Möglichkeit. Oder damit du dich in die Sache einmischst.«

Honey breitete die Hände aus. »Aber warum?«

Mary Jane strich sich übers Kinn, zupfte ein paar der dort sprießenden grauen Haare aus.

»Es kommt mir beinahe so vor, als triebe da jemand seine Spielchen mit euch. Erst Casper völlig verstören, dann dich mit hineinziehen. Vielleicht hat es was mit der Vergangenheit zu tun. Oder mit Dingen, die noch nicht geschehen sind.«

Das hörte Honey gar nicht gern. »Mary Jane, jetzt hast du mir richtig Angst eingejagt. Zufrieden?«

Mary Jane räusperte sich und setzte die Miene auf, die Honey immer ihren mystischen Blick nannte.

»Ich habe, ehe ich weggefahren bin, eine kleine Séance abgehalten, um die Dinge etwas zu beschleunigen. Nur mit ein paar engen Freunden, einschließlich deiner Mutter.«

Honey seufzte. Sie hatte nie an einer von Mary Janes Séancen teilgenommen, aber ihre Mutter war neuerdings häufig dabei.

Honey hatte sich inzwischen mit diesen übernatürlichen Botschaften abgefunden. Sie war also darauf gefasst, gleich zu erfahren, dass irgendein Ahne aus dem achtzehnten Jahrhundert erschienen war und beschlossen hatte, im Green River Hotel zu spuken, dort vielleicht das Gespenst zu vertreiben, das sie schon seit Jahren hatten.

»Und?«

»Dein Vater ist uns erschienen. Er sagte, du wärst in Gefahr, und alle müssten auf dich aufpassen.«

Dies war nun schon das zweite Mal, dass ihr Vater mit dem aktuellen Fall in Verbindung gebracht wurde. Honey war darüber höchst bestürzt.

»Ach wirklich?« Sie versuchte, so ungerührt wie möglich zu erscheinen. Auch ohne Warnungen und Hilfe aus dem Jenseits war dieser Fall kompliziert genug.

»Ich habe deinem Vater versprochen, dass ich ein Auge auf dich haben würde. Und das habe ich auch vor.«

Dieses Angebot kam unerwartet, und Honey wurde ganz warm ums Herz.

»Okay.«

Mary Jane hielt ihr Versprechen, übertrieb es aber ein wenig, fand Honey. Wo immer sie hinging, Mary Jane wich ihr nicht von der Pelle. An der Schlafzimmertür blieb Honey abrupt stehen und wandte sich zu ihrer Freundin um. »Es ist nicht nötig, dass du mir auch im Haus überallhin folgst. Ich glaube, in meinem Schlafzimmer bin ich einigermaßen in Sicherheit.«

»Ich bin da, wenn du mich brauchst.«

»Ich brauche dich nicht«, erwiderte Honey knapp und knallte die Tür hinter sich zu.

Später traf sie Miss Vincent in ihrem Büro. Die wühlte sich gerade durch Berge von Papieren.

»Irgendwas Interessantes?«, fragte Honey.

Miss Vincent seufzte. »Nein, es sei denn, der Rechtsanwalt, der Bankdirektor, der Steuerberater und das Finanzamt sind für Sie interessant. Für mich jedenfalls nicht! Nicht mal wenn man tot ist, geben die vom Finanzamt Ruhe«, fügte sie knurrig hinzu.

»Sie haben jetzt ja ohnehin so viele Formalitäten zu erledigen. Da bitte ich Sie nur sehr ungern um einen Gefallen. Könnten Sie mir vielleicht eine Liste der gegenwärtigen und vergangenen Mitarbeiter geben – auch der Aushilfen und so. Ich weiß, dass hier während der Sommermonate viele Saisonkräfte eingestellt werden. Es wäre wirklich sehr nett, wenn Sie mir da helfen würden.«

Miss Vincent schaute sie einen Augenblick lang misstrauisch an. Kurz fürchtete Honey, keine Chance zu haben.

»Das ist alles vertraulich«, erwiderte Miss Vincent dann.

»Es ist wirklich sehr wichtig.«

»Dazu muss ich erst die Erlaubnis der Treuhänder einholen«, beharrte die Sekretärin.

»Aber ich habe doch Caspers Erlaubnis, und der ist der Erbe.«

Miss Vincent beäugte sie missbilligend. »Das ist noch lange nicht geregelt. Die Rechtsanwälte haben das letzte Wort noch nicht gesprochen.«

Sie hatte natürlich recht. Casper musste erst die Bedingungen des Testaments akzeptieren, ehe er das Haus, das Anwesen und beinahe 50 Hektar Safaripark erbte. Aber wer würde das unter den Umständen nicht akzeptieren?

Honey schaute auf die Berge von Papieren, die sich überall auf dem riesigen Schreibtisch vor der schmalen Gestalt von Miss Vincent auftürmten. Es sah chaotisch aus. Da etwas zu finden, das war sicher wie bei einem Hütchenspiel. Der Trick war, herauszukriegen, unter welchem Hütchen sich die Münze befand. Miss Vincent spielte mit Papierstapeln, aber es sah nicht aus, als würde sie dieses Spiel gewinnen.

Honey war zu ungeduldig, um auf die Erlaubnis der Treuhänder zu warten. Sie hätte liebend gern selbst die Papierstapel durchwühlt, aber dazu musste sie warten, bis Miss Vincent das Zimmer verlassen hatte. Und Miss Vincent ließ sich nur von einer Sache von ihrer Arbeit fortlocken: vom Essen.

Gestern um die Mittagszeit war sie aus dem Büro gegangen, um sich eine Steak-und-Nieren-Pastete zu gönnen. Heute gab es Leber mit Zwiebeln. Honey musste also warten, bis Miss Vincent das Wasser im Mund zusammenlief und sie sich aufmachte, um ein weiteres deftiges Mittagsmahl nach Hausmacher Art zu verzehren.

Wie ein richtiger, ehrlicher – beziehungsweise unehrlicher – Einbrecher schlich Honey auf leisen Sohlen durch das Haus. Die Eichentreppe stammte aus der jakobinischen Zeit, war also vor mehr als zweihundert Jahren gebaut worden, sie war vom Alter beinahe schwarz. Das Geländer war im Laufe der Jahrhunderte von unzähligen schwitzenden Handflächen poliert worden. Der Treppenläufer war an einigen Stellen abgewetzt, doch auf dem Absatz im ersten Stock fiel durch ein riesiges Buntglasfenster ein Regenbogen von Farben herein, der ihn beinahe wieder flauschig aussehen ließ. Abgesehen vom Teppich war Torrington Towers aber ziemlich gut in Schuss.

Miss Vincent hatte erwähnt, dass ein neuer Teppich bestellt war, der in den nächsten vierzehn Tagen verlegt werden sollte. Honey meinte, dass er wohl ein Vermögen kosten würde. Miss Vincent lächelte und erwiderte, Seine Lordschaft hätte nie geknausert und darauf bestanden.

»Hier werden weder Kosten noch Mühen gescheut«, sagte sie resolut und mit tränenfeuchten Augen. »Seine Lordschaft wollte, dass immer alles erste Sahne war.« Sie lächelte dabei geheimnisvoll, als bezöge sich das nicht nur auf die Teppiche, sondern womöglich auch auf sein Liebesleben – und daran hatte Honey inzwischen keine Zweifel mehr.

Honey meinte, die Einkünfte des Landsitzes würden hoffentlich diese Ausgaben decken. Miss Vincent hatte nur gelacht und bestätigt, das sei selbstverständlich der Fall. Es klang so, als wäre jede andere Möglichkeit völlig absurd.

Miss Vincent hatte etwas an sich, das sie gleichermaßen effizient und eindrucksvoll erscheinen ließ. Ob es wohl damit zu tun hatte, dass sie länger als alle anderen hier arbeitete? Zudem hatte Honey das Gefühl, als schwänge bei Miss Vincent noch etwas anderes mit. Allerdings hatte sie keine Ahnung, was das sein könnte. Miss Vincent arbeitete jetzt für den Landsitz wie seinerzeit für Seine Lordschaft. Ob sie irgendwann einmal mehr gewesen war? Eine seiner Geliebten? Wie sie sich wohl gefühlt hatte, als Seine Lordschaft sie links liegen ließ? Da war sie ja anscheinend nicht die Einzige. Es sah ganz so aus, als hätte Tarquin irgendwann alle seine Frauen links liegen gelassen.

Honey schlich also zu mittäglicher Stunde den Flur entlang, wild entschlossen, die Abwesenheit von Miss Vincent auszunutzen und die Papierstapel der Ablage zu durchwühlen.

Die Flure in Torrington Towers waren breit und ideal fürs Anschleichen. Eichentruhen und Kredenztische wetteiferten mit Schreibschränken und riesigen Sofas mit vergoldeten Rahmen und geschwungenen Beinen um einen Platz. Und dann gab es jede Menge Schatten. Alte Häuser waren so gebaut, dass sie die Kälte draußen hielten und nicht etwa das Licht hineinließen. Daher die vielen dunklen Ecken.

Honey verbarg sich eine Weile hinter einem Kredenztisch, bis der Duft von Leber und Zwiebeln Miss Vincent in die Gesindestube gelockt hatte, wo zweifellos auf den Hauptgang noch ein warmes Kompott aus Backpflaumen mit Vanillesoße folgen würde. Miss Vincent hatte sehr viel für die traditionelle britische Küche übrig. Weiß der Himmel, wie sie es schaffte, dabei so schlank zu bleiben. Wenn sie dieses Geheimnis auf Flaschen ziehen könnte, sie könnte ein Vermögen damit verdienen.

Als supereffiziente Mitarbeiterin schloss Miss Vincent die

Bürotür stets ab. Kaum war sie verschwunden, da trat Honey mit dem Zweitschlüssel in Aktion, den sie gerade aus dem Schrank der Haushälterin stibitzt hatte.

Honeys Schritte klangen leise auf dem schurwollenen Teppich, der milchschokoladenbraun und sehr neu war. Im dichten Flor hätte sie versinken können.

Die aufgehäuften Aktenordner lagen noch genau da, wo Miss Vincent sie vorhin hingelegt hatte. Inzwischen waren noch zwei weitere Stapel hinzugekommen.

Honey fand recht schnell die Liste der Angestellten. Effizient wie immer, hatte Miss Vincent ein Original ausgedruckt und zwei Kopien gemacht.

Honey holte tief Luft und schaute über die Schulter. Einen kurzen Augenblick lang hatte sie das Gefühl, beobachtet zu werden. Da war niemand – na ja, niemand, der noch lebte. Von einem viktorianischen Porträt schauten zwei Augen böse auf sie herab. Die Frau auf dem Bild trug einen schwarzen Schutenhut, und ihr eisiger Blick hätte jeden Heiligen zu Stein erstarren lassen. Ein weiterer glasiger Blick kam von einem ausgestopften Antilopenkopf.

Beide Beobachter waren auf ihre Weise gruselig, und je schneller Honey hier fertig war, desto besser. Hier war ganz eindeutig Vorsicht die Mutter der Porzellankiste. Honey nahm rasch eine der Kopien an sich. Die würde nicht so schnell vermisst werden wie das Original.

Das Blatt fest an den Busen gepresst, huschte sie wieder auf die breite Galerie hinaus, die über die ganze Länge des Hauses verlief und auf der einen Seite Fenster, auf der anderen Türen hatte. Hier hatten wohl in längst vergangenen Zeiten Damen in Reifröcken ihre Spaziergänge gemacht, wenn das Wetter draußen unfreundlich war.

Sobald sie außer Sichtweite war, schaute sie sich an, was sie mitgenommen hatte. Die Liste war eine Enttäuschung. Sie überflog das Stück Papier wieder und wieder, falls ihr doch etwas entgangen sein sollte. Mrs Cromer stand drauf, Meercroft, der Butler, ebenso und auch der Ranger Adrian Sayle und andere Leute, die noch immer hier arbeiteten und deren Namen Honey erkannte.

Hinter drei Namen war verzeichnet, dass sie ihr Arbeitsverhältnis beendet hatten. Eine Miss Isobel White zum Beispiel, obwohl ein »z« neben ihrem Namen offenbar auf Zeitarbeit hinwies. Honey vermutete, dass sie den Sommer über in Torrington Towers arbeitete und am Ende der Saison wieder freigestellt wurde. Ein weiterer Name war Patricia Garner. Auch sie war als Zeitarbeitskraft gekennzeichnet.

Der einzige wirklich interessante Name war Keith McCall. Dahinter stand: »Ohne Kündigung verschwunden.« Es stand auch da, dass er der oberste Ranger gewesen war. Diesen Posten hatte nun Adrian Sayle. Hatte man ihn befördert oder neu eingestellt? Das würde Miss Vincent sicher wissen.

Honey setzte sich ein wenig versteckt auf einen der Fenstersitze auf dem breiten Korridor. Von hier aus sah man auf den Bereich hinter dem Haus. Man hatte einen schönen Blick auf den gepflasterten Hof und die ordentlichen Terrassen, die von dort zu einem saftig grünen Rasen hinunterführten.

Der Hof war an drei Seiten begrenzt. Unter sich konnte Honey die Tür sehen, die zur Küche führte. Direkt gegenüber stand eine Reihe farbig markierter Mülleimer an einer der Mauern. An die anderen Mauern waren Steingebäude mit Pultdächern gelehnt. Sie sahen wie Vorratsräume aus, vielleicht für Kohle.

Zwischen der untersten Terrasse und dem Rasen verlief die Fortsetzung der Zufahrt. Dies hier war natürlich die Zufahrt für den Fleischer, den Bäcker und alle anderen, die etwas zu liefern oder zu reparieren hatten.

Honey glaubte zu hören, wie Miss Vincent leise in ihr Taschentuch hüstelte, während sie sich in ihren flachen Schuhen mit Trippelschritten auf dem Korridor näherte, und sie verzog sich hinter einen dicken Brokatvorhang. Sie kam erst wieder hervor, nachdem der Knall einer zugeschlagenen Tür über den ganzen Korridor widerhallte.

Ihr wurde plötzlich schummerig, und sie begriff, dass sie die Luft angehalten hatte.

»Reiß dich zusammen«, murmelte sie sich zu.

Ihr Körper reagierte auf diese Aufmunterung. Schon bald war sie wieder völlig entspannt. Ehe sie ihr Versteck verließ, warf sie noch einen Blick aus dem Fenster auf den Hof unten.

Da stand Adrian Sayle. Aber nicht allein. Der Mann, mit dem er sich unterhielt, kam Honey sofort bekannt vor. Es war Dominic Christiansen.

Hatte Adrian Sayle ihn erwischt, wie er herumschnüffelte? Oder kannten sich die beiden? Die Warnung, die sie erhalten hatte, ging ihr nicht aus dem Kopf. Pass auf. Trau niemandem.

Eins nach dem anderen. Erst Miss Vincent um eine Erläuterung bitten.

Miss Vincent saß an ihrem Schreibtisch und tätschelte ihr kleines Bäuchlein, das nun gut mit Leber, Backpflaumen und Vanillesoße gefüllt war. Sie schaute mit missbilligendem, nein, sogar misstrauischem Blick auf die hochaufragenden Papierstalagmiten. Honey überlegte, ob die Dame vielleicht einen Röntgenblick hatte und tatsächlich feststellen konnte, dass jemand die Ordnung gestört hatte.

Vielleicht sollte man zunächst einmal Eindruck schinden. Also setzte Honey ihre überlegenste Miene auf, versuchte, so zu schauen, wie es die Vorfahren Seiner Lordschaft wohl bei Menschen ihres Standes für angemessen fanden. Honey wollte damit ihr Selbstbewusstsein ein wenig aufpäppeln.

»Miss Vincent, ich hätte da eine Frage an Sie.«

Miss Vincent hob ihr schmales kleines Kinn ein wenig. Ihre Miene war völlig ausdruckslos.

»Ich helfe gern, wenn ich kann, aber ich habe Ihnen ja bereits gesagt, dass wir das Testament und die abschließende Meinung der Rechtsanwälte abwarten müssen. Die beaufsichtigen alles, was wir hier machen.«

Sie sprach mit fester Stimme. Ihr Staccato-Ton erinnerte Honey an gezupfte Geigensaiten.

»Adrian Sayle. Arbeitet er schon lange hier?«

Es entging Honey nicht, dass Miss Vincents Lider bei der Erwähnung dieses Namens ein wenig flatterten. »Seit etwa sechs Monaten.«

»Ich nehme an, er ist als Ersatz für Mr Keith McCall eingestellt worden?«

Kurz blitzte Vorsicht in Miss Vincents Augen auf. Honey war klar, dass die Sekretärin sich bei der Antwort sehr bedeckt halten würde.

»Ja, das stimmt. Mr McCall ist Knall auf Fall verschwunden, ohne zu kündigen. Mr Sayle ist sein Nachfolger.«

»Wann genau hat denn Mr Sayle hier angefangen? Verdient er das gleiche wie sein Vorgänger?«

Miss Vincent schüttelte energisch den Kopf, aber ihr makelloser Bob bewegte sich keinen Millimeter, als wäre er festzementiert. »Die finanziellen Absprachen, die Seine Lordschaft mit den leitenden Angestellten getroffen hat, entziehen sich meiner Kenntnis.«

Honey runzelte die Stirn und dachte kurz darüber nach.

»Da hat es also gesonderte finanzielle Absprachen gegeben?«

»Nur zwischen Mr Sayle und dem Landgut. Nicht zwischen ihm und Seiner Lordschaft persönlich.«

Wieder ein energisches Kopfschütteln. Wieder bewegte sich kein Härchen.

»Mit wem und auf welcher Grundlage wurden diese Gehaltsabsprachen getroffen?«

Miss Vincent zuckte die schmalen Schultern. »Ich habe keine

Ahnung. Vielleicht weiß unser Anwalt, Mr Jerwood, etwas darüber. Wenn nicht, dann könnten Sie seine Assistentin, Miss Belvedere, befragen. Ich glaube, Miss Belvedere ist mit den Angelegenheiten des Landsitzes Torrington Towers vertraut. Wenn nicht, dann schlage ich vor, Sie fragen Adrian Sayle selbst.«

Honey konnte sich des Eindrucks nicht erwehren, dass Miss Vincent sie damit ein wenig herausfordern wollte.

»Wo hat er gearbeitet, ehe er hierhergekommen ist?«

»Ich müsste seine Bewerbung raussuchen, um Ihnen das zu beantworten.«

»Würden Sie das bitte für mich tun?«

»Nur wenn Mr Jerwood, unser Rechtsanwalt, es mir erlaubt.«

# Kapitel 20

Honeys fünfter Tag in Torrington Towers. Mary Jane hatte die Bibliothek und ihre erstaunliche Sammlung von Büchern über okkulte Themen entdeckt.

»Honey, das musst du dir ansehen. Ich könnte den ganzen Tag hier verbringen.« Plötzlich erinnerte sich Mary Jane allerdings daran, dass sie eigentlich angeboten hatte, Honey ständig Gesellschaft zu leisten. Sie schaute leicht schuldbewusst auf. »Das würde dir doch nichts ausmachen, oder?«

Nein. Natürlich nicht.

»Lies, bis dir die Augen aus dem Kopf fallen«, sagte Honey. »Ich gehe jetzt ein bisschen spazieren und muss Adrian Sayle ein paar Fragen stellen. Ich habe ihn heute Morgen noch gar nicht gesehen.«

Mary Jane steckte die Nase wieder in ihr Buch.

»Schon komisch, dass immer Leute verschwinden, wenn du in der Gegend bist«, sagte sie noch wie nebenbei.

Honey dachte einen Moment über diesen Kommentar nach. Bezog sich das auch auf Leute, die gestorben waren? Zunächst einmal Seine Lordschaft. Und jetzt Professor Collins. Von Dominic Christiansen hatte sie auch seit mehreren Stunden nichts mehr gehört. Ob der noch im Lande der Lebenden weilte?

Sie hatte das Gefühl, immer tiefer in einen Sumpf von Intrigen zu versinken. Es sah ihr gar nicht ähnlich, sich durch einen Fall so aus dem Gleichgewicht bringen zu lassen. Sie wünschte sich tatsächlich, Casper wäre hergekommen und hätte seine Erkundigungen selbst eingezogen.

Na egal, sagte sie sich. Geh spazieren. Frische Luft wird dir guttun. Da bekommst du wieder einen klaren Kopf.

Der herbstliche Sonnenschein war wässrig, jetzt schon von einem leichten Nebelschleier gedämpft, dem unweigerlich bald strömender Regen folgen würde. Über dem Vergnügungspark und den Tiergehegen brauten sich bereits Wolken zusammen.

Honey zog eine gewachste Jacke und ein Paar elegante grüne Gummistiefel von Hunter an und ging auf einem schmalen, schnurgeraden Pfad auf ein kleines Gehölz zu. Der Weg führte in eine schmale Schlucht, zu einem Eisenbahntunnel und zu den Eingängen einer Reihe von Höhlen.

Die Schlucht schien parallel zu dem alten Eisenbahntunnel zu verlaufen, der mit Eisengittern abgesperrt war. Die Stäbe riegelten etwa die unteren zwei Drittel des Eingangsbogens ab.

Honey lief seitlich davon auf einem unebenen Pfad durch die Schlucht. Gelegentlich wehte eine Windbö letzte Blätter von den Bäumen. Von den gekräuselten Wedeln der absterbenden Farne triefte Wasser auf Honeys Kopf und auf ihr Gesicht. Das war eigentlich ganz erfrischend.

Sie kam auf dem steinigen Gelände nur sehr langsam voran. Es war auch ziemlich glitschig hier, so dass Honey über die guten Sohlen ihrer Gummistiefel froh war.

Alle paar Dutzend Schritte blieb sie stehen, schaute sich um und blickte auch nach oben. Dichte Büsche wuchsen aus den sich abwechselnden Schichten aus Gestein und Erde, die sich bis zur Oberkante der Schlucht etwa acht bis zehn Meter über ihr erstreckten.

Sie stolperte, streckte die Hände aus und krallte sich an den glitschigen Steinen und den triefnassen Pflanzen fest.

Vor einer der Höhlen waren säulenartige Gebilde zu sehen, drei insgesamt. Von weitem wirkten sie völlig harmlos, doch bei näherem Hinschauen war klar, dass dies kein Naturphänomen war. Man hatte sie genau so platziert, dass der Eingang zu der Höhle im Verborgenen lag. Die Säulen ähnelten ein wenig altertümlichen Doppelfalttüren – obwohl sie natürlich den Eingang nicht verschlossen, sondern ihn lediglich verdeckten.

Honey quetschte sich zwischen den ersten beiden hindurch, dann durch die Lücke zwischen Säule zwei und drei. Nun knipste sie ihre Taschenlampe an.

»Was tue ich eigentlich hier?«, murmelte sie vor sich hin. Sie hatte einen Spaziergang machen und Ausschau nach Adrian Sayle halten wollen. Sie musste herausfinden, wo er herkam, wo er gearbeitet hatte, ehe er in Torrington Towers anfing. Bisher hatte sie ihn nicht gesehen. Nun, das war auch kein Wunder, denn er hielt sich wahrscheinlich eher in der Nähe der Tiere auf als in dieser abgelegenen und entschieden gruseligen Höhle.

Drinnen roch es nach feuchter Erde, und man konnte Wasser plätschern hören. Der Eingang der Höhle war recht breit; aus einiger Entfernung würde er wohl einem gähnenden Maul gleichen, mit Säulen wie nach oben wachsenden Reißzähnen.

Honey ging weiter in die Höhle hinein. Nun wurde es enger, vor ihr befand sich kaum mehr als ein schmaler Durchgang, den über die Jahrhunderte hinweg das hineinfließende Wasser in den Felsen gefressen hatte. Unter Honeys Füßen senkte sich der Boden weiter nach unten, schließlich so steil, dass sie bremsen musste, um nicht unkontrolliert in die Dunkelheit zu taumeln.

Das Licht ihrer Taschenlampe fiel auf eine Felswand. Sie war tief unter der Erde an das Ende einer Sackgasse gelangt. Vor ihr lag eine riesige Höhle. Die hatte eine gewölbte Decke wie das Hauptschiff einer großen Kathedrale.

Die Luft war eiskalt, und ihre Atemwolke wirbelte wie ein feiner Schleier im Licht der Taschenlampe.

An einer Seite hatte sich ein Wassertümpel gebildet, und darüber hingen Stalaktiten von der Decke, denen vom Boden wie Stapel von Doughnuts die Stalagmiten entgegenwuchsen.

Honey wischte sich den Angstschweiß von der Stirn. Sie hatte vom vielen Grübeln schon Kopfweh – aber es konnte auch am schwachen Licht liegen.

Sie drehte sich um, wollte gehen, hielt aber noch einmal inne, weil sie meinte, etwas gehört zu haben. Keinen menschlichen Laut, auch kein Tier, sondern eher ein mechanisches Geräusch. Irgendwas brummte, aber nicht in unmittelbarer Nähe, sondern eher weiter weg, vielleicht vor, vielleicht über ihr.

Sie konnte es nicht ausmachen, wollte aber auf keinen Fall hierbleiben und die Sache näher untersuchen. Höhlen gehörten nicht zu ihren Lieblingsorten; der Geruch, das Gefühl, von Stein eingeschlossen zu sein, all das versetzte sie allmählich in Panik. Sie musste so schnell wie möglich wieder hier raus.

Beinahe taumelnd tastete sie sich den engen Gang hinauf. Bildete sie es sich nur ein, oder roch sie Faulgas?

Ihr war schwummrig. Ihre Knie wurden schwach. Plötzlich wurde ihr schwarz vor Augen. Mit einer letzten Willensanstrengung zwang sie sich weiterzugehen, bis sie endlich, endlich einen stecknadelkopfgroßen Lichtpunkt sehen konnte.

Der Lichtpunkt wuchs, und je größer er wurde, desto mehr Energie bekam sie, um vorwärtszutaumeln, bis sie endlich draußen war und nach Luft japste.

Da ließ eine plötzliche Bewegung im Eingang des alten Tunnels zu ihrer Rechten sie zusammenschrecken.

Ängstliche Augen schauten sie hinter dem Gitter hervor an, mit dem der Tunnel versperrt war. Dann schlängelte sich der Fuchs zwischen den Eisenstäben hindurch und rannte ins Unterholz, seine Beute im Maul.

»Verdammter Fuchs!«, rief sie ihm erleichtert hinterher.

Als sie ins Haus zurückkam, wartete Mary Jane mit aufgeregtem Gesicht auf sie. »Wo bist du gewesen?«

»Spazieren.«

»Warum das denn?«

»Brauche ich dazu einen Grund?« Sie bereute ihre brüske Antwort sofort. »Tut mir leid, Mary Jane.«

»Eigentlich wollte ich nur wissen, wohin dein Spaziergang dich geführt hat. Bloß so aus Interesse.«

Honey sah, dass Mary Jane kein bisschen beleidigt schaute. Eher aufgeregt.

»Was ist passiert?«, erkundigte sich Honey, als sie ihre Jacke auszog und die Stiefel von den Füßen streifte.

»In dem Garten sind keine Knochen!«, rief Mary Jane. »Und in der ganzen Familiengeschichte ist nie jemand im Garten oder sonst wo draußen eingeäschert worden.«

Honey saß einen Augenblick lang da und untersuchte ihre Zehen, während sie verarbeitete, was Mary Jane ihr da gerade gesagt hatte.

Sie schaute ihre alte Freundin einigermaßen überrascht an. »Du bist ja immer für eine Überraschung gut, Mary Jane. Ich dachte, du hättest dich in der Bibliothek in den Büchern vergraben.«

»Das gehört alles zu meinem Plan«, zischte Mary Jane im Verschwörerton. »Ich habe deinem Vater versprochen, auf dich aufzupassen, und das mache ich. Aber ich muss geschickt vorgehen. Also spiele ich denen allen hier vor, dass ich mich nur für Bücher über Okkultismus interessiere. Die Schinken sind allerdings völlig überholt. Lauter alte Hüte.«

Honey drückte ihre Überraschung aus. Ihre wäre nie im Leben eingefallen, dass irgendwas über okkulte Dinge je veralten könnte. Sie hatte immer gedacht, dass es bei Okkultismus doch genau darum ging, um uraltes Wissen, das sich über die Jahrhunderte nie verändert hatte.

»Abgesehen von den Büchern, was hast du da über die Einäscherung gesagt?«

Die Antwort kam ihr gleich selbst in den Sinn, aber sie wollte sie noch mal von Mary Jane hören – nur falls sie was nicht richtig mitbekommen hatte.

»Ich hab ein bisschen im Garten rumgebuddelt. Keine Sorge, es war niemand in der Nähe. Am Ort der Einäscherung waren keine Knochen. Gar keine, und das bedeutet …«

Die Wahrheit traf Honey wie ein Vorschlaghammer.

»Es war keine Leiche da!«

»Wahrscheinlich doch, aber man hat die Überreste des Feuers säuberlich zusammengesammelt und fortgebracht, wahrscheinlich sogar noch klammheimlich mitten in der Nacht.«

Honey schüttelte den Kopf. Es war alles so schrecklich kompliziert! Aber warum? Man hatte doch eine Autopsie vorgenommen. Casper hatte den Toten identifiziert. Die DNA war überprüft worden.

Sie sprach ihre nagenden Zweifel aus: »Wozu das Ganze?«

Mary Jane zuckte die Achseln. »Woher soll ich das wissen? Ich glaube, ich werde eine Séance abhalten. Wenn die Schwingungen richtig sind, besucht uns dein Vater vielleicht.«

Honey schaute sie entsetzt an. Obwohl Honeys Vater schon lange tot war, hatte sie nicht unbedingt den Wunsch, Kontakt zu ihm aufzunehmen. Sie gönnte ihm seine Totenruhe.

»Ich bin wirklich nicht die Richtige für deine Séancen«, erwiderte sie ein wenig unruhig. »Warum wartest du nicht, bis meine Mutter wieder da ist?«

Mary Janes Augen funkelten. »Du hast wohl Angst, Honey?«

»Und wie!«

Mary Jane schüttelte den Kopf. »Ach, komm schon. Das macht dir bestimmt Spaß.«

»Auf keinen Fall, Mary Jane. Auf gar keinen Fall!«

Sie ging zur Tür.

»Wohin gehst du?«, fragte Mary Jane.

»Ich schaue mir mal den ummauerten Garten an. Ich will mir das mit eigenen Augen ansehen.«

Mary Jane wedelte mit einer knochigen Hand. »Okay, wie du willst. Dann rede ich eben allein mit deinem Vater. Ich bin sicher, es macht ihm nichts aus, wenn ich eine Séance ohne Handkreis mache.«

Honey zog sich wieder Socken und Gummistiefel an, ließ aber ihre Wachsjacke im Haus. Kopfschüttelnd ging sie nach draußen. Mary Jane wollte helfen, aber, ehrlich gesagt, hatte Honey mit Kontakten ins Jenseits nur wenig am Hut. Obwohl Mary Jane nun schon eine ganze Weile Dauergast in ihrem Hotel war und mit allen Gespenstern, die ihrer Meinung nach in diesem alten Gemäuer ihr Unwesen trieben, auf Du und Du zu sein schien, weigerte sich Honey immer noch standhaft, diese Möglichkeit ernstlich in Betracht zu ziehen. Es war schwer genug, mit dem Diesseits klarzukommen.

Wo das Feuer gebrannt hatte, sah man jetzt nur noch Asche, zumeist schon in die Erde getrampelt. Sollten denn überhaupt Knochen übrig geblieben sein? Zumindest hätte es sehr viel mehr Asche sein müssen. Und vielleicht auch ein paar Knochen. Das wäre ein Beweis dafür, dass man hier eine Leiche verbrannt hatte. Okay. Damit hatte sie kein Problem. Aber warum wollte irgendjemand nicht, dass die restlichen Knochen hier liegen blieben?

Die Antwort traf sie wie der Blitz. DNA! Knochen konnten Aufschluss über die DNA geben. Sie zog die Stirn kraus. Aber sicher war das nach dem Abgleich der DNA mit Casper nicht mehr notwendig? Und damit war doch wohl jeder Verdacht ausgeräumt, dass die Leiche nicht sein Bruder war?

Doherty war gerade nicht zu erreichen, also rief sie Cecil Street an, den Pathologen, der die Autopsie von Tarquin St John Gervais vorgenommen hatte. Der zögerte erst ein wenig, bestätigte ihr aber dann, dass bei einer Einäscherung immer auch Knochen übrig blieben, es sei denn, man verbrannte den Leichnam bei sehr großer Hitze, wie zum Beispiel im Ofen eines Krematoriums. Aber so heiß wurde ein Scheiterhaufen nicht.

»Manchmal bleiben sogar in den Krematorien Überreste, abgesehen von Metallteilen wie künstlichen Hüften, falschen Zähnen und der einen oder anderen geschmolzenen Armbanduhr, weil jemand im Bestattungsinstitut schlampig gearbeitet hat. Aber bei einem Scheiterhaufen? Da sollten Knochen übrig geblieben sein.«

»Anscheinend hat man die Asche weggeschafft, und ich nehme an, die übrig gebliebenen Knochen gleich mit, wenn ich mir auch nicht vorstellen kann, warum das jemand tun sollte«, meinte Honey nachdenklich.

Die Antwort des Pathologen war ziemlich seltsam: »Vielleicht wollte der Gärtner ein paar Tulpen stecken.«

# Kapitel 21

Doherty hatte sich nicht gerade begeistert für diesen Teambildungskurs angemeldet. Zum einen fand er, dass er mit seinen Kollegen im Laufe der Jahre schon ein gutes Team geworden war, und zum anderen hatte er was gegen Camping. Als Kind war er immer zum Zelten gefahren. Das hatte ihm damals schon missfallen, und jetzt missfiel es ihm erst recht. Um so mehr, als sie ja nicht in der Nähe eines schönen Strandes an der Küste von Dorset campten, sondern mitten in den von Wind und Regen gepeitschten Brecon Beacons.

Nachdem er ein paar Tage durchgehalten und völlig abseits jeglicher Zivilisation mit seinen Kollegen in einem nicht ganz wasserdichten Zelt gehaust hatte, war es eine willkommene Überraschung, als auf einmal ein Helikopter über ihnen schwebte, auch wenn die Rotorblätter noch ein Übriges an Wind beisteuerten.

Alle dachten, der Hubschrauber würde über sie hinwegfliegen. Auf keinen Fall hatte jemand erwartet, dass der Vogel in einigem Abstand von ihrem durchnässten Zelt landen würde und die Rotorblätter langsam zum Stillstand kommen würden.

Doherty kniff die Augen zusammen. Es waren zwei Männer im Hubschrauber, der Pilot und noch ein anderer. Der andere, der jetzt ausstieg, zog Dohertys Aufmerksamkeit auf sich.

Der Mann kam mit langen, zielstrebigen Schritten auf Doherty zu, während ihm der Wind die Krawatte über die Schulter wehte.

Über einem anthrazitfarbenen Anzug trug er eine dunkle wattierte Jacke. Obwohl der Wind ihm das Haar zerwühlte, konnte Doherty den teuren Haarschnitt erkennen. Er musterte die Gesichtszüge des Mannes: starkes Kinn, dunkle Augenbrauen, intelligente Augen. Sein Instinkt ließ ihn vermuten, dass der Mann seinetwegen hergekommen war, und wieder einmal erwies sich sein Instinkt als untrüglich.

»Steve Doherty?«

Die Stimme kam ihm bekannt vor.

»Wer will das wissen?«

»Ich heiße Christiansen. Ich glaube, wir müssen reden. Holen Sie Ihre Sachen und kommen Sie mit.«

# Kapitel 22

In Torrington Towers schien die düstere Stimmung von draußen ins Innere des Hauses hineinzusickern, legte sich wie ein Nebel über die Bibliothek. Es war auch wenig hilfreich, dass dieser Raum in einem sehr männlichen Stil eingerichtet war, mit dunklem Teppich, dunklem Holz und vielen in Leder gebundenen Büchern, und dass all diese dunklen Gegenstände das Licht nur so verschluckten.

Honey knipste eine Schreibtischlampe an. Mary Jane saß ihr gegenüber und hatte bereits das nächste Buch aufgeschlagen auf dem Schoß. Sie schien völlig darin versunken zu sein, aber irgendwie ahnte Honey, dass der Schein trog.

»Du hattest recht«, merkte Honey nun an. »Wegen der Knochen. Beziehungsweise dem Nichtvorhandensein von Knochen.«

»Aha«, erwiderte Mary Jane, ohne aufzublicken.

»Adrian Sayle habe ich übrigens immer noch nicht gesehen. Ich denke, der wird drüben in den Tierhäusern sein. Die Löwen und so, die brauchen ja wahrscheinlich viel Pflege.«

Mary Jane schaute hoch. »Ich hab's gemacht.«

»Was?«

»Eine Séance abgehalten. Na ja, keine ganz echte. Eher so ein Gespräch unter vier Augen. Hat aber recht gut geklappt. Sag mal, wusstest du, dass dein Vater Spion war?«

Honey blinzelte. Sie hatte völlig vergessen, dass Mary Jane diese Séance abhalten wollte. Allerdings war sie froh, dass sie stattgefunden hatte, während sie im Garten war.

»Er hat es dir bestätigt, ja?«

»Jawohl! Er war ein britischer Agent. Wie James Bond. Kein

Wunder, dass du eine so gute Detektivin bist! Das liegt dir im Blut.«

Honey war sich da nicht so sicher, und Mary Janes Schmeicheleien machten sie eher nervös.

»Dann hat er wohl auch bestätigt, dass er mit Seiner Lordschaft auf freundschaftlichem Fuß stand.«

Mary Jane strahlte von einem Ohr zum anderen. »Viel besser. Sie sind sogar zusammen auf Fotos verewigt.«

Sie reichte Honey das Buch, das sie sich gerade anschaute. Es war ein Fotoalbum. Eine Gruppe junger Gesichter schaute sie von einem Schwarzweißfoto an. Alle sahen glücklich aus und strotzten vor Selbstbewusstsein. Sie waren in der Blüte ihrer Jugend.

»Sie haben alle unterschrieben«, sagte Mary Jane und deutete auf die Unterschriften, die eindeutig mit dem gleichen Kuli geschrieben waren.

Honey sah die Unterschrift ihres Vaters. Dann die von Tarquin – die den meisten Raum einnahm. Percy Bullington – der entfernte Cousin ihres Vaters. Die Unterschrift, die Honey am meisten ins Auge stach, war die von Keith McCall. Das war doch der Chef-Ranger im Park gewesen, der spurlos verschwundene Vorgänger von Adrian Sayle.

Auf dem alten Foto war er ein junger Mann mit einem frischen Gesicht, einem Wust blonder Haare und durchdringenden Augen, die in die Kamera schauten, als forderten sie den Fotografen heraus, ihn bloß nicht als unattraktiv darzustellen. Denn attraktiv war er.

Honey gingen verschiedene Fragen durch den Kopf. »Meinst du, die waren alle Spione?«

Mary Jane zuckte die Achseln. »Alles habe ich natürlich nicht rausgekriegt. Dein Vater hat mir nur erklärt, wo das Album ist, und da habe ich es tatsächlich gefunden. Und dann hat er mir eingeschärft, ich sollte dich warnen. Er meinte, du müsstest sehr vorsichtig sein. Die Sünden der Väter rächen sich und so weiter …«

»Sünden? Welche Sünden?«

Mary Jane zuckte erneut die Achseln. Sie zog dabei immer ihre knochigen Schultern bis beinahe an die Ohren hoch.

Honey musterte das Foto noch einmal. »Fünf junge Männer, aber nur vier Unterschriften.«

Das Gesicht des fünften jungen Mannes war nur von der Seite zu sehen. Eine schwarze Haarlocke fiel ihm in die Stirn und verdeckte das halbe Gesicht. Entweder war er schüchtern und ließ sich nicht gern fotografieren, oder er hatte seine Gründe, warum er nicht erkannt werden wollte.

Sie spürte, dass Mary Jane sie immer noch anschaute.

»Du denkst genau dasselbe wie ich, nicht wahr, Honey?«, sagte die alte Dame. »Der fünfte Mann gibt sich redlich Mühe, sein Gesicht zu verbergen. Ich glaube, deswegen hat mir dein Vater gesagt, ich soll nach dem Foto suchen. Ich denke, dieser junge Mann ist der Schlüssel zu allem.«

Honey starrte auf das Foto, als könnte sie irgendwie doch noch eine Unterschrift erkennen, vielleicht mit Bleistift geschrieben und ausradiert. Aber da war nichts.

»Wir müssen seinen Namen herauskriegen.« Sie zog ihr Mobiltelefon aus der Handtasche und rief Onkel Percy an.

Sie musste es ein paarmal probieren, aber schließlich hatte sie ihn am anderen Ende der Leitung. Seine Stimme klang so kratzig, als käme sie von einer alten Schellackplatte, der die Jahre übel mitgespielt hatten.

Nachdem sie die üblichen Nettigkeiten ausgetauscht hatten, fragte sie ihn nach dem Foto.

»Es sieht aus, als wäre es irgendwann in den siebziger Jahren aufgenommen worden, nach den Schlaghosen und den wallenden Locken zu urteilen.«

Sie erklärte, wer außer Percy noch auf dem Foto zu sehen war.

»Nur einen können wir nicht identifizieren. Möglicherweise war er kamerascheu. Sein Glück war, dass er eine Menge Haare hatte, hinter denen er sich verstecken konnte.«

»Ach, wirklich? Wie interessant.«

Das war eine überaus aufschlussreiche Reaktion, beantwortete aber die Frage nicht.

Honey beschrieb den jungen Mann, so gut sie konnte.

»Du musst ihn kennen, Onkel Percy. Schließlich standet ihr da nebeneinander, und es hat ganz so ausgesehen, als wärt ihr Freunde, die sich zusammen fotografieren lassen. Wer war das also?«

»Du solltest dir nicht den Kopf über all das alte Zeug zerbrechen, weißt du.«

Honey zählte bis zehn. Onkel Percy war in einer Zeit jung gewesen, als die meisten Frauen sich noch treu und zuverlässig um Küche und Kinder gekümmert hatten. Bestimmt war ihm nicht einmal bewusst, wie herablassend seine Worte gewesen waren. Oder doch?

Na gut, das Spiel konnte sie mitmachen!

»Aber Onkelchen! Der hat einfach göttliche Haare! Ich hätte zu gern auch so eine Frisur. Vielleicht könnte er mir noch Tipps geben, wer sein Frisör war und wie er es geschafft hat, dass sie so glänzten!«

Ein vielsagendes Schweigen folgte, ehe Onkel Percy antwortete.

»Jetzt glänzen sie nicht mehr ganz so«, knurrte er.

Natürlich nicht. Der Mann musste mindestens sechzig sein. Wahrscheinlich hatte er längst überhaupt keine Haare mehr.

»Ich würde ihn gern kennenlernen.«

»Das geht nicht. Er ist tot.«

Honey war nicht so sehr erstaunt als neugierig. Sie wollte wissen, warum Onkel Percy nicht mit der Sprache rausrückte, wer der Mann war. Sie wollte das unbedingt wissen.

»Wie hieß er also?«

Sie vermutete, dass Onkel Percy gerade mit den Zähnen knirschte, wenn sie auch nicht ganz begriff, warum er sich so zierte.

»Iwan. Er hieß Iwan.«

»Und mit Nachnamen?«

»Orlow. Iwan Orlow.«

»Das ist doch ein russischer Name?«

»Ja. Wir haben alle zusammen studiert. Er war der Enkel eines Weißgardisten – eines Regimegegners, der kurz nach der Oktoberrevolution hierhergekommen ist.«

Honeys Gedanken rasten wie wild im Kreis, sobald sie aufgelegt hatte. Als jemand ihr angedeutet hatte, ihr Vater wäre Spion gewesen, hatte sie das zunächst für puren Unsinn gehalten. Die Reaktion ihrer Mutter war ziemlich ähnlich gewesen. Aber jetzt gab es da dieses Foto, das all die jungen Männer zusammen mit einem Russen zeigte, ein Foto, das aufgenommen wurde, als sie alle in Oxford studierten. Honey hatte schon Artikel darüber gelesen, dass die Russen gebildete junge Männer in den Studentenheimen der privilegierten Uni-Absolventen als Spione für ihre Seite rekrutiert hatten. War ihr Vater einer von denen gewesen, oder hatte er für den Westen gearbeitet? Und was war mit Orlow? Nur weil sein Großvater ein Weißgardist gewesen war, musste er nicht auf derselben Seite gestanden haben.

Es ergaben sich noch viele weitere Fragen. Honeys Mutter hatte praktisch keine Ahnung, Onkel Percy wollte nicht mit der Sprache herausrücken. Zudem war der bestimmt nicht auf dem Laufenden, was die aktuelle Situation betraf. Und die Vergangenheit hatte wahrscheinlich nur wenig mit dem zu tun, was sich jetzt in der Gegenwart abspielte, ganz besonders nicht mit dem Tod von Tarquin St John Gervais, Caspers Halbbruder. Und nun hatte es schon wieder einen Mord gegeben, den an Professor Lionel Collins. Was hatte der wirklich in Torrington Towers gemacht? Und wie passte der in die ganze Sache?

Der Einzige, der hier die Wahrheit wusste, war wohl Dominic Christiansen. Wie konnte sie ihn bloß dazu bringen, ihr die zu verraten? Wie konnte sie ihn bezirzen, damit er ihr ein bisschen von dem verriet, was er wusste?

Da kam ihr nur ein einziges Wort in den Sinn. Das naheliegendste. Sex. Gut, dass sie ihr kleines Schwarzes dabeihatte.

Von wegen die gute alte Honey Driver! Die sollten sich warm anziehen. Sie würde so sexy und heiß aussehen wie Honey Ryder in der legendären Szene aus dem allerersten Film *James Bond jagt Doktor No*. Allerdings musste sie dazu Dominic erst mal finden. Im Augenblick war er verschollen, obwohl: kürzlich hatte sie ihn zusammen mit Adrian Sayle gesehen. Doch den konnte sie ja auch im Augenblick nicht finden.

Mary Jane kam zu ihr herüber. Sie wollte sich unbedingt mit Honey zusammen die Tiergehege anschauen. »Die Löwen sind im Löwenhaus«, sagte sie begeistert.

Eigentlich hatte Honey gerade nichts zu tun. Ihre Gedanken wirbelten allerdings herum wie ein Kreisel, der nicht aufhören will, sich zu drehen. Sie hatte schon Jeans, Stiefel und einen dicken Pullover an, also ließ sie sich von Mary Jane aus dem Haus zerren. Zu zweit gingen sie über den Pfad hinter dem Haus, dann durch das Hintertor hinaus und zu den Tiergehegen.

Irgendwann würde sie schon noch herausfinden, was mit diesem Ranger Keith McCall passiert war. Noch ein Fragezeichen für das Ouija-Brett! Bloß nichts sagen! Ein Wort, und Mary Jane würde versuchen, auch mit dem Kontakt aufzunehmen. Nicht dass Honey Beweise dafür hatte, dass er tot war. Nur hatte er seinen Posten in Torrington Towers doch recht plötzlich verlassen. Und Adrian Sayle hatte genauso plötzlich seinen Job übernommen.

# Kapitel 23

Niemand wusste, dass von der ehemaligen Wurst- und Pastetenfabrik nur dieses gutbeleuchtete Foyer übrig geblieben war. Das Fabrikgebäude dahinter stand leer, die Edelstahlmaschinen, die hier einmal untergebracht waren, hatte man längst fortgeschafft. Ein Tunnel verband die untere Ebene der Fabrik mit dem Schlachthof, der ebenfalls nicht mehr in Gebrauch war. Es war lange her, dass in diesem Tunnel das angsterfüllte Brüllen der Tiere widerhallte, die zum Schlachten getrieben wurden.

Der Parkplatz bei der Fabrik stand voller Autos; angeblich gehörten die den Mitarbeitern der Wurstfabrik. Der Rauch, der aus dem zwanzig Meter hohen Schornstein aufstieg, sollte die Illusion aufrechterhalten, dass die Fabrik noch in Betrieb war, obwohl das nun schon seit Jahren nicht stimmte.

Dominic Christiansen fuhr langsam zum Eingang hin. Dort erwartete ihn auf der Treppe Alex Patterson, das Haar zerzaust wie immer, das Gesicht bleich über dem schwarzen Rollkragenpullover und der Lederjacke.

Alex stand ruhig da, bis der Wagen angehalten hatte, dann kam er die Treppe herunter.

Dominic Christiansen öffnete die Fensterscheibe ein Stück.

Alex blickte über die Schulter, ehe er die Arme auf das Autodach stützte und durch den Fensterspalt sprach. Seine Miene sagte alles.

»Er ist uns durch die Lappen gegangen.«

»Hab ich gehört. Wo ist er jetzt?«

Alex zuckte die Achseln. »Sagen Sie's mir. Schließlich sollten Sie ihn besser kennen als jeder andere hier, DC. Sie haben ihn doch beschattet.«

»Der Typ ist ein Profi. Trotzdem verdammt ärgerlich. Ich denke manchmal, es wäre besser, wenn er wirklich tot wäre und wir nicht dieses ganze Drama veranstalten müssten.«

»Wie geht's unserem Mädchen?«

Dominic verzog das Gesicht. »Es gefällt mir gar nicht, dass wir sie als Köder benutzen. Bis jetzt hat sie sich noch nicht ernsthaft mit dem angeblichen Tod von Lionel Collins beschäftigt, aber irgendwann wird sie sich nach der Todesursache erkundigen oder will sogar die Leiche sehen.«

»Und die gibt's nicht.«

Dominic mahlte mit dem Kiefer. Lord Torrington war eine echte Nervensäge.

»Und ihr Freund, der Polizist?«

»Mit dem habe ich geredet. Habe ihm in groben Zügen erklärt, was hier läuft, und ihn angewiesen, sich rauszuhalten.«

»Und er spielt mit?«

Dominic zuckte die breiten Schultern. Obwohl sie in einem Kaschmiranzug steckten, selbstverständlich einem Designer-Teil, waren seine Muskeln nicht zu übersehen.

»Im Augenblick ist er noch in der Nachbesprechung. Wir lassen ihn nicht gehen, ehe wir mit ihm völlig einig sind. Das Letzte, was wir jetzt brauchen, ist ein Außenstehender, der als Ritter auf dem weißen Ross daherkommt und alles zerstört, was wir bisher gemacht und geplant haben.«

»Die Dame Driver wird sich dann aber sehr einsam fühlen.«

Dominic lächelte. »Ich glaube, da kann ich Abhilfe schaffen, selbstverständlich nur im Dienste Ihrer Majestät und zum Nutzen Ihres Weltreiches.«

Alex, der schon lange mit Dominic befreundet war, zog fragend die Augenbrauen in die Höhe. »Und das wäre eine wirklich lästige Pflicht?«

Dominic lächelte. »Keineswegs. Solange ihr Polizist nicht auftaucht. Ich glaube nicht, dass er darüber sehr erfreut wäre.«

»Das klingt ganz so, als rechneten Sie sich gute Erfolgschancen aus.«

Ein Lächeln huschte über die markanten Züge des gebildeten und attraktiven Dominic Christiansen. Er arbeitete nun schon eine ganze Weile für MI5. Ganz sicher kam es ihm dabei zugute, dass er sieben Sprachen fließend sprechen konnte. Seine Kenntnisse im Schwedischen, Norwegischen und Isländischen hatte er seinem schwedischen Vater zu verdanken. Seine Mutter war Engländerin. Aber er sprach auch noch Russisch, Mandarin und Portugiesisch.

»Ich habe vor, alle Register zu ziehen.«

Ehe sie sich verabschiedeten, warfen sie einander noch den wissenden Blick der Profis zu, die sich mit dem Auf und Ab einer Welt bestens auskannten, die vor dem, was man gemeinhin Zivilisation nennt, verborgen bleiben musste. Diese Unterwelt, in der sie arbeiteten, war grausam und gewissenlos, aber sie waren Waffenbrüder in diesem Reich, hielten sich gemeinsam in dem zwielichtigen Universum der internationalen Geheimdienste auf.

Beide hatten gute Instinkte. Beide wussten, dass Keith McCall tot war. Es ging nur noch darum, die Leiche zu finden.

Ein elektronisches Piepen unterbrach sie. Dominic langte nach seinem Telefon. Das Display zeigte ein einziges Wort an. Eindringling. Diesen Peilsender hatten alle Agenten jederzeit bei sich. Jeder leuchtete mit einer individuellen Identifikationsnummer auf. Die Nummer, die hier stand, war die von Keith McCall. Bis jetzt hatten sie vermutet, dass der Sender irgendwie zerstört worden war. Manchmal reagierten die Geräte empfindlich auf Feuchtigkeit, oder eine Bewegung deaktivierte sie. Dann hatte wohl eine weitere Bewegung den Sender wieder eingeschaltet.

Ein echter Glücksfall! Jetzt brauchte Dominic nur noch dem leisen Piepen zu folgen.

»Ich muss los.«

Der Wagen sprang an und brüllte wie ein Löwe, als er den ersten Gang einlegte.

Der reaktivierte Peilsender piepste und blinkte weiter, und Dominic folgte dem pulsierenden Signal.

Ihm kam der Gedanke, dass vielleicht jemand den Sender gefunden und aktiviert hatte, um ihn anzulocken. Dieses Risiko wollte er aber unter den gegebenen Umständen gern eingehen. McCall wusste so viel.

Das Laubwäldchen verbarg die alte Bahnstrecke und den Tunnel vor dem Herrenhaus. Ein Vorfahre der Torringtons hatte im 19. Jahrhundert darauf bestanden, seinen eigenen privaten Gleisanschluss zu bekommen, der im Keller unter jenem Haus endete, in dem heute die Tiere untergebracht waren, wenn sie krank waren. Man hatte damals Seine Lordschaft darauf hingewiesen, dass man dann quer durch das grüne Gelände Belüftungsschächte für diesen Tunnel hätte bauen müssen. Das hätte ihm die Aussicht völlig verdorben. Also hatte sich der alte Herr dafür entschieden, einen von Hand betriebenen Waggon, eine Art bessere Draisine, zwischen dem Haus und seinem Privatbahnhof einzusetzen. Man hatte das Laubwäldchen angepflanzt, damit man vom Haus aus den Bahnhof nicht sehen musste. Das Wäldchen war noch da. Der Bahnhof war inzwischen mit Brettern vernagelt – versperrt und verriegelt, damit niemand dort eindringen konnte. Zwischenzeitlich war er allerdings einmal Künstleratelier gewesen. Tarquins Großvater hatte sich für einen Tizian seiner Zeit gehalten – inklusive der Nacktmodelle.

Dominic stellte sein Auto zwischen dem Wäldchen und dem Eingang zum Tunnel ab und zog die Pistole.

Vom Tunneleingang aus ließ er den Strahl seiner Taschenlampe über das Felsengestein streichen, das zu beiden Seiten der gewölbten Tunnelwände aufgetürmt lag. Die Steinhaufen wirkten sehr instabil, als könnte die ganze Konstruktion jederzeit einstürzen und als wären diese hier liegenden Felsbrocken nur ein Vorgeschmack auf das, was noch kommen würde.

Weit gefehlt! Genau das Gegenteil war der Fall. Das solide gemauerte Tunnelgewölbe hatte die Zeiten überstanden. Man hatte die Felsbrocken hier nur zur Tarnung aufgetürmt, um Eindringlinge abzuschrecken. Das funktionierte allerdings nicht immer.

Dominic öffnete das Tor. Rostplacken blätterten von den Eisenstangen ab, als er die Flügel aufzog.

Er hörte ein Rascheln, eine Bewegung.

»Ich weiß, dass Sie hier drin sind!«, rief er.

Seine Stimme dröhnte als Widerhall zu ihm zurück.

Wer immer es war, Dominic nahm erst einmal an, dass er nichts Böses im Schilde führte. Trotzdem entsicherte er für alle Fälle seine Pistole.

Hobby-Höhlenforscher, Kids, die hier heimlich ihre erste Zigarette rauchten, sogar knutschende Pärchen, die hatten alle schon ihren Weg in den Tunnel gefunden. Und natürlich Wilderer.

Dominic wusste mehr über Torrington Towers, als Honey je herausfinden würde, einfach weil sie keine Unbedenklichkeitsbescheinigung hatte. Er dagegen schon. Seine Lordschaft ebenso.

»Sind Sie das, Fred?«

Fred Cromer, der die Reparaturwerkstatt im Dorf führte, war weit und breit der größte Wilderer. Er hatte ja vielleicht einen grünen Daumen, wenn er die Pflanzkübel vor seiner Werkstatt und auf dem Fensterbrett seines Häuschens goss, aber er hatte auch großen Appetit auf frisches Wild oder den einen oder anderen kostenlosen Lachs. Andere wilderten ab und zu. Fred dagegen war regelmäßig auf der Pirsch, und er machte das verdammt gut. Wenn er seinen Unterhalt nicht mehr mit dem Reparieren und dem An- und Verkauf von Autos verdienen konnte, verhungern würde *der* nicht.

Dominic blieb stehen und lauschte. Rechter Hand konnte man das stete Tropfen des Wassers hören, das durch die Spalten zwischen den Steinen kam. Aus einem verrotteten Abflussrohr an der Seite des gähnenden Tunneleingangs schoss Regenwasser. Das Wasser lief hier unablässig, hatte an einer Seite bereits ein großes Loch ausgespült, das so groß war, dass man leicht einen Mann dort begraben konnte. Oder eine Frau.

Es roch nach vermodernden Pflanzen, feuchtem Felsgestein und Rattenkot, kein überwältigender Gestank, aber doch alles andere als angenehm.

Dominic blieb reglos stehen und wartete. Niemand kam aus dem Versteck.

Noch ein Versuch. »He! Da drinnen ist es nicht sicher. Da sind Menschenfallen gestellt.«

Das meinte er ernst. Diese Tellereisen hatte man in einem Schrank im alten Bahnhofsgebäude gefunden. Tarquin hatte sich dafür entschieden, sie hier zu verwenden. »Das sollte die Schweinehunde von hier fernhalten«, hatte er geknurrt.

Tarquin hätte eigentlich schon im Ruhestand sein müssen, aber er arbeitete gern weiter, und alte Gewohnheiten hielten sich eben hartnäckig. Dominic erschien er wie eine schattenhafte Erinnerung an die Zeiten des Kalten Krieges.

Der Strahl von Dominics Taschenlampe fiel auf die grausamen Metallzähne eines solchen Tellereisens. Wenn man darauftrat, würde es zuschnappen, und die Zähne würden sich in die Waden des Eindringlings graben und ihm tiefe Wunden schlagen.

Die Dunkelheit wurde nun, wenn möglich, noch dichter, verschluckte den Lichtstrahl der Taschenlampe.

Er achtete sorgfältig auf den Klang seiner eigenen Schritte, blieb stehen, lauschte und versuchte, nicht zu tief einzuatmen. Der Verwesungsgeruch war stärker geworden. Das waren keine Pflanzen. Das war kein Brackwasser. Das war der Gestank von faulendem Fleisch.

Tarquin hatte ihm versichert, er hätte nur zwei Fallen aufgestellt, aber wie er Seine Lordschaft kannte, konnten es sehr wohl ein paar mehr sein. Der alte Bock log wie gedruckt.

Noch ehe er die zweite Falle erreichte, wusste er, was er vorfinden würde.

Der Strahl seiner Taschenlampe tanzte über ein Gesicht, an dem schon verschiedene Tiere genagt hatten, über fauliges Fleisch, das von Wangenknochen hing, leere Augenhöhlen, deren Augen ein saftiger Bissen für einen Fuchs, eine Ratte, vielleicht sogar ein Wiesel gewesen waren. Wahrscheinlich hatte auch eines der Tiere den Peilsender wieder aktiviert. Niemand sonst war in letzter Zeit hier gewesen. Nachrichten verbreiteten sich schnell, auch unter Wilderern.

Er achtete sorgfältig darauf, nicht in den dicken Brei aus Fleisch und Schlamm zu treten, ging leichtfüßig um die Leiche herum, ließ sich in die Hocke nieder und lenkte den Strahl auf das zermalmte Bein.

Von den abgewetzten Schuhen ließ er das Licht über das Bein, die zerrissenen Jeans und diverse Flecken darauf wandern, über die er lieber nicht zu genau nachdenken wollte.

Niemand hätte hier die Hilferufe des Mannes hören können. Ihm stand lebhaft vor Augen, wie man McCall hierher und in die Falle gelockt hatte.

Noch ehe Dominic darauftrat, wusste er, dass er auf dem Erdboden eine Pistole finden würde. Er wusste auch, was er in der Brusttasche des Mannes finden würde. Eine Karte. Eine Tarotkarte. Im Licht seiner Taschenlampe erkannte er darauf eine Frau im blauen Gewand: die Hohepriesterin.

Das war kein Zufall. Es war das Werk des Tarotmanns, wenn er auch McCall aus irgendeinem Grund nicht im Schlamm begraben hatte wie seine anderen Opfer.

Eine Ratte, die in eine Falle geraten war, würde ihr eigenes Bein abnagen, um sich daraus zu befreien. Ein Mensch nicht.

Die Pistole auf dem Erdboden lag außerhalb von McCalls Reichweite, als hätte man sie mit Absicht dort hingelegt, um dem Mann, der für seinen Tod verantwortlich war, die Situation noch zu versüßen. McCall war hier elendiglich verreckt. Die Tiere hatten den Rest besorgt.

Man würde seine Familie benachrichtigen müssen. Es war verdammt ärgerlich. Noch ein Mord, den man vertuschen musste. In diesem Fall konnte man angesichts seines Alters zumindest behaupten, er wäre eines natürlichen Todes gestorben. Ein Herzinfarkt. Oder so ähnlich. Im Bericht des Gerichtsmediziners würde genau das stehen, was der Geheimdienst wollte.

Dominic knipste seine Taschenlampe aus und erledigte einen Anruf. Es war nicht seine Aufgabe, diese Schweinerei zu beseitigen. Dafür hatten sie eine Spezialabteilung.

Honey machte gerade wieder einmal einen Spaziergang zu dem kleinen Laubwäldchen, ihrem Lieblingsort auf dem Anwesen. Da erspähte sie Dominics Auto, das neben den Gleisen stand, die parallel zu der kleinen Schlucht verliefen.

Sie schlitterte über das feuchte Gras, bis sie von der Oberkante der Schlucht auf den Eingang des Eisenbahntunnels schauen konnte. Es war dunkel in der Schlucht, aber er hatte die Scheinwerfer eingeschaltet. Sie rief zu ihm hinunter: »Mr Christiansen. Ich würde gern kurz mit Ihnen reden.«

Die Dämmerung war bereits fortgeschritten, und ringsum wurde es dunkler.

Der Strahl seiner Taschenlampe wanderte in ihre Richtung. Sie schirmte ihre Augen gegen die plötzliche Helligkeit ab und versuchte, sich auf sein Gesicht zu konzentrieren. Er war ihr gegenüber im Vorteil. Sein Gesicht blieb im Dunklen.

Er hielt die Taschenlampe so lange weiter auf ihr Gesicht gerichtet, bis er bei ihr angekommen war und mit unfreundlicher Miene vor ihr stand.

»Verfolgen Sie mich etwa?«, fragte er, und sie hörte ein winziges Lächeln heraus. »Sehr schmeichelhaft.«

Sie lächelte zurück. »Warum nicht? Sie sind ein attraktiver Mann, Mr Christiansen.«

»Nennen Sie mich Dominic. Das wollen Sie doch, oder nicht?«

Sie hörte Humor aus seiner Stimme heraus, aber auch eine Portion Eitelkeit. Dominic Christiansen fand sich unwiderstehlich.

»Was machen Sie hier, Dominic?«

»Einen kleinen Abendspaziergang, genau wie Sie.«

Er unterdrückte den Wunsch, über die Schulter zurückzuschauen. Auf keinen Fall durfte sie die Leiche sehen.

»Wie wäre es mit einem kleinen Besuch im Pub?«, schlug er vor. »Abendessen auf meine Kosten. Sind Sie dabei?«

Volltreffer! Der erste Schritt war getan zu einem Flirt mit einem attraktiven Mann, dem sie Informationen entlocken wollte. Würde sie das hinkriegen? Er sah so verdammt gut aus. Natürlich würde sie das hinkriegen.

»Okay.«

»Bleiben Sie einfach da oben stehen, wo Sie sind«, rief er ihr zu, während er wieder in die Schlucht zurückschlitterte. »Ich komme hochgefahren und hole Sie ab.«

# Kapitel 24

Honey war kein scheues Reh. Sie hatte zwar ein paar Gewissensbisse, weil sie ein klitzekleines bisschen fremdging. Aber Doherty machte ja immer noch bei einem Teambildungskurs seine Indianerspielchen. Und außerdem, redete sie sich ein, ging es ja hier ausschließlich um ihre Ermittlung. Dass Dominic so gut roch und im Anzug blendend aussah, hieß ja nicht, dass sie unbedingt herausfinden wollte, wie er *ohne* den Anzug aussah. Sie wollte einfach nur sein Vertrauen gewinnen, damit er endlich mit der Sprache rausrückte.

Dominic schien so ziemlich dasselbe zu denken. Er lächelte sie an, legte schützend den Arm um ihre Schulter und zog ihr den Stuhl vor, damit sie sich setzen konnte. Als er sie fragte, ob sie gern einen Drink wollte, hatte seine Stimme einen rauchigen Unterton, der sie eher ans Bett als an einen Drink denken ließ.

»Honey, reiß dich zusammen«, murmelte sie vor sich hin, während er zur Bar ging.

»Der Kellner bringt uns gleich die Speisekarte«, sagte Dominic, als er zurückkam. »Ist dieser Tisch Ihnen recht?«

Seine Augen hatten die Farbe des sonnenbeschienenen Ozeans. Seine Stimme lullte sie in eine Art Trance ein. So hatte sie sich das eigentlich nicht vorgestellt. Sie hatte vorgehabt, ihn zu bezirzen, damit er ihr alles erzählte. Stattdessen war sie Wachs in seinen Händen! Und was für Hände das waren! Lange, sensible Finger, die trotzdem so stark aussahen, als könnten sie Eisenstangen biegen.

Honeys Hormone spielten verrückt und bettelten wie Schoßhündchen um seine ungeteilte Aufmerksamkeit. Ihre Hormone wollten diesen Mann. Honey versuchte, sie mit Bestimmtheit darauf hinzuweisen, dass der Plan für den Abend ganz anders aussah und dass sie sich brav hinlegen und erst morgen wieder zum Spielen rauskommen sollten, hatte damit aber nur wenig Erfolg.

Aber sie musste die Sache durchziehen.

Dominic gab den Märchenprinzen und zeigte aufrichtiges Interesse an den Routineabläufen ihres normalen Alltags. Er fragte sie nach dem Green River aus, wollte wissen, wer während ihrer Abwesenheit das Hotel führte, wie viele Angestellte sie hatte, ob sie sich manchmal wünschte, sie hätte einen anderen Beruf gewählt … die üblichen Fragen, die man ihr schon tausendmal gestellt hatte. Sie fühlte sich geschmeichelt, war aber durchaus misstrauisch. Je mehr Zeit sie mit ihm verbrachte, desto mehr verstärkte sich ihr Eindruck, dass er Hintergedanken hatte. Aber er stellte all seine Fragen mit leiser, sonorer Stimme, und bei deren Klang kribbelte es Honey in jeder Zelle ihres Körpers.

Sie hörte sich so antworten, als hätte sie diese Fragen zum allerersten Mal vernommen. Sozusagen jungfräuliche Fragen, schoss es ihr durch den Kopf, und bei dem Gedanken legte sich ein rosiger Schein auf ihr Gesicht wie ein Sonnenuntergang im Sommer.

»Finden Sie nicht, dass es ein bisschen egoistisch von Ihrem Freund Casper ist, Sie zu bitten, hier in Torrington Towers zu bleiben?«

»Casper? Egoistisch?« Sie hätte beinahe laut losgelacht. »Ja, selbstverständlich! Aber ich weiß, dass er, wenn er merkt, dass im Green River irgendwas schiefläuft, sofort dafür sorgen würde, dass alles in Ordnung gebracht wird. Mein Geschäft geht nicht den Bach runter, solange er da ist.«

Voller Überraschung lauschte sie ihren eigenen Worten. Als sie in der Zeitung den Artikel über Caspers Tod gelesen hatte, war sie entsetzt gewesen, aber auch schockiert und traurig. Casper war trotz seiner hochnäsigen und ungeheuer pingeligen Art ein anständiger Kerl. Er würde stets für sie tun, was er konnte. Dass er sich in letzter Zeit so seltsam verhalten hatte, lag allein an den Umständen, in denen er sich plötzlich befand.

Dominic kostete den Wein, ehe er zuließ, dass der Kellner ihnen beiden die Gläser füllte.

Der Wein war dunkel und fruchtig. Der Mann, der ihr gegenübersaß, war blond, aber nicht minder verlockend.

Immer schön langsam, Mädchen!

Honey stützte das Kinn in die Hand, setzte ihren verführerischsten Blick auf und starrte ihm in die Augen.

»Sagen Sie eigentlich auch mal die Wahrheit?«, fragte sie, so entwaffnend sie konnte.

Sein Lächeln war atemberaubend. »Aber natürlich.«

Ein Hauch Aftershave der besten Qualität wehte ihr über den Tisch entgegen.

»Dann verraten Sie mir, wo der Leichnam von Tarquin St John Gervais ist. Ich meine, der echte Leichnam.«

Einen Augenblick lang glaubte sie, Spott in seinen Augen zu sehen, vielleicht auch eine Spur Wollust, aber beides war schnell wieder verschwunden.

»Asche zu Asche.«

Honey schüttelte den Kopf. »Das nehme ich Ihnen nicht ab. Das Feuer war gar nicht heiß genug, um *alle* Knochen zu zerstören. Es hätten noch ein paar übrig sein müssen, aber es war nichts mehr da, und es sieht aus, als hätte man sogar die Asche dort sorgfältig beseitigt. Außerdem hätte er niemals auf diese Art eingeäschert werden dürfen. Das ist illegal, nur in Krematorien erlaubt. Oder mit einer Sondergenehmigung.«

Er hatte gerade ihre Finger gestreichelt. Wie wunderbar und wie verwirrend! Sie brauchte einige Willenskraft, um ihre Reaktion in den Griff zu bekommen, aber sie wollte keineswegs den Eindruck erwecken, ein leichtes Mädchen zu sein. Also zog sie ihre Hände fort und wartete seine Reaktion ab.

»Haben Sie was von Ihrem Freund gehört?«, fragte er.

»Sie wechseln das Thema. Für wen arbeiten Sie, Dominic? Was ist der Grund für all das hier?«

Kleine Fältchen zeigten sich an seinen Augenwinkeln, und einen Augenblick lang sah es aus, als würde er darauf nicht antworten.

»Spionage und Gegenspionage, Mrs Driver. Aber ich dachte, das wüssten Sie bereits.«

»Ich vermute, dass mein Vater Spion war, genau wie die anderen jungen Männer, die ich auf einer alten Fotografie gesehen habe. Gehörte Professor Collins auch dazu? Und was ist mit Keith McCall, dem Ranger, der früher hier gearbeitet hat?«

»Das tut nichts zur Sache«, sagte er lässig und streichelte schon wieder ihre Hand. »Aber diese schrecklichen Ereignisse haben uns zusammengeführt. Das Schicksal hat uns zusammengeführt. Ich glaube nicht, dass wir das ignorieren sollten.«

Seine Stimme war so verführerisch. Das Blut pochte ihr in den Adern. Mein Gott, wie leicht konnte sie ihm erliegen.

»Wie ist der Professor gestorben?«

»Erschossen.«

»Ich habe keinen Bericht darüber in der Zeitung gesehen.«

Sie musste sein Interesse wachhalten, wenn sie irgendwelche Barrieren überwinden und sein Vertrauen gewinnen wollte.

Er schaute ihr fest in die Augen. So sehr sie sich auch bemühte, sie konnte nicht wegsehen.

»Wir haben es mit einer sehr heiklen Situation zu tun. Sie sollten sich da raushalten.«

»Aber ich muss es nicht.«

»Habe ich Ihnen schon gesagt, dass ich Sie wirklich überaus attraktiv finde?«

Dieser Kommentar erwischte sie völlig auf dem falschen Fuß. Sie hatte das Gefühl, als stünden ihre Wangen in Flammen.

»Ich will nicht leugnen, dass es mir mit Ihnen genauso geht.«

»Zum Glück ist Ihr Freund, der Polizist, gerade nicht hier. Konkurrenz kann ich gar nicht leiden.«

»Ich habe den Eindruck, als wären Sie der Typ Mann, der immer gern die Initiative übernimmt.«

Sein Grinsen wurde noch breiter. »O ja. Ich übernehme in allem gern die Initiative.«

Jetzt wurde er ein bisschen frech, aber sie tat ihm nicht den Gefallen zu erröten. Dieser ganze Flirt zog sich für ihren Geschmack plötzlich viel zu lang hin. Sie wollte, dass er die Karten auf den Tisch legte! Jetzt gleich!

Sie zog ihre Hand abrupt zurück. »Quatsch mit Soße!«

Er war nicht sonderlich überrascht.

»Von Anfang an haben Sie mich an der Nase herumgeführt. Von Anfang an haben Sie gewusst, wer der Tote am Bahndamm war, und Sie wussten auch, wer ich bin.« Sie reckte einen warnenden Finger in die Höhe und funkelte ihn beinahe wütend an. »Inzwischen vermute ich sogar, dass Casper dabei auch seine Hand im Spiel hatte. Ich hätte mich nicht eingemischt, wenn er mich nicht dazu überredet hätte.« Genau wie er mich dazu überredet hat, den Job als Verbindungsperson zur Kripo zu übernehmen, dachte sie bei sich.

Man hatte inzwischen die Teller, in denen sich die bretonische Krabbensuppe befunden hatte, abserviert. Als Nächstes sollte Schweinefilet mit Äpfeln folgen.

»Haben Sie mir diese Tarotkarte schicken lassen, als ich mit meiner Mutter im Pub zu Mittag gegessen habe?«

Sein Lächeln erstarrte. Dann sein ganzer Körper.

»Entschuldigung. Ich bin gleich wieder da.«

Er verließ den Tisch und ging zur Herrentoilette. Honey schaute ihm hinterher. Sie dachte über ihn und seine Reaktion nach. Von einer Sache war sie völlig überzeugt: Er arbeitete wirklich für die eher zwielichtige Seite des Gesetzes. Er war Geheimagent.

Sein Beruf machte ihr keine Angst. Die Gefühle, die sie für ihn empfand, beunruhigten sie schon. Der Mann war gefährlich, und wegen seines Berufs war er sozusagen ganz automatisch auch unzuverlässig. Anders konnte es gar nicht sein.

Die Herrentoilette war leer. Dominic schaute in allen Kabinen nach. Die waren auch alle leer. Dann zog er sein Telefon heraus und tippte eine Kurzwahl ein. Er erklärte die Situation und berichtete, wie nah der Tarotmann Honey gekommen war.

»Ich sage ihr jetzt die Wahrheit.«

Die Stimme am anderen Ende protestierte.

»Mein Entschluss steht fest. Es ist nur richtig, dass sie Bescheid weiß.«

Als er zum Tisch zurückkehrte, bemerkte Honey, dass sich seine Haltung irgendwie geändert hatte. Er reckte entschlossen das Kinn vor und hatte einen harten Zug um die Augen. Instinktiv wusste sie, dass er ihr etwas zu sagen hatte, das unter Umständen alles auf den Kopf stellen würde, was er ihr bisher erzählt hatte.

Sie wartete ab, wollte ihn nicht drängen.

Er verschränkte die Hände vor dem Körper und lehnte sich vor.

»Honey, ich werde Ihnen jetzt die Wahrheit sagen. Sie werden von einem Mann verfolgt, der Sie töten will.«

»Das ist mal 'ne tolle Anmache!«

Sie versuchte krampfhaft, quietschvergnügt zu wirken. Währenddessen ballte sich in ihrem Magen ein Eisklumpen zusammen.

»Wer ist das?«, fragte sie, als er nicht antwortete, aber weiter auf ihr Gesicht starrte.

»Wir wissen nicht, welchen Namen und welche Verkleidung er gerade benutzt. Er ist nämlich ein Meister der Verkleidung. Wir nennen ihn den Tarotmann.«

Sie dachte an den Blumenstrauß, der am Fundort der Leiche am Bahndamm in Bradford on Avon gelegen hatte. Sie dachte an die Karte, die ihr in einem braunen Umschlag im Hotel zugestellt worden war und von der sie angenommen hatte, Dominic hätte sie geschickt. Und dann an die Tarotkarte im Restaurant. Sie zitterte. Dieser Tarotmann kam ihr immer näher.

Dominic schaute auf seine Hände. »Er hinterlässt stets bei seinen Opfern eine Tarotkarte. Wir können uns keinen Grund dafür denken. Er scheint Tarotkarten einfach zu mögen.«

»Warum ich? Warum sollte er mich umbringen wollen?«

# Kapitel 25

Steve Doherty trat das Gaspedal seines Autos bis zum Boden durch, sein Kiefer wirkte ehern entschlossen. Dieser Schweinehund Christiansen war genau das, was er immer vermutet hatte. Ein Spion. Ein Geheimagent der Regierung.

Man hatte Doherty in einem Hotelzimmer festgehalten und dort über die Lage informiert. Ihm war klar gewesen, dass man ihn erst wieder gehen lassen würde, wenn er sich mit den bereits in Gang gesetzten Plänen einverstanden erklärt und als gefügig gezeigt hatte. Also hatte er seine Wut gezügelt. Verdammt, Honey hatte keine Ahnung von all dem! Okay, Doherty hatte eine Verschwiegenheitserklärung unterzeichnen müssen und würde gewaltige Schwierigkeiten bekommen, wenn er den Mund aufmachte. Aber er konnte Honey schützen, und das würde er, verdammt noch mal, auch tun.

Er meinte immer noch, Dominic Christiansens vornehme Stimme im Ohr zu hören.

»Bisher haben wir nur die über das Projekt informiert, die unbedingt etwas wissen mussten. Sie gehörten nicht dazu. Doch jetzt darf ich auch Ihnen verraten, worum es geht.«

Doherty ließ seine Wut am Gaspedal aus. Er beschleunigte unaufhörlich und lief inzwischen Gefahr, dass ihn ein Kollege von der Verkehrspolizei anhalten würde.

Die Wahrheit, die Christiansen ihm erzählte, hatte Doherty erschüttert.

»Es gab da einmal einen Mann namens Iwan Orlow, angeblich war er der Enkel eines russischen Dissidenten, der mit dem Westen sympathisierte. Das war in den finstersten Tagen des Kalten Krieges. Zumindest schien das alles so zu sein, aber wir hatten unsere Zweifel. Also hat einer unserer Agenten, übrigens der Vater Ihrer Freundin, den Einsatzes bekommen, ihm während eines Einsatzes in Russland nachzuspionieren. Ich kann Ihnen nicht alle Einzelheiten sagen, nur so viel: Die Sache ist schiefgelaufen. Es stellte sich heraus, dass Orlow eine tickende Zeitbombe war: Er hat seine Lizenz zum Töten ein bisschen zu oft und zu gern benutzt. Er hat sich wohl als einen kleinen James Bond gesehen. Der langen Rede kurzer Sinn: Man hat hier beschlossen, dass man seine Dienste nicht mehr benötigte. Er hatte zu viele Leute ohne jeglichen Grund umgebracht. Leute, die ihn gut kannten, meinten, dass ihm das Töten Spaß zu machen schien. Von wegen Töten für die Demokratie! Orlow hat einfach einen Kitzel verspürt, wenn er irgendjemanden erschoss oder erstach. Und Edmund Driver war der Mann, dem man den Befehl gegeben hat, ihn zu beseitigen.«

So weit war Doherty die Sache halbwegs klar. Man hatte Honeys Vater befohlen, einen Kollegen umzubringen, der sich als Gefahr entpuppt hatte.

»Aber Edmund Driver hat Iwan Orlow nicht selbst erledigt. Er hat ihn stattdessen an den KGB verraten. Dort hat man natürlich versucht, ihn umzudrehen, aber das war das Seltsame an Orlow. Er war ein Monster, hatte jedoch dem Westen gegenüber eine eigenartige Loyalität. Die Leute vom KGB konnten ihn nicht so weit kleinkriegen, dass er ihnen irgendwas verraten hätte. Aber sie haben ihn anders kleingekriegt. Sie haben ihn mehr als einmal fast umgebracht. Sie haben ihn aufgehängt, aber wieder abgeschnitten. Haben ihm Schnittwunden zugefügt, die aber wieder genäht. Auf ihn geschossen, aber die Kugeln herausoperiert und ihn wieder zusammengeflickt. Immer eine ausgewogene Balance von Grausamkeit und Pflege. Physische und mentale Folter. Trotzdem hat Orlow keine wertvollen Informationen preisgegeben: Sie hielten ihn weiter gefangen, zuletzt in einem Gulag in Sibirien, wo sie ihn schließlich zwangen, als Kommissar zu arbeiten, und wo zu seinem Leidwesen sein Sohn Pawel aufwuchs. Orlow schwor, sich an Edmund Driver zu rächen. Sollte der bereits tot sein, wenn Orlow freigelassen wurde, dann würde er eben Drivers Nachkommen umbringen. Und einige andere Kollegen, mit denen er in Oxford studiert und dann beim Geheimdienst zusammengearbeitet hatte. Einer dieser Männer war Tarquin St John Gervais. Ein anderer war ein Mann namens Keith McCall. Ein weiterer, ein entfernter Verwandter Ihrer Freundin Honey, ein gewisser Percy Bullington, lebt noch. Wir glauben, dass er in Gefahr ist, wenn er auch so krank ist, dass er vielleicht ohnehin vorher stirbt.

Wir dachten, der Tarotmann, wie sein Deckname lautete, wäre gestorben, wir müssten uns also weiter keine Sorgen mehr über diese Sache machen. Leider haben wir dann feststellen müssen, dass sein Sohn einen ähnlichen Beruf ausübt wie sein Vater. Er hat auch dessen Freude am Töten geerbt.«

Christiansen hatte Doherty dann ganz unverblümt gesagt, was er tun konnte und was nicht.

»Wir wollen auf keinen Fall, dass Sie hier den edlen Ritter spielen und ihr zu Hilfe eilen. Wir müssen diesen Kerl erwischen. Und Honey muss so ruhig bleiben, als hätte sie keinerlei Verdacht geschöpft.«

Honey zu Hilfe eilen, genau das wollte Doherty jetzt machen. Er wollte sie umarmen, sie in Watte packen und sich wie eine Klette an ihre Seite hängen. Aber er hatte sich Dominics Argumenten gebeugt. Es würde sich vielleicht auszahlen, wenn er sich in ihrer Nähe im Schatten verbarg und jeden im Auge behielt, von dem er vermutete, dass er Honey beobachtete.

Honey kam zu dem Schluss, dass sie am besten mit diesem ungewöhnlichen und schlicht furchterregenden Fall klarkommen würde, wenn sie einfach weiter ganz normal zu funktionieren versuchte.

Mary Jane schlug eine kleine Ausfahrt ins Grüne vor.

»Der Regen kommt so bald nicht. Und ich muss dir ohnehin noch was berichten. Unter vier Augen«, fügte sie verschwörerisch hinzu. »Eigentlich zwei Dinge, obwohl ich eines gleich hier und jetzt erzählen kann. Du hast gesagt, dass du diesen Adrian Sayle beobachtet hast, wie er mit dem eleganten Typen in dem schwarzen BMW geredet hat.«

Honey nickte und bestätigte das.

»Ich habe gerade Adrian Sayle gesehen und ihn nach dem eleganten Typen gefragt. Erst hat er mich hinhalten wollen, doch dann hat er behauptet, der wohne in einem der Cottages gleich neben seinem.«

Honey zog überrascht die Augenbrauen in die Höhe. So nah war Christiansen ihr also gerückt und hielt ständig ein Auge auf sie, wenn sie ihm glauben konnte. Trotzdem wäre es vielleicht keine schlechte Idee, einmal ein bisschen in seiner Unterkunft herumzuschnüffeln.

»Okay. Wie wär's also mit der Ausfahrt? Ich hätte nichts gegen ein bisschen frische Luft.«

Eine Ausfahrt mit Mary Jane bedeutete auch, dass man im rosa Cadillac über Landstraßen bretterte, die kaum breit genug für das Auto waren. Aber sie musste dringend hier raus. Sie fügte rasch hinzu: »Komm, als Erstes schauen wir uns mal an, wo dieser Mr Christiansen wohnt.«

Sie saßen bereits im Auto, als Mary Jane ihr erklärte, warum sie ihr das, was sie sagen wollte, im Herrenhaus nicht hatte sagen können.

»Der Kasten ist total verwanzt. Verborgene Kameras und Mikrofone überall. Alles, was du machst, wird beobachtet. Überall. Sie belauschen und beobachten alles.«

»Sogar im Bett?«

»Überall da, wo du vielleicht irgendwas machst oder sagst, was von Interesse sein könnte.«

Honey runzelte die Stirn. Erst heute Morgen hatte sie in ihrem Zimmer nackt auf dem Boden gelegen und ihre Bauchübungen gemacht. Anscheinend war Muskelkater dabei nicht ihre größte Sorge. Und wo war die Kamera? Sie errötete beim bloßen Gedanken, welche hervorragende Aussicht die vielleicht geboten hatte.

Sie überlegte, ob sie sich mal mit dem Journalisten in Verbindung setzen sollte, der den Artikel über Caspers Tod geschrieben hatte. Von irgendwem musste er ja den Hinweis bekommen haben. Und vielleicht konnte dieser falsche Hinweis sie zu dem Mann führen, der sie umbringen wollte. Ursprünglich hatte sie einfach sofort bei dem Journalisten anrufen und ihn direkt fragen wollen. Doch wenn das, was Mary Jane gesagt hatte, stimmte, dann würde sie das lieber lassen. Sie wollte nicht ausgerechnet dabei abgehört werden.

Schon waren sie an der Grenze des Anwesens bei den Cottages angelangt. Die Häuschen sahen aus wie Lebkuchenhäuser aus dem Märchen, bildeten goldbraun und glitzernd vor Regentropfen einen schönen Kontrast zu den dunkelgrünen Bäumen.

Mary Jane bot an, mit Honey hineinzugehen. Die lehnte dankend ab. »Das ist vielleicht gefährlich.«

Mary Jane schaute sie fragend an. »Honey, für mich besteht da nicht die geringste Gefahr. Man hat mir gesagt, dass ich hundertzehn werde.«

Honey war verwundert, dass die heutige Medizin schon so sichere Aussagen treffen konnte.

»Das behauptet dein Arzt?«

»Nein, mein spiritueller Mentor. Er hat gemeint, ich würde noch lange durchhalten.«

Honey neigte dazu, dem Mann zu glauben, aber das war im Augenblick nicht das drängendste Problem.

Das Cottage, in dem im Augenblick Dominic Christiansen wohnte, war so hübsch wie all die anderen. Doch die Tatsache, dass er sich dort aufhielt, machte Honey ein bisschen nervös. Er war so gar nicht der Typ, den man in einem Cottage vermutete.

Honey klopfte ziemlich heftig an die Tür. Das laute Geräusch schreckte ein paar Mehlschwalben auf, die unter dem Dachvorsprung hervorflatterten.

Obwohl sie wirklich an die Tür gehämmert hatte, machte niemand auf.

Auch ein zweites heftiges Klopfen brachte kein Ergebnis, und doch war sie sich sicher, dass sich jemand im Haus aufhielt. Sie hatte keinen Beweis dafür, hatte keinerlei Anzeichen gesehen, sie hatte nur das merkwürdige Gefühl, das man manchmal bekommt: Es war reiner Instinkt.

Zu beiden Seiten des mit Platten belegten Gartenwegs zweigte ein mit weichem Moos bedeckter Pfad ab, der unmittelbar am Haus entlanglief. Es war nicht gerade der beste Boden, wenn man Stiefel mit Absätzen trug.

Honey lehnte sich also vom Plattenweg aus zur Seite, verrenkte sich den Hals und schaute durch ein Fenster, sah aber nichts. Sie war einfach nicht nah genug dran. Es blieb ihr nichts anderes übrig, als einen Schritt von den Steinplatten herunter zu machen.

Das Moos quatschte unter ihren Sohlen. Es regnete immer noch in Strömen.

Honey sah, dass man in eine Nische auf der Fensterseite des Kamins vom Boden bis zur Decke Bücherregale eingepasst hatte. Über dem Kamin hing ein Spiegel mit Kiefernholzrahmen, in dem man die andere Seite des Raums sehen konnte, wenn auch aus einem so ungünstigen Blickwinkel, dass Honey nicht sonderlich viel erkennen konnte.

Einen kurzen Augenblick glaubte sie, das Licht im Raum hätte sich ein wenig verändert, als wäre jemand im Flur an der offenen Zimmertür vorbeigegangen.

Sie trat einen Schritt weiter auf den moosbedeckten Pfad zwischen der Außenmauer des Cottages und den noch immer üppig blühenden Herbstblumen. Sie genoss den wunderbar herzhaften Duft feuchter Erde.

Sie packte das Fensterbrett mit beiden Händen, während sie auf Zehenspitzen ging und noch einmal genauer hinschaute. Sie war sich nicht sicher, ob sie nicht wieder eine beinahe unmerkliche Bewegung erspäht hatte, doch Dominics Auto war nirgends zu sehen. Das war ja nur gut für sie – wenn sie sich irgendwie Zugang verschaffen und drinnen schnell herumschnüffeln wollte. Es war ihr nicht ganz klar, was sie dort zu finden hoffte, aber es schien ihr eine gute Idee zu sein.

Sie trat von dem moosbedeckten Pfad wieder auf die steinerne Eingangsstufe zurück und pochte erbarmungslos mit beiden Fäusten an die Tür. Zwischendrin benutzte sie auch noch den Türklopfer.

Dann versuchte sie es mit dem Türknauf. Da geschah das Unerwartete: Der Knauf ließ sich drehen, und knarrend ging die Tür auf. Warum hatte sie das nicht schon vorher probiert?

Einen Moment lang stand sie da und schaute auf die Türöffnung. Dominic hatte wohl die Tür einfach nicht richtig zugemacht. Diese alten Häuser sind so, dachte sie. Da klemmt mal was, und die Türen gehen nicht so leicht zu. Außerdem gab es da ja auch oft Gespenster. Nachdem sie sich gut zugeredet hatte, Gespenster trieben doch nur in großen Herrenhäusern und nicht in heimeligen Cottages ihr Unwesen, trat sie ein. Sie stand auf einem Flur mit Steinboden und cremefarbenen Wänden. Keine Spur von übernatürlichen Erscheinungen.

»Mr Christiansen?«

Ihre sprichwörtliche Courage war ihr auf einmal abhandengekommen. Plötzlich fand sie es gar nicht mehr so spannend, dass sie hier ohne Erlaubnis in Dominics zeitweiliges Domizil eindrang. Vielleicht war so eine Einstellung ja ein wenig altmodisch. Aber sie hatte eben eine gute Kinderstube gehabt, wenn sie es recht überlegte.

Drinnen herrschte tiefe Stille. Keine Schritte, keine schweren Atemzüge, nicht einmal das leise Huschen einer Maus.

Sie hätte sich umdrehen, das Haus verlassen und einfach mit Mary Jane weiterfahren können, aber die Gelegenheit schien ihr doch zu günstig. Es war niemand zu Hause, und die Tür hatte offen gestanden. Dominic würde gar nichts merken, wenn sie hinterher einfach die Haustür wieder hinter sich zuzog.

Jetzt war sie über die Schwelle getreten, und es führte kein Weg mehr zurück. Sie bog nach rechts ins Wohnzimmer ein, schnupperte und entdeckte am Fenster einen üppigen Strauß Astern in einer Vase. Sie schaute auf den Spiegel über dem Kamin, und sie sah sich die Bücher auf den Regalbrettern an.

Sie musste lächeln, als sie die Titel las. *Pu der Bär* von A. A. Milne, *Der Kampf um die Insel* von Arthur Ransome und Longfellows episches Gedicht *Hiawatha*.

Na gut, das Cottage war gemietet. Die Bücher gehörten ihm also wahrscheinlich nicht.

Als sie auf den Flur zurücktrat, dachte sie darüber nach, wie hell es im Wohnzimmer gewesen war. Das einzige andere Zimmer im Erdgeschoss war die Küche, in der sie sich nur sehr flüchtig umschaute.

Also bisher nichts. Aber was hatte sie eigentlich erwartet? Suchte sie irgendwas, das hier nichts verloren hatte? Sie hatte nichts gesehen. Genau: es lagen keinerlei Papiere herum. Keine Briefe, die man auf dem Kaminsims hinter die Uhr geklemmt hatte oder die auf einem Küchenbuffet lagen. Auch auf dem kleinen Schreibtisch neben der Treppe lag nichts, nur ein paar Stifte und leere Blätter.

Sie dachte kurz nach. Wenn sie hier unten keine persönlichen Gegenstände fand, dann waren vielleicht oben welche?

Als sie die Treppe hinaufstieg, nahm sie sich das Versprechen ab, zumindest nicht in der Schublade mit der Unterwäsche zu wühlen, wie interessant die auch sein mochte.

Es gab nur ein Schlafzimmer und ein Badezimmer gleich nebenan. In früheren Zeiten waren das bestimmt einmal zwei Schlafzimmer gewesen, und damals war die Toilette ein kleines Holzhäuschen am Ende des Gartens gewesen. Die Badewanne war zu diesen Zeiten bestimmt eine Bütte aus Zink und hatte draußen an der Hintertür an einem Nagel gehangen. Damals wohnten Landarbeiter und deren Familien in den Häuschen. Unzählige Kinder wurden in ein Schlafzimmer gepfercht, einige teilten sich das Schlafzimmer mit den Eltern oder schliefen gar im Wohnzimmer.

Aber Dominic musste in unseren modernen Zeiten selbstverständlich nicht mitten in der Nacht in den Garten schlurfen.

Vorsichtig öffnete sie einen der Badezimmerschränke mit den Glastüren und fand nichts Ungewöhnliches außer einer Flasche mit einem sehr teuren Aftershave. Die Form der Flasche gefiel ihr, und so kam eines zum anderen. Sie schraubte den Verschluss ab und roch daran. Es war ein herrlicher Duft, und wenn sie ihn einatmete, war ihr beinahe, als stünde Dominic hier vor ihr! Sie rieb ein Tröpfchen davon zwischen den Fingerspitzen. Es fühlte sich weich und wunderbar an. Wie flüssige Seide.

Im Nachhinein war ihr klar, dass sie besser nur geschaut und nichts berührt hätte. Die verdammte Flasche rutschte ihr nämlich aus der Hand und zerschellte im Waschbecken.

»Scheiße!«

Scherben überall! Und der penetrante Gestank! Erst einmal musste sie das Glas einsammeln, in den Mülleimer werfen und das Becken ausspülen. Da schaltete sich ihr Hirn ein. Vergiss den Mülleimer. Sie musste den ganzen Kladderadatsch mitnehmen, denn sonst würde Dominic gleich merken, dass jemand hier gewesen war.

Panik regt die Denkfunktion an! Honey sammelte vorsichtig die Glasscherben ein und steckte sie in einen Zellophanbeutel, den sie im Abfalleimer gefunden hatte, wickelte das Ganze in

Toilettenpapier und machte sich mitsamt dem Paket auf den Weg ins Schlafzimmer.

Sie verspürte ein leichtes ängstliches Flattern, als sie den Raum betrat. Bei allen früheren Begegnungen mit dem anderen Geschlecht hatte sie das Schlafzimmer eines Mannes nur auf seine Einladung hin betreten, und nie allein. Oft komplettierte noch eine Flasche Champagner den flotten Dreier.

Jetzt stolperte sie über den dunkelbraunen Teppich im Schlafzimmer eines Mannes, den sie kaum kannte.

Eine Steppdecke war großzügig über das Doppelbett gebreitet. Die Wände waren weiß gestrichen, die Vorhänge braunweiß gestreift. Auch die restliche Einrichtung war ziemlich neutral: ein Frisiertisch, eine Kommode und ein Kleiderschrank.

In der obersten Schublade der Kommode lag Unterwäsche; das war nicht völlig unerwartet, und Honey hatte auch keinen Grund zur Annahme, dass sich irgendetwas Verdächtiges unter dieser Unterwäsche verbarg. Trotzdem und trotz ihrer guten Vorsätze von vorhin auf der Treppe musste sie einfach doch mal schnell näher hinschauen.

Weiße Boxershorts. Sie rochen nach frischer Wäsche und waren strahlend weiß. Vielleicht ein bisschen zu strahlend und makellos. Das kratzte doch wahrscheinlich sehr.

Gerade wollte sie die zweite Schublade aufziehen, als sie auf der kleinen Straße ein Auto näher kommen hörte. Sie hoffte, es würde vorbeifahren, aber es blieb vor dem Haus stehen.

Sollte sie aus dem Haus rennen und behaupten, sie hätte hier auf ihn gewartet? Sie fürchtete, das würde bei ihm nicht sonderlich gut ankommen. Und was war mit Mary Jane? Die war doch vermutlich noch immer da draußen, zumindest stand ihr Auto da. Hoffentlich würde sie Honey nicht verraten. Und sie musste sich blitzschnell was einfallen lassen.

Die Wahrscheinlichkeit, dass sie hier fortkam, ohne gesehen

zu werden, strebte gegen null. Kurz war ihr der Gedanke durch den Kopf geschossen, sie könnte aus dem Fenster steigen und dann an der Glyzinie herunterklettern. Das Problem war, dass dieser Blauregen zwar eine recht robuste Kletterpflanze zu sein schien, aber vielleicht trog hier der Schein. Sie sah es schon deutlich vor sich: Ein Zweig würde brechen, und sie würde unsanft zu Füßen dessen landen, der gerade mit dem Auto gekommen war, wahrscheinlich Dominic.

Hier half nur eins: sich verstecken. Und zwar schnell!

Der Kleiderschrank war eine Möglichkeit, aber unter dem Bett war mehr Platz. Na gut, dort würde er allerdings wohl zuerst nachsehen – jedenfalls, wenn er vermutete, dass jemand im Haus war. Aber würde er das vermuten? Vielleicht schon, wenn die Tür offen stand. Sie versuchte, sich daran zu erinnern, ob sie sie hinter sich zugemacht hatte. Irgendwie meinte Honey, dass sie das getan hätte. Trotzdem ergriff sie die Panik.

Also ab unters Bett!

Der Teppich war weich unter ihrem Bauch, als sie sich vorsichtig unter das Bett gleiten ließ, die Scherben der zerbrochenen Flasche noch fest im Griff. Die Bettdecke reichte zu allen Seiten bis fast auf den Boden und verbarg sie gut. Er müsste sich schon hinunterbeugen und die Decke anheben, um Honey zu entdecken, und sie redete sich ein, das würde er bestimmt nicht machen. Es sei denn, er hätte aus Versehen seine Schuhe unters Bett geschubst und müsste sie suchen …

So lag sie da und freute sich, dass die Putzfrau offensichtlich auch unter dem Bett regelmäßig Staub saugte, so dass sie keinen Niesanfall befürchten musste.

Dann geschah, was geschehen musste. Dominic kam die Treppe hinauf. Am Klang seiner Schritte konnte sie erkennen, wie sportlich er hochrannte. Dominic Christiansen war fit. Er bewegte sich entschieden und schnell, als könnte er alles rasch und ohne großes Theater erledigen. Und ohne dass irgendjemand ihm Widerstand leistete. Ein Blick auf ihn, und jegliche Widerborstigkeit würde dahinschmelzen.

Honey betete, dass er ins Badezimmer gehen und vielleicht die Tür verriegeln würde. Denn dann hatte sie möglicherweise eine Chance, sich hier fortzuschleichen.

Das machte er aber nicht. Die Bodendielen des Schlafzimmers vibrierten unter seinen Schritten. Honey verfluchte ihn, weil er ins Schlafzimmer kam, obwohl das ja sein gutes Recht war. Schließlich war es *sein* Schlafzimmer. Und sie war hier der Eindringling. Ohne Einladung.

Obwohl er sie nicht sehen konnte, rollte sie sich eng zusammen. Sie kniff sogar die Augen zu, als könnte er sie nicht sehen, wenn sie ihn nicht sah.

Die Sprungfedern quietschten leise, als Dominic sich hinsetzte. Eine der Sprungfedern war nicht weit von Honeys Ohr entfernt. Ein paar Haarsträhnen hatten sich darin verhakt. Jetzt konnte sie den raschen Rückzug vergessen! Die Sprungfeder zerrte an ihrem Haar, und das tat höllisch weh. Honey biss sich auf die Lippen, um nicht laut aufzuschreien. Sie wünschte sich sehnlichst, dass er endlich aufstehen und sich im Bad einschließen würde. Zumindest hätte sie dann eine winzige Chance zur Flucht.

Plumps. Ein Schuh wurde ausgezogen und fiel auf den Boden. Plumps. Der zweite.

Die Schuhe! Die verdammten Schuhe! Er saß jetzt in Socken da!

Die Bettdecke reichte nicht ganz zum Teppich hinunter. Durch den schmalen Spalt sah Honey, dass er seine Socken abstreifte. Dann landete seine Hose auf den Schuhen! Dann ein Hemd. Und dann …

Es ließ sich nicht mehr leugnen: Sie lag nun unter dem Bett eines nackten Mannes. O Gott! Was jetzt?

Die verfangenen Haarsträhnen zerrten ihr noch heftiger an der Kopfhaut, als er vom Bett aufstand. Honey biss sich fester auf die Lippen. Sie durfte keinen Mucks von sich geben. Sie hörte, wie seine Füße leise über den Teppich tappten.

Wenn sie überhaupt fliehen konnte, dann jetzt. Vorsichtig, sehr vorsichtig versuchte sie, ihr Haar aus der Sprungfeder zu befreien. Vielleicht waren es die Nerven, jedenfalls versagten ihr die Finger den Dienst, wie sehr sie sich auch bemühte.

Sie wusste nicht, wie lange der Kampf zwischen ihr und der Sprungfeder gedauert hatte, die ihr Haar zur Geisel genommen hatte. Doch schließlich hörte sie, wie seine Schritte zurückkamen. Schlimmer noch, sie sah seine rosigen Zehen auf dem dicken Flor des Teppichs. Er war immer noch nackt.

Sie hörte, wie er seufzte – es war ein sehr tiefer Seufzer. Und dann wurde plötzlich die Bettdecke hochgehoben, und sie sah sein Gesicht.

»Kommen Sie freiwillig unter meinem Bett vor, oder muss ich runterkriechen und Sie rausholen?«

»Äh. Ich bin zufällig vorbeigekommen und musste dringend auf die Toilette.«

»Ja klar«, antwortete er, legte sich der Länge nach auf den Boden und schaute zu ihr hin, das Kinn in eine Hand gestützt. »Ich habe nichts dagegen, aber das Bad ist nebenan.«

Die Entschuldigungen sprudelten nur so aus ihr heraus. »Die Tür unten war offen. Ich dachte, Sie wären hier. Und dann habe ich gedacht, ich hätte Sie gehört, aber das können nicht Sie gewesen sein, also muss es jemand anders gewesen sein. Denn Sie sind ja hier.«

Es klang alles nicht sonderlich überzeugend. Eher wie völliger Unsinn.

»Sie dachten, es wäre jemand hier? Sie haben jemanden gesehen?«

»Na ja, nicht genau. Einen Schatten. Jemand, der sich versteckt hielt. Und dann hat sich mein Haar in dieser blödsinnigen Sprungfeder verheddert.«

In Anbetracht des Kleiderhaufens wagte sie nur zögerlich, sich ihn näher anzuschauen. Er war nicht nackt. Er trug einen Frotteebademantel. Einen weißen mit einem Monogramm auf der Brusttasche. Dominic blieb völlig reglos. Darüber war sie erleichtert, da er ja nur den Bademantel anhatte. Doch das konnte nicht lange so weitergehen.

»Also«, sagte er schließlich. »Ihr Haar ist noch verheddert?«

»Ja, leider.«

Er begann sich unters Bett zu schieben, bis er schließlich lang ausgestreckt neben ihr lag. Sie wollte ihm schon ein paar warnende Worte in Sachen Teppichflechte zukommen lassen, hielt dann aber den Mund. Sie war nämlich nicht bereit, ihm die Frage zu beantworten, wie sie die diesbezüglichen Erfahrungen gesammelt hatte.

»Halten Sie Ihren Kopf so weit unten wie möglich und rühren sich nicht«, sagte er.

Sie folgte seiner Anweisung. Seine Finger entwirrten geduldig eine Strähne nach der anderen. Dazu musste er ziemlich nah bei ihr liegen. Sie versuchte, die Wärme seines Körpers nicht zu bemerken, die sie selbst durch den Frotteebademantel hindurch spürte. Der Bademantel roch gut. Sein Körper roch noch besser. Die Nähe eines Mannes im Bett ist immer aufregend. Unter dem Bett schien sie Honey doppelt so aufregend.

Jetzt war allerdings nicht der richtige Zeitpunkt, um sich von wild gewordenen Hormonen leiten zu lassen. Endlich war Honey befreit, und es gab ja allerlei zu tun.

»Ich muss Ihnen was zeigen«, sagte sie, als sie sich ein wenig von ihm wegschlängelte.

»Aha, der Wahnsinn hatte also Methode?«

»Ich bin nicht wahnsinnig. Ich bin bei völlig klarem Verstand. Ich hatte gehört, dass Sie hier eingezogen sind, wahrscheinlich, um diesen Tarotmann im Auge zu behalten. Ich weiß es zu schätzen, dass Sie auf mich aufpassen.«

»Okay. Kein Problem, aber erzählen Sie mir das mit dem Schatten noch mal. Sind Sie sicher, dass jemand im Haus war und dass meine Haustür nicht abgeschlossen war?«

»Das habe ich doch gesagt.« Sie hatte es plötzlich sehr eilig, hier rauszukommen, besonders unter diesem Bett hervor.

»Was ist das für ein Geruch?«, fragte er, sobald sie wieder beide auf den Beinen standen.

»Aftershave«, antwortete sie, ohne nachzudenken, erinnerte sich dann plötzlich an die zerbrochene Flasche unter dem Bett. Sie war noch nicht so weit, auch das zuzugeben.

»Sie haben vielleicht ein wenig zu viel benutzt?«, schlug sie vor.

Hoffentlich würde er diese Erklärung akzeptieren. Die Anspannung stieg. Schließlich hatten sie gerade einige Zeit in recht engem Kontakt miteinander verbracht, nur durch einen Bademantel getrennt. Wer weiß, was als Nächstes geschehen würde? Es geschah jedoch nichts. Der Abstand zwischen ihnen vergrößerte sich wieder, denn unten hämmerte jemand an die Haustür.

»He! Honey! Alles in Ordnung?«

Dominic schaute ein wenig enttäuscht. »Ihre Freundin mit dem rosa Auto?«

Honey nickte. »Ja. Sie hat mich herumgefahren. Ich muss jetzt gehen. Noch mal Entschuldigung wegen der Störung.«

Er grinste. »Sie werden mich die ganze Nacht weiter verstören.«

Honey errötete. Kein Zweifel, Dominic Christiansen hatte Charme, einen sehr gefährlichen Charme.

Und du hast schon genug Gefahr in deinem Leben, murmelte sie vor sich hin, als sie die Treppe hinunterging.

# Kapitel 26

Ein Team von Männern mit einem Traktor, einem Anhänger und einer Ladung Rüben barg die sterblichen Überreste von Keith McCall. Die Leute sahen aus wie Landarbeiter, waren aber alles andere als das.

Einer von ihnen kaute auf einem Strohhalm, hatte die Schiebermütze tief ins Gesicht gezogen. Ein anderer rauchte, der dritte pfiff vor sich hin. Oberflächlich gesehen Landarbeiter, die Wurzelgemüse vom Feld in die Scheune bringen. Bei näherer Betrachtung konnte man bemerken, dass ihre Hände weich und weiß waren, ihre Gesichtshaut keineswegs wettergegerbt.

Sobald die Arbeit abgeschlossen und der letzte Überrest der verwesten Leiche entfernt war, machte sich der Trupp wieder auf den Weg zurück zur Wurstfabrik und verschwand dort.

Man hatte den Special Branch informiert, dass die Suche nach Keith McCall beendet war. Die Suche nach Pawel Orlow, Iwans Sohn, alias Tarotmann lief noch.

»Du siehst ein bisschen käsig aus. Komm, ich lade dich auf einen Kaffee ein.«

Honey ließ sich von Mary Jane am Arm führen. Selbst wenn sie es versucht hätte, sie hätte nicht protestieren können.

Die beiden betraten das Foxcub Café, das in der ehemaligen Meierei des Anwesens untergebracht war. Mary Jane setzte Honey auf einen Stuhl, ging dann zwei Tassen Cappuccino und zwei Stücke Karottenkuchen holen.

»Okay. Raus mit der Sprache«, sagte Mary Jane und schob ihr Kaffee und Kuchen vor die Nase.

»Jemand versucht, mich umzubringen.«

»Ha! Hab ich dir doch gesagt. Hab ich's dir nicht gesagt?«

»Ja, du hast's mir gesagt.« Honeys Stimme bebte, während sie krampfhaft versuchte, nicht die Fassung zu verlieren. Sie hatte in der Nacht kaum ein Auge zugetan, weil ihr dieser Gedanke ständig durch den Kopf ging.

»Dominic wollte mir nicht mal den Grund dafür nennen. Hat nur immer wieder gesagt, ich solle gut auf mich aufpassen. Ich meine, wie kann ich denn aufpassen, wenn ich nicht weiß, wer mich umbringen will? Eine Personenbeschreibung wäre da ganz hilfreich gewesen.«

Mary Jane leckte sich ein paar Kuchenkrümel von den Lippen.

»Dein Vater hat dich auch gewarnt.«

»Mein Vater ist tot.«

»Tut nichts zur Sache. Er hat dich trotzdem gewarnt.«

Honey seufzte und verbarg das Gesicht in den Händen.

»Was mache ich jetzt bloß? Einen Leibwächter engagieren?«

»Weiß Doherty davon?«

»Ich habe versucht, ihn anzurufen. Er geht immer noch nicht ans Telefon. Verdammt soll er sein und sein Scheißkurs gleich mit. Wieso sind Männer, ganz besonders Polizisten, so scharf auf diesen ganzen Team-Quatsch? Was haben die denn davon?«

Mary Jane verdrehte ihre blauen Augen zum Himmel, als suchte sie dort nach der Antwort auf diese Frage.

»Männer sind eben Männer und im Augenblick nicht unser Problem.«

»Außer dem einen, der mich umbringen will.«

»Du brauchst Ablenkung. Wie wäre es mit einem schönen Spaziergang zu den Tiergehegen? Tiere haben so was Beruhigendes.«

»Ich glaube, das stimmt für Katzen und Hunde, aber nicht für Löwen, die dich am liebsten zum Abendessen verspeisen würden.«

Obwohl Honey so negativ auf ihren Vorschlag reagiert hatte,

war Mary Jane bereits aufgesprungen. Weit waren sie ja bei ihrem Ausflug heute nicht gekommen. Da Honey keine bessere Idee hatte, folgte sie Mary Jane.

Sie verließen das Café, ließen das Auto stehen und gingen durch ein mit »Privat« gekennzeichnetes Tor, das zur Rückseite des Hauses führte, zum sogenannten Lieferanteneingang.

Die Vorratsräume, Wäschezimmer, das Silberputzzimmer und die Geschirrkammern lagen alle auf der unteren Ebene unmittelbar unter den Zimmern, wo die hier gelagerten Dinge benötigt wurden. Dahinter war die Gesindestube untergebracht, gleich neben der Spülküche, wo riesige Waschbecken an der ganzen Wand entlang verliefen, die mit genauso riesigen Spülbürsten ausgestattet waren. In der grauen Vergangenheit war dieser Raum das Reich von Horden von Küchenmädchen gewesen, deren Hände vom vielen Schrubben der großen Bratentöpfe und der Berge von Tellern und Besteck rot und rissig waren. Dieses Elend hatte eine funkelnagelneue Hotelspülmaschine beendet.

Die Seitentür war aus schwerem Holz und hatte ein Fenster im oberen Teil. Aber es fiel nicht viel Licht hindurch.

Davor standen linker Hand die großen Mülltonnen. Rechts kletterte eine Glyzinie am Haus hinauf. Weiter hinten erstreckte sich der Park: viele Hektar Rasen unter Eichen, Ulmen und Eschen, von denen einige wohl bereits fünfhundert Jahre hier wuchsen. Die meisten Bereiche waren heutzutage mit einem Elektrozaun eingefriedet, der die Tiere auf der einen, die Menschen auf der anderen Seite hielt.

Steinstufen führten zu einer Kiesauffahrt. Der Geruch nach Tierkot war hier überwältigend.

Sie gelangten auf einen weiteren Innenhof, der von Gebäuden umgeben war, die früher wohl einmal die Stallungen für die Jagdpferde, die Kutschpferde und die Ponys der Kinder beherbergt hatten. In einem hatte gewiss auch der Kutscher mit seiner Familie im Obergeschoss gewohnt. Jetzt wurden hier zumeist Vorräte gelagert.

Vor sich hörten sie das gedämpfte Brüllen eines Löwen. Der Eingang zum Safaripark war nun ganz in der Nähe. Auf einer Seite davon befand sich ein großer, mit Gittern abgetrennter Auslauf.

Mary Jane übernahm die Führung, marschierte mit zielsicheren Schritten durch das Tor hinten auf dem Stallhof.

»Das Giraffenhaus zuerst.«

Dort roch es stark nach Giraffen, nach Wiederkäuern eben. Angehäuftes Stroh raschelte um die Beine des großen Tiers, während es sich schützend vor sein Junges stellte. Die großen braunen Augen des Babys schauten unter dem Bauch seiner Mutter hervor auf die beiden Besucherinnen.

Normalerweise hätte Honey nicht zweimal hingeguckt, aber Wimpern hatte diese kleine Giraffe!

»Sieh dir mal diese Wimpern an! So lang und so wunderschön!«

Das Baby versuchte zu trinken. Die Mutter stieß es mit dem Kopf zur Seite. Der dumpfe Aufprall klang schmerzlich.

Honey drohte der Mutter mit dem erhobenen Zeigefinger. »Das arme Baby. Mami, das war gemein.«

Honey schaute dem Tier in die Augen, und die Giraffe starrte zurück, ohne mit der Wimper zu zucken.

Honey rief: »Jetzt lass dein Baby schon trinken, du mürrisches Mistviech!«

Die Giraffe war so überrascht, dass sie gar nicht mehr merkte, dass ihr Baby nun an ihrer Zitze nuckelte.

»Na also. Geht doch«, meinte Honey, leicht verdutzt.

»Du hast sie hypnotisiert«, erklärte Mary Jane voller Überzeugung.

»Ich glaube, es war meine laute Stimme. Danach hätte ich ihr vielleicht einen Tritt in den Hintern gegeben.«

Links von ihnen ging eine Tür auf. Honey wandte sich sofort um, weil sie erwartete, Adrian Sayle zu sehen, den gedrungenen Mann im Safari-Outfit mit den strammen Waden in den Kniestrümpfen. Stattdessen erblickte sie eine Frau mit Hornbrille und weißem Laborkittel.

Die Frau lächelte breit, aber immer noch nicht breit genug, um alle ihre Zähne zu zeigen. Es waren einfach zu viele. Sie hatte weiße Gummistiefel an den Füßen, wie sie Leute in manchen Laboren tragen.

»Ich wollte mit Adrian sprechen. Ist der noch da?«, erkundigte sich Honey. Das stimmte beinahe. Sie wollte zwar eigentlich nicht mit Adrian, sondern über Adrian reden. Aber vielleicht konnte sie ihn über seine Beziehung zu Dominic Christiansen ausfragen.

»Nein, meine Liebe«, sagte die Frau und schüttelte den Kopf, als wäre Honey ein dummes kleines Mädchen, das gerade im Nobelcafé von Harrods nach einem Eis am Stiel gefragt hatte. »Adrian musste weg. Seinem Vater geht es nicht gut. Anscheinend hat er nicht mehr lange zu leben, der Ärmste«, sagte sie, und ihre Unterlippe bebte leicht, als würde sie jeden Augenblick losheulen.

»Haben Sie die Telefonnummer seines Vaters?«

»Nein. Ich glaube nicht, dass der Telefon hat. Er wohnt ganz weit draußen im Veldt, wissen Sie.«

»Im Veldt? Sie meinen, in Afrika?«

Die Frau nickte. »In Transvaal. Er hat da eine Missionsstation. Adrians Vater war nämlich Pfarrer. Also, was wollen Sie hier drin?«

Höchst unwahrscheinliche Geschichte, überlegte Honey. Im Zeitalter des Handys kein Telefon? Wohl kaum! Das war doch nicht schon wieder einer von diesen verdammten Geheimagenten?

»Ich habe meiner Freundin nur die Tiere zeigen wollen«, antwortete Mary Jane. »Sie steht unter Schock, und man weiß doch, wie sehr einen Tiere beruhigen können.«

Die Dame in Weiß schien überrascht. Auf dem Namensschildchen an ihrer Brust stand Maureen Cline, Tierärztin.

»Das gilt doch wohl eher für Katzen und Hunde.«

»Sag ich doch«, murmelte Honey.

»Würde es Ihnen was ausmachen, wenn wir kurz ins Löwenhaus schauen?«

Maureen passte das augenscheinlich nicht sonderlich gut.

»Wir wollen die Löwen nur kurz ansehen. Ich verspreche Ihnen, wir stehlen keinen«, versicherte Honey ihr rasch.

Mary Jane unterstützte sie. »Das könnten wir gar nicht. Im Auto ist nicht genug Platz.«

Die Frau legte den Kopf leicht zur Seite, als müsste sie noch überlegen. Ihr Lächeln kam sehr zögerlich, doch dann war es so strahlend wie zuvor: eine blitzende Kette weißer Zähne mit einem kleinen Schimmer Gold dazwischen.

»Na gut.«

Der Gestank im Löwenhaus war genau so, wie Honey ihn erwartet hatte: ein penetranter Urinduft, ähnlich wie der einer nicht ganz stubenreinen Hauskatze, nur in einem völlig anderen Maßstab. Das Löwenhaus selbst war modern, großzügig und hell.

»Das ist ja leer.« Honey war enttäuscht. So viel Gestank für nichts.

»Die Löwen kommen nur im Winter hier herein oder wenn sie krank sind. Sonst laufen sie draußen im Park frei herum.«

»Doch sicher nur im eingezäunten Bereich«, fügte Honey ein wenig nervös hinzu.

»Natürlich. Wir wollen ja nicht, dass sie die Besucher auffressen, oder?«

»Haben die schon mal jemanden aufgefressen?«

»Nein. Jedenfalls keine Menschen.«

»Kannten Sie Keith McCall?«

»Ja.«

»Sind Sie gut mit ihm ausgekommen?«

»Halbwegs. Er war ein Kollege. Wir haben zusammen gearbeitet. Mehr nicht. Er hat sich nicht in mein Privatleben eingemischt und ich mich nicht in seines.«

»Na gut«, sagte Honey und machte auf dem Absatz kehrt. »Dann eben heute keine Löwen.«

Mary Jane war genauso enttäuscht.

Sie spazierten zum Haus zurück, an den Küchen vorbei, die Treppe hinauf und zum Büro, wo gewöhnlich Miss Vincent arbeitete. Sie war natürlich bereits nach Hause gegangen. Sie lebte in einem kleinen Häuschen unten im Dorf mit ihrer gebrechlichen Mutter zusammen.

Im Café hatte Miss Vincent Mary Jane einmal erzählt, dass ihre Mutter ein Pflegefall war und immer am Fenster wartete, bis ihre Tochter wieder sicher zu Hause war.

Wenn irgendjemand alle Geheimnisse kannte und wusste, wer hier gearbeitet hatte und wann, dann war das Miss Vincent.

»Ich muss noch was nachsehen«, meinte Honey.

Sie schloss die Tür mit dem stibitzten Nachschlüssel auf. Mary Jane begleitete sie. Es brannte kein Licht im Büro, aber es fiel noch genug Tageslicht durch die Fenster herein, so dass sie sich gut zurechtfanden. Der Computer war abgedeckt, die Schränke mit den Aktenordnern sicher verschlossen, die Ablagekörbe leer. Miss Vincent hatte wie eine Wahnsinnige gearbeitet und die Papiergebirge abgetragen. Sie war offensichtlich eine ordentliche Seele mit ordentlichen Angewohnheiten.

»Die ist aber pingelig«, meinte Mary Jane.

»O ja! Alles gewissenhaft und genau am richtigen Platz abgelegt, so dass ich keine Probleme haben sollte, das zu finden, was ich suche. Was immer das auch sein mag.«

»Du weißt gar nicht, was du suchst?«

»Ich werde es wissen, wenn ich es sehe. Ich gehe bei meinen

Recherchen immer total methodisch vor. Ich stelle mir in Gedanken eine Frage, und dahinter ist ein kleines Kästchen, in das ich ein Häkchen mache, wenn ich die Antwort gefunden habe. Eigentlich ganz einfach.«

Das klang wohl glaubwürdig. Jedenfalls schien Mary Jane es zu schlucken.

»Soll ich Schmiere stehen?«

Honey wühlte bereits in den Personalakten. Sie schüttelte den Kopf. »Du weißt doch, Miss Vincent kommt gern pünktlich nach Hause. Ihre Mutter wartet auf sie.«

»Ich dachte, du hättest bereits eine Liste?«

»Ja, aber es schadet ja nicht, noch mal ein bisschen zu wühlen. Irgendwas habe ich übersehen ...«

»Meinst du, der Name der Person, die dich umbringen will, steht auf so einer Liste?«

»Vielleicht. Der Typ hat auch Seine Lordschaft umgebracht. Oder auch nicht. Nicht mal das weiß ich inzwischen noch genau.«

»Ich frage mich, wo der gute Lord wirklich ist. Ich meine, wenn diejenigen, die die Überreste des Scheiterhaufens beseitigt haben, das deswegen so gründlich gemacht haben, damit niemand seine DNA noch mal überprüfen kann, dann wurde hier vielleicht nicht Seine Lordschaft verbrannt. Und wenn das stimmt, lebt er möglicherweise noch? Oder, wenn er tot ist, wo ist seine Leiche?«

Honey stimmte mit einem leisen Knurren zu. Da hatte Mary Jane nicht so unrecht. Honey hatte darauf keine Antwort, genauso wenig wie sie eine Antwort auf all die anderen Fragen in diesem verzwickten Fall hatte. Dass nun auch noch ein Regierungsgeheimdienst in die Sache verwickelt war, machte die Sache nicht einfacher. Der Fall war entschieden eine Nummer zu groß für sie, aber zum Teufel, so schnell würde sie sich nicht ins Bockshorn jagen lassen!

»Das hier ist der seltsamste Fall, an dem ich je beteiligt war.

Und der einzige, bei dem mein Leben auf dem Spiel stand. Ich muss ihn einfach lösen.«

Mary Jane linste über die Lesebrille hinweg, die sie in weiser Voraussicht mitgebracht hatte.

»Auf mich kannst du dich verlassen, Honey. Ich bin zwar keine Privatdetektivin, aber ich helfe dir, so gut ich kann.«

Mary Janes Enthusiasmus war tröstlich, sie hatte das Herz am rechten Fleck. Was machte es da schon, dass sie die meiste Zeit in einer anderen Welt verbrachte?

Honey zwang sich, sich zu konzentrieren und zu vergessen, dass sie bald selbst ein Mordopfer sein könnte. Sie schaute die Personalakten durch. Da fand sie endlich etwas.

»Aha! Das ist ja interessant!«

Mary Jane schaute sie neugierig an. »Hast du was entdeckt?«

»Ich bin mir verdammt sicher, dass hinter Keith McCalls Namen auf der Liste, die ich neulich auf dem Schreibtisch gefunden habe, was anderes stand. Ich schaue das gleich noch mal nach.«

Die Personaldaten der einzelnen Angestellten wurden in einer Mappe aufbewahrt. Miss Vincent hatte steif und fest behauptet, Keith McCall hätte sich einen ganzen Monat vor der Einstellung von Adrian Sayle aus dem Staub gemacht. Auf dieser Liste stand jedoch etwas anderes!

Sie überprüfte es noch einmal, ehe sie ihre Entdeckung laut verkündete. Hier stand, dass Keith McCall als Chef des Sicherheitsdienstes arbeitete. Im Gegensatz zu den meisten Angestellten, die ein monatliches Gehalt bezogen, schien McCall keinerlei Geld erhalten zu haben.

»Noch ein Agent«, sagte Honey laut.

»Du meinst, ein FBI-Agent?«

»Nein, eher einer von der CIA oder von MI5, wie wir das hier nennen. Aber wieso sollte ein MI5-Agent ausgerechnet hier fest angestellt sein?«

»Zwielichtige Gestalten sind das.«

Honey dachte an Dominic Christiansen. »Das kannst du laut sagen.«

Wenn McCall selbständig war und Rechnungen schickte, warum stand sein Name dann auf der Liste der Angestellten? Aber es gab keine Rechnungen. Nichts deutete darauf hin, dass McCall je auch nur einen Penny vom Gut bekommen hatte. Er *musste* einfach ein MI5-Agent sein.

»Ich glaube, ich muss mal nachfragen, warum Miss Vincent das so gemacht hat. Ist ja schließlich ihr Ablagesystem.«

Nachdenklich legte Honey die Liste wieder in die Mappe und klemmte sie fest. Irgendwas kam ihr hier komisch vor – sehr komisch sogar. Im Vergleich zu den anderen Blättern war diese Liste nämlich kein bisschen vergilbt, sondern strahlend weiß und glatt.

Nachdem sie das Geschirr weggeräumt hatte, setzte sich Miss Vincent vor den Fernseher und schaltete ihn ein.

Normalerweise würde sie jetzt die Füße hochlegen und sich ein Tässchen Tee und ein bisschen Zeit für sich gönnen. Heute Abend schaute sie gar nicht richtig hin, was auf dem Bildschirm flimmerte. Sie dachte an Lord Tarquin Torrington.

Sie war neunzehn gewesen, als sie sich kennenlernten, und ein paar Jahre lang hatten sie beide eine Beziehung voller Leidenschaft genossen. Ihr Vater war der Direktor eines der Bergwerke gewesen, an denen die Familie von Tarquin beteiligt war. Sie hatte sich auf den ersten Blick in Tarquin verliebt, und eine Weile war alles wunderbar gewesen. Obwohl man sie gewarnt hatte, dass es nicht immer so bleiben würde. Und okay, sie hatte ausgefallene Wünsche, was Männer anging. Positiv war, dass Tarquin stets großzügig mit seinem Geld umging, selbst als ihre Liebesbeziehung schon zu Ende war. Sie hatte sich zunächst geweigert zu glauben, dass das passieren würde, aber es war so gekommen. Obwohl er sie immer noch in vielen Dingen ins Vertrauen zog und ihr sogar eine sehr gut bezahlte Anstellung gab, sehnte sie sich nach den vergangenen Zeiten zurück. Schließlich hatte sie sich eingestehen müssen, dass sie nur eine von vielen war. Ihr blieb nichts weiter, als dankbar seine Großzügigkeit anzunehmen, die ihr und ihrer Mutter zugutekam, und ihm und allem, wofür er stand, treue Dienste zu leisten. Genau wie viele andere auch.

Und nun war er fort. Eine Träne rollte ihr über die Wange. Fort, aber nicht vergessen: Sie glaubte zwar, im Augenblick in jemand anderen verliebt zu sein, in einen Mann, den sie erst vor sehr kurzer Zeit kennengelernt hatte, doch Tarquin würde sie niemals vergessen.

Als das Telefon klingelte, wusste sie schon, wer es sein würde. Einen winzigen Augenblick lang verspürte sie wieder die atemlose Erregung ihrer jungen Jahre.

»Du rufst aber spät an. Ich hatte schon früher damit gerechnet.«

Sie nestelte am Kragen ihres Kleides herum, während sie sprach. Es tat ihr leid, dass ihre Stimme vielleicht ärgerlich geklungen hatte. Sie wollte ihn nicht verschrecken.

»Ich habe einen Spaziergang im Wald gemacht«, sagte er.

»Oh. Wie überaus erfrischend.«

»Ich habe Vögel beobachtet«, antwortete er, »aber jemand ist gekommen und hat sie aufgescheucht. Ich war sehr wütend.«

»Oje.«

»Bist du für mich bereit?«

Miss Vincent spürte, wie ein Schauder der Erregung ihren Körper durchlief. Sie hatte sich viel vorstellen können, aber nie, dass sie die Dinge tun würde, die sie mit diesem Mann tat, doch sie konnte einfach nicht anders.

»Ja«, erwiderte sie, und ihre Stimme klang ängstlich, als sie in die unterwürfige Rolle schlüpfte, die er von ihr verlangte.

»Ich hoffe, du lügst nicht. Sonst muss ich dich schlagen. Lügst du, Rosemary?«

»Nein. Ich meine, ja natürlich, doch. Aber ich bin bereit, wenn du kommst. Das verspreche ich dir.«

Ihre Mutter war schon vor vielen Jahren gestorben, aber um ihre Privatsphäre zu schützen, log sie allen vor, sie wäre noch am Leben und ein Pflegefall. Bei ihren jetzigen Vorlieben war das auch eine gute Idee, obwohl es eine lange Durststrecke ohne einen Mann gegeben hatte – ohne die richtige Sorte Mann. Und nun war er da, aber sie hielt ihn vor der Welt geheim. Genau wie er sie auch.

Sie hörte ihn am Telefon schnaufen und erbebte bereits.

»Das war schon die erste Lüge, Rosemary. Und jetzt zieh dich aus, und mach dich für mich fertig.«

# Kapitel 27

Schlag halb neun kam Miss Vincent im Büro an und sah so ordentlich und adrett aus wie immer; kein Härchen war am falschen Platz, ihr Kostüm war frisch gebügelt, und der Kragen ihrer blendend weißen Bluse lag steif gestärkt um ihren schon etwas runzligen Hals. Niemand, der sie so sah, hätte vermutet, was sich in der Nacht zuvor zugetragen hatte, wie so oft, wenn sie einen Mann traf, der ihre Vorlieben und Bedürfnisse verstand. Gestern Abend war sie eine völlig andere Frau gewesen als die, die heute Morgen hier brav ihre Arbeit machte.

Sie hatte sich auf eine ruhige halbe Stunde mit einer Tasse Kaffee und Erinnerungen an die vergangene Nacht gefreut. Stattdessen tauchte hier gleich wieder diese verflixte Frau aus Bath auf.

Miss Vincent riss sich zusammen. »Guten Morgen, Mrs Driver. So ganz allein heute?«

»Ja, meine Freundin Mary Jane frühstückt noch. Sie ist zwar Amerikanerin, aber sie gönnt sich trotzdem jeden Morgen ein komplettes englisches Frühstück.«

»Und Sie selbst sind da nicht in Versuchung geraten?«

»Nein.« Honey hatte sich mit schwarzem Kaffee und einer Schüssel Cornflakes begnügt.

Miss Vincent reckte kurz ihr spitzes Kinn vor.

»Wie geht es Ihrer Mutter? Gut, hoffe ich?«, erkundigte sich Honey.

Miss Vincents unscheinbares Gesicht hellte sich sofort auf. »O ja. Na ja, ich meine, so gut, wie man nur erwarten kann, wenn man ihr Alter und ihre verschiedenen Wehwehchen bedenkt. Ich bin heute ein bisschen später dran als sonst, denn sie hat heute Morgen ein paar Probleme bei ihrem Porridge gemacht.«

Miss Vincent schaute nervös auf die Uhr, während sie sich äußerst vorsichtig auf ihrem Stuhl niederließ. Sie zuckte leicht zusammen, als sie endlich auf dem Kissen landete.

»Sie sind doch gar nicht spät dran, Miss Vincent. Es ist erst kurz nach halb neun.« Honeys Lächeln war breit und großzügig.

»Oh. Ja. Ich versuche immer, schon um viertel nach acht hier zu sein. Seine Lordschaft hat stets erwartet, dass ich kurz nach seinem Frühstück für ihn zur Verfügung stand.«

»Verstehe. Miss Vincent, ich würde Sie gern noch etwas zur Einäscherung Seiner Lordschaft und zu seinem Testament fragen.«

Miss Vincent zuckte nicht mit der Wimper. »Nun, ich helfe gern, wenn ich kann, allerdings war das natürlich eine Familienangelegenheit. Da bin ich in Einzelheiten nicht eingeweiht.«

»Ach so. Das war mir nicht klar, da Seine Lordschaft und Sie sich doch so nahestanden.«

Ein zarter Rosaton überhauchte Miss Vincents sonst papierweißen Teint. Gut, diese Schmeichelei war ein wenig dick aufgetragen, aber Honey glaubte, dass Miss Vincent das Gefühl genoss, sie hätte Tarquin ein wenig nähergestanden als all seine anderen Frauen.

»Ich fand das alles auch seltsam«, sagte Miss Vincent dann. »Obwohl ich natürlich nicht in seine Wünsche eingeweiht war. Schließlich gehöre ich nicht zur Familie.«

Miss Vincent hatte recht. Nur Familienmitglieder und deren Rechtsberater wussten wohl Näheres über die Anordnungen Seiner Lordschaft. Folglich hatte Casper wahrscheinlich mehr gewusst, als er zugegeben hatte – es sei denn, diese ganze Inszenierung hätte nur zum Nutzen der Regierungsabteilung stattgefunden, für die Tarquin einst tätig gewesen war. Aber warum machte man sich für MI5 solche Mühe?

Casper war ausnahmsweise nicht zu erreichen, als sie bei ihm anrief. Also beschloss Honey, sich danach zu erkundigen, ob ihr Auto wieder von den Parkkrallen befreit war und an seinem gewohnten Platz stand, und rief bei ihrer Mutter an. Die ging sofort ans Telefon.

»Mutter?«

»Wer spricht da?«

»Hannah.«

»Wer?«

»Hannah. Deine Tochter.«

»Ah ja. Natürlich. Wie geht es dir, meine Liebe?«

Die Tatsache, dass Gloria die Stimme ihrer eigenen Tochter nicht erkannt hatte, war ein wenig verstörend, aber Honey überlegte, dass ihre Mutter ja ein hektisches gesellschaftliches Leben führte.

»Mir geht es gut. Und dir?«

»Es ist mir nie bessergegangen.«

»Ist mein Auto wieder zurück?«

»Dein Auto?«

Honey seufzte. Ihre Mutter beantwortete oft Fragen mit einer Gegenfrage.

»Hast du was von Onkel Percy gehört?« Honey wechselte das Thema. Sie hatte versucht, bei Onkel Percy anzurufen, aber niemanden erreicht. Es war ein Schuss ins Blaue, aber vielleicht hatte er wirklich mit ihrer Mutter telefoniert.

»Hätte ich von ihm hören sollen?«

»Nein. Ich hab nur überlegt.«

Das Gespräch war einigermaßen seltsam und brachte sie keinen Schritt weiter. Nachdem sie ihrer Mutter noch eine Weile zugehört hatte, die über ihr reges gesellschaftliches Leben plauderte, beendete Honey das Telefonat und versuchte es noch einmal bei Casper. Jetzt war er zu sprechen.

»Ich hatte mit dem Frühjahrsputz zu tun.«

Frühjahrsputz? Honey glaubte ihm kein Wort. Erstens war Herbst. Und zweitens konnte sie sich einfach nicht vorstellen, dass Casper selbst beim Frühjahrsputz Hand anlegte. Er hatte Leute, die sich für ihn die Hände dreckig machten.

»Casper, ich möchte Sie nicht unnötig beunruhigen, aber wussten Sie bereits vor Tarquins Beerdigung, wie sie ablaufen würde?«

Er antwortete erst nach einer kleinen Pause.

»Tarquin war ein wenig exzentrisch.«

»Wussten Sie, dass er für MI5 gearbeitet hat?«

Honey hatte erwartet, dass Casper überrascht reagieren würde, aber nicht, dass er laut loslachen würde.

»Tarquin? Haben Sie den James-Bond-Film *Liebesgrüße aus Moskau* gesehen? Tarquin konnte einfach seinen Schwanz nicht in der Hose behalten! Ein Blick auf eine hübsche Spionin, und Tarquin wäre zur anderen Seite übergelaufen!«

»Meine Frage haben Sie damit nicht beantwortet. Wussten Sie vorher was vom Ablauf der Beerdigung?«

Wieder eine Pause, dann ein Seufzer.

»Ja. Tarquin wollte seinen Tod so dramatisch gestalten wie sein Leben. Er hat mal erwähnt, dass er am liebsten zu den Klängen der Ouvertüre *1812* von Tschaikowski dahinscheiden würde, kurz bevor …«

Er unterbrach sich. Honey wurde sofort misstrauisch.

»Kurz bevor er ermordet wurde? Sie hatten also in letzter Zeit Kontakt zu ihm?«

Honey hatte Caspers Gesicht deutlich vor Augen. Sie hatte ihn in die Ecke getrieben, nun hatte er bei diesem Gespräch die Fäden nicht mehr in der Hand. Casper verlor gar nicht gern die Kontrolle.

»Wir haben zusammen zu Abend gegessen«, gab er zu. »Da hat er ziemlich viel übers Sterben gesprochen. Ich war mir nicht sicher, warum – damals jedenfalls nicht. Aber jetzt natürlich …

ich hatte irgendwie das Gefühl, dass er mich in was hineinziehen wollte.«

»Vorher hatten Sie wohl nicht so viel Kontakt zu ihm gehabt?«

»Nein.«

Caspers Antwort war knapp. Beinahe klang es, als wäre ihm das egal. Doch Honey wusste, dass es ihm überhaupt nicht egal war. Tarquin war der rechtmäßige Erbe des Titels und eines vornehmen Landsitzes, und er war Caspers Halbbruder.

Über Generationen hinweg hatte die Familie ihren Wohlstand durch reiche Heiraten und geschickte Investitionen angehäuft und vermehrt. Tarquins Frauengeschichten taten nichts zur Sache. Der Titel und der Wohlstand waren noch da. Das war der Leim, der alles zusammenhielt. Instinktiv wusste Honey, dass ihr alter Freund Casper stets darunter gelitten hatte, dass er in dieser Familie nur einen inoffiziellen Status hatte. Doch jetzt, da er der offizielle Erbe war, war ihm anscheinend klargeworden, dass er das alles gar nicht wollte.

# Kapitel 28

Eigentlich standen Honey als Grundlage für ihre Ermittlungen nur die merkwürdige Einäscherungsfeier, die fehlenden Knochen und Tarquins bizarrer Tod zur Verfügung. Wenn die Familie und seine nahen Bekannten so wenig über Tarquins letzte Wünsche wussten, vielleicht konnte man bei den Profis Erleuchtung erwarten. Bei den Rechtsanwälten.

Die Kanzlei von Jerwood, Kent und Donaldson, den Rechtsanwälten von Lord Torrington und der Familie St John Gervais, war in London in einem imposanten neogotischen Gebäude untergebracht. Die bleiverglasten Fenster glänzten in der Sonne, und ein Fries aus Wappenschildern prangte über dem romanischen Eingangstürbogen.

Durch eine zweiflügelige Tür mit Messinggriffen gelangte Honey in Räume, die nach poliertem Mahagoni, vergilbten Akten und altem Geld rochen. Die Kanzlei hatte sich auf die Erbangelegenheiten von aristokratischen Familien mit altem Geld spezialisiert, wenn man auch zweifellos sicher nichts dagegen hatte, sich auch um das neuere Geld von Industriemagnaten und Medienbaronen zu kümmern.

Honey trug ihr Business-Kostümchen, das gewöhnlich für Besuche beim Filialleiter ihrer Bank reserviert war, wenn sie dort einen geschäftsmäßigen und professionellen Eindruck machen wollte, ehe sie um eine Erhöhung ihres Kreditrahmens bat.

»Ich würde gern mit Lester Jerwood sprechen«, sagte sie nun.

Die Empfangsdame wirkte verdutzt. »Es tut mir leid, aber der ist nicht mehr bei uns. Kann Ihnen vielleicht jemand anders helfen?«

Honey blieb eisern. Sie hatte den Namen auf einem der

Briefe auf Miss Vincents Schreibtisch gesehen und daraus gefolgert, dass er der Seniorpartner in dieser Kanzlei war. Sie wollte sich mit niemand anderem abspeisen lassen.

»Nein. Es muss unbedingt Mr Jerwood sein. Ich würde gern einige Dinge wegen des Testaments mit ihm klären. Ich handle im Auftrag von Mr Casper St John Gervais. Wissen Sie, wie ich mich mit Mr Jerwood in Verbindung setzen kann?«

»Es tut mir leid«, sagte die Empfangsdame mit angespannter und ernster Miene. »Mr Jerwood ist leider verstorben.«

Das war ein schwerer Schlag. »Ich wusste gar nicht, dass er krank war.«

»Das war er auch nicht«, antwortete die Frau und senkte die Stimme zu einem Flüstern, wie Leute das tun, wenn schlechte Nachrichten und höchster Respekt zusammenkommen. »Er war schon recht alt. Aber gesund«, fügte sie rasch hinzu. »Trotzdem kam es völlig unerwartet.«

»Oje. Wie traurig.« Eigentlich fand Honey es gar nicht so traurig. Nicht, wenn der Mann wirklich alt gewesen war. Im Gegenteil, sie empfand es als beinahe erfrischend, mal von jemandem zu hören, der eines natürlichen Todes gestorben war.

»Wir werden ihn sehr vermissen«, sagte die Empfangsdame und nickte.

»Vielleicht könnten Sie mir den Termin der Beerdigung verraten«, meinte Honey, während sie ihren Taschenkalender suchte. Es bestand ja immer noch die Möglichkeit, dass sie bei der Beerdigung etwas über den Tod des Anwalts in Erfahrung brachte.

»Die ist leider schon gewesen. Vor drei Tagen.«

Honey hielt mitten im Wühlen inne. »Wie schrecklich.«

Plötzlich wurde links von ihr eine Tür aufgerissen.

»Ah, Vivian. Ich suche die Akte Harding … Oh. Tut mir leid. Ich wusste nicht, dass jemand bei Ihnen ist.«

Die Frau, die durch die mit »Privat« markierte Tür getreten war, war groß, eindrucksvoll und klapperdürr. Ihr Haar war im

Nacken zu einem Pferdeschwanz zusammengebunden, was ihre Wangenknochen stark betonte.

»Tut mir leid, dass ich störe.« Ihr Lächeln war ein wenig überheblich, ihr Tonfall aber doch recht freundlich.

»Geht schon in Ordnung.« Honey streckte ihr die Hand hin. »Ich bin Hannah Driver. Ich bin im Auftrag von Casper St John Gervais hier, in einer Angelegenheit, die seinen Bruder betrifft, Lord Torrington – Tarquin St John Gervais.«

»Alice Belvedere«, stellte sich nun die Frau vor. Sie schaute ein wenig überrascht.

»Mein Beileid wegen Mr Jerwood.«

»Ah ja«, antwortete die Frau mit einem kleinen Seufzer. »Wirklich eine Tragödie.« Es klang aber nicht sonderlich bestürzt. »Ich habe an Ihren Mandanten geschrieben und ihn von Mr Jerwoods Ableben in Kenntnis gesetzt, ihn auch darüber informiert, dass ich seine Akten übernehmen werde.«

Die Mitteilung war klar und knapp. Honey vermutete, dass der Brief, den sie geschrieben hatte, genauso klar und knapp formuliert und auf festem Papier mit geprägtem Briefkopf ausgedruckt war.

Jetzt war nicht der richtige Zeitpunkt, sich darüber Gedanken zu machen, warum Casper ihr nichts von dieser Entwicklung erzählt hatte – es sei denn, das Schreiben war noch nicht bei ihm eingetroffen. Schließlich war die Beerdigung des Rechtsanwaltes erst drei Tage her.

»Wie ich Ihrer Dame am Empfang bereits erklärt habe, bin ich im Auftrag von Mr Casper St John Gervais hier. Ich habe auch ein diesbezügliches Schreiben.«

Sie reichte der Frau den Brief, den Casper geschrieben hatte und in dem er ihr mehr oder weniger freie Hand ließ. Das Schreiben wurde rasch überflogen und ihr dann zurückgegeben.

»Ich möchte gern ein paar Punkte klären«, sagte Honey. »Vielleicht könnten Sie mir da helfen?«

»Natürlich. Bitte kommen Sie mit.« Die Frau hielt ihr die Tür auf und bat die Empfangsdame, ihnen Kaffee zu bringen.

Honey passte ihre Schritte an die von Miss Belvedere an, als sie zusammen in deren Büro marschierten. Honey schwirrte der Kopf. Leute verschwanden oder starben mit alarmierender Regelmäßigkeit – jedenfalls alarmierend, wenn man von normalen Maßstäben ausging. Bisher hatte Honey anscheinend ein sehr behütetes Leben geführt.

Das Bemerkenswerteste an Miss Belvederes Büro waren die Topfpflanzen auf dem Fensterbrett. Zumeist waren es Grünlilien, winzige Ableger der Mutterpflanze, die grün und spinnenartig am Ende der blassen, langen Ausläufertriebe hingen. Das Mobiliar war schwer, dunkel, geschäftsmäßig und hervorragend poliert. Die Pflanzen waren der einzige feminine Aspekt, vielleicht mit Ausnahme eines Utrillo-Gemäldes vom Montmartre. Honey nahm an, dass es eine Reproduktion war, aber das musste nicht sein; die Honorare, die Jerwood, Kent und Donaldson forderten, waren wahrscheinlich hoch genug, um die Staatsschulden eines kleinen Landes zu begleichen.

Die beiden Frauen saßen sich an Miss Belvederes Schreibtisch gegenüber. Die Anwältin lächelte und erklärte, sie wäre schon seit Jahren mit Tarquin bekannt, also die ideale Person, um sich um diese Angelegenheit zu kümmern.

Sie sah gut aus. Also zweifelte Honey nicht an ihrer Beziehung zu Tarquin, die wahrscheinlich wesentlich intimer gewesen war als die ihrer männlichen Kollegen.

»Sie kannten Tarquin also gut?«

»Ja. Ja, das stimmt«, antwortete die Frau und lächelte reserviert, aber ihre Augen sprachen Bände.

»Etwas intimer, nehme ich an …«

»Nun, ich könnte wirklich nicht …«, hob Miss Belvedere an, aber Honey schnitt ihr das Wort ab.

»Schauen Sie, Miss Belvedere. Ich hege keinerlei Illusionen

über Seine Lordschaft und seine Affären. Ich habe den Eindruck, dass es sein ehrgeizigstes Lebensziel war, seinen Samen weiter zu verstreuen als ein Sämann im Frühjahr. Kennen Sie Casper St John Gervais genauso gut wie seinen Bruder?«

»Halbbruder«, korrigierte Miss Belvedere mit säuerlicher Miene.

Ihr Blick wanderte von Honey zu den Akten auf dem Tisch.

Honey war die Feindseligkeit nicht entgangen. Aber sie preschte weiter vor.

»Schauen Sie, Miss Belvedere. Ich vermute, dass Ihre Beziehung zu Seiner Lordschaft nicht nur rein beruflicher Natur war. Wenn Sie also nicht allein die Anweisungen bezüglich seines Testaments aufgenommen haben, sondern dabei auch noch die eine oder andere Hülle gefallen ist, machen Sie sich deshalb keine Sorgen. Mein Mandant hat damit keine Probleme. Sie haben Seiner Lordschaft offensichtlich hervorragende Dienste geleistet.«

»Wie können Sie es wagen!«

»Gut«, sagte Honey und war stolz, dass sie die Frau so aus der Fassung gebracht hatte. »Kann ich jetzt das Testament sehen?«

Mit schon viel spröderem Charme begann Miss Belvedere ihre Papiere zu ordnen und erklärte dabei, man hätte Honeys Mandanten ein Exemplar des Testaments zugeschickt und sie solle dort Einsicht nehmen.

»Ich kann mich an keine Bestimmungen zu Einzelheiten der Beerdigung darin erinnern«, erwiderte Honey.

»Die standen auch nicht im ursprünglichen Testament, sondern in einem später verfassten Nachtrag.«

»Ach wirklich? Und wann wurde der hinzugefügt?«

»Nun, da müsste ich in der Akte nachsehen«, sagte Miss Belvedere und schob immer wieder dieselben Blätter in der Mappe hin und her. »Ich bin sicher, dass wir das klären können. Entschuldigen Sie mich, ich frage schnell bei meiner Sekretärin nach. Sie hat bestimmt ein zusätzliches Exemplar.«

»Das wäre gut.«

Miss Belvedere blieb an der Tür stehen. »Ihrem Mandanten hat vielleicht nicht gefallen, wie die Totenfeierlichkeiten abgehalten wurden, aber alles wurde genau so ausgeführt, wie Lord Torrington es gewollt hat.«

»Darüber ist sich mein Mandant durchaus im Klaren. Er hat keine Einwände. Die Polizei jedoch schon. Die hat ihn wissen lassen, dass diese Vorgehensweise ein Vergehen darstellt, auf das eine Gefängnisstrafe stehen könnte. Ich möchte nun herausfinden, ob unter den Papieren irgendeine offizielle Ausnahmegenehmigung ist.«

Kaum war die Frau aus der Tür, da war Honey schon auf der anderen Seite des Schreibtisches und schaute die Akte durch.

Die Lektüre stellte sich als nicht gerade spannend heraus. Hauptsächlich ging es um Torrington Towers und das umgebende Land. An eine Reihe von Landkarten war mit einer Büroklammer noch ein Blatt angefügt, auf dem die Rechte des Landbesitzers einzeln aufgeführt waren. Der Landbesitz war auf einer Karte blau umrandet. Honey erkannte die Reihe von Ferienhäuschen, die zum Anwesen gehörten, und die Cottages, in denen Mitarbeiter des Landgutes wie zum Beispiel Adrian Sayle wohnten.

Es war natürlich nicht klar, ob die Landkarte genau den heutigen Stand wiedergab. Honey schaute nach dem Datum: Oktober 1954. Aber auch Rechtsanwälte machen Fehler, und Landvermesser und das Grundbuchamt gelegentlich ebenfalls.

Honey ließ ihren Blick über eine an die Karte geheftete Liste schweifen. Es handelte sich hier um verschiedene Weiderechte, Schürf- und Abbaurechte und dergleichen, die alle bis 1984 dem Besitzer des Anwesens gehört hatten.

Honey war keine Rechtsanwältin, aber intelligent genug, um zu begreifen, dass sich 1984 hier etwas grundlegend geändert hatte. Man hatte die unterirdischen Schürf- und Abbaurechte an einen anderen Eigentümer abgetreten. Zunächst für einen Zeitraum von fünfunddreißig Jahren, mit einer Option auf Verlängerung.

In wenigen Jahren würden also diese Rechte wieder an die Familie zurückfallen. Honey runzelte die Stirn, begriff aber nicht so ganz, worum es hier ging. Die Rechte schienen sich auf das Terrain unter der Wurstfabrik zu beziehen, die auch zum Landgut gehörte.

Da ging die Tür auf, und Miss Belvedere kehrte zurück. Sie war etwas verdutzt, weil Honey die Akte aufgeschlagen hatte.

Honey kam jeder Frage mit einer Anmerkung zuvor: »Dieser Vertrag über die Abtretung der Schürf- und Abbaurechte, kann der dem Erben des Anwesens große Reichtümer einbringen?«

»Ah«, antwortete Miss Belvedere, als wäre jetzt endlich alles klar – und für sie war es das wohl auch. »Die Abbaurechte wurden für einen Zeitraum von fünfunddreißig Jahren abgetreten. Danach fallen sie wieder an das Gut zurück. Der Rechtenehmer hat jedoch die uneingeschränkte Option darauf, sie für beliebig viele weitere Jahre zu übernehmen. Es fällt ohnehin nur eine nominelle Nutzungsgebühr an.«

»Das klingt aber ziemlich befremdlich. Aber mein Mandant hat doch wenigstens das Recht, die Nutzung nicht zu verlängern?«

»Nein. Das ist im Vertrag recht präzise festgelegt.«

»Mit wem wurde er geschlossen?«

Diese Frage brachte Miss Belvedere anscheinend ein wenig aus der Fassung, denn nun riss sie die Akte an sich und barg sie fest an der Brust. Einen Augenblick fürchtete Honey, sie würde ihr nicht antworten.

»Mit der Regierung«, sagte Miss Belvedere dann. »Im Gegenzug gibt es Steuererleichterungen.«

Honey kniff die Augen zusammen. »Das ist aber ein merkwürdiger Zufall, Miss Belvedere, dass die Rechte für fünfunddreißig Jahre übertragen wurden und dass das Testament meinen Mandanten für weitere fünf Jahre an Torrington Towers binden würde. Die ersten dreißig Jahre liegen ja nun hinter uns.«

»Es war ein sehr guter Deal. Er hat den Großvater und anschließend den Vater Ihres Mandanten in die Lage versetzt, die Erbschaftssteuer aufzubringen, ohne das Kapital der Familie angreifen zu müssen. Er hat auch die Umstrukturierung des Anwesens zu einem geschäftlichen Unternehmen möglich gemacht, hauptsächlich im Hinblick auf die Nutzung als Safaripark.«

»Eine sehr attraktive Vereinbarung, da bin ich mir sicher. Und sehr ungewöhnlich.«

»Ich muss sagen, dass wir in dieser Kanzlei vorher derlei noch nie hatten. Aber das ist alles ziemlich schwer durchschaubar. Hier ist eine Kopie des Nachtrags«, sagte die Anwältin und schob Honey einen braunen Umschlag über den Schreibtisch zu. »Der erklärt alles.«

Honey schaute rasch auf den Umschlag, ehe sie ihn in ihre Schultertasche steckte. Es erschien ihr auf einmal nicht mehr so wichtig, definitiv zu wissen, dass Seine Lordschaft diese Art der Einäscherung gewünscht hatte.

»Fahren Sie heute noch nach Bath zurück?«, fragte Miss Belvedere.

Honey erzählte ihr, dass sie mit dem Zug zurückfahren und dann zu Hause ein Taxi nehmen würde.

»Dann wünsche ich Ihnen eine angenehme Reise.«

Der Zug war voller Pendler und Einkäufer, die nach Hause fuhren, weg aus der großen Stadt und zurück an einen Ort, wo die Zeit zwar nicht stillstand, aber doch sehr viel langsamer tickte als in London.

Honey stieg in Bath Spa aus, zu allen Seiten von einer Menschenflut bedrängt, schob sich auf die Treppenstufen zu, die vom Bahnsteig zur Brücke über die Gleise hinaufführten, dann am anderen Ende wieder hinunter und zum Ausgang.

Als sie unten angekommen war, sah sie ihn. Doherty wartete auf sie.

»Du bist da! Was für eine wunderbare Überraschung!«

Normalerweise zeigte sie ihre Gefühle nicht so in aller Öffentlichkeit, aber diesmal konnte sie nicht anders, sie musste ihm einfach um den Hals fallen und ihr Gesicht an seiner Schulter bergen.

Doherty umarmte sie, und einen Augenblick lang klammerten sie sich aneinander, was für beide völlig ungewöhnlich war. Sie spürte seine Anspannung und nahm an, dass sie nun wieder eine Strafpredigt zu hören bekommen würde, Warnungen, sich nicht in die Untersuchungen zum Tod von Lord Torrington einzumischen.

»Okay«, sagte er leise. »Wir müssen reden.«

Sein Auto war vorn am Taxistand geparkt, ein Schild »Polizei im Einsatz« klemmte an der Windschutzscheibe, als wäre er gerade erst angekommen. Tatsächlich hatte er den Wagen den ganzen Tag dort abgestellt. Er hätte auch ein Taxi nehmen können, aber er konnte im Augenblick kaum einen klaren Gedanken fassen.

Honey sackte auf den Beifahrersitz. »Ich bin völlig platt. Wie klug von dir, dass du erraten hast, mit welchem Zug ich kommen würde.«

»Sehr klug«, erwiderte er. »Aber ich bin ziemlich gut im Raten.«

Sie musterte sein Profil, als der Wagen sich langsam in den frühabendlichen Verkehr einfädelte.

»Du hast es nicht raten müssen. Du wusstest es.«

»Ich habe mich erkundigt.«

Honey seufzte und schloss die Augen. »Folgt man uns?«

Doherty schwieg.

Honey schlug die Augen wieder auf.

»Ich dachte, dein Kurs in Wales dauerte noch einen Tag?«

»Ich bin früher abgefahren.«

Seine knurrige Stimme passte zum Gesichtsausdruck.

»Ich hab dir doch gesagt, du sollst dich da raushalten«, fügte er hinzu. Es hörte sich an, als wäre er wütend.

»Und ich habe nicht getan, was du befohlen hast. Ich böses, böses Mädchen!«

Der Sarkasmus in Honeys Stimme war kaum zu überhören.

»Du hast dich großer Gefahr ausgesetzt.«

»Ich nehme an, du weißt, dass ich nicht in Bath war.«

»Ich weiß, wo du warst.«

»Und du bist sauer auf mich.«

»Natürlich bin ich sauer auf dich, verdammt noch mal! Ich habe dir gesagt, du sollst die Finger von der Sache lassen. Alles wird gleich viel komplizierter und schlicht verdammt viel gefährlicher, wenn der Geheimdienst mitmischt! Das ist kein normales Verbrechen. Es ist verworren und mit jeder Menge Geschichte überfrachtet!«

Honey sah ihn an. »Du meinst, es geht bis auf meinen Vater zurück. Wie hast du das rausgekriegt?«

Doherty hatte ohnehin ein festes Kinn. Heute wirkte es wie aus Granit gemeißelt.

»Dich wurmt doch was?«, fragte Honey.

Er holte tief Luft und schwenkte mit dem Wagen links in eine Straße ein.

»Die Sache ist eine Nummer zu groß für dich.«

»Aber dich wurmt was anderes.«

Honey betrachtete sein Gesicht und seinen verkrampften Kiefer, sah, wie er starr auf die Straße vor ihnen schaute.

»Du hast dich auch reinziehen lassen«, tippte Honey. »Das kann ich dir an der Nasenspitze ablesen. Wenn du deinen Kiefer noch mehr verkrampfst, zermalmst du deine Zähne zu Feinstaub. Du weißt, dass mein Vater einen alten Freund verraten hat, und so weißt du auch, dass dieser alte Freund – oder vielmehr jemand, der ihm nahesteht – auf einem Rachefeldzug ist.«

Doherty bremste, als ein Haufen japanischer Schulkinder über einen Zebrastreifen lief, fröhlich schnatternd und anscheinend ohne einen Gedanken an die Autos, die darauf warteten, endlich weiterfahren zu können.

Doherty legte den Gang ein.

»Caspers Halbbruder hat sein Leben in Ordnung bringen wollen«, erklärte Doherty. »Abbitte für einige Dinge leisten wollen, die er getan hatte. Eine dieser Angelegenheiten hat damit zu tun, welche Rolle er beim Verrat von Iwan Orlow gespielt hat. Dazu ist er nach Russland gereist, hat alte Kontaktpersonen aufgesucht und dabei Dinge aufgewühlt, die besser begraben und vergessen geblieben wären.«

»Doherty, du läufst immer noch Gefahr, deine Zähne zu zermalmen. Ich nehme an, man hat dich zurechtgewiesen. Du hast all deine Informationen von jemandem, den wir beide kennen, du eher flüchtig, ich dagegen …« Sie legte eine Pause ein. Sollte sie erwähnen, dass sie mit Dominic zum Abendessen ausgegangen war? Sollte sie gar beichten, dass sie beide unter einem Bett gelegen hatten, Dominic elegant wie ein Panther und äußerst spärlich bekleidet? Beide Szenen blieben besser unerwähnt.

»Darf ich raten, wer die Person ist, die deine Teambildungsspielchen abgekürzt hat?«, fuhr Honey stattdessen fort.

Die Stadt war voller Touristen, die in großen Gruppen aus Bussen stiegen oder hinter dem grünen Regenschirm einer Stadtführerin herliefen. Es war nur vernünftig, dass Doherty konzentriert die Augen aufhielt und die Ströme von Menschen genau beobachtete, die sich alle bestens zu amüsieren schienen und keinen Blick für den Straßenverkehr übrig hatten.

Honey konnte Dohertys Gedanken inzwischen ziemlich gut

lesen, sogar wenn es nicht um elementare Dinge wie Sex, Bier, spätes Abendessen und langes Ausschlafen ging.

»Du weißt, dass mir jemand nachstellt.«

»Das hätte sich vermeiden lassen«, grummelte Doherty.

»Ich glaube das nicht.«

Doherty seufzte, als bliebe ihm nichts anderes übrig, als klein beizugeben.

»Wir gehen essen, und dann kannst du mir sagen, was du alles rausgefunden hast. Vielleicht können wir unsere Informationen vergleichen.«

Das Ristorante Martini lag an der George Street, es war ein von Sizilianern geführtes sizilianisches Restaurant. Nicht alle Mitarbeiter waren italienischer Abstammung, einige waren Polen, einer war Franzose.

Bereits jetzt am frühen Abend war hier sehr viel los. Die Bedienung war hervorragend, das Essen gut und die Atmosphäre gemütlich. Kein Tisch stand zu nah am nächsten, so dass man nie das Gefühl hatte, dem Nachbarn auf dem Schoß zu sitzen.

Sie bestellten zwei Gänge und eine Flasche Prosecco. Der war genau auf die richtige Temperatur gekühlt und schmeckte gut.

Sobald der Kellner wieder außer Hörweite war, umriss Honey kurz, was sie herausgefunden hatte. Sie berichtete auch von Mary Janes Anmerkungen zu den Überresten bei der Einäscherung und zu den Wanzen in Torrington Towers.

»Wegen Tarquin können wir nichts unternehmen«, meinte Doherty schließlich. »Überlass das seinen Kollegen von MI5. Aber um dich müssen wir uns Sorgen machen.«

Honey schaute ihm in die Augen. »Wo bist du denn gewesen, seit du deinen Kurs vorzeitig verlassen hast?«

»Ich habe das gemacht, was ich am besten kann. In einem Mordfall ermittelt.«

»Tarquin ist also ganz sicher ermordet worden?«

»Jemand ist ermordet worden.«

Das klang viel zu beiläufig, um völlig aufrichtig zu sein. Doherty nahm Verbrechen immer sehr ernst.

»Jemand?«

»Man hat die DNA untersucht und als die von Caspers Bruder identifiziert. Aber ...«

»Du traust den Leuten nicht, die dir das mitgeteilt haben.«

Er schüttelte den Kopf, hielt die Augen gesenkt. Was er ihr gerade gesagt hatte, passte perfekt zu Mary Janes Annahmen.

»Und der Mann, der den Mord begangen hat?«

»Der rückt immer näher.«

»Und ich bin sein nächstes Opfer.«

Sorge umschattete seine Augen, und er schaute sie an, als wollte er nie wieder wegsehen, als fürchtete er, wenn er nur blinzelte, könnte sie verschwinden.

Honey legte die Stirn in Falten. Schwere Gedanken stiegen in ihr auf. »Und das hat alles mit meinem Vater zu tun und mit den anderen Männern auf dem Foto, das Mary Jane in dem Album gefunden hat?«

»Anscheinend.«

»Gibt es eine Beschreibung des Mannes? Es wäre nicht schlecht, wenn ich eine Vorstellung davon hätte, wie er aussieht.«

Doherty schaute auf sein leeres Glas und schüttelte den Kopf. »Die haben mir gesagt, dass dieser Tarotmann ein Meister der Verkleidung ist und unter vielen verschiedenen Namen und in allen möglichen Gestalten auftritt. Mehr haben sie mir nicht verraten.«

Ausgerechnet in diesem Augenblick ließ ein Kellner ein Tablett voller Gläser fallen. Sie blickten beide in seine Richtung, ehe sie einander wieder ansahen.

»Ich habe Angst«, sagte Honey.

»Ich bin für dich da.«

»Mary Jane hat mich gewarnt.«

»Wirklich?« Er schien überrascht, dass Mary Jane überhaupt etwas über diese Sache wusste. »Ich dachte, du hättest dich niemandem anvertraut?«

»Hab ich auch nicht. Mein Vater hat ihr gesagt, dass ich in Gefahr bin.«

Sein nüchterner Gesichtsausdruck wich einem ungläubigen Staunen.

»Berichtige mich, wenn ich mich irre. Dein Vater ist tot.«

»Stimmt.«

Er schüttelte den Kopf, ehe er sich mit der flachen Hand an die Stirn klatschte.

»Über die Sechste-Sinn-Leitung, nehme ich an.« Es lag eine Spur Humor in seiner Stimme, aber nur eine winzige Spur.

Honey zuckte die Achseln. Sie war Mary Janes paranormalen Erfahrungen stets mit Skepsis begegnet, Doherty hatte diese mit noch größerem Misstrauen betrachtet. Diesmal hatte sie allen Grund, das zu glauben, was Mary Jane ihr gesagt hatte.

Honey bedeckte die Augen mit einer Hand. Die Hand fühlte sich kühl an. Ihre Stirn war ganz warm. Plötzlich war sie ungeheuer müde und sehr ängstlich.

»Ich denke, ich sollte jetzt ins Hotel gehen. Lindsey ist ein echtes Juwel, aber ich trage die Verantwortung für das Green River. Ich kann das nicht einfach alles vernachlässigen, nur weil mich jemand umbringen will.«

Doherty verzog das Gesicht. »Ich finde schon, dass das in die Top Ten der annehmbaren Entschuldigungen gehört.«

Nachdem die Rechnung bezahlt war, machte sich Doherty zum Aufbruch bereit. »Komm schon. Ich bringe dich nach Hause.«

Nachdem er sie abgesetzt hatte, fuhr Doherty zu seiner Wohnung. Er hatte Gewissensbisse, weil er Honey nicht die ganze Wahrheit erzählt hatte. Er hätte sie gern hier bei sich gehabt, aber diese Frau war ja selbst zu den besten Zeiten so stur wie ein Esel. Ja, sie liebten einander von Herzen, aber das Hotel rangierte doch immer noch sehr weit oben auf ihrer Prioritätenliste. Er hatte überlegt, ob er einfach in der Umgebung des Green River bleiben sollte, um ein Auge auf Honey zu haben. Aber dazu war er zu müde, und außerdem hatte Dominic Christiansen für eine Bewachung gesorgt. Doherty hoffte nur, dass Dominic nicht selbst diese Aufgabe übernehmen würde. Der Mann machte ihn nervös. Nicht wegen seines Berufs, sondern weil er der Typ Mann war, auf den die Frauen leicht hereinfallen. Aber eifersüchtig war er nicht. Das redete er sich zumindest ein.

Ehe er seine Jacke auszog, fischte er den Abschnitt seiner Rückfahrkarte nach London aus der Tasche. Honey hatte sich so sehr auf alle möglichen anderen Dinge konzentriert, dass ihr entgangen war, wie er in den nächsten Waggon einstieg, ihr im Taxi folgte und auch auf der Rückfahrt das Gleiche in umgekehrter Reihenfolge machte. Das Schwierigste war gewesen, in Bath Spa so schnell auszusteigen, dass er so tun konnte, als hätte er auf dem Bahnsteig auf sie gewartet. Es hatte funktioniert. Sie war gesund und wohlbehalten zu Hause – jedenfalls dieses Mal.

# Kapitel 29

Sobald sie durch die Tür des Green River Hotel getreten war, änderte sich Honeys Weltsicht merklich. Hier war sie in Sicherheit, in einer Welt fern von Spionen, Mördern und Chaos.

»Mary Jane ist wieder zu Hause«, teilte ihr die zuverlässige Lindsey mit.

Honey hielt inne, überlegte, wie attraktiv ihre Tochter doch aussah, wie selbstsicher sie wirkte. Ohne eine Sorge auf der Welt. Honey hatte Lindsey nicht erzählt, dass ihr jemand nachstellte. Sie konnte es ja selbst kaum glauben.

»Was für einen Eindruck hat sie auf dich gemacht?«, fragte Honey leichthin.

»Ein bisschen müde. Sie ist gestern von Torrington Towers zurückgekommen und sofort auf ihr Zimmer gegangen. Sie hat irgendwas gesagt, dass sie sich mit Opa in Verbindung setzen wollte, aber nicht weiter erklärt, warum sie das vorhatte. Ich kenne unsere amerikanische Freundin nun schon lange genug, um zu wissen, dass sie von einer Séance spricht oder von einer Einzelmeditation. Das ist anscheinend der letzte Schrei.«

Honey bezweifelte das nicht, war aber dankbar, dass Mary Jane die Geheimnisse nicht erwähnt hatte, die ihren Vater Edmund Driver umgeben hatten.

»Ich nehme an, sie macht ein Nickerchen«, meinte Honey, obwohl das wohl kaum stimmen konnte. Mary Jane war zwar nicht mehr die Jüngste, und die Fahrt von Torrington Towers war bestimmt anstrengend gewesen, aber sie war zäh und nicht so leicht kleinzukriegen. »In der Zwischenzeit muss ich schauen, dass ich hier wieder auf den letzten Stand komme. Erzähl mir, was zu tun ist.«

Lindseys Antwort auf Honeys Frage war nicht anders als erwartet: »Nicht besonders viel. Ich habe das meiste erledigt, es sind nur noch Kleinigkeiten übrig. Clint hat angerufen und gefragt, ob du nächste Woche Arbeit für ihn hast. Er braucht anscheinend dringend Geld.«

»Er hat wieder Probleme.«

Das war eine Feststellung, keine Frage. Clint wusch im Hotel gelegentlich die Teller. Sein kahlrasierter Schädel war mit einem Spinnentattoo verziert.

»Er hat irgendwas erzählt, dass er bei einem Popkonzert, das er mit ein paar Freunden besucht hat, in eine Schlägerei geraten ist.«

Clint war einer von denen, die bei Popkonzerten und in Nachtklubs dies und das verscherbelten. Honey hütete sich, genauer zu fragen, was »dies und das« wohl sein könnte.

»Sag ihm, dass wir Arbeit für ihn haben, wann immer er kann. Hat er gesagt, wo dieses Popkonzert stattgefunden hat?«

»Auf irgendeinem Bauernhof in der Nähe einer alten Fabrik. Es war wohl nicht angemeldet, nach allem, was ich gehört habe.«

Honey erkundigte sich nicht nach näheren Einzelheiten. »Und deine Großmutter?«

Honey hatte ein paar Tage nichts von ihrer Mutter gehört. Wenn sie es recht bedachte, musste die sich wahrscheinlich noch von der Erkenntnis erholen, dass ihr Exmann, Honeys Vater, nicht der brave Beamte mit Melone und aufgerolltem Regenschirm war, für den sie ihn immer gehalten hatte. Genauso wenig wie Onkel Percy, ihr angeheirateter Vetter.

Lindsey, die keine Ahnung hatte, was alles geschehen war, ging davon aus, dass Glorias Schweigen einen anderen, viel praktischeren Grund hatte.

»Ich habe Oma nur selten gesehen, seit sie ihre Katze hat. Es ist ein süßes kleines Ding, aber ich bin mir nicht so sicher, ob es das Richtige für sie ist.«

»Ach ja?«

Was war das Lebensglück eines Kätzchens verglichen mit dem, was ihr drohte?

Sie spürte, wie Lindsey sie genau musterte.

»Du bist blass. Ist dir diese Sache mit Caspers Bruder zu viel?«

»Natürlich nicht!« Sie zwang sich, so selbstbewusst und sorglos wie möglich zu wirken. Danach gab sie vor, völlig in die Post vertieft zu sein.

Lindsey schaute immer mal wieder besorgt zu ihr hin. »Du siehst total blass aus.«

»Deine Großmutter hat mich einfach mit dem Fall sitzenlassen. Ist nach Bath gefahren, hat den Wagen im absoluten Halteverbot abgestellt und dann beschlossen, dass eine Freundin sie dringender braucht als ich. Ich hätte in Torrington Towers wirklich Hilfe nötig gehabt, aber du kennst ja deine Oma. Sie hat immer was Wichtigeres zu erledigen. Etwas, das nur mit ihr allein zu tun hat«, merkte sie giftig an.

Lindsey ließ die Augen nicht von ihr. Die brüske Antwort ihrer Mutter hatte sie verletzt. Das konnte Honey an ihrer Miene ablesen. Sie bekam sofort ein schlechtes Gewissen.

»Tut mir leid, da war ich wohl zu bissig. Ich bin einfach müde. Erzähl mir von der Katze.«

Lindseys Schultern lockerten sich ein wenig.

»Die Katze ist weg. Der Fensterputzer hat ein Fenster offen stehen lassen, und Samson ist rausgesprungen, hinter einer Taube hergejagt. Seither ist er nicht mehr gesehen worden. Oma hat überall nach ihm gesucht, und Stewart natürlich auch. Der ist gar nicht erfreut darüber. Schließlich hat er über dreihundert Pfund für den kleinen Kater bezahlt.«

Honey schüttelte den Kopf. Der neue Ehemann ihrer Mutter hatte eindeutig mehr Geld als Verstand.

Lindsey schaute sie nach wie vor durchdringend und besorgt an. Honeys Ablenkungsmanöver hatte nicht funktioniert.

»Du siehst aus wie der Reisende im *Alten Matrosen.*«

Mit dieser Bemerkung riss sie Honey aus tiefen, verstörenden Gedanken.

»Wie *wer*?«

»Du weißt schon. Aus dem Gedicht von Coleridge. Da heißt es ungefähr …« Lindsey verdrehte die Augen zum Himmel, während sie versuchte, sich an die Worte zu erinnern, die sie in der Schule gelernt hatte. *»Da-di-da-di-da-di-da-daa … und nimmer rückwärtsschaut; er weiß, ein Feind ist hinter ihm; sein Herz schlägt bang und laut.* Ist ein Feind hinter dir?«

Viel zu nah hinter mir, dachte Honey und versuchte zu lachen. »Natürlich nicht. Ich geh jetzt ins Kutscherhäuschen und ruhe mich ein bisschen aus. Du kommst hier schon klar, nicht? Wenn du mich brauchst, ruf einfach an.«

Lindsey war nicht dumm. Nie gewesen. Schon als Kind war sie verständig über ihr Alter hinaus gewesen.

Honey spürte, wie ihr die Augen ihrer Tochter im Nacken brannten. Sollte sie ihr die Wahrheit erzählen und ihr Sorgen bereiten, oder sollte sie den Mund halten, bis alles aus und vorbei war – selbst auf die Gefahr hin, dass es mit ihr aus und vorbei war, für immer?

Im Kutscherhäuschen war es angenehm kühl, hier fühlte sie sich sicher. Die streunende Katze saß in einem Körbchen neben dem Kamin. Daneben lag ein Briefchen. Honey machte es auf und stellte fest, dass es von Smudger, ihrem Chefkoch, kam.

*Ich hoffe, es macht dir nichts aus, Honey, aber Albert ist obdachlos. Meine Vermieterin sagt, dass ich keine Haustiere halten darf, obwohl sie ihn bisher gar nicht bemerkt hat. Also habe ich ihn mit ins Hotel gebracht. Das Problem ist, dass er gleich in dein Häuschen geflitzt ist und sich weigert, wieder rauszukommen. Ich hoffe, das macht dir nicht allzu viel aus. Wir sprechen drüber, wenn du mal Zeit hast.*

Der Kater schlug ein Auge auf, um sie zu mustern, sprang

dann auf das Sofa und rollte sich neben ihr zusammen. Aus irgendeinem Grund, den sie sich nicht erklären konnte, trug sein zufriedenes Schnurren zu ihrem allgemeinen Gefühl der Sicherheit bei. Jedenfalls brachte sie es nicht übers Herz, ihn rauszuwerfen. Sie rief rasch bei Smudger an.

»Albert kann hierbleiben. Okay?« Smudger war sprachlos.

Honey nahm an, dass Lindsey den Korb besorgt und den Kater gefüttert hatte. Honey war eigentlich keine Katzenfreundin, aber heute fühlte sie sich durch die Gegenwart des Katers viel entspannter. Er schnurrte noch lauter, als sie ihm die Ohren kraulte, und seine großen gelben Augen hypnotisierten sie beinahe.

Trotz ihrer schweren Gedanken hatte sich Honey – dank der Katertherapie? – doch so gut entspannt, dass sie nach einem erholsamen Nachtschlaf, nun frisch geduscht und mit einem vernünftigen Frühstück im Magen, bestens aufgelegt im Green River nach dem Rechten sehen konnte.

Allerdings musste sie zu ihrem Leidwesen, aber auch ihrer Freude feststellen, dass ihre Tochter wirklich eine hervorragende Stellvertreterin war. Es war keine unerledigte Arbeit liegengeblieben. Das gab ihr einiges zu denken.

Der Morgen verging mit Routinearbeiten. Nachdem sie die Wäscheschränke kontrolliert, in der Küche mit Smudger den Speiseplan besprochen und die nötigen Bestellungen aufgegeben hatte, spazierte Honey zu einem kleinen Mittagessen ins Kutscherhäuschen zurück.

Albert, ihr pelziger Hausgast, erwartete sie bereits und beäugte hoffnungsvoll den Teller mit Thunfischsalat und gebuttertem Toast. Honey ließ sich jedoch nicht erweichen. Das wäre ja noch schöner!

Nach dem Essen machte sie es sich mit einer wohlverdienten Tasse Kaffee auf dem Sofa bequem. Albert gesellte sich unverzüglich zu ihr. Er schaute sie freundlich interessiert an. Nein, eigentlich starrte er ihr unverwandt ins Gesicht.

Ob es nun an diesem starren, beinahe hypnotischen Blick lag oder nicht, jedenfalls wanderten Honeys Gedanken wieder zum Thema Schürfrechte zurück.

Die Regierung hatte sich also die Schürfrechte unter dem Anwesen der Familie gesichert. Dann sollte es aber doch Anzeichen dafür geben, dass hier tatsächlich etwas abgebaut wurde, zum Beispiel Förderräder, abgestützte Stolleneingänge und Abraumhalden. Oder vielleicht nicht? Seit jenen Tagen, in denen Wales noch ein bedeutendes Zentrum des Kohlebergbaus war, hatte sich natürlich einiges geändert. Außerdem war hier nicht Wales. Und das neunzehnte Jahrhundert war auch vorbei, selbst das zwanzigste war vorüber. Aber was immer hier aus der Erde geholt wurde, der Abbau sollte Spuren hinterlassen.

Vielleicht bildete sie sich das nur ein, doch sie war sich sicher, dass die Augen des Katers aufgeleuchtet hatten. Konnte er Gedanken lesen?

»Du hast recht«, sagte Honey, während sie ihm weiter die Ohren kraulte und er sein Schnurren auf Güterzuglautstärke hochgefahren hatte. »Ortskenntnisse sind alles. Vielleicht habe ich was übersehen. Und in dem Fall weiß ich genau, wen ich da fragen kann.«

Der Kater kuschelte sich an ihre Hüfte, als sie mit ihrem Handy telefonierte.

»Casper, wissen Sie was über irgendwelche größeren unterirdischen Abbauarbeiten in Torrington Towers – so in der Art von Bergwerksaktivitäten? Gibt es irgendwelche Abraumhalden oder hässliche Metallkonstruktionen in der Nähe Ihres Familienstammsitzes?«

Sie hörte, wie er schmatzend an den Zähnen saugte. Er fände ja großen Gefallen daran, in einem Familienstammsitz zu wohnen, wenn auch vielleicht nicht gerade in einem mit Safaripark, sondern in einem noblen Anwesen seiner Wahl. Casper ließ sich nicht gern sagen, was er zu tun hatte. Er machte, was *er* wollte.

»Nein«, erwiderte er. »Und das ist ein ganz entschiedenes Nein, meine liebe Honey. Auf dem Anwesen von Torrington gibt es kein Bergwerk.«

Ortskenntnisse. Ortstratsch. Das hieß, dass man in den Dorf-Pub gehen musste. Und das bedeutete, dass sie nach Wyvern Wendell fahren musste. Sie überlegte, ob sie Doherty bitten sollte, mitzukommen, aber er ging wieder mal nicht an sein Handy. Es kam ihr merkwürdig vor, dass er nicht antwortete, doch sie vermutete, dass er dafür sicher wichtige Gründe hatte. Sie hinterließ ihm eine Nachricht.

»Ich werde ja jede Menge Gesellschaft haben«, sagte sie sich. »In der Dorfkneipe ist immer ziemlich viel los, also sollte ich dort nicht in Gefahr sein.«

Das hoffte sie jedenfalls inständig. Für Lindsey, die noch nicht aus der Mittagspause zurück war, aber am Abend wieder am Empfang Dienst tun würde, hinterließ sie eine Nachricht. Sie sei nur mal kurz weg, schrieb sie ihr. Mary Jane hatte am Empfang herumgelungert und das mitbekommen. Sie fragte, ob sie Honey Gesellschaft leisten solle. Honey lehnte dankend ab. Sie freute sich auf die Fahrt mit ihrem eigenen Wagen, in ihrem eigenen Tempo und ohne die Hupkonzerte und die obszönen Gesten, die Mary Janes Fahrkünste stets heraufbeschworen.

Die Dämmerung brach bereits an, als sie über die schmale Straße fuhr, die sich zwischen Brombeer- und Schlehenhecken den Hang hinunter in das Dorf schlängelte.

Wyvern Wendell war nicht gerade der Nabel der Welt, aber es war ein hübscher kleiner Ort mit einem Laden, der auch als Postamt diente. Rings um die Kirche standen Reihen schiefer Grabsteine, und der gedrungene Turm überragte alles. Honey kam an der Werkstatt und Tankstelle mit den altmodischen

Zapfsäulen vorüber und bewunderte ein uraltes emailliertes Werbeschild für Castrol Oil. Der Pub lag mitten im Dorf. Die Dachtraufe hing weit hinunter über quadratische Fenster, und die bleiverglasten Scheiben funkelten wie Diamanten.

Sie schaute in den Rückspiegel. Ab und zu tauchten ein paar andere Autoscheinwerfer auf, aber es schien ihr niemand zu folgen. Sie fühlte sich sicher und machte sich auf den Weg zum Pub.

Es ist eine altbekannte Tatsache, dass in jedem Dorf der Pub der Mittelpunkt für allen Klatsch und Tratsch ist. Wenn man hier nicht erfahren konnte, was in der Gegend ablief, würde man es auch woanders nicht rausbekommen.

Das Dorf war recht groß und würde wohl bald von einem Außenbezirk des nahe gelegenen Marktstädtchens verschluckt werden. Der Pub war eine willkommene Erinnerung daran, wie es hier früher einmal war. Die Wände waren krumm und schief, die Fenster klein und das Dach mit Stroh gedeckt.

Die Frau hinter der Theke hatte dunkles Haar und Messingohrringe, an denen man gut und gern schwere Samtvorhänge hätte befestigen können.

Honey bestellte eine Weißweinschorle. Sie hätte einen Wodka und Tonic vertragen können, aber da sie noch fahren musste, war wohl mit Mineralwasser gemischter Wein die bessere Wahl. Die Barfrau fügte noch zwei dicke Scheiben Zitrone aus einer Plastikdose hinzu. Honey verzog das Gesicht, verkniff sich aber jede Bemerkung. Sie mochte Zitrone, aber der Inhalt dieser Dose sah nicht sonderlich frisch und appetitlich aus. Die Nachfrage nach Zitrone war hier wohl nicht sehr hoch.

Sie kam mit ein paar Gästen ins Gespräch und erkundigte sich nach Bergbauaktivitäten in der Umgegend. Die Leute runzelten nachdenklich die Stirn und schüttelten den Kopf.

»Hier in der Gegend nicht.«

Honey stellte der Frau hinter der Theke dieselbe Frage.

Die spitzte die grellroten Lippen und schien sich zu konzentrieren.

»Nein. Nein«, sagte sie schließlich und unterstrich ihre Worte mit einem entschiedenen Kopfschütteln.

Honey seufzte.

»Vielleicht haben die noch nicht damit angefangen«, vermutete die Barfrau.

Das wäre auch eine Möglichkeit, dachte Honey. Aber die Rechte waren doch schon vor dreißig Jahren vergeben worden. So lange konnte so was unmöglich dauern.

Die Barfrau war neugierig. »Arbeiten Sie für den Neuen in Torrington Towers?«

Honey bejahte das.

»Na so was. Also ich, ich würde so schnell nicht in die Fußstapfen von jemandem treten, den man ermordet hat. Und wenn er noch so lange zur Familie gehört hat. Auf dem Haus liegt ein Fluch, sage ich Ihnen. Ist doch klar, oder?«, verkündete sie, während sie an ihren baumelnden Ohrringen zupfte.

Nun preschte der Wirt vor, schubste dabei die Barfrau unsanft zur Seite.

»Hören Sie bloß nicht auf die. Wir werden den Neuen herzlich willkommen heißen, wann immer er hier auftaucht.«

»Wirklich?«

»Darauf können Sie Gift nehmen. Wir wollen doch, dass der Safaripark und das Haus geöffnet bleiben. Haben Sie eine Vorstellung, wie viel Geld und Arbeit das dem Dorf bringt?«

»Ich kann es nur vermuten.«

»Ein verdammt gutes Auskommen haben wir davon. So ist's. Ehe der alte Lord das alles aufgemacht hat, gab's hier im Dorf rein gar nichts. Jede Wette, dass all die kleinen Geschäfte – einschließlich des Pubs – sonst schon längst pleite wären.«

Zwei alte Männer saßen am Fenster über einen Tisch gebeugt und spielten Dame. Zwei andere warfen Pfeile auf eine Dartscheibe. An ihren unsteten Blicken konnte Honey erkennen, dass sich keiner von ihnen auf sein Spiel konzentrierte.

Die beiden Dartspieler waren gedrungen und hatten harte Gesichter. Honey wollte keinem von denen im Dunklen begegnen.

Ein anderer Mann saß mit starrem Blick zusammengesunken auf einem Sessel nah beim Kamin, wo ein einziges Holzscheit in der Asche glühte. Ein Jack Russell Terrier schaute Honey unter dem Sessel hervor an. Als die zurückschaute, fletschte der Hund die Zähne, die ziemlich eindrucksvoll waren, so acht von zehn möglichen Punkten auf der Gruselskala.

»Fassen Sie bloß diesen Hund nicht an«, zischte die Frau hinter der Bar, als sie bemerkte, dass Honey das Tier betrachtete.

»Wollte ich doch gar nicht.«

»Der reagiert leicht sauer.«

»So sauer wie diese Zitrone, was?«

Honeys Zunge kribbelte. Ihre Lippen brannten. Die Zitrone hatte während ihrer langen Gefangenschaft in der Plastikdose eindeutig in einem Bad aus Zitrusextrakt gelegen.

Da die Männer an der Dartscheibe und am Damebrett ohnehin alle zuhörten und hersahen, hatte Honey große Lust, ihnen einfach irgendeine Bemerkung vor die Füße zu werfen, um sie etwas aufzurütteln. Aber sie verkniff sich das und konzentrierte sich wieder auf den Zweck ihres Besuchs.

»Sie sind sich also sicher, dass hier nie was abgebaut wurde?«

Der Wirt trat von einem Bein aufs andere. Die Bardame nahm einen Lappen zur Hand und polierte die Messingzapfhähne.

»Doch, das könnte schon sein. Vor Jahren.« Der Wirt hatte die kratzige Stimme eines Kettenrauchers.

»Wie lange ist das her?«

Er zuckte die Schultern. Dann krempelte er einen seiner hochgerollten Ärmel noch ein bisschen weiter auf. Honey erblickte eine Tätowierung, die eine nackte Dame zeigte, unter der der Name Rita stand. Die Nackte hatte nur wenig Ähnlichkeit mit der drallen Dame hinter der Bar.

Der Wirt spitzte nachdenklich die Lippen und zuckte erneut die Achseln. »Vielleicht fünfzig Jahre. Vielleicht auch hundert.«

Damit konnte Honey wenig anfangen. Die Schürfrechte waren ja erst vor dreißig Jahren an die Regierung übergegangen, und jetzt hatte der Vertrag noch fünf Jahre Laufzeit; vielleicht auch mehr, wenn die Regierung es wollte.

»Was wurde denn da abgebaut?«, fragte Honey.

»Stein. Bath-Sandstein. Den haben sie dazu benutzt, die vornehmen Paläste in Bath zu bauen, die georgianischen Häuserterrassen und so. Auch in anderen Städten. Sogar in London.«

Sogar in London. Das sagte er, als müsste es Honey vom Hocker hauen.

»Interessant.« Eigentlich zum Gähnen langweilig. Honey konnte sich immer noch nicht erklären, warum sich jemand hier Abbau- und Schürfrechte sicherte. Schon gar nicht die Regierung. Baute man Stein wirklich unterirdisch ab? Vielleicht brauchten sie den Stein für Reparaturen an den Gebäuden in Whitehall? Das war aber doch sehr unwahrscheinlich. Also, wozu die Abbau- und Schürfrechte, wenn es nicht um den Stein ging? Da gab es doch nicht mehr außer Höhlen, großen, ausgedehnten Höhlen …

»Kilometerlange Tunnel sind hier unter der Erde«, verkündete in diesem Augenblick der Wirt. »Manche sagen, dass in alten Zeiten die Leute da unten gelebt haben – in den Höhlen und so. Manche behaupten sogar, dass es da Zeichnungen gibt.«

»Hat die dieser Professor Collins untersucht?«, hakte Honey gleich nach.

Der Wirt schaute sie verständnislos an. Zugleich hatte Honey den Eindruck, dass ihre Frage die Männer an der Dartscheibe ein wenig aus dem Tritt gebracht hatte. Die standen wie versteinert da und lauschten.

»Das war echt ein seltsamer Typ. Hat hier meistens abends was gegessen. Ich hab ihn nicht sonderlich gemocht«, sagte die Frau hinter der Bar, die mit Sicherheit die Wirtin war. Rita. Die Frau schüttelte den Kopf, als hätte man ihr gerade auf einem Teller irgendein ausländisches Drecksessen vorgesetzt. Sie sah nicht so aus, als wäre sie der Typ, der ausländisches Drecksessen mag. Für sie kamen hundertprozentig nur Fish and Chips oder Cornish Pasties in Frage.

»Aus irgendeinem bestimmten Grund?«, erkundigte sich Honey.

»Der hatte die Augen zu nah beieinander. Und der hat sich hier immer betrunken.«

»Na ja, es ist ja ein Pub«, merkte Honey vernünftig an.

»Und ein schmieriger Kerl war das«, fügte die Wirtin hinzu und senkte die Stimme so sehr, dass Honey sich fragte, ob der Professor ihr mal das Hinterteil begrabscht hatte, als sie sich hinuntergebeugt hatte, um ein neues Bierfass anzuschließen. Doch Ritas nächste Bemerkung widerlegte diese Vermutung auf der Stelle.

»Dem war die Gesellschaft von Männern lieber, wenn Sie wissen, was ich meine. Eindeutig vom anderen Ufer war der.«

Dass die Frau Collins für schwul hielt, schien Honey seltsam, wenn sie an sein Verhalten neulich im Restaurant dachte. Es konnte sich wohl kaum um denselben Mann handeln. Da musste sich die Wirtin irren. Honey wechselte das Thema.

»Kaufen Sie eigentlich Ihre Schweinefleischpastetchen hier im Ort?«, fragte sie.

»Nein. Vor Ort macht die niemand«, antwortete die Frau.

Das kam Honey merkwürdig vor. Auf der Karte in Miss Belvederes Büro war doch eine Fabrik für Pasteten und Würste eingezeichnet gewesen. Sollte sie die erwähnen? Sie entschied sich dagegen. Pasteten und Würste waren nun wirklich nicht so wichtig.

Lindsey war nach dem Schulabschluss nicht auf die Universität gegangen. Ihr wendiges Gehirn ließ sich nicht in ein einziges Fach oder einen Studiengang pressen, der so eng war wie ein Fischbeinkorsett. Ihre Gedanken wanderten frei, ihre Freunde kamen aus allen möglichen Lebensbereichen, und sie half ihrer Mutter begeistert, das Hotel zu führen. Honey Driver würde niemals zugeben, dass ihre Tochter die bessere Managerin war, aber Lindsey wusste das, und nur darauf kam es an. Leute aus den entferntesten Ecken der Welt kennenzulernen, das brachte ihr mindestens genauso viel, wenn nicht gar mehr geistige Nahrung als ein Lehrbuch. Täglich spazierten Dutzende von Touristen in den Empfangsbereich, Persönlichkeiten aller Art. Lindsey studierte sie alle genau. Manche waren leicht zu durchschauen, die meisten recht charmant, aber es gab da natürlich immer auch Ausnahmen. Die waren ein wenig schwerer zu ergründen und zu begreifen, und es dauerte bei ihnen ein bisschen länger, bis man sie eingeordnet hatte. Lindsey hatte einen guten Instinkt für den Charakter ihrer Gäste entwickelt.

Und dabei hatte sich auch das Geschick herausgebildet, die Gedanken ihrer Mutter zu lesen. Sie wusste, wann Honey sich freute, wann sie glücklich war und wann sie Angst hatte. Im Augenblick hatte ihre Mutter Angst. Mehr als Angst. Todesangst! Sie war in letzter Zeit so schreckhaft geworden. Lindsey hatte schon überlegt, sie darauf anzusprechen, wusste aber, dass Honey es nur leugnen würde.

Ihr erster Reflex war gewesen, sie geradeheraus zu fragen, was los war. Der zweite war, sich zurückzulehnen und abzuwarten, bis Honey es ihr von sich aus sagte.

Klar, ihre Mutter hatte sich auch schon bei den anderen Kriminalfällen Sorgen gemacht, mit denen sie zu tun gehabt hatte. Doch diesmal spürte Lindsey, dass es anders war, anders und viel ernster. Noch nie hatte Honey bei einem Fall so ängstlich gewirkt. Diesmal redete sie auch gar nicht mit Lindsey oder Mary

Jane über Einzelheiten. Lindsey hätte eigentlich gedacht, dass sie das tun würde, vor allem, weil ja Casper St John Gervais in die Sache verwickelt war. Honey hatte gestern am Empfangstresen ein paar Zettel vergessen. Auf einem davon hatte sie einen Kringel um den Namen Professor Lionel Collins gemacht. Irgendwie kam Lindsey dieser Name bekannt vor. Bis heute Abend würde sie sicher herausfinden, warum das so war.

Ihre Großmutter war im Augenblick auch nicht gerade mitteilsam. Sie hatte sogar vergessen, Lindsey zu tadeln, als sie sie aus Versehen mit Oma anstatt mit Gloria angesprochen hatte. Schon vor langer Zeit hatte Gloria ihrer Enkelin mitgeteilt, dass sie sich uralt fühlte, wenn Lindsey sie Großmutter, Oma oder gar Omi nannte.

Die wird sich nie ändern, überlegte Lindsey, und wenn sie neunzig wird.

Im Augenblick blieb ihr also nichts anderes übrig, als selbst der Sache auf den Grund zu gehen. Sie hegte den Verdacht, dass der Schlüssel zu diesem Fall mit Casper St John Gervais zu tun hatte.

Lindsey nahm sich also vor, mal im La Reine Rouge vorbeizuschauen und mit Casper zu reden. Doch zunächst hatte sie eine Verabredung zum Mittagessen.

Da, das war's! Jetzt wusste sie wieder, wo sie den Namen Lionel Collins schon mal gehört hatte. Daphne, eine alte Schulfreundin, hatte einen Abschluss in Geologie und Archäologie, und die hatte bei diesem Professor studiert. Schön, dann konnten sie beim Essen außer über die guten alten Zeiten auch noch über den Professor reden.

Der Boathouse Pub schmiegte sich unweit der Fernverkehrsstraße A4 in eine Biegung des Flusses. Der große Parkplatz war jetzt schon halb voll, obwohl es noch nicht einmal Mittag war.

Lindsey schloss ihr Fahrrad unter einem Baum an einen Laternenpfahl an.

Daphne winkte ihr von einem Tisch aus zu, der so weit wie nur möglich von der Bar entfernt war.

Da ist es wenigstens ruhig, überlegte Lindsey. In der Bar schien ein Treffen junger Mütter stattzufinden. Es waren einige »schicke Mamis« dort, die sich zusammen mit ihren Vorschulsprösslingen ein frühes Mittagessen gönnten.

Die jungen Mütter begrüßten einander mit Küsschen und kurzen Plaudereien über das Leben, ehe sie ein kalorienarmes Mittagessen und Mineralwasser bestellten.

Es entging Lindsey nicht, dass Daphnes Blick oft zu der Mutter-Kleinkind-Gruppe wanderte.

»Interpretiere ich deine Gluckenblicke richtig?«, fragte Lindsey vorsichtig.

Daphne errötete, als hätte Lindsey sie ertappt.

»Ich bin ungefähr im dritten Monat. Hast du das etwa bemerkt?«

»Nicht dein Bäuchlein«, gab Lindsey zu. »Nur dass du so blühend aussiehst. Früher sind deine Blicke zu Schuhgeschäften gewandert oder zu Rugbyspielern mit knackigem Hintern und stahlharten Oberschenkeln. Jetzt schweifen sie zu Menschen unter vier Jahren.«

Daphne zuckte die Achseln. »Ich habe beschlossen, dass es an der Zeit ist, eine Familie zu gründen. Wie ist es bei dir? Hast du im Augenblick jemand Besonderen in deinem Leben?«

Lindsey war ganz aufrichtig. »Ja. Da gibt es jemanden. Er hat mich gefragt, ob ich mit ihm in die Anden reise. Eigentlich hat er sogar vor, eine Expedition nachzumachen, die vor Jahren einmal ein Forscher mit zwei Pferden unternommen hat. Er hat es sich in den Kopf gesetzt, etwas Ähnliches zu versuchen – den ganzen Gebirgszug entlangzureisen, vom äußersten Norden des nordamerikanischen Kontinents bis nach Feuerland.«

Daphne bekam große Augen. »Und machst du mit?«

Lindsey dachte an ihre Mutter, das Hotel und die vertraute

Umgebung in Bath. Sie dachte auch an Sean. Er hatte eine Brille und einen verträumten Blick und trug wild zusammengewürfelte Klamotten, aber darunter war er ein ganzer Kerl.

»Ich bin in Versuchung. Sehr sogar.« Sie dachte an die Ängste, die ihrer Mutter im Augenblick aus den Augen schauten, die sie aber nicht zugab. »Ich muss erst noch ein paar Sachen erledigen, ehe ich mich festlegen kann.«

Daphne schüttelte den Kopf. »Du warst schon immer viel verantwortungsbewusster als wir anderen.«

Das stritt Lindsey nicht ab. Doch sie hatte Dringenderes zu besprechen.

»Du hast mal einen Professor Lionel Collins erwähnt, bei dem du studiert hast. Ich kann dir nicht sagen, warum ich das wissen will, aber ich habe mich gefragt, ob du mir was über den erzählen kannst.«

Eine kleine Denkfalte erschien zwischen Daphnes feingezupften Augenbrauen. Sie zuckte kaum merklich mit den Achseln.

»Der war eine echte Sahneschnitte, hat sich aber leider für uns Mädels nicht interessiert. Kannst du mir einen Tipp geben, worum es dir hier geht?«

Lindsey schüttelte den Kopf. »Eigentlich nicht. Jemand hat seinen Namen erwähnt.«

»Im Zusammenhang mit …?«

Lindsey dachte nach. Eine Andeutung konnte doch nicht schaden, oder?

»Der Bruder eines Freundes ist umgekommen. In dem Zusammenhang habe ich seinen Namen gehört.«

Daphne grinste. »War der Bruder von deinem Freund zufällig wahnsinnig attraktiv?«

Diese Frage, zusammen mit Daphnes vorigem Kommentar über das mangelnde Interesse des Professors an den Mädels brachte Lindsey sofort die Erleuchtung.

»Der war schwul?«

»Ohne Zweifel.«

Irgendwie passte das nicht so ganz. Lindseys Großmutter hatte angedeutet, dass der Professor Honey zum Abendessen ausgeführt hatte und ziemlich aufdringlich geworden war.

»Bist du dir ganz sicher?«

»Absolut. Hundertpro.«

Während sie vom Boathouse zum La Reine Rouge radelte, dachte Lindsey über ihre Freundin Daphne nach. Die fing nun ein ganz neues Leben an. Okay, ein Baby zu kriegen, das schien Lindsey jetzt nicht gerade sehr verlockend, aber sie kam doch ins Grübeln. Sie war kein Kind mehr, und ihre Mutter war bestens imstande, auf sich selbst aufzupassen.

So war es nicht immer gewesen. Nach dem Tod von Lindseys Vater war Honeys Leben ein wenig aus dem Ruder gelaufen. Sie hatte keine Ahnung gehabt, wie es mit ihrem Leben weitergehen sollte. Das Einzige, was sicher war: Sie musste dafür sorgen, dass sie anständig verdiente, damit sie ihr Kind großziehen konnte.

Lindsey wusste, wie viel ihre Mutter an Herzblut und Geld in das Hotel gesteckt hatte, obwohl sie sich erst nur ziemlich zögerlich für diese Laufbahn entschieden hatte. Ursprünglich hatte sie es ihrer Tochter zuliebe getan. Dafür war Lindsey ihr unendlich dankbar. Sie grübelte weiter. Sollte sie Seans Angebot annehmen? Oder sollte sie lieber weiter eine wichtige Rolle im Leben ihrer Mutter spielen? Da war das letzte Wort noch nicht gesprochen. Darüber musste sie nachdenken.

Casper war überrascht, Lindsey zu sehen.

»Meine Liebe! Welchem Umstand verdanke ich diese seltene Ehre?«

Wie gewöhnlich war er elegant gekleidet. Alles war genau, wie es sein muss: makellos weißes Hemd, dezent gemustertes Halstuch, blaugestreiftes Jackett, dunkelblaue Chinos. Casper mit seiner Eleganz und Perfektion war das genaue Gegenteil von ihrem liebsten Sean. Irgendwie fand sie das recht komisch und musste unwillkürlich lächeln. Doch dann bemerkte sie die dunklen Ringe unter Caspers Augen, die dort früher nicht gewesen waren.

Casper bat sie mit einer Handbewegung, auf einem cremeweißen Sessel Platz zu nehmen. Der sah aus, als stammte er aus dem frühen achtzehnten Jahrhundert.

Lindsey dankte Casper und setzte sich. »Ich mache mir Sorgen um meine Mutter.«

Casper nickte stumm und wandte den Blick ab. Ein verhärmter Zug trat um seinen Mund. Sofort war Lindsey klar, dass er etwas verschwieg.

»Ich möchte wissen, worum es bei diesem Fall wirklich geht«, sagte sie mit forscher Stimme.

Casper bekam das erste Aufflackern von schlechtem Gewissen rasch in den Griff, spannte die Kiefer an und schaute so nichtssagend und unnachgiebig wie möglich. Eine tolle schauspielerische Leistung! Hätte er sich nicht fürs Gastgewerbe entschieden, er hätte auch auf der Bühne Karriere machen können.

»Aber meine Liebe!« Er lachte leise. »Ich weiß wirklich nicht …«

»Professor Lionel Collins. Kennen Sie den?«

»Also, jetzt hören Sie mal …«, wollte Casper lospoltern.

»Nein! Jetzt hören *Sie* mal. Ich kann mich des Gefühls nicht erwehren, dass man meine Mutter in eine Situation hineingedrängt hat, die ihr über den Kopf gewachsen ist. Ich mache mir große Sorgen um sie. Und jetzt will ich wissen, worum es hier wirklich geht!«

»Meine Liebe …«

»Ich bin nicht Ihre Liebe, also wiederholen Sie sich bitte nicht, und hören Sie auf, hier so herumzueiern. Meine Mutter ist mit einem Mann zum Abendessen ausgegangen, der behauptet hat, Professor Lionel Collins zu sein. Meiner Großmutter hat sie erzählt, dass der Typ wie eine Klette an ihr gehangen hat.«

Casper setzte sich kerzengerade auf. Lindsey vermutete, dass er sie immer für das Mädchen gehalten hatte, das freundlich und nett im Hinterzimmer des Green River Hotel hockte, den Blick starr auf den Computerbildschirm gerichtet und alle Fäden fest in der Hand hatte.

»Zum Geschmack Ihrer Mutter in puncto Männer möchte ich mich nun wirklich nicht äußern ...« Diese Bemerkung und das kleine glucksende Lachen rochen förmlich nach Ablenkungsmanöver.

Lindsey blieb eisern. »Tun Sie nicht so, als wüssten Sie nichts. Ich bin zufällig mit der Lebensgeschichte des echten Professors ein wenig vertraut. Ein gutaussehender Mann, einer meiner Freundinnen zufolge, die bei ihm studiert hat. Aber er ist keineswegs auf die Avancen seiner Studentinnen eingegangen. Nach allem, was ich da gehört habe, kann dieser Mann meiner Mutter nicht derart auf die Pelle gerückt sein. Es muss jemand anderer gewesen sein, nicht der Professor! Was ist die Wahrheit? Was geht hier vor?«

Casper ließ die Schultern hängen. Er wirkte völlig verunsichert, schien nicht zu wissen, was er als Nächstes tun sollte.

»Entschuldigen Sie. Ich muss eben mal schnell telefonieren.«

Mit diesen Worten ließ er sie allein. Da saß sie nun steif und aufrecht auf einem wunderschönen antiken Stuhl. Ihr Gesicht war blass und wie versteinert. Sie hatte Angst um ihre Mutter. Große Angst.

Ungute Vorahnungen krochen ihr wie Frost über die Haut. Gleich würde sie etwas Schlimmes zu hören bekommen. Sie wünschte sich, Mary Jane wäre hier und könnte ihr erklären, was da gerade mit ihr passierte. Die Professorin des Paranormalen hielt ja Instinkt und Vorahnungen für ganz normale Teile der menschlichen Persönlichkeit, die erst in neuerer Zeit durch die Herrschaft der Vernunft entthront worden waren.

Plötzlich schlug eine Standuhr und schreckte Lindsey auf. Ihre instinktive Furcht blieb. Ebenso wie die Überzeugung, dass Casper viel mehr wusste, als er zugab.

Lindseys Augen füllten sich mit Tränen. Sie konnte sich den Grund dafür nicht erklären. Einfach nur Anspannung, sagte eine Stimme in ihrem Kopf. Es würde dir guttun, dich mal richtig auszuweinen.

Als Casper von seinem Telefonat zurückkehrte, waren Lindseys Augen feucht, und eine einsame Träne kullerte ihr noch über die Wange.

»Meine Liebe, leider ...« Casper hatte Ausflüchte machen wollen, unterbrach sich aber mitten im Satz. Lindsey, Honeys Tochter, weinte. Auf einmal war ihm völlig egal, was man ihm gesagt hatte. Was er ihr mitteilen sollte und was nicht. Er machte eine Kehrtwende.

Mit einer eleganten Handbewegung zog er ein weißes Seidentaschentuch aus der Brusttasche.

»Mein liebes Kind. Bitte, hier. Trocknen Sie Ihre Tränen.«

Er schaute durch die Verandatür auf den wunderschön gepflegten Garten im Innenhof, die Hände hinter dem Rücken verschränkt. Der Anblick von Japanischem Ahorn und einer Vielzahl anderer Pflanzen, deren Namen er nicht kannte, half ihm, eine wichtige Entscheidung zu treffen, eine Entscheidung, die ihn vielleicht teuer zu stehen kommen würde.

Er fuhr herum. »Die soll doch alle miteinander der Teufel holen! Es ist mir egal, was passiert. Sie verdienen es, die Wahrheit zu erfahren!«

# Kapitel 30

»Schöner Tag. Schönes Auto.«

Fred Cromer, der Besitzer der Autowerkstatt in Wyvern Wendell, nickte und hängte die Schlüssel für einen Oldtimer Ford Capri an einen der kleinen Messinghaken über seiner ölverschmierten Werkbank.

»Ein ganz frühes Modell«, erwiderte er stolz, während seine Augen über den aalglatten Typen schweiften, der seinen BMW in die Werkstatt gebracht hatte, weil er meinte, der Wagen verlöre Öl. Es schien Fred seltsam, dass mit einem so nagelneu wirkenden schönen Auto irgendwas nicht stimmen sollte. Er hatte bei der Inspektion ja auch prompt nichts gefunden. Trotzdem, der Kunde hat immer recht.

Dominic deutete mit dem Kopf auf den Capri. »Ist das Ihrer?«

Fred Cromer strahlte. Er war zu Recht stolz auf das alte Auto.

»Ja. Ich vermiete den auch. Nur, falls Sie Interesse haben.«

»Ich hätte nichts gegen eine kleine Probefahrt.«

Dominic Christiansen fuhr mit der Hand über die Kühlerhaube. Mit der anderen zog er seine Brieftasche hervor, um seine Rechnung zu bezahlen.

»Der ist ja noch warm. War wohl heute vermietet?«

Cromer nickte. »Heute Morgen.«

Mit flinken Füßen folgte Christiansen nun Fred Cromer in das düstere Innere der unordentlichen Reparaturwerkstatt. Sein BMW war schon von der Reparaturgrube heruntergeschoben, die Schlüssel steckten, alles war für eine schnelle Abfahrt bereit.

Irgendwo unter all dem Fett und Öl war ein Betonboden. Auto- und Motorenteile lagen auf Werkbänken und Regalbrettern aus grobgehobeltem Holz.

»Wie wär's mit einer Tasse Tee?«, fragte Fred.

»Nein, danke. Haben Sie den Wagen schon lange?«

»Hab ihn vor etwa drei Monaten einem jungen Typen abgekauft, der hier in der Gegend bei einer Grabung war. Das war ein Ire, glaube ich. Damals sind ein Haufen von diesen Hippie-Typen hier aufgetaucht, Studenten die meisten, haben auf dem Anwesen von Torrington rumgebuddelt. Der Typ mit dem Capri hat mir dann auch diesen Bus verkauft, ehe er abgehauen ist.« Er deutete auf einen VW-Bus. »Noch so ein Klassiker. Ich bin ein Fan von Autoklassikern. Damals hat man die Autos noch für die Ewigkeit gebaut. Da ist kein elektronischer Schnickschnack nötig, damit die fahren. Alles reine Mechanik. Allerdings finde ich, dass er's mit den Blumen und so ein bisschen übertrieben hat. Aber so sind die Hippies nun mal.«

Christiansen nickte. »Ja, das denke ich auch.«

»Sein Fahrtenbuch mit Namen und allem hat er mir zudem dagelassen.«

»Können Sie ihn mir beschreiben?«

Fred Cromer schaute sich den eleganten Herrn mit zusammengekniffenen Augen an.

»Sind Sie 'n Bulle?«, fragte er misstrauisch.

»Wie kommen Sie denn darauf?«

»Nun, erstens ist Ihr Auto tipptopp in Schuss. Und zweitens stellen Sie 'n Haufen Fragen.«

»Okay. Erwischt. Und jetzt erzählen Sie mir mehr von dem jungen Mann. Beschreiben Sie ihn mir bitte, diesen irischen Hippie.«

Cromer wischte sich mit dem Handrücken unter der Nase entlang und schniefte.

»Langes hellbraunes Haar, Bart und so 'ne Nickelbrille, wie sie John Lennon getragen hat«, berichtete Fred, während er sich mit einem Lappen überschüssiges Fett von den Händen putzte. »Und ein Tuch um den Kopf. Sie wissen schon. Das Übliche.

Schlabberige Jeans. Sandalen. Da muss ich immer lachen. Diese Hippies tun so, als wären sie mordsmäßig anders als alle anderen, total alternativ, und dann sehen sie alle miteinander gleich aus. Blöde Deppen.«

Christiansen stand mit den Händen in den Taschen da, hielt den Kopf leicht geneigt. Er überlegte, wie viel mehr er über den Vorbesitzer dieses VW-Busses wusste als Fred.

»Was für einen Namen hat er Ihnen genannt?«

Die Art, wie er diese Frage formuliert hatte, ließ Fred aufschauen.

»Das klingt ja ganz so, als hätte er ziemlich viele verschiedene Namen gehabt?«, vermutete der Werkstattbesitzer.

»Hippies bleiben doch nicht immer bei den Namen, die sie von ihren Eltern bekommen haben«, erwiderte Dominic aalglatt. »Die sind ihnen nicht aufregend genug. Ich habe schon von Typen gehört, die sich dann Sid mit der sanften Stimme nannten oder Radillion Regenbogen und Gott weiß was noch.«

»Ah! Verstehe. Patrick Casey. Ja«, sagte er dann nach kurzem Überlegen. »Ja, das war's. Das müsste auch im Fahrtenbuch stehen. Und die Adresse.«

Christiansen nickte. Allerdings würden weder der Name noch die Adresse stimmen. Der Tarotmann verwischte überaus gekonnt seine Spuren – ob es nun um seine professionelle Tätigkeit oder um seine Freizeitaktivitäten ging. Und er wechselte seine Identität blitzschnell und mit meisterhaftem Geschick.

Fred ging das Wechselgeld holen. Dominic wartete nicht darauf. Als Fred zurückkam, sah er nur noch die Rücklichter des eleganten Autos im Regen verschwinden.

Auf dem Rückweg zu dem Cottage, in dem er für die Dauer dieses Auftrags wohnte, hielt Christiansen bei einer Telefonzelle an und wählte die übliche Nummer. Eine markige Stimme antwortete. Er erzählte dem Mann, was er vorhatte.

»Sie dürfen ihr nicht mehr sagen, als Sie ihr bereits verraten haben. Wir brauchen sie, um ihn aus der Deckung zu locken.«

»Aber es ist doch sicher nur fair, dass sie weiß, wie er gerade aussieht. Sie muss wissen, mit wem sie es zu tun hat.«

# Kapitel 31

Honey wachte bibbernd auf, als der Wind ums Haus heulte und das Schiebefenster im Rahmen klapperte. Zu ihrer Überraschung war sie noch vollständig angekleidet. Sie erinnerte sich vage daran, dass sie in den Pub im Dorf hier gegangen war und dort ein paar Fragen gestellt hatte. Aber sie hatte doch vorgehabt, gleich anschließend wieder nach Bath zu fahren?

Nach und nach fiel ihr ein, dass es spät geworden war und sie schließlich in Torrington Towers nach einem Zimmer gefragt hatte. Zum Glück war dort noch jemand auf gewesen. Verschwommen erinnerte sie sich daran, dass sie sogar noch etwas zu essen bekommen und eine Flasche billigen Wein getrunken hatte.

Ihr pochender Schädel war ein schlagender Beweis dafür, dass der Wein nicht besonders gut gewesen war. Sie vermutete, dass Miss Vincent oder eine der anderen Frauen sie hier auf dem Bett abgeladen hatte.

Es war dunkel im Zimmer. Aber es war doch sicherlich schon Morgen?

Ihr Telefon klingelte. Sie streckte die Hand nach der Nachttischlampe aus, schaltete sie ein und nahm das Gespräch an.

»Mutter! Alles in Ordnung mit dir?« Lindseys Stimme klang aufgeregt. Honey legte sich eine kühle Hand an die Stirn und versuchte sich zu erinnern, ob sie ihre Tochter je so aufgeregt erlebt hatte.

»Mutter, wo bist du?«

»In Torrington Towers. Weißt du, ich bin gestern Abend in den Pub im Dorf hier gegangen und habe ein paar Fragen gestellt, und dann …«

»Mutter. Mach sofort, dass du da wegkommst. Fahr so schnell, wie du nur kannst, wieder hierher.«

Honey ging zum Fenster und zog einen Vorhang zur Seite. Die Zweige der Bäume wehten wild im Wind, und es regnete in Strömen.

»Lindsey, ich bin hier noch nicht ganz fertig. Großer Gott, das Wetter ist ja richtig schauderhaft geworden.«

»Mutter, das Wetter ist jetzt egal. Wenn du nicht sofort in dein Auto steigst, komm ich dich holen. Die Sache ist eine Nummer zu groß für dich. Absolut. Weißt du, der Professor Collins, mit dem du aus warst, war nicht Collins. Casper hat mir erzählt, dass der echte Collins ein entfernter Verwandter von Casper war. Der war es, den man da am Bahndamm ermordet aufgefunden hat. Das war gar nicht Caspers Bruder. Es ist eine Falle, eine Falle, um …«

Dann war die Leitung tot. Ein flackerndes grünes Licht signalisierte Honey, dass der Akku leer war.

Mit schwummrigem Kopf ließ sie sich wieder aufs Bett sacken, lehnte sich an die Kissen und schloss die Augen.

Hinter geschlossenen Lidern dachte sie über Lindseys Anruf nach. Es war mehr als nur Aufregung in der Stimme ihre Tochter gewesen. Es hatte nackte Angst darin mitgeschwungen.

Honey setzte sich so abrupt auf, dass ihr schwindelig wurde.

Sie schwang die Beine über die Bettkante, stellte ganz vorsichtig die Füße auf den Boden. Ihr schwirrte noch immer der Kopf. Auch tiefes Atmen half nicht sonderlich viel. Aber ihr fiel nichts Besseres ein. Also atmete sie tief. Gleichzeitig versuchte sie, ihre Augen mit reiner Willenskraft dazu zu zwingen, auf einen festen Punkt zu schauen. Im Moment fühlte sie sich nämlich, als schaukelte sie auf einem Trapez in der Zirkuskuppel. Sobald sich alles ein wenig beruhigt hatte und sie wieder klar sah, bemerkte sie, dass jemand einen Zettel auf den Nachttisch gelegt hatte. Die Nachricht war von Miss Vincent.

*Der Chefredakteur der Western Daily Press hat angerufen. Sie können den Reporter Geoffrey Monmouth heute Abend zu Hause erreichen. Untenstehend finden Sie seine Telefonnummer. Er sagt, er hätte Informationen für Sie. Dringend.*

Honey runzelte die Stirn. Was für Informationen? Monmouth hatte sich doch schon bei Casper entschuldigt. Was sollte es denn da noch geben?

Honey ging ihr Gehirn durch wie ein Notizbuch, erwog rasch alle Möglichkeiten. Viele waren es ja nicht. Unter Umständen hatte der Chefredakteur Monmouth davon überzeugt, ihr zu verraten, wer ihm die falschen Informationen übermittelt hatte. Denn irgendjemand hatte das gemacht, aber wer und vor allem warum?

Leider war ihr Handy außer Gefecht.

Miss Vincent hatte sich schon wieder durch das Mistwetter zum Herrenhaus durchgekämpft. Sie berichtete Honey, die Festnetzverbindung wäre gestört. Die fiel also auch aus.

»Haben Sie ein Handy?«, fragte Honey.

Miss Vincent schaute sie an, als hätte sie etwas Unanständiges von ihr verlangt.

»Und sonst ist niemand hier. Sie könnten den Münzfernsprecher in der Cafeteria benutzen. Der funktioniert vielleicht noch.«

Wenn es nicht so wichtig gewesen wäre und wenn Miss Vincent ihr nicht ein paar zünftige Gummistiefel und einen riesigen Regenmantel geliehen hätte, Honey wäre hübsch im Warmen hocken geblieben, bis sich der Sturm gelegt hatte. Doch sie rief sich ins Gedächtnis, dass hier in England ein solcher Regen mehrere Tage anhalten konnte. Also hatte sie keine andere Wahl.

In den zeltartigen Regenmantel gehüllt, machte sie sich in den zwei Nummern zu großen Gummistiefeln auf den Weg, den Kopf gegen den heulenden Wind und peitschenden Regen gesenkt.

Der Münzfernsprecher war nicht eigentlich in der Cafeteria, sondern stand in einiger Entfernung draußen an einer Steinmauer.

Man bemühte sich wohl, die Traditionen aufrechtzuerhalten, und hatte hier eine der alten roten Telefonzellen aufgestellt, in dem vergeblichen Versuch, die Besucher dazu zu bringen, sich einmal von ihren Handys zu trennen und ein wenig in nostalgischen Erinnerungen zu schwelgen. Honey fand nicht, dass es einem sonderlich nostalgische Gedanken einflößte, wenn man nass bis auf die Haut wurde. Aber was wusste sie schon?

Die Tür zur Telefonzelle war nur mit beiden Händen aufzuziehen. Das Ding war tonnenschwer!

Zum Glück akzeptierte der Fernsprecher Kreditkarten; so weit wollte man es mit der Nostalgie denn doch nicht treiben, und der moderne Besucher hatte wahrscheinlich nicht genug Kleingeld in der Tasche.

Honey rief bei der für Geoffrey Monmouth angegebenen Nummer an. Wenn sie richtig geraten hatte, dann musste derjenige, der ihm erzählt hatte, der Tote am Bahndamm sei Casper, einen guten Grund dafür gehabt haben, nicht die Wahrheit zu sagen. Und nur Geoffrey Monmouth kannte die Identität dieses Mannes.

Jemand ging ans Telefon und erklärte ihr, Geoffrey wäre im Augenblick unterwegs. Er arbeitete an einer Story über eine Frauenleiche, die man irgendwo in Shropshire in einer Schlammlawine gefunden hätte.

Honey erkundigte sich, wo er übernachtete, und man gab ihr die Adresse und Telefonnummer eines Pubs in Much Wenlock.

»Genau da werde ich auch übernachten«, sagte Honey laut vor sich hin, sobald sie den altmodischen Telefonhörer wieder eingehängt hatte. Leider hatte sie jetzt keine Zeit, erst noch im

Green River anzurufen, nur um nachzufragen, ob dort alles in Ordnung war. Aber sie vertraute darauf, dass ihre Tochter sich um alles kümmerte. Sie wollte im Moment nur noch eines: nach Shropshire fahren und sich ein Zimmer in dem Pub nehmen, in dem auch Geoffrey Monmouth untergekommen war. Wenn sie ihm von Angesicht zu Angesicht gegenüberstand, würde er es nicht wagen, sie anzulügen oder abzuwimmeln.

# Kapitel 32

Der Tarotmann war schon da.

Der Motor seines alten roten Lastwagens war im Leerlauf, während er sich in der Gegend umschaute. Dann wollte er sich das Gasthaus ansehen. Wenn das Innere des Black Dog seinem Äußeren entsprach, erwartete ihn dort allerdings nichts sonderlich Erfreuliches. Die Farbe blätterte von den Mauern. Der Hund auf dem hölzernen Wirtshausschild sah aus, als hätte er die Staupe, die Farbe vom einen Ohr hing ihm wie ein Band über eine Lefze. Der Tarotmann fuhr auf den Parkplatz vor dem Haus. Die weißen Linien, die die Buchten begrenzten, waren genauso ausgeblichen wie die Farbe auf dem Wirtshausschild. Zwei Fahrzeuge standen schon da. Eines davon war ein Traktor.

Es war eine lange Reise gewesen. Jetzt war er endlich wieder raus aus dem Auto, und es tat ihm gut, die langen Beine auszustrecken, die angespannten Muskeln zu lockern und die Abendluft in tiefen Zügen einzuatmen.

Hinter dem Dach des Pubs reckten sich die vom frühen Nordwind entlaubten Zweige der Bäume wie schwarze Adern in einen roten Abendhimmel.

Ohne sich die Mühe zu machen, die Tür seines Lasters abzuschließen – schließlich war er auf dem Land und nicht in der Großstadt, wo alles mit vier Rädern Freiwild war –, machte er sich auf in die Wärme des Pubs.

Die Tür war aus Eichenbrettern, altersgrau und mit Eisenbändern zusammengehalten.

Köpfe wandten sich zu ihm hin, als er eintrat und die Nachtluft in die stickig-warme Wirtshausatmosphäre mitbrachte.

Alle Gespräche verstummten auf der Stelle. Er vermutete,

dass hier wahrscheinlich selten Fremde hereinschneiten. Der Fund des ermordeten Mädchens war wohl die größte Sensation seit langem.

Er wünschte ringsum einen guten Abend. Die Leute schauten überrascht, dass er so höflich war, und beäugten ihn misstrauisch. Sie überschlugen sich nicht gerade vor Freundlichkeit, aber ein, zwei Gäste nickten ihm kaum merklich zu. Ihre Münder blieben jedoch fest verschlossen. Er nahm es nicht persönlich. Er war schon öfter in abgelegenen Orten gewesen, wo jeder jeden kannte und wo man Fremde beobachtete, aber niemals akzeptierte, bis man genauestens über sie Bescheid wusste.

Trotz Fernsehen, guten Verkehrsverbindungen und Telefon sterben eben liebe alte Gewohnheiten nur allmählich aus. Die Feindseligkeiten gegen Unbekannte waren so ziemlich dieselben geblieben.

Er konnte es aus den Augen der Leute ablesen, als er zur Theke ging und sich ein Bier bestellte. Die waren noch genauso misstrauisch, wie sie es im Mittelalter gewesen wären. Sie überlegten, wer er wohl war, was er hier wollte, welchen Ärger er machen würde. Würde er ihr Geld stehlen, ihre Frauen schänden?

In einem Kamin mit einer eisernen Umrahmung knisterte und sprühte ein Holzfeuer. Ein Hund – ein Jack Russell Terrier – stellte die Ohren auf und schaute ihm in die Augen.

Ein Blick ging zwischen ihm und dem Hund hin und her. Niemand sonst merkte etwas davon. Dann winselte der Hund und verzog sich unter einen Hocker am Kamin.

Er sprach die Frau hinter der Theke an. »Vermieten Sie Zimmer?«

Sie hatte ein Doppelkinn, ihre Haut war schweißfeucht und rosig angehaucht, entweder weil sie getrunken oder zu nah beim Feuer gesessen hatte. Er neigte zur ersteren Theorie.

Ihre kleinen blauen Augen starrten ihn unverwandt an, als sie nickte. Ihre Wimpern waren goldblond wie Stroh und wirkten genauso stachelig. Sie schien über seine Anfrage überrascht zu sein und überlegte wohl, ob sie ihm eines der Zimmer überlassen sollte, bis er seine Brieftasche zückte.

»Bar auf die Hand«, sagte sie, die Augen auf das Bündel Banknoten gerichtet, das er aus der schönen Lederbrieftasche zog.

Ihre fetten Finger falteten die Geldscheine halb zusammen, ehe sie sich das Bündel in den BH stopfte.

»Ich brauche einen Namen.«

»Geoffrey Monmouth.«

»Erster Stock, zweite Tür links«, sagte sie und reichte ihm einen Schlüssel.

Er erinnerte sich an das weißbeschriftete Schild »Warme und kalte Speisen erhältlich«, das er draußen gesehen hatte.

»Gibt's noch was zu essen?«

»Wir haben eigentlich nur Mittagstisch, aber ich kann Ihnen ein Brot machen.«

»Prima.«

»Käse oder Schinken?«

Er entschied sich für den Schinken. »Und ein großes Bier, bitte.«

»Soll ich's aufs Zimmer bringen lassen?«

»Nein. Ich esse hier.«

Nachdem er auch das bezahlt hatte, trug er sein Bier an einen der freien Tische.

Es war ein kleiner, runder Tisch – vielleicht der kleinste im Schankraum –, und er konnte nur mit Mühe seine Beine darunter unterbringen.

Einige Gespräche wurden fortgesetzt, allerdings immer noch sehr leise. In seinen Ohren klang es, als surrte eine Maschine oder ein altmodisches Tonbandgerät, so eines mit großen Spulen.

Das Schinkenbrot kam: knuspriges Brot, gelbe Butter, dick

aufgeschnittener Schinken mit gerade genug Fettrand, ein kleines Salatblatt, viel Chutney und eine Spur Krautsalat.

Das Bier war gut temperiert und kam vom Fass. Es würde das einzige Bier heute Abend bleiben. Er musste bei klarem Verstand sein. Er musste Fragen stellen, wenn auch ganz vorsichtig, um keinen Verdacht zu erregen.

Er ging aus dem Schankraum auf einen Flur, folgte einem Schild, auf dem »Nur für Hotelgäste« stand.

Der Dielenboden in seinem Zimmer knarrte bei jedem Schritt. Auf dem Doppelbett lagen Kissen mit makellos sauberen weißen Bezügen. Ein alter Fernseher stand auf einer Kommode. Dann waren da noch ein Kleiderschrank, wahrscheinlich ein altes Stück von der vorletzten Jahrhundertwende – ganz eindeutig von vor dem Ersten Weltkrieg –, ein Stuhl und eine Karte, die am Kopfende des Bettes hing und ihn darauf hinwies, dass das Badezimmer linker Hand am Ende des Flurs zu finden war. Kein eigenes Bad. Er hatte es nicht anders erwartet.

Er hob den Vorhang und schaute nach draußen, suchte mit zusammengekniffenen Augen in den Schatten der Bäume und dichten Büsche auf der anderen Straßenseite. Es gab nur wenige Straßenlaternen. Rings um die hellen Lichtquadrate der Cottagefenster schien die Dunkelheit noch dichter zu sein. Die Dämmerung ging bereits in die Nacht über. Das Dorf hatte sich anscheinend schon zur Nachtruhe begeben – was ihm merkwürdig vorkam.

Es war Halloween, und doch waren keine Kinder unterwegs, um nach »Süßem oder Saurem« zu fragen. Unten im Schankraum hatte er ein schwarz-weißes Schild gesehen, auf dem für eine Halloween-Party geworben wurde. Doch da unten war niemand verkleidet, und Partystimmung hatte dort auch nicht gerade geherrscht.

Plötzlich wurde die Stille durch ein Motorengeräusch unterbrochen. Der Tarotmann schaute in die Richtung, aus der es kam. Kleine Scheinwerfer tauchten wie überraschte Augen in der Dunkelheit auf. Ein gelber Citroën blieb neben dem alten roten Lastwagen stehen. Honey Driver war gekommen. Sie hatte die Nachricht erhalten. Langsam wurde die Sache interessant.

# Kapitel 33

»Hi«, sagte Honey und trat flotten Schrittes in den Schankraum, als wäre sie dort Stammgast. »Ich habe heute Morgen wegen eines Zimmers angerufen. Sie haben mir doch eines reserviert, ja?«

Die Frau hinter der Theke wechselte bedeutungsvolle Blicke mit all ihren Gästen, die Honey den Kopf zugewandt hatten und sie nun genau musterten.

Honey bemerkte, dass sämtliche Gespräche verstummt waren. »Stimmt was nicht?«, fragte sie.

Die Frau hinter der Theke schaute von ihren neugierigen Kunden wieder zu Honey zurück.

»Es ist nur, dass wir sonst um diese Jahreszeit nicht viel Nachfrage nach Zimmern haben. Wollen Sie auch was essen?«

»Wenn es noch was gibt.«

»Ich kann Ihnen ein Brot machen.«

»Das wäre prima. Ich nehme an, Sie verkaufen hier den Wein nicht glasweise?«, fragte sie noch, als sie der Frau das Geld reichte.

»Im Black Dog verkaufen sie den Wein nicht mal flaschenweise«, sagte jemand.

Glucksendes Lachen und Grinsen ringsum.

»Das Zimmer geht nach hinten raus«, erklärte ihr die Frau. »Es ist nicht so groß wie das, was wir vorn noch haben. Aber das habe ich schon vergeben. Möchten Sie, dass ich Ihnen Ihr Brot am Kamin serviere?«

Das schien eine gute Idee zu sein. Es gab keinen Wein, also bestellte sich Honey einen Portwein mit Limonade, ein ziemliches Flittchengesöff, aber es ging nun mal nicht anders.

»Sind Sie im Urlaub hier?«, erkundigte sich die Wirtin, und das Misstrauen war ihr ins Gesicht geschrieben.

»Geschäftlich«, sagte Honey. »Ich bin bei der Steuerfahndung.«

Sofort wandten sich einige Köpfe ab. Ein, zwei Gäste kippten rasch ihre Getränke hinunter und verabschiedeten sich. Honey lächelte vor sich hin, war sich nun sicher, dass keine weiteren Fragen kommen würden. Jetzt hatte sie Zeit zum Nachdenken.

»Sie haben gesagt, Sie hätten das andere Zimmer gerade vermietet. Zufällig an einen Mann namens Geoffrey Monmouth?«

Die Wirtin schaute sie noch misstrauischer an. Da sie ja selbst im Gastgewerbe arbeitete, konnte Honey die Gedanken der Frau lesen. Sie dachte bestimmt, die beiden hätten sich hier verabredet; getrennte Zimmer, aber man würde nur in einem der Betten schlafen. Wahrscheinlich beide verheiratet, allerdings nicht miteinander.

Honey beschloss, die Frau aufzuklären: »Er ist Journalist.«

Jetzt schaute die Wirtin beinahe enttäuscht drein. »Oh, dann geht's wohl um das Mädchen, das sie gefunden haben.«

»Mädchen?« Honey runzelte die Stirn.

»Das Mädchen, das sie in einer Schlammlawine gefunden haben. Ich denke, deswegen ist er wohl hier.«

Es ging schon auf halb zehn zu, und Honey war müde, als Geoffrey Monmouth den Pub betrat. Sie wusste sofort, dass er es war, nachdem sie gesehen hatte, wie die Wirtin zu ihm hinschaute und dann gleich wieder zu ihr.

Honey schätzte ihn auf Anfang fünfzig. Er war gedrungen und ein wenig übergewichtig, hatte ein mürrisches Gesicht und einen fusseligen Vollbart. Er trug ein ziemlich ausgebeultes Tweedjackett und abgewetzte Jeans. Die Kappen seiner Schuhe waren abgeschabt, und die Ringe unter seinen Augen abgrundtief.

Er schloss die Tür fest hinter sich, lehnte sich an den Rahmen, schaute direkt zu Honey und nickte.

Nachdem er sich ein alkoholfreies Getränk bestellt hatte, kam er und setzte sich ihr gegenüber hin.

Honey spürte förmlich, wie die Augen der Wirtin sie beide abschätzend musterten. Wahrscheinlich lauerte sie gierig darauf, dass es doch noch einen kleinen Streit unter Liebesleuten geben würde. Pech gehabt! Ein bitterböser Blick von Honey, und sie wandte sich rasch ab.

Honey drehte sich wieder zu Monmouth, hielt ihr Getränk fest in beiden Händen, als könne sie den Geschmack verbessern, wenn sie es gründlich erwärmte. Die Augen des Mannes schienen ihr seltsam vertraut. Sogar die Form seines Gesichts, wenn man die unter dem Bart auch nicht so recht ausmachen konnte. Sie war sofort auf der Hut.

»Ich habe die Gegendarstellung in der Zeitung gelesen«, sagte sie zu ihm. »Casper war sehr dankbar, aber das entschuldigt noch nicht, dass Sie seinen Namen überhaupt genannt haben. Sie sagten, Sie hätten eine sichere Quelle gehabt. Können Sie mir einen Namen nennen?«

Sie bemerkte, dass er seine Finger fest verschränkte. Er schaute sie kurz an, sah dann wieder weg. Vielleicht war es ihm peinlich. Er sah nicht aus wie einer, der viel zu verbergen hat – es sei denn, er wäre ein hervorragender Schauspieler.

»Ich habe niemanden verletzen wollen. Aber ich hatte diesen Coup gelandet, und ich dachte, die Einzelheiten zu dem Fall wären bona fide. Mein Informant hat mir versichert, dass das alles hundertprozentig stimmte.«

»Aber überprüft haben Sie es nicht.«

Er schaute auf seine Hände hinunter, hielt seine nervösen Finger einen Augenblick lang ruhig. »Mein Informant hat mir versichert, er stünde der Familie nah, besonders Lord Torrington. Und ich hatte … na ja … gelinde gesagt brauchte ich das

Geld wirklich sofort. Ich hatte Spielschulden und hatte getrunken und mich mit dieser Frau eingelassen …«

Plötzlich begriff Honey, worauf er wirklich hinauswollte.

»Verstehe ich das richtig? Normalerweise zahlen *Sie*, damit man Ihnen Informationen gibt, aber in diesem Fall hat man *Ihnen* Geld dafür angeboten, dass Sie schrieben, was man Ihnen sagte?«

»Tut mir leid.«

»Wer war der Informant? Nennen Sie mir einen Namen!«

Sie konnte nicht anders, sie musste diesen Mann einfach mit äußerster Verachtung strafen.

»Christiansen. Dominic Christiansen.«

Plötzlich schien er an ihr vorbeizuschauen, und dann spannte sich sein Kiefer an.

Honey drehte sich um und blickte in dieselbe Richtung. Sie sah niemanden, nur die Treppe, die zu den Zimmern im ersten Stock führte.

»Entschuldigung«, sagte er. Er hatte gerade den Freund der Dame gesehen. Er hatte die beiden ja bei ihrem Wochenende im Cottage beobachtet. Damals hatte er sich aus dem Staub gemacht, weil er wusste, dass jemand von MI5 in der Nähe war. Genauso würde er jetzt auch wieder verfahren.

Honey nahm an, dass er auf die Herrentoilette gegangen war. Zehn Minuten vergingen. Er kam nicht wieder, und sie meinte zu hören, wie draußen ein alter Laster angelassen wurde und wegfuhr.

Na gut, dachte sie. Es ist nicht das erste Mal, dass mich jemand in einer Kneipe sitzenlässt.

# Kapitel 34

Ihr Treffen mit Geoffrey Monmouth hatte sie verstört und wütend zugleich gemacht. Sie wollte unbedingt bei Dominic Christiansen anrufen und ihm ihre Meinung sagen, aber sie hatte seine Nummer nicht in ihre Kontaktliste eingetragen, und die Visitenkarte lag im Green River Hotel. Außerdem war ja der Akku ihres Handys leer.

Honey ging in den ersten Stock, fand ihr Zimmer, steckte den Schlüssel ins Schloss und stellte fest, dass die Tür bereits offen war. Gut, in einem Gasthaus mitten in der Pampa, wo die Gäste und die Räuber dünn gesät waren, war das an sich noch keine große Sache.

Das Zimmer ging auf die Felder hinter dem Gasthaus hinaus, lag also natürlich in völliger Dunkelheit. Auch keine große Überraschung, aber da war noch was. Honey wusste einfach, dass jemand im Zimmer war.

Mit wild pochendem Herzen stand sie mit dem Rücken zur Tür, lauschte auf das Geräusch ihres Atems. Der weibliche Instinkt ist eine seltsame Angelegenheit, hat aber nicht das Geringste mit Zauberei zu tun. Honey war fest überzeugt, dass das weibliche Unterbewusstsein bestimmte Dinge registriert, ehe die anderen Sinne sie erfassen. Sehen, Schmecken, Berühren, Hören und Riechen. Riechen, das war's. Diesen Geruch kannte sie von irgendwoher.

Langsam wurden ihr die Knie weich. Die einzige Waffe, die sie zur Hand hatte, war ihre Reisetasche. Würde das Gewicht ihrer Make-up-Tasche darin ausreichen, um einen Angreifer ins Aus zu schlagen? Höchstwahrscheinlich. Also reingehen oder den Rückzug antreten?

Ihre Hand packte den robusten Griff der Tasche fester. Die Entscheidung war gefallen.

Los!

Sie tastete an der Wand nach dem Lichtschalter, fand ihn und knipste ihn an.

»Was zum Teufel hast du hier zu suchen, Lady? Ich hab dir gesagt, du … sollst … dich … raushalten. Was hast du an diesem Satz nicht verstanden?«

Doherty saß auf dem einzigen Stuhl im Zimmer, hatte die Ellbogen auf die Knie gestützt und schaute sie mit wütender Miene an. Es war, als würde sie jemand mit einer geladenen Flinte bedrohen; er hatte sie im Visier, und jetzt würde es gleich knallen.

In drei schnellen Schritten war er bei ihr. Seine Augen funkelten zornig. »Halt die Tasche schön fest, geh die Treppe runter, steig in dein Auto und mach, dass du hier wegkommst.«

»Steve, ich bin kein Kleinkind!«

»Ich will, dass du sofort hier verschwindest.«

Jetzt sah Honey rot. »Du hast kein Recht, mir irgendwelche Befehle zu erteilen! Ich gehe auf keinen Fall!«

Instinktiv wusste sie, dass er sie und ihre Tasche am liebsten gepackt und zur Tür rausgedrängt hätte. Aber darauf war sie vorbereitet. Sie hielt den Griff gut fest, holte weit aus und schwang die Reisetasche im großen Bogen nach vorn. Sie traf ihn am linken Arm. Jeder normale Mensch wäre bei diesem Aufprall ein bisschen getaumelt, aber Doherty war gut gebaut und stark. Er wich keinen Zentimeter vom Fleck.

Seine Finger schlossen sich wie ein Schraubstock um ihr Handgelenk. Honey schäumte vor Wut. Jetzt holte sie mit der Handtasche nach ihm aus.

Aber Doherty war zu schnell für sie, und sie landete auf dem Bett.

Ehe sie die Möglichkeit hatte, wieder zur Puste zu kommen, hatte er die Tür abgeschlossen.

»Und jetzt hörst du mir mal gut zu«, knurrte er. »Hier passieren Dinge, von denen du keine Ahnung hast.«

»Wie recht du hast!«, brüllte sie. »Und genau deswegen bin ich hier. Um rauszufinden, was zum Teufel hier läuft. Und ehe du mir wieder sagst, dass das alles eine Nummer zu groß für mich ist und mich einen feuchten Kehricht angeht, kann ich dir mitteilen, dass sich einiges andere ereignet hat, seit Casper mich um Hilfe gebeten hat. Jetzt geht es um mich, Steve. Und um meinen Vater und um ein tödliches Erbe. Jemand da draußen will mich umbringen, und ich will rauskriegen, wer das ist.«

Inzwischen hatte sie sich von seinem Angriff erholt, stand wieder auf beiden Beinen und tippte ihm bei jeder Anschuldigung mit dem Zeigefinger auf die Brust. Ihr war völlig egal, ob der Zimmernachbar ihre lauten Stimmen hören würde.

Die Spannung, unter der sie den ganzen Tag gestanden hatte, machte sich schließlich Luft. Tränen rannen ihr übers Gesicht.

Sie wischte sich mit der Hand über die Augen, verschmierte dabei gründlich ihr Make-up und sah, dass die Wut aus seinem Gesicht gewichen war. Er schaute sie nachdenklich an. Das erinnerte sie an die Zeit, als sie sich kennengelernt hatten. Damals hatte er sie auch so angesehen.

»Ich hätte nicht gedacht, dass dir das wichtig ist«, sagte er leise.

»Die Sache mit meinem Vater? Natürlich ist mir die wichtig. Auch wenn ich mich nicht mehr an viel erinnere, hat mir das Ganze doch sehr zugesetzt. Ich will wissen, was er wirklich gemacht hat – offensichtlich was richtig Schlimmes, wenn mich jetzt jemand dafür umbringen will. Ich meine, was hat das alles mit mir zu tun? Ich kannte meinen Vater doch kaum, und ganz bestimmt habe ich nicht viel über seinen Job gewusst. Meine Mutter übrigens auch nicht!«

Er setzte sich wieder auf den Stuhl, verschränkte die Hände vor sich.

Sie schüttelte den Kopf. »Es fällt mir so schwer, das zu glauben.«

Ihre Blicke trafen sich. Honey spürte wieder, dass er sie abschätzend musterte. Wie viel hatte Doherty von all dem gewusst? Sie musste ihn einfach danach fragen.

»Ich habe allmählich den Eindruck, dass ich von Anfang an gelinkt worden bin. Glaubst du das auch?«

Er fuhr sich mit dem Daumen übers Kinn, während er nachdachte. Dann sprach er mit Entschiedenheit.

»Ich glaube, Geoffrey Monmouth wurde von einer Regierungsabteilung als Sprachrohr benutzt, auch wenn ihm das höchstwahrscheinlich nicht klar war. Manchmal haben sie ihm eindeutig Lügen übermittelt, aber meistens haben sie ihn mit kleinen Sachen gefüttert, von denen sie hofften, dass sie damit irgendwas anschieben konnten. Es ist wirklich unsäglich, was man in der Zeitung zu lesen kriegt.«

Einen Augenblick trat kurz ein Lächeln auf sein Gesicht. Seine Haut war grau, und er hatte dunkle Schatten unter den Augen. Alle, die mit diesem Fall zu tun haben, sind offenbar völlig erschöpft, dachte Honey.

»Also hat man Casper gelinkt«, vermutete sie.

Er nickte. »Ja und nein.«

Honey runzelte die Stirn. »Ja und nein? Was soll das nun wieder heißen?«

Er schüttelte den Kopf. Ein leises Lächeln umspielte seine Lippen. In einem Kitschroman würde man es wohl als sinnlich bezeichnen. Und einem anständigen Mädchen würde man raten, solchen Lippen am besten aus dem Weg zu gehen. War sie ein anständiges Mädchen? Nein, nicht, wenn es um Doherty ging.

Aber jetzt war nicht die Zeit für schlüpfrige Tagträume. Sie wollte Antworten, und sie hatte den Eindruck, dass Doherty einiges mehr wusste als sie.

»Okay«, sagte Steve. »Also die haben Monmouth für ihre eigenen Zwecke benutzt.«

»Definiere mir ›die‹«, sagte sie, nachdem ihre Tränen versiegt waren und ihre Entschlossenheit die Oberhand gewonnen hatte.

»MI5. MI6. Einer von beiden. Die Leute, für die dein Vater gearbeitet hat. Aber eins muss ich dir sagen«, meinte er. »Ich habe vorhin in einer Pension in Holmleigh mit Geoffrey Monmouth gesprochen. Er hat sich tausendmal entschuldigt und gemeint, er hätte die Informationen in gutem Glauben veröffentlicht. Er ist sogar persönlich zu Casper gegangen, um sich zu entschuldigen. Wusstest du das?«

Honey war wie vor den Kopf geschlagen. Sie schüttelte stumm den Kopf.

»Das hat er nicht erwähnt.« Sie verzog nachdenklich das Gesicht. »Du hast gerade gesagt, du hättest Monmouth in einer Pension in Holmleigh getroffen?« Sie schüttelte erneut den Kopf. »Das kann nicht stimmen. Geoffrey Monmouth übernachtet hier. In dem anderen Zimmer, das noch frei war. Ich habe ihn vorhin im Pub getroffen …«

»Wie hast du dich mit ihm in Verbindung gesetzt?«

»Ich habe gestern in Torrington Towers übernachtet, und da hat heute Morgen eine Nachricht für mich gelegen. Mein Handy-Akku war leer, und mit dem Festnetz war wegen des Sturms was nicht in Ordnung. Ich bin zu einer Telefonzelle gegangen, um ihn anzurufen, aber da hat mir jemand gesagt, er wäre nicht da, und hat mir die Adresse und Telefonnummer des Pubs gegeben, wo er übernachtet. Und das war dieser Pub hier«, sagte sie mit einer Kopfbewegung.

Doherty sprang auf. Sie sah, dass seine Hand rasch zu einem Knubbel unter seinem Jackett fuhr. Ihr blieb beinahe das Herz stehen. Seit wann trug Doherty eine Waffe mit sich herum? Polizisten hatten doch keine Pistolen, es sei denn, sie waren in einer Spezialeinheit oder hatten eine besondere Ausnahmegenehmigung.

»Wo lang?«, fragte er, die Hand schon am Türknauf.

»Nach vorn«, sagte Honey leise, deutete schwach mit dem Zeigefinger auf den vorderen Teil des Gebäudes.

Nachdem er ihr gesagt hatte, sie solle hier warten, verschwand Doherty durch die Tür, nicht ohne ihr vorher noch befohlen zu haben, sofort hinter ihm abzuschließen.

Er blieb nicht lange weg. Als er wiederkam, bestätigte er ihr, dass der Mann, der sich Geoffrey Monmouth genannt hatte, fort war. Der rote Lastwagen auch. Beiden war klar, dass der Mann, mit dem sich Honey unterhalten hatte, auf keinen Fall Geoffrey Monmouth gewesen war.

Honey holte tief Luft, im Nachhinein noch völlig verängstigt bei dem Gedanken, wie nahe sie dem Tarotmann möglicherweise gewesen war. »Ich möchte mir das trotzdem gern bestätigen lassen«, sagte sie zögerlich. »Nur damit ich heute Nacht ruhig schlafen kann.«

»Hast du die Notiz noch?«

Sie nickte.

»Ruf ihn an.«

»Mein Akku ist leer. Du erinnerst dich?«

Er schüttelte den Kopf. »Es wäre mir lieber, wenn du mein Handy nicht benutzen würdest. Man weiß nie, was für elektronische Gerätschaften unser falscher Monmouth hat.«

»Draußen ist eine Telefonzelle.«

»Großer Gott. Zwei an einem Tag!«

»Schauen wir mal, was wir machen können.«

Honey nahm die Karte aus ihrer Jackentasche.

Doherty war vom Stuhl aufgestanden und hatte sich zwischen Honey und die Tür gestellt. Jetzt trat er zur Seite.

»Also gut«, sagte sie voller übertriebenem Selbstbewusstsein und grimmiger Entschlossenheit. »Du kommst mit mir mit. Ich habe nicht das geringste Bedürfnis, allein draußen rumzulaufen.«

Auf dem Weg nach draußen mussten sie wieder durch den Schankraum, wo die Wirtin gerade die Tische abwischte. Sie blickte auf, als sie ihre Schritte hörte. Überrascht registrierte sie, dass Honey nun mit einem anderen Mann unterwegs war, nicht mit dem aus dem vorderen Zimmer.

»Na so was!« Ihre Miene sagte alles. Honey war eine Schlampe, wenn nicht gar Schlimmeres.

»Ich gehe nur schnell mal zur Telefonzelle raus«, erklärte Honey der Frau.

Die hätte ja anbieten können, dass Honey ihr Telefon benutzte, aber das wollten weder Honey noch Doherty. Eine Telefonzelle war unpersönlicher, und die Anrufe ließen sich nicht so leicht zurückverfolgen.

»Ich hätte Sie sowieso nicht hier telefonieren lassen«, merkte die Wirtin unfreundlich mit ihrer Raucherstimme an. »Ich halte nichts davon, dass die Leute im Pub telefonieren, wenn's draußen 'ne Telefonzelle gibt, gleich über den Hof.«

Die letzten Worte richtete sie an Doherty, als wollte sie ihm mitteilen, dass Honey diese Zelle sicher allein finden würde und seine Begleitung nicht brauchte.

Das begriff er sofort und antwortete: »Ich bin ihr Bodyguard. Man weiß ja nie, wer nachts da draußen vor den Dorfkneipen rumlungert.«

Das schien der Wirtin einzuleuchten.

»Ich weiß, warum Sie wirklich hier sind«, merkte die Wirtin mit ihrer lauten Stimme an. »Sie sind hinter dem Mann her, der die Mädchen umgebracht hat. Nach dem müssen Sie Ausschau halten. Anscheinend hat er mehr als eine junge Frau auf diese Art ermordet. Begräbt sie im Schlamm, jawohl. Bedeckt sie damit, als wären sie aus Schlamm gemacht.«

»Wir sind gleich wieder da«, meinte Doherty.

»Gut. Aber wenn Sie in zehn Minuten nicht zurück sind, rufe ich die Polizei an.«

»Ich *bin* die Polizei.«

Verglichen mit den roten Telefonzellen, die man früher an jeder Straßenecke fand, war diese hier bestens in Schuss und roch nur nach Politur und Desinfektionsmittel. Honey vermutete, dass jemand im Dorf es sich zur Aufgabe gemacht hatte, sich darum zu kümmern. Vielleicht sogar die Wirtin, wenn sie sich da auch nicht so sicher war.

Die Wirtin in der Pension in Helmsleigh war gar nicht erfreut darüber, dass Honey sie bat, Geoffrey Monmouth ans Telefon zu holen.

»Ich bin eine alleinstehende Frau, und ich habe nicht die Angewohnheit, bei meinen männlichen Pensionsgästen noch zu so später Stunde an die Tür zu klopfen.«

»Es ist wirklich schrecklich dringend«, sagte Honey. »Es geht um Leben und Tod.«

Widerwillig antwortete die Frau, sie würde sehen, was sich machen ließe. Honey hörte, wie ihre Hausschuhe vom Telefon wegschlurften. Sie schien eine Ewigkeit wegzubleiben. Endlich hatte Honey Geoffrey Monmouth am Telefon, er wirkte völlig schlaftrunken. Honey bat ihn um eine Beschreibung des Mannes, der ihm erzählt hatte, die Leiche am Bahndamm wäre Casper.

»Schick angezogener Typ«, antwortete Monmouth. »Aus der Oberschicht, aber irgendwie ausländisch. Hat aber ein sehr gutes Englisch gesprochen.«

»Wie groß?«

»Genau weiß ich das nicht. Ich denke, so um die eins fünfundsiebzig, eins achtzig.«

»Was ist mit seinen Haaren? Seinen Augen?«

»Sehr hellblondes Haar, blaue Augen, Ende dreißig, athletischer Körperbau, schlaksig, aber stark; sah aus, als könnte er einen Marathon laufen, ohne ins Schwitzen zu geraten.«

Honey wurde ganz schlecht. Er beschrieb Dominic Christiansen.

»Mr Monmouth. Kennen Sie einen Mann im mittleren Alter, gedrungen, mürrisches Gesicht, fusseliger Vollbart, trägt Tweedjacketts.«

Nach dem Schweigen zu urteilen, war der echte Mr Geoffrey Monmouth nun völlig verwirrt.

»Ich bin mir nicht sicher. Darüber müsste ich erst mal nachdenken.«

»Sehen Sie so aus, Mr Monmouth?«

Das war eine blödsinnige Frage und brachte ihr einen tadelnden Blick von Doherty ein. Sie hatten ja schon beide beschlossen, dass der Herr, der aus dem vorderen Gästezimmer im Black Dog geflohen war, nicht Geoffrey Monmouth war.

»Nein, ich bin weder im mittleren Alter noch gedrungen.« Es klang sogar ein bisschen beleidigt.

Honey dankte ihm und hängte den Hörer wieder ein.

Doherty schaute sie erwartungsvoll an. »Und?«

»Er kennt niemanden, der so aussieht wie der Mann, mit dem ich mich hier getroffen habe.«

Doherty schaute nachdenklich über die Schulter nach hinten. »Das weiß ich schon.«

»Wie hast du das mit Geoffrey Monmouth rausgekriegt?«

»Die Regierungsabteilungen sind berüchtigt dafür, dass sie nicht miteinander kommunizieren. Das gilt auch für ihre Computersysteme. Man muss sich also einen Hacker suchen, der weiß, wie man die Systeme dazu bringt, miteinander zu kommunizieren.«

»Und du kennst jemanden, der so was kann?«

Doherty grinste. »Klar. Deine Tochter.«

Sein Telefon klingelte.

»Deine Tochter«, sagte er zu Honey. »Sie möchte mit dir reden. Und danach noch mit mir.«

Honey erinnerte sich an das abgebrochene Telefonat und schnappte sich Dohertys Handy.

»Mutter! Geht's dir gut?«, keuchte Lindsey. Sie schien völlig außer sich zu sein.

»Natürlich! Ich habe doch meinen persönlichen Bodyguard, der auf mich aufpasst.«

»Das muss er auch.« Lindseys Stimme klang ganz gepresst vor Angst. »Du solltest dich vielleicht erst hinsetzen, ehe ich dir das jetzt sage. Besser noch, schalte auf Lautsprecher um, dann kann dich Steve Doherty auffangen, wenn du ihn Ohnmacht fällst. Und, Mutter, denk dran, dein Handy regelmäßig aufzuladen. Warte nicht immer, bis der Akku ganz leer ist.«

»Was ist? Was ist?«

»Die Nachricht wird dich schockieren.«

»Mach schon.«

»Es ist echt krass.«

Honey und Doherty steckten die Köpfe zusammen, versuchten beide zu hören, was Lindsey ihnen zu sagen hatte.

»Es ist Casper. Casper steckt hinter dem allen hier.«

Was sie ihnen dann noch mitzuteilen hatte, ließ Honey das Blut in den Adern gefrieren.

Kaum war das Gespräch beendet, da schob Doherty sie schon auf die Tür des Pubs zu.

»Ich glaube, ich bringe Casper um, wenn ich ihn in die Finger kriege«, zischte er zwischen zusammengebissenen Zähnen hindurch.

»Das schaffe ich schon ganz allein«, murmelte Honey eiskalt.

# Kapitel 35

Es war leicht, sich in London zu verstecken. Da waren so viele Leute, so viele Orte, an denen man sich verlieren konnte.

Der Mann, der sich als Journalist ausgegeben hatte, war sauer, dass er hatte abhauen müssen. Er war sich sicher, dass es ihm gelungen wäre, Honey Driver dazu zu bringen, dass sie mit ihm mitkam, wenn nicht ihr Freund, dieser Polizist, aufgetaucht wäre.

Er hegte keinen Zweifel, dass die beiden die Information über sein Aussehen und seinen Aufenthaltsort sofort an MI5 weitergeben würden. Nicht, dass sein Aussehen so bleiben würde. Das veränderte er ohnehin dauernd. Das war auch unbedingt nötig, wenn er seinen Verfolgern immer einen Schritt voraus sein wollte.

Er wählte ein Hotel in Paddington aus, wo er sich eine Nacht ausruhen konnte, ohne Aufmerksamkeit zu erregen. In Paddington kamen die Leute durch, wenn sie auf dem Weg zu einem anderen Ort waren. Genau wie er.

Nachdem er sich in einem Laden in der Nähe eine Zeitung gekauft hatte, richtete er sich häuslich ein und las über seine Taten nach. Im *Express* war die Schlagzeile fett schwarz gedruckt. Er machte sich nicht die Mühe, die Einzelheiten nachzulesen. Die kannte er bereits. Der Tarotmann tötet immer, wenn das Wetter schlecht ist, wenn es aus Kannen gießt, genau wie jetzt.

Was die Schreiberlinge nicht begriffen hatten, war, dass seine Morde stets zwei Aspekte hatten. Einerseits verfolgte er die Menschen, die seiner Meinung nach etwas mit der Ermordung seines Vaters zu tun hatten. Andererseits bereitete es ihm großes

Vergnügen, junge Frauen zu ermorden. Er hinterließ allerdings seine Tarotkarte nur bei denen, die mit seinem Vater im Zusammenhang standen. Wenn die bereits tot waren, dann brachte er ihre unmittelbaren Verwandten um. Blut für Blut, also mordete er ein Kind, einen Bruder oder eine Schwester dieser Person, jedoch niemals eine Ehefrau. Ehefrauen waren ja nicht blutsverwandt.

Mit den jungen Frauen, die er umbrachte, war es ganz anders. Es kam ihm seltsam vor, dass die Polizei diese beiden Aspekte seines Charakters noch nicht miteinander in Verbindung gebracht hatte.

Sein Vater war ein Doppelagent gewesen, der sich schließlich in der Sowjetunion niedergelassen hatte, wo er seine Mutter kennengelernt hatte. Die alten Freunde seines Vaters aus den englischen Universitätszeiten, Agenten von MI5, hatten ein Komplott gegen ihn geschmiedet und ihn schließlich an den KGB verraten. Er gab ihnen die Schuld, würde ihnen immer die Schuld geben. Seit er herausgefunden hatte, wie sie sich gegen seinen Vater verschworen hatten, dürstete ihn nach Rache.

Was die jungen Frauen betraf, die er ermordet hatte, nun, seiner Meinung nach war Töten wesentlich besser als Sex.

Er räkelte sich auf dem Stuhl, und die Erinnerung daran, wie die letzte junge Frau gestorben war, verschaffte ihm mehr Befriedigung als jeder Orgasmus. Aber es ging ihm nicht nur ums Töten; er genoss auch den Nervenkitzel, die Möglichkeit, vielleicht doch erwischt zu werden. Als würde sein Job als Geheimagent nicht schon reichen, überlegte er. In Moskau wusste man von seinem Hobby. Man hatte ihn zwar mehrfach deswegen getadelt, es ihm aber nie explizit verboten. Man hatte auch nicht aufgehört, ihn in Geheimoperationen gegen den Westen einzusetzen. Das machte er gut, und sie brauchten ihn.

Er seufzte und reckte sich erneut, überlegte sich, dass in Shropshire nur eine weitere Edelnutte ums Leben gekommen war, und schon bald würde es einer anderen ans Leben gehen, wenn das Wetter mitspielte. Aber diese Frau, die war sein wichtigstes Ziel. Sie war ein bisschen älter als seine anderen weiblichen Opfer, aber sie war die Tochter des Mannes, dem er die Hauptschuld am schweren Schicksal seines Vaters gab. Honey Driver.

Er beobachtete sie nun schon eine ganze Weile, hatte ihre Gewohnheiten, ihre Kontakte, ihre Verwandten und Freunde ausspioniert. Pech, dass ihr Freund Polizist war. Hoffentlich machte der seine Arbeit diesmal nicht ganz so gut.

»Das werden wir ja sehen«, murmelte er und hob ein Glas mit Whisky an den Mund.

Nachdem er es ausgetrunken hatte, starrte er aus dem Hotelfenster, schaute über den Verkehr auf die Gebäude auf der anderen Seite der Schnellstraße.

Unten an der Bordsteinkante blieben Taxis vor dem Hoteleingang stehen, luden ihre Fahrgäste ab und fuhren wieder weg. Ihre Räder ließen Wasserfontänen aufspritzen.

Ein Taxistand nahm die restlichen Parkplätze in Anspruch. Taxis kamen und fuhren wieder los.

Ein weiteres Auto, das weder eine schicke Limousine noch ein Taxi war, stand am Randstein. Es war nicht elegant. Es war nicht beleuchtet. Es war ein ganz gewöhnliches Auto.

Er spannte jeden Nerv an.

Er trat vom Fenster weg, schaltete das Licht aus. Geschickt legte er im Bad seine nächste Verkleidung an. Dann ließ er sich aufs Bett sinken, die Hände hinter dem Kopf gefaltet. Er schloss die Augen und schlief, befahl sich, genau dann aufzuwachen, wenn es nötig war. Diese Fertigkeit hatte er schon immer besessen: willentlich abzuschalten und dann wieder voll da zu sein. Als er jung war, hatte der Gulag sein Verhalten bestimmt. Sein Vater war, nachdem seine »Kameraden« aus dem Westen ihn verraten hatten, vor seinem Tod dort Kommissar gewesen und hatte über einen bunten Haufen undankbarer Mistkerle, Dissidenten und Mörder geherrscht. Eine andere Möglichkeit, noch ein bisschen zu überleben, hatte er nicht gesehen. Genau wie diese Leute hatte Orlow senior damals das Gefühl, an einem Ort zu sein, wo er nicht sein wollte, eingesperrt ohne jede Fluchtmöglichkeit. Er glaubte, dass ihm etwas Besseres zustand, und er hatte seinen Frust an den Lagerinsassen ausgelassen, manchmal auch an seinem Sohn, bis der älter wurde und sich wehrte. Als Pawel erwachsen war, hatte sein Vater ihn ermutigt, sich im Lager an der Folterung der Lagerinsassen zu beteiligen.

Seine Mutter hatte Pawel Orlow kaum gekannt. Sein Vater hatte allerdings angedeutet, dass sie noch lebte, jedoch in den Westen geflohen war. »Eine Edelnutte.«

Damit hatte er gemeint, dass sie aus einer adeligen Familie stammte, aus einer guten Familie, und dass sie ihn nur geheiratet hatte, um bei der ersten sich bietenden Gelegenheit das Land verlassen zu können. Sobald sich die Möglichkeit ergeben hatte, hatte sie sich in den Westen abgesetzt und Mann und Sohn in der Sowjetunion zurückgelassen. Keiner von beiden hatte ihr das je vergeben, er noch viel weniger als sein Vater.

Nach genau zwei Stunden Schlaf schlug er die Augen wieder auf. Ohne das Licht anzuschalten, ging er zum Fenster. Das Auto stand noch da. Die Tür auf der Fahrerseite ging auf. Er sah, wie eine Gestalt ausstieg, sich reckte und durch den breiten Eingang trat, durch den das Licht aus dem Empfangsbereich auf den Gehsteig fiel. Ein anderer Mann stieg auf der Beifahrerseite aus und folgte ihm. Beide hatten sie breite Schultern und die selbstbewusste Körperhaltung von Männern, die zielstrebig einen bestimmten Zweck verfolgen.

Er hielt still und zählte. Zwanzig Minuten später kam zuerst der eine Mann wieder heraus und stieg ins Auto. Dann der zweite.

Keiner von beiden schaute zu ihm hinauf. Es wäre auch sinnlos gewesen. Die – wer immer »die« waren – wussten also, wo er sich aufhielt. Die wussten wahrscheinlich mehr über ihn als er selbst, überlegte er und lächelte. Aber längst nicht alles.

Erfüllt von einer Mischung aus Hochgefühl und Vorfreude, packte er seine Tasche, zog sich an und machte sich auf den Weg zur Treppe. Nicht zum Lift. Zur Treppe.

Er stieg hinunter und immer weiter hinunter, bis er zu einer Tür kam, die mit »privat« beschriftet war, »Nur für Mitarbeiter«. Er ging an den Küchen vorüber, die jetzt im Dunkel lagen. Vorüber an dem Kabuff, wo der Nachtportier schnarchend vor einem Schwarzweißfilm saß, der in einem tragbaren Fernsehgerät lief.

Es war weit nach Mitternacht, und es regnete nach wie vor in Strömen. Wer immer da draußen in dem Auto saß, würde sich nicht die Mühe machen, um das Hotel herumzulaufen, weil er dummerweise davon ausging, dass das beobachtete Wild zögern würde, sich bei diesem Regen aus dem Haus zu schleichen. Ein böser Irrtum. Er hingegen hatte die Lage völlig richtig eingeschätzt. Noch schlechteres Wetter zog von Westen heran, und jetzt fuhr er ihm entgegen.

# Kapitel 36

Doherty hatte so viel wie möglich über den aktuellen Fall herausgefunden, über den Monmouth für seine Zeitung berichten sollte.

»Es wurde wieder eine junge Frau im Schlamm vergraben, und sie hatte auch einen Strick um den Hals. Die Pathologie meint, man hätte sie bei lebendigem Leib begraben. Ich habe gefragt, ob der Täter eine Tarotkarte beim Opfer hinterlassen hat. Die Antwort war ein Nein.«

Dann hatte man Doherty noch etwas mitgeteilt, das ihn fassungslos machte.

»Es ist nicht die erste junge Frau, die man so gefunden hat«, erklärte er Honey. »Bei lebendigem Leib im Schlamm begraben. Es ist die vierte.«

Sie fuhren jeder im eigenen Auto vom Black Dog fort, beide tief in Gedanken versunken. Jeder starrte durch die eigene Windschutzscheibe in die finstere Nacht.

Es gab Ähnlichkeiten zwischen den Morden. Auch die Leiche an der Bahnstrecke hatte man im Schlamm begraben gefunden, mit einem Strick um den Hals. Es schien beinahe unglaublich, dass derselbe Täter, der junge Frauen umbrachte, auch für den Mord an Lord Torrington verantwortlich sein sollte.

Sie hielten bei einem Pub an, parkten den MR2 und den kanariengelben Citroën nebeneinander.

Es wandten sich ihnen alle Köpfe zu, als sie eintraten. Leute wie sie sah man in dieser gottverlassenen Gegend nicht oft.

Honey und Doherty trugen ihre Drinks und ein paar Sandwiches an einen Ecktisch, der außer Hörweite der wenigen Gäste im Pub war.

Honey entschuldigte sich, dass sie mit der Handtasche nach Doherty geschlagen hatte. »Ich glaube, ich bin wirklich froh, dass du aufgetaucht bist.«

Er streckte die Hand aus und streichelte ihr übers Gesicht. »Ich bin froh, dass ich gekommen bin. Unser Mann im Tweedjackett hat sich ein bisschen zu rasch verabschiedet. Das ist ziemlich verdächtig.«

Honey schauderte. »Das musst du mir nicht erzählen. Ich habe schon begriffen, dass er der Typ war, der hinter mir her ist. Ich verstehe nur seine Gründe dafür nicht.«

»Dann lass dir mal eine Geschichte erzählen«, sagte er.

»Über diesen Tarotmann?«

Er wandte den Blick ab. Honey spürte sein Zögern, aber auch seine eiserne Entschlossenheit, doch weiterzureden.

»Nach dem kurzen Gespräch mit der Polizei von Shropshire scheint es mir, dass der Tarotmann es auf junge Frauen aus der Oberschicht abgesehen hat.«

»Oh, ob das was mit der Art zu tun hat, wie wir uns kleiden?«, scherzte sie in einem vergeblichen Versuch, ihre aufkommende Furcht zu überspielen.

Er begriff sofort, dass ihr Sarkasmus nur Fassade war. Der Mann machte ihr Angst, und sie musste eine Art Verteidigungsschild aufbauen, damit sie mit der Sache fertig wurde.

Dohertys Gesichtsausdruck und Tonfall blieben ernst.

»Nein«, antwortete er. »Es ist einfach eine Art makabres Hobby. Klassefrauen umbringen.«

»Na toll. Wie wär's mit Briefmarken sammeln oder Snooker?«

Doherty schaute sie mit einem durchdringenden Blick an, als wüsste er verdammt genau, dass sie alles, was er jetzt sagen würde, als Quatsch mit Soße abtun würde.

»Der Tarotmann ist der Sohn eines Agenten russischer Abstammung aus der schlimmen alten Zeit. Er heißt Pawel Orlow. Sohn von Iwan Orlow. Den hast du auf dem Foto gesehen.«

Honey erschrak, als sie den wildentschlossenen Blick in Dohertys Augen sah. Aber sie war auch stinkwütend. Er hatte das alles viel zu lange für sich behalten. Und es steckte bestimmt noch mehr dahinter.

»Also, du hast nicht nur meine Tochter dazu benutzt, eure technischen Probleme zu lösen. Du bist vielleicht auch bei irgendeiner Regierungsbehörde eingebrochen? Ich gehe davon aus, dass die noch Aktenschränke haben?«

»Es waren mir ein paar Leute einen Gefallen schuldig, und die Polizei von Shropshire war sehr kooperativ. Und was Lindsey angeht, der liegt lediglich am Wohlbefinden ihrer Mutter.«

Er schaute weg. Honey war sich sicher, dass seine Schultern sich bewegten. Es hätte ein Achselzucken sein können. Oder ein Seufzer. Da war sie sich nicht sicher.

»Was machen wir jetzt?«

»Sie beide machen genau das, was wir Ihnen sagen.« Weder Honey noch Doherty hatte bemerkt, dass Dominic Christiansen und zwei gutangezogene Männer den Pub betreten hatten. Sie wirkten ausgesprochen zielstrebig, Dominic mehr als die beiden anderen zusammen.

»Ich fahre nach Bath zurück«, sagte Honey. Sie stand so rasch auf, dass ihr Stuhl ein wenig ins Wanken geriet. Dominic fing ihn auf, bevor er umfiel. »Ich habe schließlich ein Hotel zu führen.«

Dominic drückte ihre Schulter so fest, dass ihr nichts anderes übrigblieb, als wieder auf den Stuhl zu sacken. Doherty versuchte klugerweise gar nicht erst, irgendwas zu tun. Er schüttelte einfach nur betrübt den Kopf und murmelte ein paar ausgewählte Schimpfwörter vor sich hin.

»Vielleicht habe ich mich nicht deutlich genug ausgedrückt«, sagte Dominic mit Entschiedenheit. »Sie kommen mit uns mit. Sie haben noch eine Aufgabe zu erledigen.« Diese Worte hatte er direkt an Honey gerichtet.

Honey legte trotzig den Kopf schief. »Ich arbeite nicht für Sie.«

»Jetzt schon.«

Doherty erhielt die Anweisung zu bleiben, wo er war. Einer der Agenten würde bei ihm warten.

Honey wurde mit sanfter Gewalt nach draußen manövriert und auf den Rücksitz des glänzenden schwarzen BMW verfrachtet, neben sich den zweiten Agenten. Dominic setzte sich vorn neben den Fahrer.

»Eine ganze Armee, um mich abzuholen. Ich muss ja wirklich wichtig sein«, verkündete sie leichthin, obwohl sie innerlich zitterte wie Espenlaub.

»Das sind Sie tatsächlich.«

Seine Worte klangen eiskalt. Honey fröstelte. Ihre Gedanken waren jedoch glasklar. Endlich waren alle Puzzleteile an die richtige Stelle gefallen. Die Leute von MI5 wollten den Mann schnappen, den sie den Tarotmann nannten. Sie konnte ja verstehen, dass sie ihn festnehmen wollten. Er war schließlich ein Mörder. Leider Gottes hatte er es sich in den Kopf gesetzt, auch Honey zu töten. Keine erfreuliche Aussicht.

»Ich bin also Ihr Lockvogel. Stimmt's?«

Christiansen antwortete erst nach einigem Zögern. »Wir wollten Sie nicht in die Sache hineinziehen, aber diesen Mann lockt man nicht so leicht aus der Deckung. Sein Hauptziel war Lord Torrington.«

Honey starrte aus dem Fenster, ohne wirklich etwas zu sehen. Alles war verschwommen, nur die Absichten des Tarotmanns waren klar und eindeutig, genauso wie der Plan, den die anderen sich zurechtgelegt hatten, um ihn zu erwischen.

»Es war nicht Professor Collins, der in dem Haus in Dunster umgebracht wurde, stimmt's? Das haben Sie nur für mich inszeniert. Ich weiß inzwischen, dass der Professor Tarquins entfernter Verwandter war. Und er ist am Bahndamm ermordet worden. Er war die Leiche auf dem Scheiterhaufen.«

»Wie kommen Sie denn darauf?«

Honey funkelte ihn an. »Zunächst mal hat mich der angebliche Professor wirklich plump angemacht. Und das, mein lieber Mr Christiansen, entsprach gar nicht seinem Charakter. Der echte Professor war schwul, Tarquin dagegen ganz entschieden nicht. Jemand hat den Professor an den Bahndamm gelockt, und er ist da ermordet worden. Tarquin lebt möglicherweise sogar noch. Habe ich recht?«

Dominics Schweigen sprach Bände. Honey hatte recht. Tarquin war wichtig für die Organisation, lebendig wesentlich nützlicher als tot. Man musste den Tarotmann aufhalten, aber ohne Aufsehen zu erregen. Jetzt wusste Honey ohne jeden Zweifel, dass der Mann, den sie verfolgten, nicht lange genug leben würde, um vor Gericht gestellt zu werden. Sie würden ihn umbringen wie einen tollwütigen Hund.

Und sie, Honey Driver, war der Köder, mit dem man ihn anlocken wollte, die Tochter des Mannes, der Orlows Vater so übel mitgespielt hatte.

Anderthalb Stunden später ragten die Zinnen von Torrington Towers vor ihnen auf.

»Wie soll die Falle aussehen, die Sie Pawel Orlow stellen?«, fragte Honey, und ihre Stimme klang sehr viel tapferer, als ihr eigentlich zumute war.

»Sie werden sich in einem der Cottages auf dem Anwesen aufhalten.«

Honey begriff rasch, dass es eines der Häuschen sein würde, die in der Nähe von Adrian Sayles Wohnquartier lagen. Seltsam, sie hatte ihn schon ziemlich lange nicht mehr gesehen. Das letzte Mal war er in Begleitung von Miss Vincent gewesen, und die hatte mit Augen zu ihm aufgeschaut, die Honey an die eines getreuen Cockerspaniels erinnerten.

»Und ich sitze einfach da und warte, bis er zu Besuch kommt?«

»So ähnlich«, antwortete Dominic. »Aber keine Sorge. Wir bleiben ganz in der Nähe.«

»Und was ist, wenn ich nicht mitmache? Es gibt ja so was wie bürgerliche Freiheitsrechte, oder?«

Dominic Christiansen schaute sie an, als wäre sie ein völlig naives Dummchen.

»Da gibt es Sondergenehmigungen«, sagte er grimmig.

Doherty saß reglos hinten im Auto, das in Richtung Bath zurückraste.

Ihm war klar, dass alles andere keinen Sinn hatte. Wahrscheinlich waren die Türen verriegelt. Der Mann, den sie zu seiner Bewachung im Pub dagelassen hatten, hatte sich vorn neben den Fahrer gesetzt. Wären die anderen nicht zu zweit gewesen, hätte Doherty es mit einem Angriff versucht. Aber sie waren nun mal zu zweit, und sie trugen zweifellos beide Waffen. Seine hatten sie ihm abgenommen.

Auf der Polizeischule hatte man ihm beigebracht, dass man das Vertrauen von Terroristen und Entführern gewinnt, indem man ruhig bleibt und mit ihnen ein Gespräch beginnt. Dann denken diese Leute, dass man völlig locker ist und sie die Lage im Griff haben. Schließlich betrachten sie einen sogar als Freund.

Genau das versuchte er jetzt.

»Könnte ich vielleicht Ihre Namen erfahren? Nur falls was schiefgeht und ich einen Polizeibericht schreiben muss, der Vollständigkeit halber.«

Ihre Münder blieben fest verschlossen, ihre Augen starrten weiter auf die Straße hinaus.

»Vom Überfallkommando sind Sie jedenfalls schon mal nicht. Sonst wüsste ich inzwischen nicht nur Ihre Namen, sondern auch, wann Sie gestern Abend den Pub verlassen haben. Oder aus dem Bett Ihrer Ehegattin gestiegen sind. Oder aus dem Ihrer Freundin.«

Immer noch keine Reaktion. Er kam zu dem Ergebnis, dass man den beiden bei ihrer Ausbildung zum Verhalten in solchen Situationen wohl etwas anderes beigebracht hatte als ihm. Nämlich dass man den Mund halten sollte.

»Na gut. Dann hole ich jetzt ein bisschen Schlaf nach.«

Er verschränkte die Arme, streckte die Beine aus, machte es sich auf dem Sitz bequem und schloss die Augen. Zehn Minuten später begann er zu schnarchen, aber nur sehr dezent und leise. Er hatte anstrengende Tage in den Brecon Beacons hinter sich, und er brauchte Ruhe. Seine Augen waren müde. Sein Körper auch. Seine Ohren lauschten jedoch höchst aufmerksam auf alles, was die beiden Männer da vorn vielleicht zueinander sagten. Zudem horchte er auf die Motorengeräusche des Autos.

Die Rückreise führte über gewundene Straßen, und dann bogen sie auf die Autobahn ein. Bei einer Tankstelle hielten sie an. Nacheinander gingen die beiden Agenten auf die Toilette, bestanden darauf, dass einer von ihnen Doherty begleitete.

Vor der Tankstelle trafen sie auf eine Gruppe von Fußballfans. Normalerweise hätte Doherty einen großen Bogen um solche Leute gemacht, teils, weil das schneller ging, und teils, um Probleme zu vermeiden.

Jetzt aber drängte er sich mitten hindurch und fing auf dem halben Weg an zu rennen.

»Der Typ ist ein Bulle, der mich verhaften will«, schrie Doherty und wedelte mit dem Arm ungefähr in die Richtung des Agenten.

Diese Fußballfans hatten nicht sonderlich viel für die Polizei übrig.

Sie brüllten Flüche, in Erinnerung an vergangenes oder zukünftiges Unrecht, eingebildet oder nicht, und sie überwältigten den Agenten. Doherty raste weiter, schaffte es schließlich, von einem polnischen Lastwagenfahrer mitgenommen zu werden, der dankbar die fünfzig Pfund akzeptierte, die Doherty ihm anbot.

# Kapitel 37

In der Küche im Cottage war reichlich für Lebensmittel gesorgt, man hatte die Heizung angestellt, und Honeys Auto parkte bereits vor der Tür. Sicher hatte es einer der Agenten hierhergefahren. Alles in allem wirkte das sehr gemütlich. Die Jungs hatten einfach nichts vergessen. Ihr Auto stand da, also war sie auch da. Das würde der Tarotmann begreifen.

Christiansen stand mitten im Wohnzimmer. Es wirkte dadurch ziemlich überfüllt, allerdings jedoch eine Spur vornehmer.

Dominic trug ein makelloses weißes Hemd, eine lose gebundene seidene Krawatte. Sein Jackett war in einem dunklen Burgunderton gehalten, seine Hose marineblau. Das gesamte Outfit wurde noch durch dunkelblaue Halbschuhe und seidenglattes Haar abgerundet. Honey fand immer noch, dass er aussah wie ein Ritter aus dem Mittelalter, wenn sie sich auch nicht mehr so sehr zu ihm hingezogen fühlte wie vor einigen Tagen.

Sie machte es sich auf einem Chintz-Sessel bequem und gab sich redliche Mühe, selbstsicher zu erscheinen. Niemand würde sie ohne Gegenwehr ins Jenseits befördern.

»Also. Wo werden Sie sein?«

Ein bedauernder Blick trat in seine sehr blauen Augen.

»Ganz in der Nähe«, erwiderte er.

»Und was mache ich?«

»Verhalten Sie sich einfach wie immer, ganz natürlich.«

»Kann ich eine Waffe haben?«

»Was?« Er schaute sie an, als würde er jeden Augenblick loslachen.

»Um mich zu schützen.«

Lächelnd schüttelte er den Kopf. »Nein. Das ist auch nicht

nötig. Wir sind voll bewaffnet und sind ja zu Ihrem Schutz hier.«

»Nein, Mr Christiansen. Sie sind nicht zu meinem Schutz hier.«

»Wie kommen Sie denn darauf? Wir sind hier, um einen Mörder festzunehmen.«

Sie schüttelte den Kopf. »Nein, das sind Sie auch nicht. Sie sind hier, um ihn zu töten.«

Dominic verging das Lächeln. Doch sein Selbstvertrauen war ungebrochen. Es glich einer Rüstung gegen alle möglichen Pfeile und Schleudern oder womit auch immer Honey oder sonst jemand auf ihn zielen würde. Er hatte das selbstbewusste Auftreten eines Mannes, der wusste, dass er auf der Welt eine wichtige Rolle spielte. Diese Vorstellung von seiner eigenen Wichtigkeit hatte er wahrscheinlich schon seit frühester Kindheit. Vielleicht stammte er wie Tarquin aus einer adeligen Familie.

Leise ging er aus dem Zimmer, ließ sie auf ihrem Sessel sitzen. Kaum war er fort, fiel von Honey alle Gelassenheit ab. Sie erstarrte bei dem Gedanken an den Sinn und Zweck ihres Aufenthaltes in diesem Cottage. Sie solle sich in ihr Schicksal fügen, hatte man ihr gesagt. Aber das hatte sie ihr ganzes Leben lang noch nie gemacht. Sie hatte sich nie untergeordnet. Nie das getan, was man ihr sagte, sondern das, was sie tun wollte. Und auch jetzt hatte sie nicht die Absicht, den wehrlosen Köder in der Falle zu geben. Die Frage war nur, wie sie sich aus dieser Lage befreien konnte, ohne dass die berufsmäßigen Schützer des Reiches Ihrer Majestät merkten, wie sie sich davonschlich.

Es war unmöglich gewesen, ihnen im Auto zu entkommen. Doch während der Fahrt hatte sie sich einiges überlegt, sobald sie erfahren hatte, dass man sie im Cottage unterbringen wollte und hoffte, dass sie schicksalsergeben hier auf ihren Mörder warten würde.

Was sie am meisten überraschte, war, dass man sie hier allein ließ. Sie hatte vermutet, dass jemand den starken Mann spielen würde, nicht nur zu ihrem Schutz, sondern auch, um sie an der Flucht zu hindern.

Also musste es wohl eine elektronische Überwachung geben. Irgendwo musste eine Kamera oder sonst ein Gerät sein, das aufleuchten würde wie ein Weihnachtsbaum, sobald sie irgendwas versuchte.

Sie schaltete von einem Fernsehkanal auf den anderen, aber das beschäftigte nur ihre rechte Hand, nicht jedoch ihr Gehirn. Sie war auf keinen Fall schon so weit, dass sie ins Bett gehen wollte. Es gingen ihr noch zu viele Pläne durch den Kopf. Was war mit Gegenwehr? Sie musste doch irgendeine Waffe haben, wenn die ihr schon keine Pistole dagelassen hatten. Ein Küchenmesser musste reichen.

Sie wühlte die Küchenschubladen durch und fand ein Tranchiermesser, die moderne Sorte, die aussieht, als wäre sie aus Plastik und nicht aus Stahl. Es war quietschpink, nicht gerade die Farbe, die man mit einer tödlichen Waffe in Verbindung bringt, aber tödlich war das Ding trotzdem. Damit würde sie den Mörder zumindest eine Zeitlang hinhalten können, falls die Hilfstruppen nicht gleich anrückten.

Sie blieb schließlich beim Kanal mit den Spätnachrichten hängen. Der machte mit einem Bericht über die junge Frau auf, die man in Shropshire im Schlamm gefunden hatte. Es wurde der Verdacht geäußert, man hätte sie bei lebendigem Leibe vergraben. Honey gefror das Blut in den Adern.

Weitere Meldungen folgten, unter anderem die neuesten Nachrichten zur sich rapide verschlechternden Wetterlage. Man erwartete, dass Stürme und Orkane von ungeheurem Ausmaß das West Country beuteln würden und an einem einzigen Tag die Niederschlagsmenge von zwei Monaten herunterregnen würde. Gar nicht gut, denn es hatte ja ohnehin schon seit ein paar Tagen immer wieder mal ziemlich heftig geregnet.

Plötzlich zuckte ein Blitz durch den Himmel, dicht gefolgt vom Donner.

Honey schaute aus dem Fenster. Über den Bäumen, die zwischen den Cottages und der einspurigen Landstraße standen, rasten niedrighängende Wolken dahin und verdeckten den Mond.

Noch ein gezackter Blitz spaltete den Himmel. Der Donner grollte, und die ganze Welt schien vor Elektrizität nur so zu summen.

Es schüttete wie aus Eimern, weitere Blitze und noch mehr Donner folgten.

Der Fernseher ging aus. Das Licht verlosch.

Honey bewegte sich rasch. Vielleicht irrte sie sich, aber was immer sie an elektronischen Geräten umgab, brauchte bestimmt Strom aus dem Netz. Ein solches Gewitter konnte vielleicht sogar Akkus außer Gefecht setzen.

Sollte sie oder sollte sie nicht? Wo war sie sicherer, hier drin im Cottage oder da draußen, nur auf sich gestellt?

Sie entschied sich für die zweite Möglichkeit. Die Rolle des Käses in der Mausefalle lag ihr gar nicht. Sie würde es drauf ankommen lassen. Vielleicht hatte sie ja recht, und die Überwachungsgeräte waren ausgefallen.

Sie schlüpfte in ihre Schuhe, schnappte sich die Autoschlüssel, die praktischerweise gleich auf dem Sofatisch lagen, und machte sich auf den Weg zu ihrem Wagen.

Draußen tobte ein Orkan, peitschte ihr das Haar ums Gesicht, brannte ihr in den Augen und wirbelte Zweige, Blätter und sogar Äste von den Bäumen in einem wilden Tanz vor sich her. Eine Mülltonne wurde vorbeigetrieben, und der Abfall zog sich wie eine Girlande durch die welken Blätter. Weiter weg, am anderen Ende des kleinen Sträßchens, stoben die Blätter in roten, braunen und gelben Wolken zu Boden, raschelten dann wie ängstliche Mäuse über den Asphalt fort.

Wohin jetzt?, fragte sich Honey, als sie den Motor anließ.

Nach Hause. Sie würde nach Hause fahren! Hoffentlich war es Doherty gelungen, denen zu entkommen. Dann würde er dort bereits auf sie warten.

Das Auto rumpelte über die unebene Straße in Richtung Heimat. Die Äste der Bäume schwankten und knarzten im Sturm. Sie schaute in den Rückspiegel. Keine Spur von einem Verfolger.

Als wieder ein Blitz aufzuckte, konnte sie den Rauch aus der Wurstfabrik sehen, den der Wind in wilden Spiralen nach oben wehte.

Doch halt, das konnte unmöglich die Wurstfabrik sein. Die war viel weiter weg. Der Rauch, Dampf oder was es auch immer war kam von woanders. Sie überlegte, dass es sich nur um einen der Lüftungsschächte im Privatzugang des längst verstorbenen Ahnherren von Torrington Towers zum Bahnhof handeln konnte. Die Abzüge dort waren kaum mehr als zwei Meter hoch. Die meisten waren mit Efeu überwuchert oder von Landschaftsgärtnern hinter irgendwelchen Zierpflanzen verborgen, weil Seine Lordschaft sich die Aussicht nicht von den Backsteinkonstruktionen verderben lassen wollte. Aber wieso sollte da Rauch aufsteigen? Das war doch nur ein stillgelegter Eisenbahntunnel.

Honeys Gedanken wanderten zu dem Tag zurück, als sie Dominic draußen im Park getroffen hatte. Er hatte keine Erklärung dafür abgegeben, warum er sich dort aufhielt. Und er hatte sehr nachdenklich gewirkt.

Höhlen, Tunnel, eine Wurstfabrik mit verdächtig wenigen Angestellten, ein Dschungel aus Unkraut und Brombeerranken ringsum. Land, für das sich die Regierung die unterirdischen Abbaurechte gesichert hat. Agenten aller Art, wo man auch hinschaute.

Irgendeine geheime unterirdische Einrichtung? Im Kalten

Krieg hatte es die ja überall gegeben, unter den harmlosesten Gebäuden verborgen.

Honeys Verlangen, schnell nach Hause zu eilen, war sehr stark. Doch die Neugier ließ ihr keine Ruhe, obwohl die Angst vor dem, der hinter ihr her war, auch nicht vergehen wollte.

Dank dem polnischen Lastwagenfahrer war Doherty lange vor seinen Bewachern in Bath eingetroffen, hatte sein Auto geholt und war sofort wieder in Richtung Torrington Towers aufgebrochen. Alle Ereignisse schienen sich nun auf diesen Landsitz zu konzentrieren. Doherty meinte den Grund dafür zu kennen. Der Tarotmann hielt sich dort in irgendeiner seiner vielen Verkleidungen auf, und zwar schon sehr lange. Doherty glaubte auch zu wissen, wer es war.

Auf den Schnellstraßen sorgten diverse Baustellen und Geschwindigkeitsbegrenzungen dafür, dass die Autofahrer nur langsam vorankamen.

Doherty hatte bei der Ortspolizei angerufen, die für das Dorf Wyvern Wendell zuständig war, dort hatte man ihm aber gesagt, man hätte viel zu viel zu tun.

»Der Sturm hat viele Bäume umgerissen, und an einigen Stellen gibt es Überschwemmungen. Können Sie mir sagen, worum es geht?«

»Ich glaube, jemand soll ermordet werden. Ich brauche Unterstützung.«

»Augenblick bitte.«

Er wurde zu einem ranghöheren Beamten durchgestellt, einem von der Sorte, der Uniform trägt und einen Schlagstock, aber absolut keinen Kontakt zum wirklichen Leben da draußen hat.

»Schauen Sie, Doherty, ich kann Ihnen doch schlecht meine Leute nur auf einen vagen Verdacht hin schicken – und ich nehme an, mehr ist es nicht …«

»Nein. Es ist kein vager Verdacht. Es hat sehr viel mit MI5 zu tun. Wenn Sie wollen, können Sie sich bei denen direkt erkundigen …«

»Na, na, jetzt begeben Sie sich aber wirklich in die Gefilde des Spionageromans«, meinte der Beamte ironisch.

Doherty fluchte, als er das Telefon auf den Beifahrersitz pfefferte. Jetzt war er ganz allein auf sich gestellt. Er murmelte noch ein paar wohlbekannte Kraftausdrücke vor sich hin, trat das Gaspedal bis zum Boden durch und raste gen Süden.

Der Wachmann in Torrington Towers verweigerte ihm die Zufahrt zum Gelände.

»Es liegt hier eine echte Gefahrensituation vor«, verkündete der Mann wichtig, und in seinen Augen leuchtete eine Mischung aus Aufregung und Angst.

Diesen Blick kannte Doherty. Endlich war im Routineleben des Wachmanns mal was richtig Spannendes passiert.

»Ich bin Polizeibeamter«, sagte Doherty. »Kann ich irgendwie helfen?«

»Nur wenn Sie mit Löwen umgehen können«, antwortete der Mann. »Der Strom ist ausgefallen. Ein halber Wald ist auf den Elektrozaun gestürzt. Die Löwen sind los. Heute Nacht ist es wirklich gefährlich, sich hier im Freien aufzuhalten, Officer. Aber wenn Sie helfen wollen, schnappen Sie sich Ihr Gewehr und machen sich auf den Weg zu dem alten Eisenbahntunnel. Da unten ist jede Menge Wild, kleinere Tiere. Dort können die Löwen jagen und fressen.«

Doherty hatte keine Waffe, aber von einer solchen Kleinigkeit ließ er sich nicht aufhalten.

»Ich schau mal, was ich machen kann«, sagte er, stieg wieder in sein Auto und raste in die Richtung, die ihm der Wachmann angezeigt hatte.

# Kapitel 38

Endlich hatte Honey den Eingang zum Tunnel erreicht. Von irgendwoher stieg immer noch Dampf oder Rauch auf. Es schüttete wie aus Eimern. Eine einzelne Laterne hing an einer langen Eisenstange am Eingangsbogen zum Tunnel und beleuchtete ihr ein wenig den Weg.

Zum Glück hatte sie einen warmen Mantel mit Kapuze dabei, den zog sie sich mit einiger Mühe noch im Auto an. Besser sich jetzt ein bisschen abplagen, als sofort klatschnass werden.

Der Mantel war dick gefüttert, und die Kapuze war groß. Honey zog sie sich über den Kopf, als sie aus dem Wagen stieg und die Tür hinter sich zuschlug.

Die Lampe am Tunneleingang war von Blättern überwuchert und spendete ein wässriges Licht. Jenseits ihres Lichtkreises herrschte Finsternis, undurchdringliche Finsternis. Keine einzige Bewegung war auszumachen. Nichts außer pechschwarzer Nacht.

Wo keine Pfützen waren, war der Boden glitschig. Es stank durchdringend nach verbranntem Müll.

Honey zögerte, ehe sie weiterging. Jemand verbrannte offenbar im Tunnel Müll. Draußen konnte er das ja bei diesem sintflutartigen Regen schlecht machen. Genau das war's. Einfach nur Müll, den jemand verbrannte. Wenn sie schon einmal hier war, konnte sie sich das gut und gern kurz mal anschauen. Aber dazu brauchte sie eine Taschenlampe.

Sie tastete in ihrer Tasche herum und fand eine Maglite, eine winzige Taschenlampe mit mehreren LED-Lämpchen, die wesentlich heller waren als die üblichen Birnchen.

Rings um sie heulte der Wind, als sie den Strahl der Taschenlampe über den Tunneleingang streichen ließ, dann über die Büsche und Bäume, deren Äste wie wild gewordene Arme schwankten.

Mitten in all der Bewegung erkannte sie etwas, das sich kein bisschen bewegte. Es war ein regloser schwarzer Klotz. Nein, nicht schwarz. Dunkelgrün. Es war das Dunkelgrün eines der Land Rover, mit denen die Ranger durch den Safaripark fuhren.

Und dann sah sie ihn.

Adrian Sayle trat rasch zwischen sie und den Land Rover. Plötzlich begriff sie, wer er wirklich war. Pawel Orlow!

Sie fuhr herum, und ihre Füße glitschten durch den Schlamm, als sie auf ihr Auto zurannte. Sie hätte gleich nach Hause fahren sollen. Wie hieß es doch? Neugier ist der Katze Tod. Und Neugier konnte auch ihren Tod bedeuten, wenn sie jetzt hier nicht wegkam.

Dann geschah alles blitzschnell. Zuerst dachte Honey, sie hätte sich vielleicht doch geirrt. Aber Adrian Sayle oder Pawel Orlow, der Tarotmann, war schon neben ihr, ehe sie überhaupt nur die Chance hatte, die Autotür zu öffnen. Er packte sie rabiat bei den Schultern. Sie schrie vor Schmerzen auf. Im kalten Licht ihrer Taschenlampe sah sie das stählerne Glitzern einer Nadel und spürte, wie die Spitze ihren Arm traf. Ihr wurden die Knie weich.

»Was machen Sie da?«

»Ich bring dich um.«

»Warum?«, fragte sie, als ihr die Beine versagten.

Kein triumphierendes Lachen. Kein wahnsinniges Keckern. Nur eine eiskalte Stimme, die leidenschaftslos sprach. »Ich glaube, die Antwort kennst du schon. Du bist die Tochter deines Vaters, das reicht mir.«

Seine Augen glitzerten vor Erregung, als er die Panik in ihrem Blick sah.

Sie spürte, wie ihr Arm an der Stelle, wo er die Nadel hineingestochen hatte, ganz taub wurde. Sie versuchte, den anderen Arm zu heben und die Stelle zu reiben, stellte aber fest, dass das nicht ging.

Ihre Gliedmaßen wurden alle taub. Sie probierte, seine Hände aus ihrem Haar zu schütteln, aber das Mittel, das er ihr gespritzt hatte, wirkte anscheinend rasch.

Als Nächstes spürte sie ein raues Hanfseil, das sich um ihren Hals straffte.

»Sie waren das! Sie haben mir immer wieder die Tarotkarten zukommen lassen, damals im Restaurant und dann im Hotel«, sagte Honey.

»Sonst warne ich ja niemanden«, knurrte er. »Das war ein bisschen unvorsichtig von mir. Und meine Rache mag dir überzogen erscheinen. Aber dein Vater hat ja auch völlig übertrieben reagiert, als er herausgefunden hat, was mein Vater getan hatte. So war er unmittelbar für all die Leiden und den Tod meines Vaters verantwortlich.«

Honey hätte gern um Hilfe geschrien, aber ihre Zunge lag ihr wie eine dicke Wurst im Mund, und ihre Lippen fühlten sich an, als hätte sie jemand mit Kleber eingeschmiert. Sie konnte ihre Worte nur nuscheln.

Dann wurde sie vom Boden hochgehoben, und die Welt wirbelte ihr vor den Augen. Ihre Arme hingen kraftlos nach unten, als wären all ihre Knochen weich wie Wachs, ihre Beine glichen durchnässten Sandsäcken.

Der Wind peitschte ihr das Haar in die Augen, aber sie konnte sehen, wohin er sie brachte. Vor ihr tat sich der Tunneleingang auf, und unmittelbar dahinter gähnte eine tiefe Grube, die jemand nah an der Tunnelwand ausgehoben hatte.

Sogar ihr Schmerzensschrei, als sie unsanft am Boden der Grube landete, klang nur wie ein leises Quietschen. Das Quietschen einer Ratte, die in eine Falle geraten war. Oder das einer Maus, die so leise piepste, dass niemand sie hörte.

Lehmbrocken polterten auf sie herab. Sie hörte etwas über den Boden schleifen, und dann rauschte Wasser.

Honey vermutete, dass Orlow eines der Abflussrohre von der Tunnelwand gerissen hatte und nun den Wasserschwall erbarmungslos in die Grube lenkte. Der Lehm würde das Wasser halten und sich mit ihm zu einem hellbraunen Schlamm mischen.

Honey wusste, dass sie hier ertrinken würde. Mit dem Hinterkopf lag sie schon in der Brühe. Ihr Gesicht würde zuerst bedeckt werden, wenn sie es nicht schaffte, den Kopf zu heben und die Nase über Wasser zu halten.

Plötzlich erschallte eine weitere Stimme. »Pawel! Ich habe den Plan.«

Es war die Stimme einer Frau, eine Stimme, die Honey erkannte. Miss Vincent. Sofort fielen ihr wieder die Hundeaugen ein, die Miss Vincent gemacht hatte, wenn Adrian Sayle aufgetaucht war.

Dann die barsche Stimme des Mannes: »Her damit!«

Miss Vincents bleiches Gesicht erschien am Rand der Grube. Honey sah, dass ihr Blick voller Schrecken war.

»Das kannst du nicht machen!«, rief Miss Vincent.

Honey hörte, wie der Spaten auf Knochen auftraf. Miss Vincent hatte Pawel Orlows Reaktion zu spüren bekommen, stöhnte und fiel mit einem Klatschen in den Schlamm, ein wenig außerhalb des Lichtkegels der Laterne am Eingang des Tunnels.

Jetzt, im Augenblick seiner süßen Rache, als er gleichzeitig auch noch seine perverse Mordlust auslebte, hatte Orlow nichts mehr für die Frau übrig, die ihm geholfen hatte, sein Ziel zu erreichen. Mit manischer Besessenheit schaufelte er weiter Schlamm in die Grube. Seine Arme wirbelten in wilder Erregung, rasend schnell und so fanatisch, dass er nicht mehr registrierte, was um ihn herum geschah.

Miss Vincent war dünn und nicht mehr die Jüngste, aber in

ihr brannte noch immer etwas vom wilden Feuer ihrer jungen Jahre. Sie robbte durch den Schlamm, krallte die Finger in den Lehmboden, kroch auf dem Bauch immer weiter von dem Lichtkreis weg. Die Dornen der Brombeerranken zerkratzten ihr die Hände, und ihre Fingernägel splitterten. Trotzdem robbte sie weiter, bis sie etwas zu packen bekam, das kein Schlamm war. Es war die vordere Kappe eines Schuhs. Es war noch jemand anders hier. Sie hob den Kopf, ihr Gesicht war übel zugerichtet. Sie deutete in Richtung Tunnel, ehe sie vornüber in den Schlamm sackte.

Steve Doherty machte einen Schritt über sie hinweg, die Augen gegen den Regen und die Dunkelheit zusammengekniffen.

Die Laterne am Tunneleingang kämpfte tapfer gegen die schwarze Nacht und das Unwetter an. Doherty sah alles, was er sehen musste. Er wusste alles, was er wissen musste.

Eine einsame Gestalt stand vornübergebeugt da und schaufelte mit furchterregender Geschwindigkeit den triefnassen Schlamm in die Grube an der Tunnelwand.

Doherty vermutete, dass sich die Grube bei starkem Regen immer mit Wasser füllte. Irgendwann einmal würden deswegen die Fundamente an dieser Seite wegsacken.

Erst da bemerkte er, dass sich noch etwas in der Dunkelheit bewegte, etwas, das schwer wirkte und auf allen vieren ging. Dann hörte er das leise Grollen tief im Hals des Löwen. Er sah, wie die Gestalt mit dem Spaten auffuhr und sich halb herumdrehte.

Plötzlich durchschnitt der Schuss einer Pistole die Dunkelheit. Die Kugel verfehlte ihr Ziel weit, und der Mann neben der Grube schlitterte durch den Schlamm. Der Löwe war jetzt Herr der Lage, stand fest und bedrohlich zum Sprung geduckt da.

Der Mann, der sich Adrian Sayle genannt hatte, hob erneut die Waffe, verfehlte jedoch erneut den Kopf des fauchenden Löwen. Doherty hielt sich noch zurück. Ihm war es völlig egal, ob

Orlow, der Tarotmann, von diesem Löwen zerfetzt wurde oder nicht. Er hatte andere, dringendere Sorgen. Nach wie vor strömte Wasser unaufhörlich in die Grube, in die Orlow schon sehr viel Schlamm geschaufelt hatte. Es war nur noch eine Frage von Minuten, bis wieder einmal eine Frau im Schlamm erstickte. Diesmal würde es Honey sein.

Orlow drehte sich um, beugte sich hinunter, wollte nicht mehr warten, bis der Schlamm sein Opfer überwältigt hatte. Er würde seine Tat selbst vollenden und zielte nun mit der Pistole hinunter auf diese Frau, Mrs Honey Driver.

Als er gerade zum Todesschuss ansetzte, krallten sich zwei Spinnenhände um seine Knöchel und brachten ihn aus dem Gleichgewicht. Miss Vincent!

Er trat mit dem Fuß nach ihr, hieb ihr seine Ferse rabiat mitten ins Gesicht. Er hörte ein letztes Aufstöhnen, ehe sie im Schlamm zusammenbrach.

Doherty näherte sich vorsichtig dem Tunnel. Er überlegte, wie er am besten den Löwen umgehen und Honey retten konnte, ehe Orlow sich wieder hochgerappelt hatte. Da setzte das Tier zu einem gewaltigen Sprung an und streckte den Tarotmann nieder. Während Doherty noch überlegte, ob der Löwe nun mit seiner Beute im Rachen den Tunnel verlassen und sein Abendessen woanders verspeisen würde, hörte er den Motor eines Range Rovers. Bremsen quietschten, Türen wurden zugeschlagen. Doherty schaute sich um und erblickte eine Frau in Regenkleidung und mit weißen Gummistiefeln, die ein Gewehr im Anschlag hielt. Sie näherte sich mit entschlossenen Schritten.

»Da drin ist ein Löwe«, flüsterte Doherty ihr zu.

»Hatte ich schon vermutet«, erwiderte sie. »Ein Blitz hat den elektrischen Zaun lahmgelegt, und die Löwen sind ausgebrochen. Alle anderen haben wir schon wieder eingefangen.« Sie schubste Doherty aus dem Weg, stellte sich breitbeinig hin und zielte mit dem Betäubungsgewehr auf den alten Löwen, der bewusstlos zusammensackte, seine leblose Beute noch zwischen den starken Kiefern.

Doherty rannte rasch zur Grube, um Honey herauszuziehen. »Halt still, ich hol dich raus.«

Nie, nie im Leben war sie so froh gewesen, Dohertys Gesicht zu sehen. Sie würgte eine leise Antwort hervor.

»Orlow ist tot«, sagte Doherty, als könnte er ihre Gedanken lesen. »Der Löwe ist betäubt und wird weggeschafft.«

Nach ihrer Rückkehr in das Kutscherhäuschen des Green River Hotel musste Honey sich erst einmal von dem Schock erholen. Zum Glück hatte sie den dick wattierten Kapuzenmantel angehabt. Die Nadel war nicht sehr tief in ihren Arm eingedrungen. Langsam ließ die Betäubung nach. Jetzt gönnte sich Honey ein heißes Bad.

Halbwegs wieder erholt, saß sie dann am Küchentisch, während Doherty Garnelen in einer Mischung aus Knoblauch und Butter schwenkte. Er hatte schon einen köstlich aussehenden Salat gezaubert, und eine gute Flasche Wein aus dem Hotelkeller stand bereit.

Sie gingen sämtliche Ereignisse des Abends und der Nacht noch einmal miteinander durch.

Alles hatte mit dem Zeitungsbericht über Caspers Tod begonnen. Diese Lüge war Teil eines geschickt eingefädelten Plans, der den Behörden dazu dienen sollte, einen Übeltäter zu fangen, der ihnen immer wieder durch die Finger geschlüpft war und dessen Familiengeschichte eng mit der von Honeys Familie verbunden zu sein schien.

»Am schlimmsten fand ich, dass Casper in diesen Plan eingeweiht war. Ich glaube, das verzeihe ich ihm nie, dass er mich da im Dunkeln hat tappen lassen. Dass er mich benutzt hat.«

»Ja, aber das kannst du von Christiansen und seinen Vorgesetzten genauso sagen.«

»Das ist was anderes. Casper war ein Freund.«

Doherty zog vielsagend eine Augenbraue in die Höhe. »Das ist wohl genau das richtige Wort – er *war* es. Vergangenheitsform. Ich nehme an, jetzt hältst du ihn nicht mehr für einen so guten Freund.«

»Darauf kannst du Gift nehmen«, sagte sie mit Nachdruck, verschluckte sich dabei beinahe an ihrem Wein.

Doherty stellte die Teller auf den Tisch. »Aber du hast mir doch erzählt, er hätte versucht, dir alles zu erklären.«

Honey schüttelte den Kopf. »Ja gut, er hat Lindsey neulich erzählt, er hätte schon lange vermutet, dass sein Halbbruder irgendwie mit internationaler Spionage zu tun hat. Und dass er, obwohl er ja im Hotelgewerbe sehr erfolgreich ist, stets einen Minderwertigkeitskomplex gegenüber dem rechtmäßigen Erben des Familientitels hatte.«

Doherty und Honey waren sich einig, dass man mit der Todesmeldung eine Spur zu weit gegangen war, aber das hatte wohl so sein müssen, damit die Agenten Casper überzeugen konnten, ihre Anweisungen zu befolgen und Honey einzureden, man hätte seinen Halbbruder Tarquin in Bradford on Avon an der Bahnstrecke tot aufgefunden.

»Bei der Gelegenheit hat sich der Tarotmann in die Irre führen lassen und den falschen Mann getötet. Niemand weiß genau, wie das passieren konnte, aber inzwischen vermutet man, dass Miss Vincent ihre Hand im Spiel hatte. Pawel Orlow machte sich stets sehr geschickt an Frauen heran, die ihre erste Blüte hinter sich haben. Miss Vincent hat sich inzwischen so weit erholt, dass sie vernehmungsfähig ist. Sie war Seiner Lordschaft treu ergeben, bildete sich aber gleichzeitig ein, in Orlow verliebt zu sein. Diese Illusion hat ihr der heutige Tag endgültig genommen. Orlow wollte sie anscheinend dazu anstiften, Tarquin zu einem Treffen mit dem Tarotmann zu schicken. Aber das hat sie nicht übers Herz gebracht. Stattdessen hat sie Professor Collins in diese Falle laufen lassen. Den konnte sie nämlich nicht leiden, weil er ihrer Meinung nach unberechtigt seine Nase in alle Familienangelegenheiten steckte.«

Honey unterbrach ihn. »Wenn ich das recht verstehe, dann war es Collins, dessen Leiche man eingeäschert hat, nachdem Casper weisungsgemäß das Mordopfer als seinen Bruder identifiziert hatte.«

»Genau.«

»Und man hat ihn gar nicht ermordet in seinem Haus in Dunster gefunden. Dieses kleine Schauspiel haben sie eigens für mich inszeniert.«

Doherty schüttelte den Kopf. »Diesem Dominic Christiansen kann man nicht trauen. Mir dagegen schon.«

Honey schlug spielerisch nach seinem Arm.

»Eingebildet bist du wohl gar nicht!«, tadelte sie ihn. »Und was war das für eine Karte, die Miss Vincent im Tunnel hatte?«

»Unter dem Landsitz befindet sich ein Riesengewirr von unterirdischen Vorratsräumen, Gängen und strenggeheimen Einrichtungen, die von elementarem Interesse für die ganze westliche Welt sind. Die das vielmehr in den Tagen des Kalten Krieges waren. Ich kenne die genauen Einzelheiten natürlich nicht. Dieses unterirdische Ding ist immer noch höchst geheim. Für den Fall der Fälle.«

Honey schaute Doherty über den Rand ihres Glases hinweg an. »Irgendwas verschweigst du mir noch.«

Doherty hob die Hände, als wollte er sich ergeben. »Man hat mir eine Versetzung in Christiansens Abteilung angeboten.«

»Und?«

»Ich habe dankend abgelehnt. Ich meine, sehe ich aus wie James Bond?«

Honey lächelte. »In meinen Augen schon.«

»Heutzutage muss niemand mehr im James-Bond-Stil um die Welt jetten. Die Bösen sind mitten unter uns, Baby. Die sind hier im Land, und meinetwegen sollen sie meine Wenigkeit im Kampf an der Heimatfront als britische Geheimwaffe einsetzen. Allerdings gibt es da noch eine andere Option, über die ich in letzter Zeit viel nachgedacht habe …«

Honey hörte nur mit einem Ohr zu. Sie hatte ihr Telefon zur Hand genommen und Caspers Nummer eingetippt.

»Ah, Honey«, antwortete der. »Ich bin so froh, dass Ihnen nichts zugestoßen ist.«

Sie gab ihm gar nicht die Gelegenheit, lange weiterzureden, sondern stellte das Telefon auf Lautsprecher, damit Doherty mithören konnte.

»Ich lege mein Amt als Verbindungsperson zur Kripo nieder«, sagte Honey mit entschlossener Stimme. »Mir reicht es jetzt mit den Verbrechen. Sie müssen sich jemand anderen für den Job suchen.«

»Oh! Ich hätte nicht gedacht, dass Sie es so aufnehmen würden.« Offenbar war er beleidigt. Nicht dass das Honey im Geringsten interessierte. Lieber Casper beleidigen, als umgebracht zu werden.

»Nun, ich nehme es aber so auf.«

Nie hatte sie in der Vergangenheit die Stimme erhoben, wenn sie mit Casper redete, aber heute wurde sie laut. Ganz egal, was er ihr anbot, sie würde keinen Zentimeter von ihrer Meinung weichen.

»Nun, dann kann ich nur hoffen, dass unsere neue Verbindungsperson genauso gut wie Sie mit Inspector Doherty auskommt«, meinte Casper süffisant.

Da nahm ihr Doherty das Telefon aus der Hand. »Dieses Problem wird sich nicht stellen. Ich beantrage demnächst meine vorzeitige Pensionierung.«

Honey blieb der Mund offen stehen. Doherty hatte schon ein paarmal angedeutet, dass er über Veränderungen in seinem Leben nachdachte, aber bisher war es da hauptsächlich darum gegangen, ob sie heiraten würden. Die Idee war aufgekommen, aber Honey war sich gar nicht mehr sicher, ob sie beide das überhaupt noch wollten.

»Oh.« Caspers Stimme klang ziemlich vergrätzt. Er versuchte noch einmal, Honey umzustimmen. »Mein Bruder lässt übrigens herzlich grüßen. Wenn Sie noch einmal einen Tag auf dem Land planen, würde er sich freuen, Sie persönlich durch Torrington Towers zu begleiten. Und ich glaube, er würde Sie auch sehr gern zum Abendessen ausführen. Um Sie für alles zu entschädigen, Sie wissen schon, was ich meine.«

Jetzt platzte Honey endgültig der Kragen. »Tarquin St John Gervais kann mich mal!«

# Sechs Monate später

»Ist dir kalt?«

»Nein. Im Gegenteil, ziemlich warm.«

Honey drehte sich auf den Rücken, verschränkte die Arme hinter dem Kopf und schaute in den tiefblauen Himmel. Das aquamarinblaue Meer plätscherte leise an die Yacht, die sie sich mit vereinten Kräften gekauft hatten.

Jeden Tag wachte Honey auf und freute sich über ihr ungeheures Glück. Dieser letzte Fall hätte sehr wohl ihr Schwanengesang werden können.

Doherty saß in verschlissenen Shorts am Heck und versuchte sich im Angeln. Er war darin alles andere als perfekt, aber Honey und er fanden, dass Übung den Meister macht. Nichts ließ sich mit dieser wunderbaren Muße vergleichen.

Bath lag über tausend Meilen entfernt. Dort gab es niemanden, der sie zurücklocken könnte.

Honeys Mutter war glücklich mit ihrem neuen Gatten, der sie nach Strich und Faden verwöhnte. Honeys Tochter reiste quietschvergnügt mit dem Rucksack und ihrem Freund um die Welt. Beim letzten Kontakt hatte sie angedeutet, sie könnte vielleicht schwanger sein. Zu Honeys Überraschung freuten sich Lindsey und Sean wie wild darüber, hatten aber nicht vor, deswegen ihre Weltreise abzukürzen.

»Das Kind wird eben einen alternativen Lebensstil aushalten müssen«, hatte Lindsey nur gemeint.

Honey stellte sich vor, wie Lindsey mit dem Rucksack durch die Welt wanderte und zwei winzige Hände hinten aus der Klappe winkten.

Und die anderen … ab und zu dachte sie noch an den Augenblick unter dem Bett im Cottage. Sie musste lächeln. Wo war wohl Dominic Christiansen jetzt?, überlegte sie und wollte diesen Gedanken gerade aussprechen, als sie es sich noch einmal überlegte. Er war aus ihrem Leben verschwunden, und das sollte besser auch so bleiben. Doherty dagegen war fest in ihrem Leben verankert.

Die ganze Welt stand ihnen offen.